Kyss by rowohlt POLARIS

NIKOLA HOTEL

It was ALWAYS you

ROMAN

Kyss

Originalausgabe
Veröffentlicht im Rowohlt Taschenbuch Verlag, Hamburg, Juli 2020

Zitat auf Seite 216 aus dem Song «I Was Wrong» von Arizona.
Melodie und Text von David Labuguen, Nathan Esquite und Zachary Hannah.
Zitat auf Seite 423 aus dem Song «Rescue Me» von Thirty Seconds to Mars.
Melodie und Text von Jared Leto und Graham Muron.

Covergestaltung ZERO Werbeagentur, München
Coverabbildung Shutterstock; Handlettering Carolin Magunia
Satz aus der Thesis Antiqua bei hanseatenSatz-bremen, Bremen
Druck und Bindung CPI books GmbH, Leck, Germany
ISBN 978-3-499-00314-1

Die Rowohlt Verlage haben sich zu einer nachhaltigen Buchproduktion verpflichtet. Gemeinsam mit unseren Partnern und Lieferanten setzen wir uns für eine klimaneutrale Buchproduktion ein, die den Erwerb von Klimazertifikaten zur Kompensation des CO_2-Ausstoßes einschließt.
www.klimaneutralerverlag.de

FSC
www.fsc.org
MIX
Papier aus verantwortungsvollen Quellen
FSC® C083411

Für Katrin

Playlist

New Light – John Mayer
lovely – Billie Eilish, Khalid
Heaven In Hiding – Halsey
Love Is Madness – Thirty Seconds To Mars feat. Halsey
In My Blood – Shawn Mendes
Dancing With A Stranger – Sam Smith feat. Normani
I Was Wrong – ARIZONA, Robin Schulz
A Beautiful Lie – Thirty Seconds To Mars
Be Alright – Dean Lewis
Waves – Dean Lewis
Beggin For Thread – BANKS
bad guy – Billie Eilish, Justin Bieber
Was It A Dream? – Thirty Seconds To Mars
Wait By The River – Lord Huron
Dangerous Night – Thirty Seconds To Mars
Rescue Me – Thirty Seconds to Mars
Mercy – Shawn Mendes
Walk Through The Fire – Klergy, BELLSAINT
Seventeen – Younotus, Kelvin Jones
everything i wanted – Billie Eilish
Whatever It Takes – Imagine Dragons

Kapitel 1

Vierzig Minuten hocke ich schon in diesem Flieger und habe nicht gemerkt, dass er nur ein paar Reihen vor mir sitzt. Vierzig Minuten, in denen ich jeden Gedanken an meine Familie verdrängt habe und auch das flaue Gefühl in meinem Magen. Leider nicht wirklich erfolgreich. Weil mein Handy im Flugmodus ist und keine Nachrichten bei mir ankommen, habe ich mir zur Ablenkung das Fotoalbum mit den letzten Bildern von Aubree und mir angesehen und dabei ungefähr elfmal hintereinander *New Light* von John Mayer gehört. Ich liebe diesen Song und spiele ihn immer dann ab, wenn das flaue Gefühl beim Gedanken an meine Familie überhandnimmt.

Aber elfmal grenzt definitiv an obsessiv. Heute ist es besonders schlimm, weil ich nicht weiß, wie ich die nächsten Tage auf der Insel überleben soll. Weil es das erste Mal seit vier Jahren ist, dass ich meine Familie wiedersehe.

«Entschuldigen Sie, gibt es hier noch eine andere Toilette außer dieser?» Ich habe meine Stimme gesenkt und deute nach vorne, wo das Schild über der Tür immer noch leuchtet. Darauf steht in Rot «Besetzt», und das schon seit ein paar Minuten.

Die Stewardess mit der weißen Bluse beugt sich freundlich zu mir herunter. «Die zweite Toilette ist leider defekt.» Sie lächelt bedauernd, aber professionell, es geht kaum über die Mundwinkel hinaus. Um ihren Hals schlingt sich ein rotes Tuch mit dem Logo von Endeavor Air. «Darf ich Ihnen als Entschädigung für die Wartezeit etwas zu trinken anbieten? Ein Glas Orangensaft vielleicht?»

«Nein, danke.» Das ist ein ganz schlechtes Thema. Das Wort ‹trinken› genügt, dass ich ruckartig die Beine zusammenpresse. Ich schüttele den Kopf, vor allem aber über mich selbst, weil ich zu spät vom College losgefahren bin und es deshalb nicht mehr geschafft habe, auf dem Flughafen zur Toilette zu gehen. Erst vor einigen Stunden hat mir mein Stiefvater ein personalisiertes Ticket für diesen Flug zukommen lassen, und seitdem stehe ich quasi unter Dauerstrom.

Nur ein paar Tage, Ivy. Das schaffst du.

Das sage ich mir schon die ganze Zeit. Aber seit der Mail, in der ich eindringlich darum gebeten wurde, dass ich nach Hause komme, versuche ich vergeblich, meine Atmung auf eine normale Frequenz zu bekommen. Ich weiß nicht, warum mein Stiefvater mich sehen will, aber ich werde gleich auf diese verdammte Insel fahren müssen. Ich werde ihn wiedersehen und mir anhören müssen, was er mir zu sagen hat. Und ich werde die ganze Zeit darauf hoffen, dass ich meinen Stiefbrüdern nicht über den Weg laufe. Und wenn diese Sache, worum auch immer es geht, erledigt ist, kann ich mein echtes Leben wieder aufnehmen. Mein Leben ohne die Familie Blakely.

Weil ich es anders nicht aushalte, spiele ich den Song von John Mayer jetzt auch noch ein zwölftes Mal ab. Wenn ich Empfang hätte, würde ich auf seinen Instagram-Account gehen und mir die Videos in seinen Story-Highlights ansehen, in denen er sich *Smokey Eyes* schminkt. Es ist total albern, und er sieht dabei aus, als hätte man ihm ein blaues Auge verpasst, aber diese Videos haben es bisher noch jedes Mal geschafft, mich abzulenken und zum Lächeln zu bringen. Viel zu schnell ist der Song wieder zu Ende, und ich skippe noch ein weiteres Mal zurück, falle in den Wohlfühlbeat, bis der Druck meiner Blase übermächtig wird und ich gezwungen bin, die Augen aufzuschlagen.

Gott sei Dank. Das Licht über der Toilettentür erlischt, und heraus tritt ein Anzugträger mit graumeliertem Haar und dichten Augenbrauen, der sich noch im Gehen den Hosenstall zuzieht. Sofort springe ich auf und werfe meinen Rucksack auf den Sitz. Schwankend, weil der Pilot offenbar gerade durch ein Luftloch steuert, hangele ich mich von Sitz zu Sitz. Aus einer Reihe vor mir löst sich eine Gestalt in einem Jeanshemd und zieht seine Begleiterin hinter sich her, und ich hoffe inständig, dass keiner von beiden jetzt auf die Toilette muss.

Dass ich ihn nicht sofort erkenne, dass ich seine Anwesenheit nicht einmal spüre, kommt mir im Nachhinein fast absurd vor, denn es ist der perfekte Moment für dramatische Filmmusik.

«Entschuldigung», rufe ich den beiden hinterher, aber sie reagieren nicht, und im nächsten Moment verschwinden sie zusammen durch die Toilettentür. Bitte nicht, flehe ich stumm. Ich halte es garantiert keine Minute länger aus.

Eine zweite Stewardess spricht mich auf dem Gang an. «Setzen Sie sich bitte wieder hin, es gibt leider ein paar kleine Turbulenzen.»

Oh Gott, sie hat keine Ahnung, wovon sie redet. Wenn ich nicht gleich auf die Toilette komme, gibt es hier ziemlich große Turbulenzen. Ich ignoriere sie und laufe nach vorn zur Bordtoilette, deren Tür durch das Ruckeln des Flugzeugs eine Handbreit aufschwingt – und mir rutscht das Herz in die Hose.

Heilige Mutter Gottes!

Mein Blick fällt durch den Spalt auf einen nackten Männerhintern und ein paar Frauenhände, die darüber nach oben fahren. Fassungslos starre ich für Sekunden auf das Bild vor mir. Das muss ein Traum sein, denke ich. Ein Albtraum, wie er einen heimsucht, wenn man vergessen hat, sein Essay über Visual Studies zu schreiben, und sich ausmalt, was Professor

Graham schlimmstenfalls mit einem anstellen wird. Das hier ist jedenfalls das Schlimmste, was ich mir gerade ausmalen kann. Ich kann die beiden unmöglich ansprechen, ohne vor Scham im Erdboden zu versinken, aber wenn ich es nicht tue, wird es gleich noch viel peinlicher für mich.

Ich hole tief Luft und poche zaghaft mit den Fingerknöcheln gegen den Türrahmen. «Entschuldigen Sie bitte ...» Mein Gesicht glüht regelrecht auf, und ich räuspere mich. «Es tut mir total leid, aber ich ... muss wirklich ganz dringend auf die Toilette, und die andere ist im Augenblick defekt, könnten Sie eventuell später ...»

Die Tür bekommt einen Tritt und kracht vor meiner Nase zu. Im selben Moment leuchtet das Besetztzeichen wieder auf, und von den Sitzen ertönt ein *Pling* für die Anschnallgurte.

Jemand berührt mich an der Schulter, und ich zucke zusammen, als wäre ich an einen elektrischen Zaun geraten. Mein Puls klettert noch weiter in die Höhe.

«Wenn Sie warten möchten, dann müssen Sie sich jetzt hier anschnallen», erklärt mir die Flugbegleiterin und klappt für mich einen Notsitz aus der Wand.

«Okay, danke.» Mit hochrotem Kopf kauere ich mich auf den schmalen Sitz und lege den Gurt um. Am liebsten würde ich in die Wand kriechen. Ich kann nicht glauben, was da gerade passiert. Während ich mir fast in die Hose mache, streben die beiden Vordrängler da drin eine Mitgliedschaft im Mile High Club an. Die Geräusche aus der schlecht isolierten Kabine sind mehr als eindeutig.

Vielleicht sollte ich die Geräuschkulisse für Aubree mit dem Handy aufnehmen. Sie fände das im Gegensatz zu mir wahrscheinlich ziemlich witzig. Oh Gott, ich kann nur hoffen, dass der Typ nicht allzu lang braucht, und bei diesem Gedanken wird mein Gesicht gleich noch heißer. Ich werfe einen Blick auf meine Uhr. Der Flieger wird in weniger als einer halben Stunde auf dem Flughafen Manchester-Boston landen, und sobald wir in den Landeanflug übergehen, ist es nicht mehr erlaubt, noch einmal aufzustehen. Ob ich es bis dahin aushalte, ist allerdings fraglich. Kann es eigentlich noch schlimmer kommen?

Dieser Tag ist einfach nur grässlich. Vom Flughafen aus sind es etwa fünfzig Meilen durch dichtesten Wald bis zur Insel – in einer guten Stunde werde ich zu Hause sein. In meinem Magen bildet sich ein fester Knoten, als ich daran denke. Zuhause.

Augenblicklich wünsche ich mir, ich wäre doch im Wohnheim geblieben und hätte mir eine Ausrede einfallen lassen, weshalb ich nicht kommen kann. Irgendetwas, um zu verhindern, dass ich dieses Haus auf der Insel je wieder betreten muss. Aber die Mail klang ziemlich dringend, und Richard Blakely ... Ich meine, er ist immer noch mein Stiefvater.

Stöhnend rutsche ich auf dem Klappsitz herum und hypnotisiere den Zeiger auf meiner Uhr, um dann wieder die Bordtoilette anzustarren. Mit den Fingerspitzen trippele ich auf meinen Knien und verfluche mich dafür, diese hautengen Jeans angezogen zu haben, die mir nun den Unterleib einschnüren. In der Toilette rumpelt es, als pralle jemand von innen gegen die Tür. Lieber Gott, das kann alles nicht wahr sein! Wenn ich Pech habe, bricht das Paar gleich noch durch das dünne Blech und fällt mir auf den Schoß. Ich unterdrücke ein Stöhnen und beiße die Zähne zusammen.

Als die Geräusche endlich verebben, kontrolliere ich reflexartig den Zeiger auf meiner Uhr, nur um gleich darauf wieder schamrot anzulaufen. Sieben Minuten. Die Tür geht einen Spalt weit auf, und heraus taumelt eine Frau mit langen blonden Haaren und ziemlich viel Make-up im Gesicht. Aus dem Ausschnitt ihrer Bluse blitzt ein Tattoo. Beim zweiten Blick erkenne ich, dass sie deutlich älter ist, als man es zuerst vermutet. Schnell senke ich den Blick, aber die Situation ist mir offenbar viel peinlicher als ihr, denn sie stöckelt los, ohne auch nur einmal kontrollierend über ihre Kleidung zu tasten. Die Tür schließt sich hinter ihr – und bleibt zu.

Mir ist klar, dass die beiden zur Tarnung nicht gleichzeitig aus der Kabine kommen können, aber muss der Typ sich jetzt noch die Haare stylen, oder warum dauert das so lange? Ich lasse den Gurt aufschnappen und stemme mich hoch. Im selben Moment, in dem meine Hand nach dem Türgriff fasst, wird sie aufgeschoben, und ich blicke in ein Paar viel zu vertraute bernsteinfarbene Augen. Die Brauen darüber wölben sich überrascht in die Höhe.

«Fuck», sagt er.

Genau das habe ich auch gerade gedacht.

Sein Gesicht ist mir so vertraut, als wären die vergangenen vier Jahre ausgelöscht. Als hätte er mir erst heute Morgen am Frühstückstisch gegenübergesessen. Ich kenne jede Einzelheit, weiß, wie ein Grübchen neben seinem Mundwinkel entsteht, wenn er grinst, oder wie er aussieht, wenn sich vor Wut seine Brauen zusammenziehen. Diese kleine Narbe an seiner Oberlippe, die sein Lächeln einen Hauch süffisant aussehen lässt – ich weiß genau, woher sie stammt, und der Gedanke daran lässt quälende Schuldgefühle in mir aufpoppen, die ich schnell wieder wegschiebe. Ich habe jetzt noch im Ohr, wie seine Stimme klingt, wenn er lacht oder einen bissigen Kommentar loslässt, und ich erinnere mich genau an die hundert Male, die sich diese Stimme über mich lustig gemacht hat. Das ist der Punkt, von dem ich mir wünschte, ich hätte ihn längst vergessen.

«Asher», stoße ich überrascht hervor und presse dann die Lippen zusammen, um ihn nicht mit offenem Mund anzustarren. Mein Herz, das spontan einen Sturzflug in meine Eingeweide gemacht hat, schlägt viel zu schnell.

Mit der rechten Hand fährt Asher sich durch das zu lange Haar. Er ist unrasiert, wodurch die kleine Narbe an seiner Oberlippe noch stärker hervortritt. Die Ärmel seines Jeanshemdes hat er hochgekrempelt. Darunter trägt er ein weißes Shirt. Ich kann nicht erkennen, ob er genauso schockiert ist wie ich. Wenn ja, dann hat er sich jedenfalls gut unter Kontrolle.

«Ivy», sagt er, und sein Adamsapfel bewegt sich, als er schluckt. «Bist du auf dem Weg zur Insel? Hat mein Dad dir etwa auch ein Ticket für diesen Flug gebucht?»

Bedeutet das, er wurde ebenfalls von seinem Vater nach Hause zitiert? Aber wie er das sagt: *mein* Dad. Ich habe den Unterton genau gehört. Und obwohl ich weiß, dass ich nicht richtig dazugehöre, noch nie dazugehört habe, schmerzt dieser Ton doch.

Ashers Mundwinkel biegen sich nach oben, und da ist es, das kleine Grübchen neben seinem linken Mundwinkel. Ich würde lügen, wenn ich behaupte, es nicht vermisst zu haben, was nur beweist, wie bescheuert ich bin. Denn wie kann man etwas vermissen, das man eigentlich verabscheut?

«Wow», sagt er und grinst noch breiter. «Es ist echt ... unerwartet, dich zu sehen.»

Erschreckend, ja. Unerwartet, nein. Allerdings hatte ich gehofft, dieser Begegnung noch etwas länger ausweichen zu können.

Auf Ashers Hals nehme ich feine Schweißperlen wahr, und im nächsten Moment spüre ich, wie sich seine muskulösen Arme um meinen Oberkörper legen. Ich habe Asher seit vier Jahren nicht gesehen, aber der teure holzige Geruch der Blakely-Männerseife ist mir immer noch viel zu vertraut. Genau genommen habe ich diesen Geruch vier Jahre lang nicht aus meinem Kopf bekommen. Offenbar habe ich ein gutes olfaktorisches Gedächtnis. Jetzt allerdings mischt sich dieser Duft mit einem Frauenparfüm. Ich spüre sein kratziges Kinn an meiner Schläfe und seinen Atem, der flüchtig mein Ohr streift.

«Unglaublich», raunt er und hält mich dann auf Armlänge von sich. «Das letzte Mal, als du auf der Insel gewesen bist, warst du fast noch ein Baby. Dir sind inzwischen doch tatsächlich Brüste gewachsen.»

Mein Gesicht wird schlagartig heiß. Das ist so typisch. Mir ist klar, dass er mich nur provozieren will, aber es fällt mir trotzdem schwer, das Schimpfwort zu unterdrücken, das mir auf der Zunge liegt. Ich schaffe es, nur ein leises «Willkommen im Mile High Club» zu flüstern, bevor ich ihn wegschiebe und mich an ihm vorbei in das winzige Klo dränge.

«Als ob du Mitglied wärst.» Asher lacht hinter mir. Auch dieses Lachen ist mir vertraut. Er kann damit gleichzeitig herablassend und schmerzerfüllt klingen, was ich noch nie verstanden habe. Und es macht mich wütend.

Ich drehe mich zu ihm um. «Ich bin die erste Vorsitzende, Arschloch!» Mit Schwung schlage ich die Tür vor seiner Nase zu. Kaum bin ich seinem Blick entkommen, hole ich keuchend Luft und stütze mich an der Wand ab, weil mir das Blut in den Ohren rauscht. Ich höre sein Lachen noch durch die dünne Tür und schimpfe mit mir selbst, weil ich ihm gegenüber nicht einfach gleichgültig reagieren kann. Ich hoffe nur, dass er nicht draußen stehen bleibt und wartet, bis ich wieder rauskomme. Bitte lass ihn einfach verschwinden und vergessen, dass ich existiere! Doch schon in der nächsten Sekunde wird klar, dass Asher mir diesen Gefallen nicht tun wird.

«Soll ich dich gleich mitnehmen?» Seine Stimme klingt freundlich. Viel zu freundlich für den Asher, den ich in Erinnerung habe. «Mein Wagen steht am Flughafen.»

«N… nein», würge ich heraus.

«Ivy», sagt er mit einem dunklen Unterton. «Es ist doch

schwachsinnig, wenn du dir extra ein Taxi nimmst. Und mit dem Greyhound bist du Stunden unterwegs, der fährt über Boston. Lass uns zusammen nach Hause fahren.»

«Nein. Danke.»

Wegen der Fluggeräusche kann ich nicht hören, ob er geht, aber nachdem einige Sekunden vergehen, ohne dass er etwas sagt, stoße ich erleichtert die Luft aus.

Mit meinem Verhalten habe ich Asher leider deutlich gezeigt, wie schnell er mich immer noch aus der Fassung bringen kann, und das ist gar nicht gut. Ich weiß auch nicht, was mit mir los ist, und ich hasse mich dafür, dass mir jetzt Tränen in die Augen schießen. Hasse es, ihn und seine blöden Sprüche vermisst zu haben. Obwohl mir klar gewesen ist, dass ich Asher höchstwahrscheinlich auf der Insel begegne, fühle ich mich überrumpelt. Er hat sich kein bisschen verändert, und er schafft es immer noch in wenigen Augenblicken, in mir die schlimmsten Eigenschaften zu wecken. Natürlich hatte ich noch keinen Sex im Flugzeug, aber das werde ich Asher bestimmt nicht auf die Nase binden.

Während ich mich hektisch aus meinen engen Jeans quäle, vermeide ich es, mich umzusehen. Bloß nicht in den Mülleimer gucken und dabei noch irgendwelche Spuren von ihm und dieser Frau finden! Doch die Hitze weicht mir nur langsam aus dem Gesicht. Zehn Sekunden in der Gegenwart von Asher Blakely reichen vollkommen aus, um mir in Erinnerung zu rufen, warum ich froh sein sollte, dass ich die Ferien immer bei einer Freundin verbringen musste und nicht nach Hause fahren durfte. Auch wenn ich mit fünfzehn nicht verstanden habe, warum Richard mich in das Internat in der Nähe von New York abgeschoben hat; im Nachhinein ist es das Beste gewesen, was mir passieren konnte. Ansonsten hätte ich irgendwann einen Mord begangen.

Ich starre auf den Seifenspender direkt vor mir, auf dem ein Logo mit schnörkeligem B prangt. Das Logo der Blakelys, also meiner Familie. *Unserer* Familie. Ich unterdrücke ein Schaudern, und nachdem ich mich endlich erleichtert habe, wasche ich mir trotzdem damit die Hände, obwohl der Geruch in mir viel zu viele Erinnerungen weckt. Wenn ich mir damit nur auch die Gefühle abwaschen könnte, die Asher in mir ausgelöst hat. Er hat etwas an sich, das mir augenblicklich den Brustkorb einengt.

Ich versuche, diese Gedanken abzuschütteln, bevor ich vorsichtig den Kopf durch die Tür nach draußen strecke. Erst nachdem ich mir sicher bin, dass die Luft rein ist, trete ich aus der Kabine. Mit zitternden Knien wanke ich durch den Gang zurück zu meinem Sitzplatz. Als ich an seiner Reihe vorbeikomme, sehe ich demonstrativ in eine andere Richtung, und kaum habe ich meinen Platz erreicht und mir den Rucksack auf den Schoß gezogen, kommt auch schon die Durchsage, dass wir uns im Landeanflug befinden. Die Temperatur in Manchester, New Hampshire, beträgt 26 Grad bei einer Luftfeuchtigkeit von 68 Prozent. Die Sonne scheint auf diesen allerschönsten Ort der USA, wie der Pilot uns mitteilt, und gleich darauf macht er einen blöden Witz über das Landemanöver. Ich kontrolliere den Flugmodus an meinem Handy und will es zurück in die Tasche stecken, da stelle ich fest, dass mein Portemonnaie nicht mehr in meinem Rucksack ist.

Shit. Das kann doch nicht sein.

Hektisch durchwühle ich meine wenigen Habseligkeiten. Mein Bullet Journal ist noch da, Gott sei Dank. Die Zeichenstifte auch. Das Buch, das ich zum Start des neuen Semesters unbedingt gelesen haben will, die einzelne Postkarte, die Aubree und ich uns selbst geschickt haben, als wir im Frühjahr für eine Woche in Mexiko gewesen sind – eine Reise, für die wir sechs Monate gespart hatten –, meine Kopfhörer, das selbstgemachte Lipgloss von Aubrees kleiner Schwester May, eine Schachtel Kaubonbons mit Zimtgeschmack. Aber kein Portemonnaie. Außer meinem Führerschein und der Kreditkarte ist damit nun auch mein Bargeld weg. Erschrocken wende ich mich an meine Sitznachbarin, einer Frau Mitte vierzig, die eine dunkelbraune Sonnenbrille trägt.

«Entschuldigung, haben Sie zufällig gesehen, ob jemand an meinem Rucksack war», frage ich mit einem Zittern in der Stimme. «Eben, als ich kurz aufgestanden bin.»

«Sorry.» Sie kaut auf einem Kaugummi, und es ist nicht mal zu erkennen, ob sie überhaupt die Augen aufhat. Ich will sie nicht verdächtigen, aber für einen Augenblick ist die Vorstellung sehr präsent, wie diese Frau in meinem Rucksack wühlt, wie ihre Finger meine persönlichen Sachen berühren, und ich muss schlucken.

«Hallo», rufe ich nach der Flugbegleiterin und winke sie zu mir heran.

«Getränke gibt es jetzt leider nicht mehr, wir sind schon im Landeanflug.»

«Ich weiß, ich ... ähm ...» Ich senke meine Stimme, weil ich vermeiden will, dass uns jemand zuhört. Vor allem will ich nicht, dass Asher etwas mitbekommt. «Ich befürchte, irgendjemand hat mein Portemonnaie aus meiner Tasche genommen, als ich eben auf der Toilette war.»

Sie beugt sich zu mir herunter. «Sind Sie sicher, dass es nicht mehr da ist?» Ihr Blick ist skeptisch. Als könnte sie sich nicht vorstellen, dass man jemanden wie mich beklaut, wo ich bloß mit einfachen Jeans und schlichter Sweatshirtjacke bekleidet bin. Ich sehe nicht nur, wie ihr Blick an meinem Körper herunterwandert, ich kann ihn förmlich fühlen.

«Ja, da bin ich sicher.» Ich will jetzt nicht in Panik ausbrechen und zwinge mich, ruhig zu atmen. Das hier ist zu viel auf einmal, und ich muss daran denken, was ich erst heute Morgen mit meinem Brush-Pen in Aubrees Journal gemalt habe:

Meine Probleme sind schöner als deine.

Tja, so viele wie ich gerade habe, muss das wohl stimmen.

«Haben Sie schon überall nachgesehen? Vielleicht haben Sie das Portemonnaie in der Hosentasche?»

Ich hebe eine Augenbraue an, dann klopfe ich demonstrativ meinen rechten Oberschenkel ab. «Ganz bestimmt nicht. Ich habe wirklich alles abgesucht.»

«Auch auf der Toilette? Vielleicht haben Sie es ja neben dem Waschbecken abgelegt?»

Man sollte meinen, eine dämliche Frage pro Gespräch wäre ausreichend. Mist, jetzt kommt die Panik doch. Das Atmen fällt mir schwerer, und mein Puls trommelt in meinem Hals. Ich versuche, mir nichts davon anmerken zu lassen, und atme langsam ein und aus. «Nein, habe ich nicht. Ich hatte es eilig und habe alles im Rucksack gelassen. Er lag die ganze Zeit hier auf meinem Sitz.» Der fast schon hochmütige Ausdruck der Stewardess lässt Wut in mir hochkochen. «Ist natürlich möglich, dass mein Portemonnaie einfach Lust auf einen Ausflug hatte und selbst aus der Tasche geklettert ist. Wie sind denn da Ihre Erfahrungswerte?»

Mittlerweile sind die anderen Passagiere auf unser Gespräch aufmerksam geworden, und es wird getuschelt. Normalerweise bin ich nicht so unfreundlich, aber das muss meiner Verzweiflung geschuldet sein. Oder es liegt an Ashers Anwesenheit. Aus den Augenwinkeln nehme ich wahr, wie er sich zu uns umdreht, und stelle mal wieder fest, dass kein anderer Mensch auf der Welt über einen so spöttisch überheblichen Gesichtsausdruck verfügt.

«Die Sache ist die», sagt die Stewardess, und es ist nicht zu

Meine Probleme sind schöner als deine.

übersehen, dass sie am liebsten mit den Augen rollen würde, «wir können leider nicht das Handgepäck aller Passagiere überwachen. Die Koffer sind selbstverständlich versichert, aber für Ihren Rucksack sind Sie selbst verantwortlich.» Sie wendet sich an meine Sitznachbarin. «Ist Ihnen etwas aufgefallen?»

«Sorry.» Der Kopf der Sonnenbrillenfrau bewegt sich nicht einmal, als sie verneint. Kennt diese Frau eigentlich noch ein anderes Wort? Nervös kaue ich auf meiner Unterlippe. «Kann man dann vielleicht, ich weiß auch nicht, die Polizei informieren, bevor die Passagiere die Maschine verlassen?» Sobald ich es ausgesprochen habe, wird mir bewusst, wie anmaßend sich das anhört.

Die Stewardess hebt abwehrend die Schultern. Ihre Augen sprechen Bände. «Wir können doch nicht alle Passagiere Ihretwegen unter Generalverdacht stellen. Ich glaube nicht, dass das im Verhältnis ...»

«Es ist nur ... also wegen meiner Platinum Card.» Ich warte darauf, dass sich ihr Gesichtsausdruck ändert, was er in den meisten Fällen tut, wenn man ein Wort wie Platinum Card in den Raum wirft. Als ihre Augen groß werden und sich ihre Miene von ‹angenervt› zu ‹überaus zuvorkommend› ändert, schäme ich mich, weil das gerade ziemlich armselig von mir war. Ganz abgesehen davon ist es nicht meine Kreditkarte, auch wenn mein Name draufsteht. Es ist die meines Stiefvaters. So wie einfach alles ihm gehört.

«Ach, vergessen Sie's», winke ich ab. Ich weiche Ashers interessiertem Blick aus, zerre den Reißverschluss meines Rucksacks zu und hänge mir einen der Gurte über den Arm. Mein Haar hängt darunter fest und ziept, aber ich lasse es so, weil ich den Schmerz irgendwie verdient habe.

«Es ist meine eigene Schuld. Sie können ja nichts dafür», sage ich entschuldigend. Warum bin ich auch auf die Toilette gegangen, ohne meinen Rucksack mitzunehmen? Ich bin nicht bloß wütend auf mich selbst, jetzt bin ich wirklich verzweifelt, was niemandem verborgen bleibt, und die Flugbegleiterin zieht mit einem mitleidsvollen Blick ab.

Die nächsten Minuten gehe ich in Gedanken durch, was ich tun muss, und einen Plan zu haben, beruhigt mich wieder: die Kreditkarte sperren lassen, mir ein Taxi suchen und den Fahrer auffordern zu warten, während ich Richards Haushälterin darum bitten muss, diesen zu bezahlen. Und anschließend herausfinden, wie ich die Karten in meinem Portemonnaie ersetze. Das ist zwar nervig, aber keine Katastrophe. Jedenfalls werde ich nicht Asher um Hilfe bitten und mit ihm zur Insel fahren. Das bringe ich einfach nicht über mich.

Als die Maschine landet und ich kurz darauf mit den anderen Passagieren durch den langen Gang zum Terminal haste, überlege ich, mich in einem der Flughafenshops zu verstecken, bis Asher es aufgibt, auf mich zu warten.

Es stellt sich allerdings heraus, dass das gar nicht nötig ist, denn von Asher ist schon am Gepäckband nichts mehr zu sehen. Meine Augen scannen die gesamte Umgebung ab, können sein Jeanshemd und das dunkelblonde Haar aber nirgends ausmachen. Was habe ich denn erwartet?

Dafür kommt die Frau auf mich zu, die sich mit ihm auf der Bordtoilette vergnügt hat. Sie hat unfassbar hohe Schuhe an, die ihre Beine um einen gefühlten Kilometer verlängern, und unwillkürlich werfe ich einen Blick auf die abgewetzten schwarzen Ankle Boots, die ich so gut wie jeden Tag trage.

«Ich bin Kadence Sawyer.» Von der Seite wirft sie mir einen neugierigen Blick zu.

«Ivy Blakely», antwortete ich automatisch, obwohl ich eigentlich nicht daran interessiert bin, Freundschaften mit Ashers Affären zu schließen. Sie ist wirklich hübsch, aber deutlich älter als Asher und dementsprechend noch viel älter als ich. Ich erinnere mich, dass Asher eigentlich immer ältere Freundinnen hatte, aber ich frage mich schon, warum sich eine erfahrene Frau mit einem Typen einlässt, der so offensichtlich ein Arsch ist?

«Du hast denselben Nachnamen wie Asher.» Kadence wirkt überrascht.

«Muss daran liegen, dass wir verwandt sind», murmle ich und ahne gleich, dass es ein Fehler ist und sie mir nun erst recht nicht von der Seite weichen wird.

«Ihr seid verwandt?»

Ich seufze, denn jetzt ist es auch egal. «Asher ist mein Stiefbruder.»

«Oh.» Jetzt sieht sie wirklich neugierig aus. «Ich habe mir schon gedacht, dass ihr euch irgendwoher kennt. Dein Bruder also.» Sie lacht auf. «Das ist ja super.»

Ich verziehe den Mund, weil mir nicht klar ist, was daran bitte super sein soll. Ich freue mich ja auch nicht über einen Gendefekt. «Stiefbruder», wiederhole ich, obwohl das genau genommen nicht richtig ist, denn sein Vater Richard Blakely hat mich nach der Hochzeit mit meiner Mutter adoptiert. Damals war ich zwölf, und ich bin mir sicher, hätte er gewusst, dass meine Mutter drei Jahre später sterben und ihm damit die volle Verantwortung für mich überlassen würde, er hätte sich die Sache mit der Adoption noch einmal reiflich überlegt.

Kadence betrachtet mich neugierig, aber ich achte nicht auf sie und hypnotisiere stattdessen das Rollband, das noch leer an uns vorbeizieht. Schließlich treffen die ersten Gepäckstücke ein, und Kadence zieht einen superschicken, stabilen Hartschalenkoffer vom Band. Es ist mir fast peinlich, nach meiner alten unförmigen Sporttasche direkt dahinter zu greifen, aber ich schlucke den Gedanken schnell herunter. Immerhin habe ich sie von meinem eigenen Geld gekauft und nicht Richard zu verdanken. Trotzdem bemerke ich, wie Kadence irritiert eine Augenbraue anhebt, als sie mein Gepäckstück registriert. «Hast eine harte Zeit hinter dir, was?»

Im ersten Moment bin ich sprachlos. Aber eigentlich kann ich ihr diese Bemerkung nicht einmal verübeln, denn meine Tasche sieht wirklich alles andere als Blakely-like aus. Ich versuche, mir vorzustellen, wie ich damit in die Firmenzentrale in Manchester marschiere, und muss unwillkürlich grinsen. «Kann man so sagen.»

Als wir gemeinsam Richtung Ausgang gehen, entdecke ich einen dieser Werbestände von American Express, wo Mitarbeiter Neukunden anwerben, und erleichtert bleibe ich stehen. «Entschuldige, Kadence. Es hat mich wirklich gefreut, dich kennenzulernen, aber ich muss dringend nach ... Hause.» Dieses Wort auszusprechen, sorgt dafür, dass ich danach erst einmal tief Luft holen muss. «Und ich muss hier noch schnell was erledigen. Vielleicht sehen wir uns ja mal wieder. Also wenn ... ähm, du und Asher ... Kennt ihr euch schon länger?»

Was ich eigentlich damit meine, ist länger als die halbe Stunde, bevor er mit ihr auf der Toilette verschwunden ist, aber das auszusprechen, kann ich gerade noch unterdrücken. Nur befürchte ich, dass Kadence mir meine Gedanken ohnehin vom Gesicht ablesen kann.

Sie bleibt stehen, wirkt aber völlig ungezwungen. «Ehrlich gesagt kenne ich Asher schon ziemlich lange. Auch wenn es dich vielleicht schockiert, aber ab und zu, wenn wir beide Lust dazu haben, treffen wir uns. Von dir hat er allerdings noch nie etwas erzählt.» Ihr Blick fällt nachdenklich von oben auf mich herab, als würde sie sich ernsthaft darüber wundern.

Mich wundert das allerdings überhaupt nicht. «Sorry, ich wollte nicht neugierig sein. Das alles geht mich wirklich gar nichts an. Aber wenn ich ehrlich bin», tief hole ich Luft, «ich würde an deiner Stelle wahrscheinlich seine Nummer blockieren.»

Kadence lacht auf. «Du hast recht», sagt sie. «Das geht dich wirklich gar nichts an.» Mit einer geübten Handbewegung streicht sie ihr langes Haar über ihre rechte Schulter. «Vielleicht sehen wir uns wirklich irgendwann noch mal, Ivy Blakely.» Sie winkt mir zum Abschied mit einer Hand zu.

«Ja, vielleicht», sage ich möglichst gelassen. Und im Stillen beschließe ich für mich, um sie und vor allem um Asher in den nächsten Tagen einen großen Bogen zu machen.

Kapitel 2

Ich stehe vor dem Flughafengebäude, wo mir die Sonne direkt ins Gesicht brennt, und kann nicht verhindern, dass mein Blick suchend über die Straße irrt. Auch wenn es unsinnig ist, erwarte ich doch einen Ford F an mir vorbeirauschen zu sehen oder einen anderen monstergroßen Angeber-Pick-up, der gut zu Asher passen würde. Doch natürlich ist mein Stiefbruder längst über alle Berge. Garantiert hat er mitbekommen, dass mir meine Kreditkarte gestohlen worden ist, und trotzdem hat er mich meinem Schicksal überlassen. Seine Frage, ob er mich mitnehmen solle, war also nur blödes Gerede. Natürlich will ich gar keine Hilfe von ihm, aber dass er sein Angebot eben gar nicht ernst gemeint hat, ist nur einer der Gründe, warum ich mich über ihn ärgere. Der zweite ist der Anblick seines Hinterns, der sich in meinem Kopf festgesetzt hat wie eine Zecke. Immer wieder sehe ich Asher vor mir und die Kontraktionen seiner Muskeln – das würde ich nun wirklich lieber vergessen.

Weil es so warm ist, ziehe ich meine Sweatshirtjacke aus und stopfe sie in die Sporttasche. Ich puste mir den Pony aus der Stirn, schütze mit der linken Hand mein Gesicht vor der Sonne und tippe mit der rechten auf mein Handy in der Hoffnung, dass Aubree nicht mehr in der Uni sitzt und abnimmt. Sie hat im Gegensatz zu mir noch zwei Prüfungen ihrer Finals vor sich und kann erst Ende der Woche nach Hause fahren. In den letzten Jahren habe ich sie immer begleitet, und ich will nachkommen, sobald ich diese Angelegenheit mit meinem Stiefvater erledigt habe, denn ich vermisse sie und ihre Mom und May jetzt schon schmerzlich.

Es klingelt viermal.

«Oh Gott, ist es so schlimm?», fragt sie, noch bevor ich mich geräuspert habe. «Ich habe frühestens heute Abend mit deinem Anruf gerechnet. Haben die Blakelys dich jetzt schon kleingekriegt?»

Ich schiele zu einem älteren Mann mit Turban, der mit mehreren Plastiktüten beladen auf ein freies Taxi wartet, und drehe mich zur Seite, als könnte ich damit verhindern, dass er unserem Gespräch lauscht. «Ich bin noch nicht mal angekommen», gestehe ich ihr. «Aber im Flieger habe ich Asher getroffen, und er ...» Ich halte inne, weil ich Aubree nicht volljammern möchte. Sie hat sich von mir schon so viel über das Asher-Thema anhören müssen, dass es für die nächsten zweihundert Jahre reicht. «... und mir wurde mein Portemonnaie geklaut.»

«Oh, verdammt.»

«Ist nicht so dramatisch», sage ich schnell. «Ich konnte meine Kreditkarte noch am Flughafen sperren lassen. Aber diese blöde Lauferei, um einen neuen Führerschein und so zu bekommen, da könnte ich echt drauf verzichten.»

«Hattest du viel Bargeld dabei?»

Ich schnaube. «Hatte ich jemals viel Bargeld?»

«Also nicht. Wenigstens etwas.»

«Eigentlich will ich gar nicht darüber reden, aber ich habe das Gefühl, mir platzen gleich sämtliche Adern. Kannst du mich bitte irgendwie ablenken? Wie war denn dein Tag so?»

Aubree holt tief Luft, aber sie fragt nicht nach. Sie weiß genau, was in mir vorgeht, schließlich haben wir uns schon im Internat jahrelang ein Zimmer geteilt und wohnen nun gemeinsam im Wohnheim auf dem Campus. Dass ich nicht von Asher reden will, sagt ihr bestimmt mehr, als mir lieb ist. Ich lausche auf ihren ruhigen Atem, der so tief klingt, als könne man darin eintauchen, und dann fängt sie an zu erzählen. Von Taylor, der ihr heute in der Mensa einen Oreo-Keks über die Makkaroni gebröselt hat. Von ihrem vergeigten Vortrag im Poetry Workshop und schließlich von Dekan Strout, der sie dabei erwischt hat, wie sie sich auf ihren Nebenjob als Synchronsprecherin vorbereitet hat, und dabei klettert ihre Stimme nervös in die Höhe.

«Wieder für eine Telenovela?», frage ich. Aubree hat fast ein Jahr lang einer jungen Señorita aus einer mexikanische Seifenoper ihre Stimme geliehen. Bis zu deren Serientod.

«Schön wär's.» Aubree stöhnt auf. «Für einen von diesen japanischen Anime-Pornos. Ich weiß nicht, warum sie mir diese Rolle überhaupt angeboten haben. Warum muss so etwas überhaupt synchronisiert werden? Ist ja nicht so, als ob es da tiefgründige Dialoge gäbe. Ganz abgesehen davon, dass dieses Frauenbild widerlich ist, du kannst dir nicht vorstellen, wie schrecklich dieses Rumgestöhne ist!»

Oh doch, das kann ich. Ich denke an Asher, Kadence und die Bordtoilette. «Na ja, wenigstens musst du dir dafür nicht so viel Text einprägen.»

«Haha. Nicht witzig. Normalerweise bekommen wir doch niemals vorher das Dialogbuch zu sehen, die Texte werden erst kurz vor der Aufnahme bereitgestellt. Aber ich habe mir einfach ein altes Dialogbuch geben lassen, um das mal zu üben. Ich war hinter der Sporthalle, und es war kein Mensch zu sehen, nicht mal einer von den Football-Pennern. Und gerade als ich das erste Stöhnen und einen zugegebenermaßen ziemlich vulgären Satz von mir gegeben habe, steht plötzlich Dekan Strout hinter mir.»

Ich muss mir in die Hand beißen, um nicht laut loszuprusten. «Oh Gott. Bestimmt hat er gedacht, dass du Hilfe brauchst.»

«Ivy, ich bin fast gestorben. Ich habe ihm das Script gegeben und erklärt, dass ich nebenbei synchronspreche, um mir etwas dazuzuverdienen. Aber garantiert hat er mir kein Wort geglaubt. Wahrscheinlich meint er nun, dass ich diese bescheuerten Texte selber schreibe und unter Pseudonym auf irgendwelchen Plattformen hochlade.»

«Oder noch schlimmer, er denkt, dass du wie deine Mom schauspielern willst.»

Aubrees Mom ist ziemlich erfolgreich, seit sie als Ermittlerin in einer Netflix-Serie zu sehen ist. Aber sie ist der Meinung, dass ihre Töchter trotzdem nichts geschenkt bekommen sollen. Deshalb bezahlt sie zwar alles, was die Uni betrifft, aber jeden kleinen Luxus muss Aubree sich selbst erarbeiten, und seien es auch nur ein paar neue Klamotten.

«Oh Gott, daran habe ich gar nicht gedacht! Dann wird der alte Sack heute Nacht bestimmt auf irgendwelchen Pornoseiten nach meinem Namen suchen.»

Ich gebe einen undefinierbaren Laut von mir. «Du hast gewonnen. Dein Tag ist definitiv entsetzlicher als meiner. Keine Begegnung mit Asher kann so schlimm sein wie die Vorstellung von Strout, der mit heruntergelassener Hose vor seinem Rechner sitzt, während er sich durch Fotos auf deiner Facebookseite klickt.» Ich blicke hoch und direkt in die Augen des Turban-Mannes, der die Brauen zusammengezogen hat und wütend auf etwas herumkaut, das aussieht wie eine Miswak-Wurzel. Entschuldigend hebe ich die Schultern und ziehe eine Grimasse.

«Oh Gott, pflanz mir keine Bilder in den Kopf. Keine Bilder, lalalalala.» Aubree trällert los, dann fragt sie fast ängstlich: «Denkst du wirklich, er geht auf meine Facebookseite?»

Ich nicke, was Aubree natürlich nicht sehen kann. «Und auf dein Instagram-Profil.»

«Ich stelle die sofort auf privat», droht sie. Dann fängt sie unvermittelt an zu lachen. «Hat es dich denn abgelenkt? Wenn ja, dann hat sich der ganze Ärger wenigstens für etwas gelohnt.»

«Danke. Ich fühle mich gleich viel besser, jetzt, wo ich weiß, dass dein Leben noch schlimmer ist als meins. Du bist eine wahre Freundin.»

«Gern geschehen.»

«Wirst du diese Aufnahmen denn jetzt machen? Das Anime, meine ich.»

«Auf keinen Fall, das kann ich meiner Mom nicht antun. Nicht mal unter Pseudonym. Ich hab dem Studio gerade eine Mail mit der Absage geschickt. Eigentlich dachte ich, das wäre leicht verdientes Geld, aber das bringe ich nicht über mich. Ab jetzt nur noch Telenovelas für mich. Oder ich spreche wieder kleine Jungs in Zeichentrickserien.» Ich höre sie seufzen und dann, wie sie eine Schranktür zuwirft. «Ich muss Schluss machen. Meine Mom lädt mich heute zum Essen ein, und ich will mich noch stylen, obwohl ich echt keine Lust habe, den Abend mit ihrem neuen Typen zu verbringen.»

«Ich dachte, er wäre beim letzten Mal so nett gewesen?»

«Ja, schon, aber inzwischen bin ich misstrauisch geworden. Der ist so freundlich, als würden sie schon den nächsten Schritt planen, dabei kennen sie sich gerade mal einen Monat. Bestimmt ist er nur hinter ihr her, weil sie ein Promi ist. Du kannst froh sein, dass dein Stiefvater dich nicht ständig mit potenziellen neuen Müttern konfrontiert.»

Ich weiß, dass sie das nicht ernst meint, trotzdem versetzt mir dieser Satz einen Stich. Ich würde jeden Ärger in Kauf nehmen, um wenigstens noch einen Elternteil zu haben. Ich meine einen richtigen, der sich für mich interessiert, und nicht bloß einen Stiefvater, der mich nicht um sich haben will.

«Na ja», sage ich. «Wer weiß, was er jetzt von mir will. Aber es ist mir im Grunde eh egal.» Wenn ich mir das oft genug sage, glaube ich womöglich selbst daran. «Vermutlich will Richard nur mit mir reden, weil er gemerkt hat, dass ich mit neunzehn auf eigenen Beinen stehen sollte und er nun alte Verpflichtungen loswerden kann.» Dafür habe ich fast schon Verständnis, denn ich würde auch gerne ein paar alte Erinnerungen loswerden.

«Das glaube ich nicht. Es sei denn, seine Firma ist pleite, und er kann dein Studium nicht länger finanzieren.»

«Kann ich mir nicht vorstellen.» Aubrees Vermutung tue ich gleich mit einem Kopfschütteln ab. Richards Urgroßvater William Blakely hat die Blakely Corporation vor mehr als neunzig Jahren gegründet, sein Vater Anthony hat sie weitergeführt, aber erst Richard hat die Firma zu einem großen Konzern ausgebaut. Dass er finanzielle Probleme haben könnte, liegt jenseits meiner Vorstellungskraft. Richard Blakely ohne sein Unternehmen ist undenkbar, und außerdem sieht man das Logo wirklich überall. Sie beliefern sogar das Weiße Haus.

«Hast du nicht mal erzählt, er wäre ziemlich religiös? Vielleicht ist er inzwischen irgendeiner Sekte beigetreten und will dich nun in die Gemeinschaft einführen.»

«Du spinnst. Er ist bloß katholisch und kein Sektenanhänger. Aber danke, deine Spekulationen helfen wirklich sehr, mich zu beruhigen.»

Sie seufzt. «Sorry, war keine Absicht. Ich bin vielleicht auch ein klitzekleines bisschen nervös. Wenn du mich heute Abend brauchst, ruf einfach an, ja? Das heißt, nein, schick mir eine Nachricht, dann schleiche ich mich im Restaurant auf die Toilette. Bestimmt schleppt Mom mich wieder in einen von diesen Luxustempeln, wo man sein Handy nicht benutzen darf.»

«Mach ich. Und sei nicht so hart zum neuen Freund deiner Mom. Wahrscheinlich hat er nur Angst vor deiner Reaktion, wenn sie dir beichten, dass sie heiraten wollen.» Ich strecke Aubree die Zunge raus, auch wenn sie es nicht sehen kann.

«Hast du mir jetzt gerade die Zunge rausgestreckt?»

Ich lache. Sie kennt mich einfach zu gut.

«Heiraten, tse! Wir reden später. Und lass dich nicht unterkriegen!» Dann legt sie auf.

Immer noch grinsend, schiebe ich das Handy zurück in das Außenfach meines Rucksacks. Ich mache einen Schritt nach vorn, weil der Turban-Mann gerade seine Plastiktüten im Kofferraum eines Taxis verstaut und ich als Nächste an der Reihe bin. Da lässt mich ein plötzlich heranrauschendes Auto erschrocken zurückspringen. Ich habe nicht einmal ein Motorengeräusch gehört, und einen Fluch unterdrückend, werfe ich dem dunkel getönten Seitenfenster, das direkt vor mir auftaucht, einen bösen Blick zu. Die Scheibe surrt herab.

«Steig ein», ruft mir eine Stimme zu. Ich kneife die Augen zusammen, um im Inneren etwas zu erkennen, aber die Gänsehaut, die mich beim Timbre dieser Stimme überläuft, macht das eigentlich unnötig.

Asher.

Aber Asher und ein Elektroauto? Das sind zwei Dinge, die ich nicht zusammenbringe. Ganz automatisch geht mein Blick zum Kofferraum, wo ich durch die Scheibe ein riesiges Gitter erkennen kann.

«Der Kofferraum ist besetzt. Wirf die Tasche einfach auf den Rücksitz.»

Im nächsten Moment bewegen sich die hinteren Seitentüren elektrisch nach oben und lassen das Auto aussehen wie ein Insekt mit abgespreizten Flügeln, das gleich abheben will. Jetzt erkenne ich auch, wofür das seltsame Gittergestell im Kofferraum gedacht ist – es ist eine Transportbox für Hunde.

«Ich dachte, du wärst schon weg», sage ich etwas hilflos, weil ich mich nicht entschließen kann, ob ich erleichtert sein soll, dass Asher doch auf mich gewartet hat, oder ob ich nicht lieber weiterhin meine Wut auf ihn pflegen will.

«Der Parkplatz ist ganz am Ende des Flughafengeländes, ich musste erst mit dem Shuttle hinfahren. Also, was ist nun?» Er spricht nach vorne zur Windschutzscheibe und sieht kein einziges Mal zu mir, was in meinem Bauch ein Brodeln erzeugt. Denkt er, ich würde sofort freudig in sein Auto springen, nur weil er mir das sagt? Ohne mich auch nur anzusehen?

«Tja, nett von dir, aber du musst dich nicht mit meiner Gesellschaft belasten, da vorne kommt schon mein Taxi. Bis später!» Ich gehe einfach los und lasse ihn stehen. Ich weiß, dass es irrational ist, weil ich kein Geld habe, aber ich kann einfach nicht anders. Das Einzige, was ich bereue, ist, dass ich gerade sein dämliches Gesicht nicht sehen kann, denn ich wette, damit hat er nicht gerechnet. Innerlich gebe ich mir ein High five, während ich meine Tasche auf die Schulter hochwuchte. Ich schaffe das! Ich werde die Zeit hier überstehen, und vielleicht macht es mir sogar Spaß, wenn ich Asher weiter so abblitzen lassen kann. Schließlich bin ich keine fünfzehn mehr.

Das Taxi kommt heran und bremst in der Haltebucht. Ich winke dem Fahrer und lege einen Zahn zu, aber noch bevor ich auch nur in der Nähe des Türgriffs bin, stürmt ein älteres Ehepaar an mir vorbei. Die Frau schubst mich mit ihrer Handtasche regelrecht beiseite, und ihr Mann reißt die Tür auf. Sekunden später sehe ich nur noch die Rücklichter aufleuchten.

Völlig entgeistert starre ich dem Taxi hinterher und atme tief ein und aus. Das ist jetzt gerade nicht wirklich passiert, oder? Während ich immer noch in die Richtung schaue, in die das Taxi verschwunden ist, höre ich nur am Knirschen der Reifen, dass Ashers Wagen wieder angefahren ist und zu mir aufschließt, denn der Motor ist absolut geräuschlos. Aus dem Inneren des Wagens ertönt *Love Is Madness* von Thirty Seconds To Mars, und ich presse kurz die Lippen zusammen, bevor ich mich Ashers Auto zuwende. «Okay, du hast gewonnen. Aber kannst du wenigstens einen anderen Song spielen?»

Asher guckt zwar immer noch nach vorn, doch sein rechter Mundwinkel bewegt sich amüsiert nach oben. «Mein Auto, meine Musik.»

So viel zu seinem Entgegenkommen. Und so viel zu meinem Plan, ihn einfach abblitzen zu lassen.

Mit einem unterdrückten Stöhnen werfe ich meine Sporttasche hinten rein und sehe zu, wie sich die Flügel des Autos wieder schließen. Dann versuche ich, die Beifahrertür zu öffnen, aber der Griff ist bündig in der Tür versenkt und lässt sich nicht greifen. «Muss man bei deinem Auto irgendeinen Zauberspruch aufsagen, um es aufzubekommen?»

«Jep.»

«Sesam, öffne dich?»

Auch ohne die andere Seite seines Gesichts sehen zu können, weiß ich, dass sich jetzt diese kleine Kerbe in seinen Mundwinkel gräbt. «Versuch's mal mit: *Bitte, o großartiger Asher, könntest du mir die Tür aufmachen? Ich würde alles tun, um in deinem Wagen mitzufahren.*»

«Ich weiß nicht», erwidere ich trocken. «Kann ich stattdessen nicht einfach meine Seele verkaufen?»

Asher lacht. «Deinen Körper vielleicht, aber wer will schon deine Seele?»

So ein Blödmann! Ich überlege, ihm meinen Rucksack an den Kopf zu pfeffern, lasse es aber, weil mir mein Bullet Journal und die Zeichenstifte zu kostbar sind.

Asher beugt sich grinsend über den Beifahrersitz und blinzelt zu mir hoch. Für einen kurzen Moment habe ich das Gefühl, jemand hätte ein Licht in seinen Augen angeknipst, denn die bernsteinfarbenen Flecken darin blitzen in der Sonne auf wie Gold. «Eigentlich reicht es, wenn du außen gegen den Griff drückst, dann springt die Tür von allein auf. Aber nett, wie ich bin ...» Er richtet sich wieder auf und tippt auf ein riesiges Tablet in der Mitte des Armaturenbretts, und die Beifahrertür springt automatisch auf.

Ich lasse mich auf den Sitz gleiten und werde sofort von seinem Geruch umfangen. Er riecht immer noch nach Blakely-Seife, aber auch ein klein wenig verschwitzt, was ich überraschenderweise kein bisschen unangenehm finde. Im Gegenteil. Trotzdem hätte ich gerne mehr Raum zwischen uns als nur eine Mittelkonsole. Ein Ozean wäre optimal.

Mit einem Klicken lasse ich den Gurt einrasten und starre auf das Tablet, das die 3D-Version einer Landkarte zeigt.

«Irgendwie kommt mir das komisch vor», sage ich, während ich den Rucksack auf meinem Schoß zurechtrücke. «Elektroauto fahren und dann Kurzstrecken mit dem Flugzeug fliegen und jede Menge CO_2 in die Atmosphäre blasen? Ist das nicht ziemlich unlogisch?»

Asher zuckt mit den Schultern. «Dad hat das Ticket gebucht und meinen Wagen herbringen lassen, ich wollte eigentlich noch ein paar Tage für Meetings in New York bleiben und dann mit dem Zug zurückfahren. Und außerdem ...» Er zieht sein Handy aus der Mittelkonsole und öffnet eine App, in die er schnell etwas eingibt. «... habe ich für den Flug ...» Tipp, tipp. «... gerade hundert Dollar an *myclimate* gespendet.»

«Wow», sage ich. «Das ist echt großzügig von dir. Muss toll sein, wenn man alles mit Geld regeln kann.» Ich kann mich einfach nicht zurückhalten und ärgere mich über mich selbst, weil ich weiß, dass ich ihn nicht provozieren sollte. Und weil das gerade schon irgendwie anständig war.

«Sprichst du aus eigener Erfahrung?» Er wirft mir einen Blick mit gehobenen Augenbrauen zu. «Ach nein, du verdienst ja gar kein eigenes Geld, sorry. Wie fühlt es sich denn an, das Geld meines Dads auszugeben? Gewöhnt man sich an das schlechte Gewissen, oder macht es mehr Spaß, wenn man es gleich ganz ignoriert?»

Ich wusste, ich würde es bereuen. Eine Minute mit Asher, und ich will ihm am liebsten ins Gesicht schlagen. Mit einem Backstein. Den Gurt meines Rucksacks schlinge ich so fest um meine Hand, dass sich das Blut darin staut, aber das verschafft mir nur wenig Befriedigung.

«Man gewöhnt sich dran, *und* es macht Spaß», presse ich durch zusammengebissene Zähne und höre Asher daraufhin schnauben. Ich löse den Gurt erst, als meine Hand taub wird. Das Prickeln, das danach durch meine Finger pulsiert, sorgt dafür, dass ich mich ganz auf den Schmerz konzentrieren kann und es tatsächlich schaffe, nichts weiter zu erwidern.

Asher fährt los, und obwohl er nicht einmal richtig Gas gibt, beginnt es in meinem Magen vor Sorge zu ziehen. Unwillkürlich suche ich an der Tür nach einer Möglichkeit zum Festhalten, weil ich Angst habe, dass er mir etwas beweisen will. Ich kann mich noch daran erinnern, wie er früher mit seinem Motorrad durch die Gegend gerast ist, und bin nicht scharf darauf, das hautnah zu erleben, selbst wenn beruhigend viel Blech um mich herumgebaut ist. Aber Asher fädelt sich nur gemächlich in den fließenden Verkehr ein, und das Ziehen in meinem Magen lässt nach. Erleichtert atme ich aus, weil Ashers Fahrweise nicht mal ansatzweise so ist, wie ich es eigentlich von ihm erwartet habe. Er fährt sogar eher vorsichtig, hält mehr als genug Abstand zu seinem Vordermann und bremst mehrmals ab, um

Fußgänger über die Straße zu lassen. Das Navi hat er nicht eingestellt, aber ich schätze, dass wir mindestens eine Stunde bis zur Insel unterwegs sein werden.

Eine Stunde mit Asher – schaffe ich.

Doch als Asher kurz am Straßenrand anhält, um sein Jeanshemd auszuziehen, bin ich mir da nicht mehr so sicher. Das Shirt darunter ist so eng, dass ich das Muskelspiel seiner Oberarme sehen kann, und als er wieder losfährt und die rechte Hand locker auf sein Knie legt, fange ich vor Nervosität an, die Fransen zu zählen, die an der abgewetzten Stelle seiner Jeans gleich daneben abstehen. Asher hat leider unverschämt schöne Hände. Sie sind kräftig und gebräunt, die Fingernägel kurz und gepflegt, und er hat an seiner rechten Hand ein kleines Muttermal genau an der Bucht zwischen Daumen und Zeigefinger. Wenn er eine Faust ballt, so wie jetzt gerade, treten einzelne Adern auf seinem Handrücken hervor.

«Du starrst mich an.»

Ich zucke zusammen. Woher will er das wissen, wenn er nicht einmal zu mir rüberschaut? «Tue ich nicht.»

«Dann muss es wohl doch die Sonne sein, die mir ein Loch in die Beine brennt. Dabei hätte ich schwören können, dass du meine Jeans inspizierst.»

Ich will nicht rot werden, befürchte aber, dass sich das meiner Kontrolle entzieht. «Ich habe mich nur gerade gefragt, ob du regelmäßig zur Maniküre gehst. Ist das Standard, so als Blakely-Mann? Kommt einmal die Woche eine Kosmetikerin in die Firma und macht bei den Managern reihum die Hände schön?» Die Vorstellung ist irgendwie witzig.

Das denkt wohl auch Asher, denn er fängt spontan an zu lachen, und diesmal ist es nicht spöttisch, sondern fast ... nett. Es verändert sein Gesicht vollkommen, seine Haltung, einfach die ganze Atmosphäre im Auto. Ich spüre ein Kribbeln in meinem Magen aufsteigen, aber es ist diesmal kein Ärger, sondern ein angenehmes Prickeln, warm und irgendwie freudig. Es passt gar nicht zu meiner Vorstellung von einer Autofahrt mit meinem Stiefbruder.

«Normalerweise nicht», gibt er zu. «Aber vor ein paar Tagen hatten wir einen Pressetermin, und sie wollten unbedingt Fotos von meinen Händen mit unserer Seife.»

«Und dafür hast du eine Maniküre bekommen?»

«Die erste und letzte in meinem Leben», erklärt er. «Aber der Marketingabteilung hat es gefallen, und sie planen, die Fotos auch noch für eine Plakatserie zu nutzen. Du kannst meine Hände also demnächst landesweit in King-Kong-Größe bewundern.»

«Toll.» Das fehlt mir gerade noch. Das heißt also, dass ich selbst in New York nicht davor sicher sein werde, an Ashers Hände zu denken – und an das, was er eben noch auf der Bordtoilette damit angestellt hat. Anstatt seiner Hände sehe ich nun sofort wieder einen anderen Körperteil vor mir und muss schlucken. «Kennst du Kadence eigentlich schon lange?» Keine Ahnung, warum ich ihn das überhaupt frage, denn sie hat mir die Antwort auf diese Frage ja schon gegeben. Wahrscheinlich kann ich einfach nur keine Stille zwischen uns ertragen. Oder ich will mir in Erinnerung rufen, was für ein Arsch er ist, jetzt wo dieses Gespräch fast freundschaftlich verläuft.

«Wen?» Er hebt eine Augenbraue an.

«Das ist so armselig», erwidere ich, und er grinst. Er weiß genau, von wem ich rede, und will mich nur zappeln lassen. Trotzdem spiele ich das Spiel mit. «Kadence, die Frau aus dem Flugzeug. Du erinnerst dich vielleicht? Sie hat blondes Haar, kilometerlange Beine und ein hübsches Gesicht mit ersten Fältchen um die Augen. Sie ist bestimmt fünfzehn Jahr älter als du.»

«Ach *die* Kadence.» Das Grinsen verschwindet langsam. «Sie ist eine Freundin von meinem Kumpel Liam, du kennst ihn nicht, wir waren zusammen in Dartmouth. Wir sind vorletztes Jahr in New York gemeinsam auf dem Governors Ball Festival gewesen sind. Habt ihr euch unterhalten?»

Ich beantworte seine Frage nicht, stattdessen starre ich ihn entgeistert an. «Du warst auf dem Governors Ball Music Festival? Du hast Shawn Mendes auf Randalls Island gesehen? Live?»

Er wirft mir einen finsteren Blick zu. «Hätte ich gewusst, dass dich das so begeistert, hätte ich es für mich behalten», antwortet er schroff. «Und bevor du fragst, nein, mein Player kann Shawn Mendes nicht abspielen. Mein Wagen muss sich sonst übergeben.» Asher berührte mit dem Zeigefinger das Tablet, und die Musik, die bis eben leise im Hintergrund dahingeplätschert ist, verstummt.

«Das arme Auto.» Unwillkürlich muss ich lächeln. Aber dann denke ich daran, dass ich früher in meinem Zimmer auf der Insel ein Poster von Shawn Mendes an der Wand hängen hatte. Asher hätte sich daran erinnern können. Aber natürlich nur, wenn er in den vergangenen vier Jahren auch nur einmal an mich gedacht hätte.

«Was wolltest du von Kadence?», fragt er.

«Ich ... gar nichts. Sie hat mich angesprochen, als wir auf unser Gepäck gewartet haben. Ich glaube, sie wollte nur wissen, ob wir beide – also du und ich – uns gut kennen. Also auf *andere* Art.» Ich spare mir die Geste dazu, er wird wohl auch so wissen, was ich meine. «Sie war ziemlich überrascht zu erfahren, dass du mein ... Bruder bist.» Ich stocke kurz bei diesem Wort und bin erstaunt, Asher dabei regelrecht zusammenzucken zu sehen.

«Dein Bruder.» Er beißt die Zähne zusammen, was ich daran

erkenne, wie sich seine Wangenmuskeln verhärten. Aber nicht bloß sein Gesicht ist angespannt, auch seine Hände umklammern das Lenkrad mit einem Mal so fest, dass die Knöchel weiß hervortreten. «Das war ich nie, Ivy», sagt er.

Es ist wie ein Schlag in den Magen. Der Schmerz kommt unerwartet, ich kann mich nicht davor wappnen. Ich weiß ja, dass er mich hasst, habe es all die Jahre geahnt, trotzdem tut es unendlich weh, es nun direkt aus seinem Mund zu hören.

Das war ich nie, Ivy.

Ich halte den Atem an, weil ich Angst habe, sonst ein Geräusch von mir zu geben, das meine Gefühle verraten würde, und drehe mein Gesicht schnell zum Fenster. Warum habe ich das nur gesagt? Wenn ich geahnt hätte, dass er so barsch reagiert, ich hätte dieses Wort nie ausgesprochen. Blinzelnd starre ich nach draußen. Die Bäume ziehen an mir vorüber wie in einem Kaleidoskop, ein Chaos aus Licht und Farben. Ich lege meine Stirn gegen die kühle Fensterscheibe und schlucke den Schmerz herunter.

«Wie lange wirst du hierbleiben?», hakt er nach, und die Frage klingt nach viel mehr.

Wie lange muss ich dich ertragen? Wie lange willst du meinem Vater noch auf der Tasche liegen? Wann bist du endlich verschwunden?

Ich habe keine Ahnung, was sein Vater von mir will oder wie lange es dauern wird, aber ich muss mich mit der Antwort selbst beruhigen. «Spätestens am Samstag will ich wieder weg sein.»

Er atmet erleichtert aus, und das finde ich sogar noch schlimmer, als wenn er mir ein «Verschwinde aus meinem Leben!» entgegenschleudern würde.

Kapitel 3

Wir fahren an einem Golfplatz vorbei und kriechen hinter einem Bus her, der eine ganze Weile vor uns bleibt. Es dauert mehrere Minuten, bis ich meiner Stimme genug traue, um wieder zu sprechen. «Dein Vater hat mich herbestellt, aber er hat mir nicht gesagt, worum es geht.» Ich betone es nicht absichtlich, trotzdem hoffe ich, dass Asher es als Friedensangebot ansieht, weil ich nur von *seinem* Vater spreche. «Weißt du vielleicht, warum?»

«Keine Ahnung. Er hat mir auch nur das Flugticket geschickt. Ich habe ihn seit zwei Wochen nicht gesehen und in der Zeit auch nur einmal mit ihm telefoniert. Dabei hatten wir natürlich andere Themen als dich.»

Natürlich.

Seine Stimme klingt gleichgültig. Da er nichts weiter mehr sagt und nur stur vor sich auf die Fahrbahn schaut, finde ich mich damit ab und starre ebenso störrisch nach draußen. Nach einiger Zeit öffne ich seufzend meinen Rucksack und ziehe Hedwig heraus. Den Namen hat mein Bullet Journal von Harry Potters Eule geerbt. Es hat einen schneeweißen Einband und darauf einen schlichten schwarzen Schriftzug. Und so wie Harrys Posteule Briefe bringt, so sammle ich in meiner Hedwig kleine Nachrichten an mich selbst. Aubree hat ein ähnliches Buch und es Errol genannt, nach dem Riesenkauz der Familie Weasley.

Meine Finger streichen über den Einband. Bisher hat mir das Malen immer geholfen, meine Gedanken zu sortieren, und ließ mich sofort runterkommen, und ich hoffe, das tut es auch jetzt. Hedwig ist wie ein Tagebuch für mich, obwohl ich niemals meine persönlichen Gedanken darin notieren würde, sondern immer nur einzelne Sätze und Sprüche. Denn mit Tagebüchern, die offen herumliegen, habe ich schon einmal schlechte Erfahrungen gemacht. Schlechte Erfahrungen, bei denen mein Stiefbruder eine nicht unbedeutende Rolle gespielt hat. Aber auch ohne Einträge weiß ich bei jedem Handlettering sofort, was an diesem Tag passiert ist.

Nach einem Seitenblick zu Asher klappe ich den Deckel auf. Zwar könnte er aus meinen Letterings nichts Privates ableiten, aber ich will vermeiden, dass er sich mal wieder über mich lustig macht. Ganz vorne auf den gepunkteten Linien der ersten Seite steht der Spruch, den ich vor einem Jahr gelettert habe, kurz nachdem Aubree und ich gemeinsam beschlossen haben, auf dieselbe Uni zu gehen: *Nil sine magno labore.*

Es ist das Motto des Brooklyn Colleges, bei dessen Anblick ich immer sofort eine Gänsehaut bekomme. Es hilft mir, mich wieder ausschließlich auf meine Ziele zu fokussieren und alles andere auszublenden. *Nil sine magno labore. Nichts ohne großen Einsatz.* Bei diesem Satz weiß ich wieder, wofür ich das alles tue. Warum ich die letzten Jahre auf dem Internat ertragen habe, warum ich heute wieder zurückkomme und mich Richard und seinen Söhnen stelle. Warum ich nicht heule, wenn ich an vergangenes Thanksgiving, Weihnachten oder den vierten Juli denke. Mehrzahl. An die letzten vier Jahre und ihre Thanksgivings, Weihnachtsfeiertage und vierten Julis.

Ich will dieses Studium beenden, um endlich vollkommen unabhängig zu sein. Sobald ich meinen Abschluss in der Tasche habe und einen Job in Aussicht, kann ich mich von Richards Familie vollständig abnabeln. Und ich kann alles vergessen, was mit Asher zu tun hat. Vielleicht kann ich dann auch irgendwann die Blakely-Seife riechen, ohne dass sich mein Herz verkrampft. Vielleicht wird es mir dann nicht einmal etwas ausmachen, Ashers Hände auf einer Großleinwand zu sehen.

Okay, das wird nicht passieren.

Mit einem Seufzen überblättere ich etliche Seiten, bis ich zur ersten freien Seite komme, dann fange ich ohne großes Überlegen an, eine geschwungene Linie über das glatte Papier zu ziehen, die in einen Buchstaben übergeht. Normalerweise spüre ich sofort, wie die Konzentration aufs Lettern meine rasenden Gedanken zur Ruhe kommen lässt, aber diesmal habe ich nur bedingt Erfolg damit, vor allem weil der Wagen ruckelt und ich schon im ersten Buchstaben eine Delle produziere. Wenn ich gleich mit Asher über die Brücke zur Insel fahre, wird es sein, als würde ich eine unsichtbare Linie übertreten. Eine Grenze, die ich im Alltag nicht einmal gedanklich überschreite.

Ich verlasse die Komfortzone und begebe mich nun über die Schmerzgrenze.

Asher scheint sich glücklicherweise kein bisschen dafür zu interessieren, was ich hier mache. Er wirft nur ab und zu einen Blick in den Rückspiegel.

Ich schreibe den Spruch zu Ende und verstärke die Abwärtsstriche zu breiten Balken, dann verziere ich das Ganze mit Hilfe eines weißen Markers mit ein paar Lichtreflexen. Als ich zufrieden bin, klappe ich den Deckel wieder zu. Ich verstaue Hedwig im Rucksack und hole stattdessen ein uraltes Lehrbuch heraus. *The Story of Art* von E.H. Gombrich. Doch ich merke schnell, dass ich zwar die Buchstaben lese und die Seiten umblättere, doch nichts davon fügt sich in meinem Gehirn zu einem sinnvollen Gebilde zusammen.

Ich habe Magenschmerzen, weil ich nicht weiß, was mich erwartet. Ashers Reaktion konnte ich ungefähr vorhersehen, aber sein Vater Richard hat mich nicht etwa persönlich ange-

Ich verlasse die Komfortzone und begebe mich nun über die Schmerzgrenze schrieben und mich darum gebeten zu kommen, nein, er hat über die Firma eine Mail an mich schicken lassen. Es klang eindringlich und gleichzeitig geschäftsmäßig, besser kann ich es nicht beschreiben. Das Flugticket war leider nur one-way. Also werde ich den Rückweg selber zahlen müssen, auch wenn ich nicht wirklich Geld für so was übrig habe. Kiran wird sich freuen, denn das bedeutet in der nächsten Zeit einige Doppelschichten im Bombay Bistro für mich. Ganz entgegen Ashers Annahme verdiene ich nämlich sehr wohl eigenes Geld, wenn auch nicht gerade viel. Es widerstrebt mir, die Kreditkarte seines Vaters zu benutzen. Auf keinen Fall werde ich es länger als ein paar Tage auf der Insel aushalten, das hat mir schon der Klumpen in meinem Magen verraten, der sich gebildet hat, als ich das Blakely-Logo in der Mail entdeckte.

Mit Hillary Guinyard, der Haushälterin der Blakelys, habe ich in den vergangenen Jahren ab und zu telefoniert, sie hat in Richards Namen regelmäßig nachgefragt, wie es mir geht oder ob ich etwas brauche, und ich habe sie ebenso regelmäßig angelogen. *Mir geht es prima. In der Schule läuft alles super. Ja, ich habe ein Dutzend Freunde. Nein, ich brauche kein Geld. Mir macht es gar nichts aus, Thanksgiving nicht nach Hause zu kommen. Ich will gar nicht, dass Richard mich diesen Sommer besuchen kommt. Ich habe ohnehin zu viel zu tun.*

Dafür hat Hillary mich auf dem Laufenden gehalten, was meine Stiefbrüder betrifft, deshalb weiß ich, dass Asher nach seinem Biochemiestudium noch Kurse in Business Management belegt hat. Seit seinem Master arbeitet er in der Firma, besitzt eine Wohnung in Hanover und ist nur noch sporadisch zu Hause. Noah hingegen hat sein Wirtschaftsstudium nach nur zwei Semestern abgebrochen und seitdem nicht wirklich ein Ziel vor Augen. Er treibt seinen Vater zur Verzweiflung. Das habe ich jedenfalls aus Hillarys wenigen Sätzen herausgehört.

Noah hat sich ein Motorrad gekauft. Noah war nächtelang nicht zu Hause. Noah hatte eine Auseinandersetzung mit dem Sheriff. Noah wohnt jetzt in einem Apartment in Concord. Es gab einen Brand in Noahs Apartment. Noah wohnt jetzt wieder zu Hause. Noah hat ein neues Tattoo ...

Und sie hat von Sam erzählt, ihrem Sohn, der mit ihr in dem kleinen Gästehaus wohnt. Keinen von ihnen habe ich in den letzten Jahren getroffen, und mit offenen Armen werden sie mich sicher nicht aufnehmen. Vor allem nicht, weil ich Richard bei unserem letzten Treffen angeschrien habe. Obwohl er mich auch danach immer wieder angerufen hat, habe ich ihn auf Abstand gehalten. Ich kann ihm die Sache mit dem Internat einfach nicht verzeihen. Und jedes Mal wenn wir uns begegnet sind, habe ich ihn das spüren lassen. Ich schlucke die Erinnerung daran herunter und blinzele erneut die Tränen weg, die sich ihren Weg bahnen wollen, dann lege ich den Kopf in den Nacken.

Das Autodach über mir besteht aus einer durchgehenden Glasdecke. Sie ist nur leicht getönt, aber man sieht die Baumkronen so schnell vorbeihuschen, dass sich die Augen nicht daran festhalten können. Erst jetzt wird mir bewusst, wie sehr ich diesen Ort – trotz allem – in New York vermisst habe. Den dichten Wald, das Licht, das durch die Blätter den Boden sprenkelt, und vor allem diesen Geruch in der Bucht. Die kleinen Inseln zwischen Portsmouth und New Castle sind bis auf diejenigen, die unbewohnt sind, fast alle durch Brücken verbunden, die von Insel zu Insel führen. Man könnte mit dem Auto regelrecht Inselhopping betreiben. Nur zu Richards Insel gibt es bloß eine einzige Zufahrt, und das hat mich immer schon fasziniert.

«Es ist so wunderschön hier.»

«Es hat sich jedenfalls nicht viel verändert.» Asher wirft

mir einen Seitenblick zu, und dadurch begreife ich erst, dass ich laut gesprochen habe, was mir ein bisschen peinlich ist. Sobald Asher durch den Wald über die Harbor Road fährt und dann links abbiegt, steigt mein Puls. Als ich das erste Mal mit meiner Mom hierhergekommen bin, fand ich die Vorstellung aufregend, auf einer eigenen kleinen Insel zu wohnen, ohne Nachbarhäuser und ohne fremde Menschen. Inzwischen bin ich von dieser romantischen Vorstellung kuriert. Diese Straße führt mich nicht zurück in ein liebevolles Zuhause. Diese Straße führt mich in ein Heim, aus dem ich mit fünfzehn von einem Tag auf den anderen ausgeschlossen worden bin, und bis heute weiß ich nicht, warum. Das hier ist nur die kurze Illusion einer Familie gewesen. So als habe das Leben mir noch mal zeigen wollen, wie toll es sein kann, eine Familie zu haben, nur um mir dann im nächsten Moment den Mittelfinger rauszustrecken. Die Erinnerung tut mir immer noch weh.

Rumpelnd überqueren wir den Fluss, und die plötzlich durchbrechende Sonne lässt mich blinzeln. Ich schiebe mir ein Zimtbonbon in den Mund, das so scharf ist, dass sich meine Schleimhäute zusammenziehen, was mich hoffentlich daran hindern wird, gleich zu heulen. Ich will nicht heulen. Schon gar nicht vor Asher.

Als wir über die Einfahrt zum Haus fahren, balle ich meine Hände zu Fäusten. Aus irgendeinem Grund habe ich erwartet, dass sich alles verändert hat. Dass das ganze Anwesen ohne meine Mom und mich irgendwie anders aussieht, aber es ist alles noch genau so, wie ich es in Erinnerung hatte. Der niedrige Zaun, der auf beiden Seiten die Einfahrt flankiert, ist weiß gestrichen. Neben dem breiten Kiesweg hat man Laternen aufgestellt, und in der Blumenrabatte vor dem Eingang blühen Dahlien in leuchtend bunten Farben. Die weißen Säulen neben dem Eingangsportal verzieren die rosafarbene Front der Villa wie eine Dekoration aus Zuckerguss. Ich fand es damals schon kitschig, aber wenigstens stehen auf der Veranda immer noch die rustikalen Korbmöbel, die meine Mom ausgesucht hat, wenn auch eine Spur verwitterter. Im Schatten der Haustür hängt ein Kranz aus Efeu mit einer einzelnen weißen Schleife, die sich leicht im Wind bewegt.

Asher hält mit knirschenden Reifen direkt vor dem Eingang. Ich taste suchend nach einem Türöffner, weiß aber nicht, wie das bei diesem Auto funktionieren soll. Nachdem ich eine Weile an der Tür herumgedrückt habe, beugt sich Asher genervt über meinen Schoß und drückt einen Knopf, den ich nicht gesehen habe. Dabei kommt er meinem Gesicht für Sekunden so nah, dass ich die kleine Ader wahrnehme, die an seiner Schläfe pocht.

Er lehnt sich wieder zurück, und ich drehe mich um und hangle, auf dem Sitzpolster kniend, meine Tasche vom Rücksitz, um nicht wieder in die Verlegenheit zu kommen, die Tür nicht allein aufzukriegen. «Kommst du nicht mit rein?», frage ich, weil er keine Anstalten macht auszusteigen.

Er schüttelt den Kopf. «Ich muss ... noch etwas erledigen.»

«Dann danke fürs Mitnehmen.» Ich steige aus und werfe die Autotür zu, ohne ihn noch einmal anzusehen. Es staubt, als der Wagen wieder anfährt, und ich bin versucht, ihm die Zunge rauszustrecken, lasse es aber bleiben, weil ich nicht kindisch sein will. Immerhin könnten Hillary oder mein Stiefvater das zufällig am Fenster sehen. Auch wenn Asher nicht der Typ ist, der einem das Händchen hält, wäre ich nun doch froh gewesen, wenn ich dem Rest des Haushalts nicht allein gegenübertreten müsste. So kann ich nur zusehen, wie sein Auto einen Halbkreis über den Hof dreht, am Eingang zur Tiefgarage vorbeifährt und wieder die Auffahrt nimmt. Mit einem mulmigen Gefühl wende ich mich dem Gebäude zu.

Die Villa der Blakelys ist beinahe zweihundert Jahre alt, aber ich weiß, dass Richard sie erst gekauft hat, als er die Firma von seinem Vater übernommen hat. In den Nebengebäuden ist eine Werkstatt untergebracht und auch ein großer Stall.

Ich höre Hundebellen und vermute die Tiere hinter dem Haus. Besser ich gehe rein, bevor sie merken, dass ich vor der Tür stehe. Vor vier Jahren hatte Richard zwei große Boxer, und wenn sie noch leben, dann werden sie mich wahrscheinlich genauso überfallen wie früher, und ich weiß nicht, ob ich dem heute gewachsen bin. Aber ich muss mich regelrecht zwingen vorwärtszugehen, und noch bevor ich die unterste Stufe der Veranda betrete, schwingt die Haustür auf, und ich bleibe ruckartig stehen.

Den dunklen Lockenkopf von Richards Haushälterin Hillary erkenne ich sofort wieder. Sie hat einen Korb in der Hand und legt gerade etwas hinein, das aussieht wie eine Gartenschere. «Ivy», sagt sie überrascht. Sie sieht sich um, als erwarte sie irgendwo hinter mir das Raumschiff, aus dem ich gestiegen sein muss. «Ich habe gar kein Taxi gehört.»

Natürlich hat sie nichts gehört. Ashers Wagen ist ja auch absolut lautlos.

«Ich bin schon vorne an der Straße ausgestiegen.» Ich könnte es nicht ertragen, jetzt irgendwelche Fragen zu Asher zu beantworten, deshalb erwähne ich ihn lieber nicht. Hillarys Blick wirkt auch so schon überrascht und irgendwie unschlüssig, so als überlege sie, welche Begrüßung nach dieser langen Zeit angemessen sei. Ich weiß auch nicht recht, wie ich mich verhalten soll. Zögerlich mache ich einen Schritt auf sie zu und versuche ein Lächeln. Wahrscheinlich sieht es schief aus. Hillary schüttelt daraufhin den Kopf und lacht auf. Sie stellt ihren Korb ab und läuft die Stufen zu mir nach unten. In der nächsten Sekunde spüre ich ihre weichen Arme um mich und tauche in ihre schwarzen Locken ein, als würde mein Gesicht in ein Seidenkissen gedrückt. Hillary reicht mir gerade einmal bis zur Nasenspitze, aber ihr Herz ist doppelt so groß wie das von jedem anderen, den ich kenne. «Endlich bist du wieder zu Hause, Ivy. Was für eine schöne Überraschung. Warum hast du denn vorher nicht angerufen?»

Ihre Worte ziehen mir den Boden unter den Füßen weg, da hilft auch kein Zimtbonbon, um mir die Rührung im Hals wegzuätzen. Ich klammere mich an ihre geblümte Bluse und flüstere in ihre Locken hinein. «Danke.»

Dann räuspere ich mich, weil mir die Situation peinlich ist, und drücke mich von ihr weg. «Ich habe nicht angerufen, weil ich dachte, du weißt, dass Richard mich herbestellt hat», stammle ich unbeholfen. «Er hat mir gestern eine Nachricht zukommen lassen. Es klang ziemlich dringend. Ich habe nicht vor, irgendetwas durcheinanderzubringen, weil ich ...» Meine Stimme verliert sich. *Weil ich nicht lange bleiben will? Weil ich es keine Woche hier aushalte?*

«Natürlich wusste ich, dass du kommst», sagt sie, aber das kommt fast schon zu schnell. Ich nehme auch ihre gerunzelte Stirn wahr, und deshalb bin ich mir plötzlich sicher, dass sie keine Ahnung hatte. «Meine Güte, hast du dich verändert! Ich kann nicht glauben, wie erwachsen du geworden bist. Aber das ist dumm von mir, nicht wahr? Ein paar Jahre sind in deinem Alter schon eine Ewigkeit. Du wirst deiner Mutter immer ähnlicher.» Sie fasst mich noch einmal fester. «Ich möchte alles von dir wissen. Vom College, deinen Freunden, einfach alles. Lass mich erst dein Zimmer zurechtmachen, dauert auch nur ein paar Minuten. Hast du nur diese Sporttasche dabei? Nein, lass sie stehen, Samuel kann das erledigen.» Sie stemmt die Hände in die Hüften, als würde sie damit lauter rufen können. «Samuel! Kannst du Ivys Gepäck mit reinnehmen?»

Kurz darauf springt jemand die breiten Steinstufen nach unten und landet im Kies. Ich drehe den Kopf und spähe an Hillary vorbei, wo sich ein hagerer Typ nach meiner Tasche bückt. Er ist noch schlanker, als ich ihn in Erinnerung hatte, aber schon früher sind ihm die dunklen Haare immer wieder in die Stirn gefallen und um seine Augen hat dieser melancholische Zug gelegen. Mit zwölf bin ich unsterblich in ihn verliebt gewesen, aber Sam war siebzehn und hatte seinen Kopf immer zwischen zwei Buchdeckeln. Er hat sich kein bisschen für mich interessiert und ständig Gedichte auf lose Blätter gekritzelt oder Bilder skizziert, die so düster und grau aussahen, dass mir bei ihrem Anblick schlecht geworden ist. Jetzt kann ich darüber lächeln, aber damals fand ich ihn hinreißend und gleichzeitig etwas unheimlich. Er war wie einer dieser Jungs aus den Mystery-Storys, die ich gerne gelesen habe.

Seine Begrüßung fällt völlig unbefangen aus. «Hey, schön, dich zu sehen.» Fast klingt es, als hätten wir uns vor ein paar Wochen erst verabschiedet. Als hätten wir uns an Thanksgiving verpasst, aber dafür an Weihnachten getroffen. Ich bin idiotischerweise enttäuscht. Nach vier Jahren kommt mir das ganz schön lahm vor. Ich kann mich nicht entschließen, ihn zu umarmen, und da er auch keine Anstalten macht, halte ich ihm nur die Hand hin.

«Hi, Sam.» Dass meine Stimme zittert, liegt daran, dass ich verunsichert bin. Er ist mir einfach fremd geworden, und mir wird bewusst, dass ich ihn heute mit ganz anderen Augen sehe als damals. «Ist Noah auch da?»

Sam runzelt die Stirn. «Ich glaube nicht. Mom?», wendet er sich an Hillary. «Weißt du, wo Noah ist?»

«Nein, ich habe ihn heute noch nicht gesehen. Aber ich war auch nicht den ganzen Vormittag zu Hause.»

«Asher wollte auf jeden Fall heute kommen.» Sam zieht sein

Smartphone aus der Tasche und kontrolliert seinen WhatsApp-Verlauf. «Okay, er kommt, aber erst später, irgendwas ist ihm dazwischengekommen, schreibt er.»

Ich unterdrücke den Impuls, meine Arme abwehrend vor der Brust zu verschränken. Wer weiß schon, wo Asher eben hingefahren ist. Vielleicht ist ihm Kadence Sawyer noch einmal dazwischengekommen, und er bleibt über Nacht weg, überlege ich.

Früher habe ich mich immer gefragt, wieso Sam sich mit Asher überhaupt so gut versteht. Die beiden sind wie zwei gegenseitige Pole, und trotzdem haben sie damals jede freie Minute miteinander verbracht. Ich kann mich nicht erinnern, dass sie sich jemals gestritten hätten, aber vermutlich ist es einfach unmöglich, sich mit einem netten Typen wie Sam zu streiten.

Hillary drückt meine Schulter. «Gehen wir ins Haus, ich habe eben Teewasser aufgesetzt, und es sind noch Zitronenplätzchen da. Die hast du immer geliebt. Früher hast du jeden Küchenschrank danach abgesucht. Ich muss noch ein paar Blumen für Mr. Blakelys Schlafzimmer aussuchen, aber das kann ich auch später noch erledigen.»

Ich folge ihr und drehe mich im Türrahmen zu Sam um, der immer noch vor dem Haus steht, einen seltsamen Ausdruck im Gesicht. «Du warst lange nicht mehr hier.»

Jetzt ist es ihm also doch aufgefallen. Ich muss lächeln. «Ein paar Jahre, ja.» Ich warte darauf, dass er noch etwas sagt. Aber statt einer Antwort starrt er nachdenklich zu Boden und glättet mit dem Fuß etwas von dem aufgewühlten Kies.

Kurze Zeit später sitzen wir in der großen Küche, in der kupferne Kessel von der Wand hängen und Kräuterbüschel auf der Fensterbank wuchern wie in einem von diesen Interior-Design-Magazinen. Es ist alles beim Alten, stelle ich mit einem Blick auf den Garten fest, wo zwei weiße Boxer gemächlich über das kurze Gras traben und sich dann mit einem Schnaufen auf den Terrassenboden fallen lassen.

«Sind das immer noch Phoenix und Simon?», erkundige ich mich bei Hillary. «Wie alt sind sie jetzt?» Ich erinnere mich, dass meine Mom sich damals nur langsam an die beiden Hunde gewöhnt hat – ihr wären Katzen eindeutig lieber gewesen –, und mir haben sie immer gehörig Respekt eingeflößt.

«Sie sind zwölf.» Hillary stellt Tassen und einen Teller mit Gebäck auf den Tisch. «Meine Babys. Auch wenn es die Hunde deines Vaters sind, ich hänge mindestens so an ihnen wie er. Boxer sind die sanftmütigsten und sensibelsten Tiere der Welt, und die beiden sind unglaublich liebesbedürftig. Ich weiß nicht, was ich ohne sie machen würde. Es wäre ganz schön einsam hier, weil Mr. Blakely so viel unterwegs ist. Aber darüber sprechen wir sicher später. Dein Vater ist heute noch in Concord.»

«Er ist gar nicht zu Hause?» Damit habe ich nicht gerechnet, und ich versuche, in Hillarys Gesicht zu lesen, was eigentlich los ist. Ihr Ausdruck verrät mir nichts, trotzdem kommt mir ihr fröhliches Geplauder irgendwie unecht vor. Wenn Richard ihr nicht gesagt hat, dass ich komme, wird sie auch nicht wissen, was er so Dringendes mit mir besprechen möchte. Aber vielleicht hat er ihr gegenüber Andeutungen gemacht?

«Er hatte noch einen Termin in der Klinik, aber er kommt sicher spätestens heute Abend. Du wirst also nicht lange auf ihn warten müssen.»

«Was für ein Termin?» Verwundert höre ich auf, mit dem Löffel in der Teetasse zu rühren, und starre sie an. «Ist er krank?»

«Ich glaube, es ist eine Routineuntersuchung», sagt Sam leise.

«Ich bin sicher, dass es nur Routine ist.» Seine Mutter steht auf. Sie deutet aus dem Fenster. «Sieh dir diese verrückten Hunde an», sagt sie kopfschüttelnd.

Einer der beiden hat sich auf den anderen gelegt und beißt ihn genüsslich in den Hals. Im nächsten Moment rollen sie herum, und nun lässt sich der andere auf seinem Ohr herumkauen. Ich muss lächeln, kann meine Gedanken aber nicht von Richard lösen. Wieso ist er in der Klinik in Concord, wenn es nur eine harmlose Untersuchung ist? Warum fährt er dafür nicht zu seinem Hausarzt nach Portsmouth? Oder gibt es den alten Doc Buchannon gar nicht mehr? Er war es, der damals mit uns gesprochen hat, als meine Mutter auf der Intensivstation lag. Er ist auch auf die Insel gekommen, um mir das Beruhigungsmittel zu verabreichen, weil ich nicht aufhören konnte zu schreien, nachdem ich den Unfall mit angesehen hatte. Ich weiß, dass Richard ihm vollkommen vertraut. Wenn er sich also nicht von Doc Buchannon in Portsmouth behandeln lässt, dann wahrscheinlich, weil er zu einem Spezialisten musste. Das klingt für mich besorgniserregend.

«Am meisten hängen die beiden ja an Asher», erklärt Hillary, immer noch mit den Hunden beschäftigt. «Du solltest sehen, wie sie ihm aus der Hand fressen. Sie tun alles für ihn. Ich hätte nie gedacht, dass Asher so liebevoll mit den Hunden umgehen würde. Als Jugendlicher hat er sich ja nicht gerade von seiner besten Seite gezeigt. Aber das ist alles längst vergessen, nicht wahr?»

Ich murmele eine halbherzige Bestätigung.

«Entschuldige mich einen Augenblick. Trinkt in Ruhe euren Tee, ich schaue mal in deinem Zimmer nach dem Rechten. Hätte ich gewusst, dass du so früh kommst, dann hätte ich das schon längst erledigt. Samuel kann dir in der Zeit Gesellschaft leisten.»

Als sie die Küche verlassen hat, nehme ich mir ein Zitronenplätzchen und beiße nachdenklich eine Ecke davon ab. Der Geschmack weckt sofort Erinnerungen in mir, die ich aber eigentlich nicht zulassen will. «Ihr hattet keine Ahnung, dass ich überhaupt kommen würde, oder?», frage ich Sam.

«Stimmt.» Sein grüblerischer Gesichtsausdruck verschwindet, und er lächelt verschmitzt. «Aber lass dir besser nicht anmerken, dass du es weißt. Meine Mom macht sich sonst Vorwürfe. Dein Vater war die letzten zwei Wochen in Scottsdale und hat bestimmt vergessen, es ihr zu sagen.»

«In Arizona?»

«Ja. Und Asher hat mir auch nichts davon gesagt, dass du kommen wolltest.»

«Weil er es wahrscheinlich nicht wusste», sage ich. «Was für einen Termin hatte Richard denn in Scottsdale? Auch einen Arzttermin?»

Sam schiebt seine Teetasse von sich und lehnt sich im Stuhl zurück. Er verschränkt die Arme vor der Brust, als überlege er, wie viel er mir verraten dürfe.

«Komm schon», dränge ich ihn. «Ist es so schlimm, dass du nicht darüber reden darfst? Eben hast du noch gesagt, er wäre bei einer Routineuntersuchung.»

Langsam nickt er. «Nimm's mir nicht übel, aber es ist das Beste, wenn dein Vater dir das selber erzählt. Er hat mich nicht eingeweiht, und alles, was ich dazu sagen könnte, sind bloß meine eigenen Vermutungen. Da halte ich lieber die Klappe. Ich bin schließlich nur der Sohn der Hausangestellten.»

«Das ist eine blöde Ausrede», sage ich. «Du bist mehr als das, und das weißt du auch. Außerdem ist deine Mom nicht bloß eine Angestellte. Sie ist die Seele dieses Hauses.»

Er hebt unschuldig beide Hände. «Du wirst trotzdem nichts von mir hören.» Er nimmt einen Schluck Tee und starrt mir über den Tassenrand hinweg direkt in die Augen. «Lass uns das

Thema wechseln. Du hast also angefangen zu studieren?» Sam hat die Plätzchen vor uns bisher nicht angerührt, aber nun stellt er seine Tasse ab, nimmt eins in die Hand und fängt an, es auf dem Tisch in kleine Stücke zu zerbrechen.

Ich seufze, weil es keinen Sinn hat, ihn weiter zu bearbeiten, er wird mir ohnehin nichts verraten. «Ja, am Brooklyn College in New York. Ich liebe es, es ist wirklich eine wunderschöne Uni. Und außerdem sind die Studiengebühren nicht so hoch», füge ich erklärend hinzu und merke, wie ich rot werde.

Glücklicherweise geht Sam auf diese Bemerkung nicht ein, und ich bin froh, dass er sich einen der typischen «Harvard für Arme»-Sprüche spart, die ich sonst so zu hören bekomme.

«Was studierst du denn?» Er lächelt entschuldigend. «Sorry, Mom hat es mir bestimmt erzählt, aber ich hab es vergessen.»

«Kommunikationsdesign und im Nebenfach Kunst. Also hauptsächlich *digital art.*» Es ist mir fast peinlich, darüber zu sprechen, weil ich weiß, dass Sam nach seinem Bachelor in Amerikanischer Literatur nun zur Kunsthochschule geht. Ich hoffe nicht, dass er denkt, ich hätte es wegen ihm gewählt.

«Wirklich? Das ist großartig. Du kannst meine Bücher benutzen, wenn du möchtest. Es sind natürlich nicht die neusten, weil ich sie gebraucht gekauft habe, aber oft spielt das ja keine Rolle. Wie lange wirst du denn hierbleiben? Die ganzen Semesterferien?»

Keinen Tag länger als nötig, bin ich versucht zu sagen, aber dann schaffe ich es doch, diese Worte zurückzuhalten. «Wahrscheinlich bis Samstag», antworte ich vage.

Sam hat offenbar beschlossen, nicht zu bemerken, wie unwohl ich mich fühle, und er fängt an, mir von seinen Plänen zu erzählen.

«Ich fahre bald nach Europa», erklärt er mir. «Ich habe eine Zusage für das ENSBA.» Als er mein fragendes Gesicht sieht, holt er weiter aus. «Das ist eine Kunsthochschule in Paris. Genauer gesagt, *die* Kunsthochschule von Paris. Zwei Semester werde ich dort studieren, dann komme ich wieder zurück.» Seine Augen leuchten, und er fängt an, berühmte Absolventen dieser Kunstakademie aufzuzählen, von denen mir aber keiner etwas sagt.

Zwischendurch kommt Hillary herein und erklärt, dass mein Zimmer fertig ist, bevor sie direkt wieder verschwindet. Ich bekomme ein schlechtes Gewissen, weil ich sie das habe machen lassen und sie auch ohne mich sicher schon genug Arbeit mit diesem riesigen Haus hat. Mein Bett hätte ich wirklich selber beziehen können. Aber als ich das Sam gegenüber anspreche, winkt er ab. «Sie ist glücklich, wenn sie sich gebraucht fühlt, also lass sie nur machen. Außerdem ist es ihr Job, euch Blakelys jeden Wunsch von den Augen abzulesen, oder?»

«Den Blakelys vielleicht, aber mir bestimmt nicht.»

Als Sam darüber herzlich lacht, fange ich an, mich zu entspannen. Er plaudert mit sanfter Stimme, stellt keine unangenehmen Fragen und behandelt mich nicht wie eine Aussätzige. Eigentlich tut er so, als wäre ich nie weg gewesen, und obwohl ich mich darüber eben noch gewundert habe, bin ich ihm jetzt umso dankbarer dafür.

Irgendwann, mein Tee ist da schon kalt geworden, taucht Asher im Garten auf. Er hat ein paar Tennisbälle dabei, schleudert sie davon, und Phoenix und Simon jagen ihnen hinterher. Ich versuche, nicht ständig nach draußen zu gucken, kann aber nichts dagegen tun, dass mein Blick von diesem Schauspiel angezogen wird wie von einem Magneten. Asher streift sich mit dem Unterarm das Haar aus dem Gesicht und blinzelt in die Sonne. Er lacht, als einer der Hunde im Lauf den Ball verliert und sich wie ein Kreisel um sich selbst dreht, um ihn wiederzufinden. Es ist dasselbe Lachen, dass ich auch für einen kurzen Moment im Auto gehört habe, und es sorgt dafür, dass ich mich nicht mehr auf Sams Worte konzentrieren kann.

«Du bist zusammen mit Asher gekommen, oder?»

Ich starre wie hypnotisiert auf die Gestalt, die die Tennisbälle nun in einen Zinkeimer wirft, der am Rand der Werkstatt steht und neben dem Harke und Besen wie in einem Gartenmagazin arrangiert worden sind. Langsam nähert Asher sich dem Haus.

«Ich habe sein Auto gesehen. Und dass er so schnell wieder abgehauen ist, muss ja irgendeinen Grund haben. Es liegt ziemlich nahe, dass du der Grund bist.»

«Hm?» Erst als Asher aus meinem Blickfeld verschwunden ist, tauche ich aus meiner Erstarrung auf. Was hat Sam da gerade gesagt? «Wieso ist das naheliegend?»

«Ach, eigentlich ist es nur eine Vermutung. Vergiss, was ich gesagt habe.»

«Du stellst ziemlich viele Vermutungen an.»

Sam stockt in der Bewegung, dann grinst er. «Wir sollten vielleicht einfach so tun, als hätten wir von jemand anderem gesprochen, es sei denn, du willst weiterhin so angespannt gucken wie ein Kaninchen vor dem Fuchsloch, wenn Asher hereinkommt.» Obwohl seine Stimme freundlich ist, wirken seine Worte wie eine kalte Dusche auf mich.

«Es ist mir ziemlich egal, was Asher von mir hält oder wie ich gucke.»

«Klar. Das würde ich an deiner Stelle auch sagen.» Sein Grinsen wird noch breiter. «Hast du eigentlich deine Angst vor Hunden überwunden?»

Daran kann er sich erinnern? «Na ja.» Ich höre die Tiere laut schnaubend in den Flur traben und spanne mich unwillkürlich an. «Ich denke schon. Wäre auch ziemlich idiotisch, wenn nicht, oder?»

Mist. Natürlich habe ich nicht direkt *Angst* vor den Hunden. Ich meine, ich habe mehrere Jahre mit ihnen zusammengelebt. Trotzdem beschleunigt sich mein Puls. Und, ja, es ist total idiotisch von mir. Es sind immerhin Haustiere, noch dazu sind sie uralt und wahrscheinlich nach dem Balljagen viel zu träge, um mehr als nur ein müdes Blinzeln für mich übrig zu haben.

«Boxer haben ein gutes Gedächtnis, sie können sich bestimmt noch an dich erinnern», meint Sam. «Ich wette, sie werden vor Freude ausflippen.»

Oh. Mein. Gott. Im nächsten Moment fliegt auch schon die Tür auf, und ich springe auf. Ich gebe einen quietschenden Laut von mir, als die beiden Boxer hechelnd und schwanzwedelnd in die Küche schießen. Sie stürzen sofort auf mich zu und schnüffeln mich ab. Ich presse die Knie zusammen. Ihre Köpfe reichen mir bis zur Hüfte, und mit einem nervösen Lachen stelle ich fest, dass sie Sabberfäden auf meinen Jeans verteilen.

«Braver Hund», sage ich, als einer der beiden mit seiner breiten Zunge über mein Knie schleckt. Ich knalle mit dem Rücken gegen den Barhocker und spanne den ganzen Körper an. «Ganz braver Hund.» Ich versuche, Phoenix' Kopf wegzudrücken. Oder ist es der von Simon? Ich kann mich nicht erinnern, wie ich die beiden früher auseinandergehalten habe, und am liebsten würde ich Sam bitten, mir die Hunde irgendwie vom Hals zu halten. Aber Sam schaut nur fasziniert zu, wie eines der Tiere sich aufstellt und mir seine Vorderpfoten gegen den Brustkorb stemmt, sodass mir erst einmal die Luft wegbleibt.

«Phoenix, down!» Der ruhige Befehl von Asher genügt, und der Hund, der mich angesprungen hat, lässt seinen plumpen Körper sofort auf den Boden sinken. Simon legt sich neben ihn, und dann sehen beide hechelnd zu mir auf. Meine Haut brennt an der Stelle, wo Phoenix mich mit seiner Pfote gekratzt hat. Sicher nicht mit Absicht, trotzdem bin ich stinksauer auf Asher. Keuchend hole ich Luft und warte darauf, dass Asher irgendetwas sagt. Eine Entschuldigung zum Beispiel.

«Hey, Kumpel», begrüßt er stattdessen Sam und ignoriert völlig, wie fassungslos ich gerade bin. Genau genommen ignoriert er *mich* völlig. Er holt sich ein Glas aus dem Schrank und füllt es an der Spüle mit Leitungswasser. Er gibt mir mit keiner Miene zu verstehen, dass er mich überhaupt bemerkt hat. Ich schlüpfe wütend in meine Sweatshirtjacke und ziehe den Reißverschluss demonstrativ bis zum Anschlag hoch.

«Hey», wiederholt Sam mit einem Grinsen. «Es ist erstaunlich, wie schlecht diese Hunde erzogen sind, wo der verwöhnte älteste Sohn des Hauses sich doch jeden Tag stundenlang mit ihnen beschäftigt. Wenn er mal zu Hause ist, meine ich.»

Asher dreht sich langsam um. Er hat sein Jeanshemd wieder übergezogen und zugeknöpft, wofür ich dankbar bin. Das Glas in der Hand zeigt er auf Sam und wirft ihm einen überheblichen Blick zu.

«Ich finde es eher erstaunlich, dass der Sohn unserer Haushälterin ständig in der Küche herumlümmelt, unsere Vorräte dezimiert und sich aufführt, als würde das ganze Haus ihm gehören.»

Okay, hatte ich tatsächlich gedacht, dass Asher und Sam sich gut verstehen? Vielleicht habe ich das falsch in Erinnerung, oder ich habe die Beziehung der beiden auf irgendeine Weise verklärt.

Um Sams Augen liegt jedoch ein heiterer Zug, als er ihm antwortet. «Du solltest die alte Frau feuern lassen, die euren Haushalt macht, dann wärst du auch den nichtsnutzigen Sohn los.»

«Gute Idee», gibt Asher zurück. «Er liegt uns sowieso nur auf der Tasche und trägt keinen Cent zum Lebensunterhalt bei.» Er leert sein Glas in einem Zug. Nachdem er es abgestellt hat und die beiden sich für einen Moment angestarrt haben, fangen sie gleichzeitig an zu lachen.

Sam steht auf und klopft ihm auf die Schulter. «Gut, dass du wieder da bist, Mann. Wenn du willst, kannst du heute Abend zu uns rüberkommen. Harper ist auch da. Wir wollen in unserer armseligen Hütte Pizza machen.»

«Mal sehen.»

Offenbar ist das hier das übliche Geplänkel zwischen den beiden, denn sie wirken ganz entspannt. Ich hangle nach meinem Rucksack, um möglichst unauffällig zu verschwinden. Jetzt, wo die Hunde ruhig dasitzen und den Boden ansabbern, ist das der ideale Moment.

«Ich gehe dann mal in mein Zimmer», sage ich unbestimmt in den Raum und beäuge wachsam die Hunde, deren Augen jeder meiner Bewegungen zu folgen scheinen. Asher hat leicht eine Hand gehoben, um sie ruhig zu halten, sieht mich aber nicht ein einziges Mal an.

«Bis später, Ivy», sagt Sam, und ich schlüpfe schnell durch die Tür.

Kapitel 4

Als ich die Tür zu meinem alten Zimmer aufstoße, warte ich auf … ich weiß nicht. Eine Erinnerung? Einen Geruch? Irgendetwas, das mir beweist, dass ich hier früher geschlafen habe. Aber der Raum wirkt wie ein Hotelzimmer. Zugegebenermaßen wie ein äußerst luxuriöses Hotelzimmer mit extragroßem Himmelbett inklusive Baldachin, aber es ist völlig unpersönlich. Für einen Moment kann ich nicht atmen, dabei sollte es mich nicht überraschen, dass Richard mein Zimmer hat ausräumen lassen. Er wird wohl kaum von Hillary verlangen, meine Sachen jahrelang abzustauben, wenn ich gar nicht mehr nach Hause komme. Trotzdem tut es verdammt weh, die kahlen Wände zu sehen.

Meine Tasche werfe ich aufs Bett, und erst als ich den Inhalt meines Rucksacks vorsichtig auskippe, fällt mir wieder ein, dass mein Portemonnaie weg ist. Ich hole mein Handy heraus, suche über Google nach der richtigen Nummer und bin länger als eine Stunde damit beschäftigt, mit der SSA zu telefonieren, um eine neue Social Security Card zu beantragen. Ständig werde ich weitergeleitet. Bei der Division of Motor Vehicles erreiche ich um diese Uhrzeit überhaupt niemanden mehr, und ich werde morgen früh versuchen müssen, einen Ersatz für meinen Führerschein zu beantragen.

Völlig entnervt lasse mich schließlich rücklings aufs Bett fallen. Es ist weich, duftet nach frischer Wäsche und natürlich kein bisschen nach mir. Nichts hier erinnert mehr an mich. Dass sich hier nichts verändert hat, lässt sich von meinem Zimmer jedenfalls nicht sagen.

Früher hingen Fotos von Mom und mir an der Wand, auf denen wir beide breit in die Kamera grinsen. Fotos, auf denen wir noch ein Zweierteam waren, und nicht die Spieler auf der Ersatzbank vom Blakely-Team. Ich hatte ein Poster von Shawn Mendes an der Wand und ein Filmplakat von *Ein ganzes halbes Jahr* an der Tür, weil ich Emilia Clarke in diesem blutroten Abendkleid einfach atemberaubend fand.

Der Schreibtisch ist zwar noch da, aber damals hafteten Glitzeraufkleber auf der Arbeitsplatte, und darüber hing eine Wimpelkette in Cupcake-Farben. Und ich hatte ein Journal, das ich wie ein Tagebuch benutzt habe und damals nicht mitnehmen konnte. Ein Journal, von dem ich mir sicher bin, dass Asher es an dem Tag gelesen hat, als ich verbannt wurde – der Grund, warum ich kein Tagebuch mehr schreibe. Nichts hier ist noch persönlich. Offenbar hat Richard wirklich jedes Andenken an mich beseitigt, und ich frage mich, ob es sein kann, dass er mich nach Moms Tod einfach nicht mehr ertragen konnte.

Ich fasse mir an den Magen, der sich bei diesem Gedanken schmerzhaft zusammenzieht. Das Einzige in diesem Raum, was noch von mir stammt, ist die Lichterkette, die sich von einem Bettpfosten zum nächsten hangelt und die ich jetzt entdecke. Garantiert hat Hillary sie erst eben wieder aufgehängt, denn es ist kein einziges Staubkorn auf den kleinen Lampions zu entdecken. Ich rolle mich aus dem Bett. Ohne zu wissen, wonach ich eigentlich suche, stehe ich auf und öffne den Kleiderschrank.

Dann macht mein Herz einen kleinen Hüpfer. Meine Bücher! Es sind tatsächlich meine alten Bücher, die jemand ungeordnet in den Schrank gestopft hat. Aufgeregt setze ich mich im Schneidersitz vor die offene Schranktür und ziehe mir mit einem breiten Grinsen den ersten Stapel auf den Schoß. Die

Spiderwick Chronicles habe ich als Teenager regelrecht gefressen, und die Seiten mit den altmodischen Zeichnungen sind ganz zerfleddert. In meinem Bauch breitet sich bei diesem Anblick Wärme aus. Jetzt fühle ich mich hier sogar ein wenig willkommen. Alte Bücher zu finden, die man einmal geliebt hat, ist fast, wie nach Hause kommen. Man hat so viel mit ihnen erlebt, dass sie einen wie gute Freunde begrüßen, und jetzt, wo Aubree so weit weg ist, habe ich das Gefühl, sie sind meine einzigen. Ich frage mich, wieso ich diese Bücher damals nicht mitgenommen habe, aber dann fällt mir ein, wie schnell Richard mich weggebracht hat und dass ich nicht einmal die Möglichkeit bekam, meine Sachen selbst zu packen. Als wären wir vor irgendetwas auf der Flucht gewesen.

Nachdenklich gehe ich den ganzen Stapel durch, streichle über die Titelblätter, die vom vielen Anfassen ganz weich und abgewetzt sind. Beim Anblick eines bösartigen Ogers muss ich lächeln, und mir fällt ein Spruch ein, den ich mal irgendwo gelesen habe und der in meinem Bullet Journal noch fehlt. Bevor ich ihn wieder vergessen kann, klappe ich Hedwig auf und male auf die nächste leere Seite:

Keine Angst vor Büchern, ungelesen sind sie völlig harmlos ...

Nur das Wort Bücher lettere ich mit verzierten Blockbuchstaben. Mit der Handykamera schieße ich anschließend ein Foto von Mulgarath, dem schrecklichsten Monster aus den *Spiderwick Chronicles*, und schicke es per WhatsApp an Aubree. Sie schreibt noch in derselben Minute zurück:

Aubree: Kommt mir bekannt vor. Ein Foto von Asher?

Ivy: In seinen besten Jahren.

Keine Angst vor BÜCHERN, ungelesen sind sie völlig harmlos …

Ich bin erleichtert darüber, dass sie im Restaurant offenbar doch schreiben kann und sie über das Abendessen mit dem neuen Freund ihrer Mom immerhin ihren Humor nicht verloren hat. Sie schickt mir daraufhin ein Grinse-Emoji und schreibt:

Aubree: Besorg dir eine Wasserpistole mit Tomatensoße und schieß ihn ab!

Ich seufze. Wenn Asher nur so leicht zu bekämpfen wäre wie die Kobolde aus Holly Blacks Buch.

Ivy: Wie ist das Essen mit deiner Mom? Alles okay?

Sie schickt mir ohne jeden weiteren Kommentar ein Foto von einem Fisch auf einem Teller. Die toten Augen starren mich trüb und schrumpelig an.

Ivy: Kannst du reden?

Während ich auf Aubrees Antwort warte, hole ich auch die letzten Bücher aus dem Schrank heraus. Ich schleppe sie zum Fenster und fange an, sie nach Farben sortiert auf dem Fensterbrett anzuordnen. Es sind nur ein paar Bücher, trotzdem bilde ich mir ein, dass in diesem Zimmer gleich eine freundlichere Atmosphäre herrscht. Meinen Laptop und das Zeichentablet hole ich aus der Sporttasche heraus und lege die Sachen mit Hedwig und meinen Stiften auf den Schreibtisch. Den Rucksack lasse ich unter der Tischplatte verschwinden. Meine wenigen Klamotten einzuräumen, kommt mir allerdings übertrieben vor, deshalb schiebe ich die Sporttasche so, wie sie ist, in den Schrank und setze mich auf die Bettkante, um mein Werk zu begutachten. Na ja. Etwas Farbe wäre schön. Dann noch ein paar Zimmerpflanzen und Fotos an der Wand, und es wäre annähernd gemütlich.

Ich hole den Rucksack wieder heraus, krame nach der Mexiko-Postkarte von Aubree und mir und klemme sie aus Mangel an einer Reißzwecke am Fensterrahmen fest. Viel besser.

Aubree hat immer noch nicht geantwortet. Ich überlege, ob ich in die Küche laufen und mir etwas zu trinken holen soll, als mein Handy endlich klingelt. Erleichtert schnappe ich mir das Gerät, doch es ist eine unbekannte Nummer. «Hallo?»

«Hier ist Sam.»

«Oh.» Mit ihm habe ich am wenigsten gerechnet. «Hallo, Sam.»

«Meine Mom hat mir deine Nummer gegeben. Und meine Freundin Harper lässt fragen, ob du Lust hast, mit uns zusammen Pizza zu essen. Du bist herzlich eingeladen, wenn du Teig kneten kannst. Autsch!» Im Hintergrund höre ich jemanden schimpfen und dann ein leises Lachen von Sam, das lauter wird, als er das Handy wieder näher ans Ohr hält. «Du bist natürlich auch herzlich eingeladen, wenn du keine Lust haben solltest, Teig zu kneten. Aber du könntest stattdessen aus eurer blakelymäßigen Megaluxusküche ein paar Flaschen Bier mitbringen.» Wieder ein Fluch im Hintergrund und anschließend ein kurzes Gerangel. Im nächsten Moment ertönt eine Frauenstimme.

«Hi, Ivy. Ich bin's, Harper. Sam ist ein Idiot. Er kann das Bier selber holen. Also, was hältst du davon, wenn du einfach nur dich mitbringst? Hillary hat mir schon so viel von dir erzählt, und ich würde mich total freuen, wenn du kommst. Wir haben vier verschiedene Sorten Käse eingekauft, und ich mache meinen legendären Blumenerde-Nachtisch.»

Mit einer spontanen Einladung habe ich nicht gerechnet.

«Wow, danke, das ist wirklich supernett.» Im ersten Moment weiß ich nicht, was ich sagen soll. Ich bin unschlüssig, weil ich mich den beiden nicht aufdrängen will und Sorge habe, dass sie mich nur aus Mitleid zu sich einladen, damit ich meinen ersten Abend hier nicht alleine verbringen muss. Aber weil Sam vorhin so freundlich zu mir war, fällt meine Absage auch eher halbherzig aus. «Eigentlich wollte ich auf meinen ... also auf Richard warten. Er hat mir nicht gesagt, wann er nach Hause kommt, und mich schließlich extra herbestellt. Es könnte blöd aussehen, wenn ich einfach ausgehe.»

«Du gehst doch nicht einfach aus. Wir sind hier im Gästehaus. Da kannst du ihn fast nicht verpassen. Wenn ein Auto die Auffahrt hochfährt, muss es zwangsläufig an uns vorbei. Das ist der Vorteil, wenn man im Gästehaus wohnt, man kriegt einfach alles mit. Und mit alles meine ich *wirklich* alles.»

Wenn ich hierbleibe, werde ich wahrscheinlich den ganzen Abend darauf warten, dass Aubree anruft oder zumindest schreibt. Ich werde allein in diesem Zimmer hocken und über meine seltsame Familienkonstellation nachgrübeln. Das ist keine sonderlich attraktive Aussicht. Vier verschiedene Sorten Käse hingegen schon.

«Okay, dann komme ich gern. Aber nur, wenn ich euch wirklich nicht störe. Vielleicht wollt ihr ja lieber allein sein. Es macht mir wirklich nichts aus, mir einfach etwas in der Mikrowelle aufzuwärmen. Sams Mutter hat so viel gekocht, damit können wir einen Nuklearkrieg überleben. Der ganze Kühlschrank ist voll mit eingelegtem Gemüse und vegetarischem Auflauf. Und ich habe ein Netflix-Abo», füge ich schnell noch hinzu.

«Du störst überhaupt nicht. Du würdest mir sogar einen Gefallen tun, wenn du mich nicht mit diesem Affen den ganzen Abend alleine lässt. Ich wünschte, du könntest sehen, was er hier treibt. Er hat ernsthaft einen Lebkuchenmann aus Pizzateig gemacht und ihm Oliven als Augen aufgeklebt. Lass mich nicht mit diesem Irren alleine.»

«Hey, das ist kein Lebkuchenmann», höre ich Sam empört ausrufen. «Das ist eine Darstellung von Edvard Munchs ‹Der Schrei›, und zwar die Version von 1893.»

«Eine ziemlich blutige Version mit all der Tomatensoße», gibt Harper zurück.

Ich spüre, wie sich meine Mundwinkel nach oben biegen.

«Asher ist nicht gekommen, falls das irgendeine Rolle für dich spielen sollte», sagt Harper, und ich frage mich, was Sam um Himmels willen noch für Vermutungen angestellt hat und wieso er seiner Freundin unbedingt davon erzählen musste.

«Das spielt keine Rolle, aber danke.» Ich werfe einen Blick auf die Uhr und schiebe mit den Zehenspitzen meine Schuhe wieder unter dem Bett hervor, wohin ich sie eben gekickt habe. «Ich komme sehr gerne, und sag Sam, dass ich auch das Bier mitbringe. Das heißt, wenn ich es in der Megaluxusküche der Blakelys überhaupt finde.»

«Perfekt. Damit dürftest du dir für den Rest deines Lebens seine Dankbarkeit sichern.» Sie lacht etwas heiser, und ich habe spontan das Bild von einer großen rothaarigen Frau vor Augen, die an einem Whiskeyglas nippt.

«Was?», höre ich Sam rufen. «Wofür soll ich ihr dankbar sein?» Aber bevor ich Harpers Antwort hören kann, hat sie schon aufgelegt.

Erst einmal hole ich tief Luft. Dann werfe ich das Handy aufs Bett und schlüpfe in meine alten Ankle Boots. Ehrlich gesagt freue ich mich richtig darauf, Harper kennenzulernen. Sie klingt unglaublich nett. Umziehen werde ich mich nicht, und leider hängt kein Spiegel in meinem Zimmer, also drehe ich meine Haare blind zu einem Messy Bun zusammen und schlinge ein Haargummi um den wirren Knoten.

Mein Handy vibriert – die unbekannte Nummer hat mir ein Foto vom Lebkuchen-Pizza-Mann geschickt. Seine Augen bestehen tatsächlich aus Oliven, und er sieht ziemlich gruselig aus. Sams Pizzakunstwerk ist anscheinend genauso gut dazu geeignet, mich zum Lächeln zu bringen, wie John Mayers Insta-Storys, und noch immer über das Foto grinsend, gehe ich aus dem Zimmer die Treppe nach unten in die Küche. Ich habe gesehen, wo Hillary heute Nachmittag ihren Korb abgestellt hat, und fülle ihn mit den Bierflaschen, die ich in dem großen Side-by-Side-Kühlschrank finde. Dabei komme ich mir vor wie ein Dieb. Ich kann nur hoffen, dass Phoenix und Simon schon schlafen oder dass Asher sie mitgenommen hat, wo auch immer er ist. Ich möchte heute nicht noch einmal überrascht werden, schon gar nicht mit geklautem Bier in der Hand. Ich entdecke noch ein paar Flaschen Rotwein in der Speisekammer und nehme eine davon ebenfalls mit. Man kann ja nie wissen.

Das Gästehaus liegt ein Stück die Auffahrt hinunter. Es ist ein kleines Gebäude aus Backsteinen mit weißen Fenstern und hat nur eine Etage, aber der obere Teil des Hauses wurde mit Holz verkleidet. Die Luft ist immer noch warm, und meine Sweatshirtjacke habe ich zu den Flaschen in den Korb gelegt.

Obwohl Harper am Telefon so nett war, bin ich doch nervös. Sam scheint ja ein richtiges Plappermaul zu sein. Wenn er Asher als verwöhnten Sohn des Hauses bezeichnet, als was hat er mich dann wohl beschrieben? Als lästiges Anhängsel, das durchgefüttert werden muss?

Die Sonne ist noch nicht untergegangen, aber im Haus brennt schon überall Licht. Der Schlüssel steckt zwar von außen im Schloss – das geht auch nur, wenn man auf einer Privatinsel wohnt –, aber ich kann unmöglich einfach so ins Haus gehen. Ich fasse mir ein Herz und drücke auf die Klingel. Kurz darauf höre ich ein Scheppern aus der Küche und lautes Fluchen. Die Tür wird aufgerissen, und eine kleine, zierliche junge Frau winkt mich direkt ins Haus. Sie geht mir gerade einmal bis zur Nasenspitze. Obwohl ich sie mir ganz anders vorgestellt habe, finde ich Harper absolut hinreißend. Sie trägt einen ultrakurzen blonden Pixie Cut und hat im Augenblick rote Flecken im Gesicht. Ihr Kinn ist mit Mehl bestäubt, und darüber blitzen hellblaue Augen auf wie Eisbonbons.

«Hi, Ivy. Wie schön, dass du so spontan kommen konntest.» Sie stupst mich mit dem Ellbogen an, denn ihre Hände sind teigverklebt.

«Danke für die Einladung.» Ich halte den Korb in die Höhe. «Ich habe noch eine Flasche Rotwein gefunden. Ich dachte, er passt zur Pizza, leider weiß ich nicht, ob er gut ist. Davon habe ich überhaupt keine Ahnung.»

«Sam kennt sich aus. Er meint, der Wein ist gut, wenn er schmeckt. Damit liegt er gar nicht so falsch, oder?» Sie hebt lächelnd ihre Augenbrauen und zeigt mir ein Grübchen. «Stell den Korb einfach in die Küche. Du wirst dringend gebraucht. Wir müssen Sam davon abhalten, eine ganze Serie von Gemälden nachzubauen, sonst bekommen wir heute nichts mehr zu essen. Wenn er einmal angefangen hat, lässt ihn sein Perfektionismus nicht mehr los. Ganz ehrlich, es gibt nichts Schlimmeres als einen im Herzen total faulen Typen, der dabei auch noch perfektionistisch ist.» Sie stöhnt gespielt und geht voraus in die Küche.

«Das habe ich gehört!» Sams Gesicht ist vor Anstrengung gerötet. «Und ich bin nicht faul.» Er bewegt die Teigrolle über die Arbeitsplatte und gibt brummende Laute von sich, weil die Hälfte des Teiges daran kleben bleibt und er nun wieder einen Klumpen vor sich liegen hat. Der Anblick ist mehr als ungewohnt für mich, denn ich habe ihn immer nur über Bücher gebeugt in Erinnerung. Offenbar hat Harper einen guten Einfluss auf ihn.

«Aber du bist unproduktiv.»

«Wie kannst du das sagen?» Mit dem Kinn nickt er zu einem Backblech, auf dem undefinierbare Gebilde aus Gemüsestückchen, Pilzen und Thunfisch darauf warten, mit Käse bestreut und in den Ofen geschoben zu werden.

Harper verzieht das Gesicht. «Okay, ich formuliere es anders. Deine Produktivität muss dringend in vernünftige Bahnen gelenkt werden. Das kann doch niemand essen.»

«Eigentlich sieht es ganz lecker aus», sage ich. «Bis auf den Thunfisch vielleicht.»

«Danke.» Sam grinst und legt die Teigrolle ab. «Du kannst den Käse verteilen. Aber hier bitte den oberen Bereich frei lassen, weil ‹Der Schrei› einen blutroten Himmel haben muss.» Er deutet auf den Lebkuchen-Pizza-Mann.

Harper verdreht hinter ihm die Augen.

«Das da ist übrigens ‹Die Verzweiflung›.» Sam verteilt großzügig schwarze Oliven auf einem Pizzastück.

«Ich sag ja, das kann hinterher keiner essen. Nicht nur, dass ‹Die Verzweiflung› nicht gerade appetitlich klingt, Oliven sind auch einfach ekelhaft.»

«Magst du etwa auch keine Oliven?» Sam schaut ähnlich verzweifelt wie sein Bild von seiner Freundin zu mir, und es tut mir fast leid, ihn enttäuschen zu müssen.

«Schon. Aber nicht unbedingt so viele auf einmal.» Ich hebe entschuldigend die Schultern.

«Okay.» Sichtlich widerstrebend pflückt er einen Großteil der Oliven wieder herunter und schaut dann ganz unglücklich auf das verunstaltete Pizzabild.

Harper fängt meinen Blick auf und bewegt lautlos ihre Lippen. *Danke*.

«So sieht es wirklich superlecker aus», bestätige ich. «Soll ich schon mal den Mozzarella in Scheiben schneiden?» Mein

Blick streift suchend über die Theke und bleibt an einem Holzbrett hängen.

«Gute Idee. Ich glaube, Hillary hat die scharfen Messer dort drüben in der obersten Schublade.» Sie reicht mir mehrere Beutel mit Mozzarellakugeln und auch ein Paket mit etwas, das nach Blauschimmel aussieht. «Das hier ist ein französischer Käse, und dann haben wir noch einen aus der Schweiz. Gruyère oder so ähnlich. Sam hat fertig geriebenen Käse gekauft», sagt sie mit deutlicher Missbilligung in der Stimme. «Aber was will man von einem Künstler auch erwarten.»

Sam tritt zu ihr und stupst ihr sanft mit dem Zeigefinger etwas Tomatensoße auf die Nase, nur um den Fleck im nächsten Moment wegzuküssen. «Dass er kreativ mit dem Essen umzugehen weiß, vielleicht?»

Ich räuspere mich und senke den Blick grinsend auf mein Schneidebrett. Die beiden sind einfach zu süß miteinander, und das ist echt wohltuend, nachdem in der Villa so eine kühle und fremde Stimmung herrscht. Auch das Haus ist ganz anders eingerichtet und verbreitet eine heimelige Atmosphäre. Ich kann mich nicht erinnern, jemals zuvor im Gästehaus gewesen zu sein, habe aber immer gedacht, dass es im selben Stil gehalten sein würde wie das Hauptgebäude. Doch statt der üppigen Möbel, die in Richards Haus alle aufeinander abgestimmt sind, herrscht hier ein wildes Durcheinander an verschiedenen Holzfarben. Der Esstisch besteht aus dunklem Eichenholz, und die Stühle sind größtenteils hell und antik, es passen nicht einmal zwei davon zueinander. Wo bei Richard überwiegend schwere Brokatvorhänge die Fenster einrahmen, sind sie hier mit ganz leichten Leinenschals in Pastellfarben geschmückt. Ich fasse eine spontane Zuneigung zu der Wandvertäfelung im Esszimmer, die jemand mit viel Liebe in einem sanften Taubenblau gestrichen hat. Darüber hängen einige botanische Zeichnungen in einfachen Holzrahmen, vielleicht sogar von Sam. Und überall liegen Bücher. Auf den Fensterbänken zwischen den Blumentöpfen mit Sukkulenten, im Regal und auf dem Tisch. Sogar wenn man sich auf das kleine Sofa im Wohnzimmer setzen will, muss man es vorher von Büchern freischaufeln. Ich liebe es.

Harper schiebt mir ein neues Blech unter die Nase. «Willst du Schinken oder Salami auf deiner Pizza?»

«Für mich bitte kein Fleisch», sage ich schnell.

Ich merke, wie mein Magen knurrt, als wenig später der Käse auf der ersten Pizza im Ofen zu schmelzen beginnt und sich ein würziger Duft verbreitet. «Oh Mann, das riecht jetzt schon total lecker. Gibt es etwas Besseres als Pizza?», frage ich in den Raum.

«Nein», sagen wir alle drei wie aus einem Mund.

Wir unterhalten uns über die Uni und die Musik, die wir gerne hören. Harper ist ein Fan von George Ezra, weshalb sie einen Song nach dem anderen von ihm abspielt. Ich fühle mich in ihrer Gesellschaft richtig wohl und fange an, mich zu entspannen, erzähle ihr von meinem Job im Bistro und meinem Zimmer auf dem Campus.

«Die blaue Wandvertäfelung ist umwerfend», sage ich. «Was würde ich dafür geben, wenn mein Zimmer nur halb so schön aussähe wie euer Esszimmer.»

«Die Holzwand hat Asher gestrichen.» Sam kämpft mit der Weinflasche, gibt schließlich auf und lässt Harper den Korken herausziehen. «Meine Mom hatte Angst, er würde damit den ganzen Raum verderben, aber sie hat sich inzwischen daran gewöhnt.»

«Also ich finde es auch hinreißend.» Harper schenkt jedem ein halbes Glas Wein ein. «Asher hat zwar überhaupt keine Ahnung von Kunst, aber er arbeitet gerne mit den Händen.

Zumindest wenn er nicht in der Firma ist. Wenn du also mal etwas renovieren musst, ist er dein Mann.»

Ich nicke nur stumm, dann stoßen wir gemeinsam an.

«Auf Ivy und darauf, dass sie eine Weile hierbleibt und mich nicht mit den ganzen Männern auf der Insel allein lässt.»

Als Harper mit strahlendem Gesicht diesen Trinkspruch von sich gibt, steigt mir Hitze in die Wangen. Schnell hebe ich das Glas an die Lippen, doch in diesem Moment knallt eine Tür im Flur. Ich zucke zusammen, der Wein schwappt über den Rand und verteilt sich großzügig auf meinem Shirt. *Shit.*

Schritte bewegen sich in Richtung Küche.

«Hey, Asher, wir dachten, du kommst gar nicht mehr.» Harper umarmt ihn herzlich. «Leider ist schon alles im Ofen, du musst also das nehmen, was übrig bleibt. Aber Ivy isst auch vegetarisch, vielleicht könnt ihr euch ihre Pizza teilen. Ansonsten musst du die Salami von Sams Kunstwerken runterkratzen.»

«Banausen.» Sam gibt ein Stöhnen von sich.

Ashers Blick kann ich nicht deuten, aber seine Augen sind so dunkel, dass ich mir unwillkürlich über die Gänsehaut an meinen nackten Armen reiben möchte.

«Ich gehe mal kurz ins Bad, bin gleich wieder da.»

Erst jetzt sieht Harper den riesigen Rotweinfleck auf meiner Brust. «Oh verdammt, soll ich dir ein T-Shirt von mir leihen?»

«Danke, es geht schon, ich ziehe einfach meine Jacke an.» Ich mache zwei Schritte in Richtung Flur und bleibe dann hilflos stehen.

«Die erste Tür rechts», ruft Sam. Er öffnet ein Bier und reicht es Asher. Dieser hält es vor seinen Mund, ohne zu trinken, während er mich mit gehobenen Brauen beobachtet. Es ist albern, aber ich fliehe geradezu aus dem Raum. Anscheinend ist es mein Schicksal, mich vor Asher auf diversen Toiletten verstecken zu müssen, und das geht mir gerade ziemlich gegen den Strich. Der Abend war bisher so schön. Warum musste er es sich unbedingt anders überlegen und doch noch vorbeikommen?

Im Badezimmer schlüpfe ich aus dem nassen Shirt und starre in den Spiegel über dem Waschbecken. Meine Wangen sind vom Wein und der Hitze des Backofens gerötet, und ich halte mit einer Hand meinen Pony zur Seite, während ich mir mit der anderen etwas Wasser ins Gesicht spritze. Es sieht bestimmt saublöd aus, wenn ich jetzt, kaum dass Asher dazugestoßen ist, behaupte, hundemüde zu sein, und verschwinde. Also sollte ich gute Miene zum bösen Spiel machen und so tun, als wäre Asher einfach nur irgendein Bekannter von früher und nicht der Arsch, der mir, als ich zwölf war, an den Kopf geknallt hat, er würde mich erst ernst nehmen, wenn ich Blut in meinem Slip fände.

Je mehr ich darüber nachdenke, umso mehr spanne ich mich an. Aber dann schüttele ich den Kopf und versuche, mich abzuregen. Das Ganze ist eine Ewigkeit her, und ich sollte nicht so nachtragend sein. Asher war damals achtzehn und ein totaler Arsch. Okay, er ist heute auch noch ein totaler Arsch, aber wir sind inzwischen beide erwachsen. Ich kann damit umgehen und darüber stehen. Das kriege ich hin. Ganz egal, was Asher gleich sagt oder tut, das kann mich heute nicht mehr so leicht umhauen wie noch vor vier Jahren. Mit neu gewonnenem Mut schlüpfe ich in meine Sweatshirtjacke und ziehe den Zipper bis unters Kinn. Sobald ich den Flur betrete, lausche ich. Fast erwarte ich, dass sie über mich reden und sich, wenn ich reingehe, betretenes Schweigen ausbreiten wird, aber das ist Gott sei Dank nicht der Fall.

Als ich in die Küche komme, ist das erste Blech fertig, und Sam versucht gerade umständlich, es mit dem Pizzaroller zu bearbeiten. Asher holt ein paar Servietten aus dem Schrank, und Harper ruft Filmtitel aus dem Wohnzimmer, die Fernbedienung in der Hand haltend.

«Ihr habt die Wahl zwischen *Avengers Endgame* oder *Fast & Furious: Hobbs & Shaw*.»

Sowohl Sam als auch Asher rufen wie auf Kommando *Avengers* aus. An ihren erleichterten Gesichtern ist zu erkennen, dass sie das niemals erwartet hätten.

«Jungs, das war ein Witz!» Harper kichert in sich hinein, dann schiebt sie Bücher vom Tisch, um Platz für das Pizzablech zu machen. «Ihr glaubt doch nicht ernsthaft, dass wir euch *das* zur Auswahl stellen. In beiden Filmen wird ständig nur etwas zerschrottet und wie blöd rumgeballert. Entweder wir gucken uns *Men in Black* 4 an oder die fünfte Staffel von *Jane the Virgin*. Ich habe heute erst entdeckt, dass sie auf Netflix läuft, und es ist mir echt peinlich, dass ich sie noch nicht gesehen habe.»

«Nicht dein Ernst», sagt Sam, während er das Blech abstellt, sich den Oberkörper des Lebkuchen-Pizza-Mannes schnappt und über den dampfenden Belag pustet. Dann beißt er ein Stück ab und hangelt anschließend mit der Zunge nach einem Käsefaden. «Dann auf jeden Fall *Men in Black*», schmatzt er.

«Jep», kommt es von Asher, und er wirft den Stapel Servietten auf den Tisch. «Obwohl mir der Teil echt zu frauenlastig ist.»

Harper ignoriert seinen Kommentar. «Lasst uns abstimmen! Wer ist für *Jane the Virgin*?» Ihr rechter Arm schnellt siegesgewiss in die Höhe.

Ich lasse mich neben ihr auf das Sofa fallen und hebe ebenfalls die Hand, obwohl ich, wenn ich ehrlich bin, auch für *Avengers* gewesen wäre. «Ich kenne die fünfte Staffel noch nicht.»

«Tja», sagt Asher zufrieden. «Damit steht es unentschieden. Dann müssen wir wohl doch ein Alternativprogramm auswählen.»

«Sam!», ruft Harper empört aus und gibt ihrem Freund einen Klaps auf den Hinterkopf. Sam, der sich vor dem Sofa auf den Boden gesetzt und die Attacke nicht kommen gesehen hat, verschluckt sich fast an den langen Käsefäden. Er reckt den Kopf nach hinten und blickt unsicher zwischen unseren erhobenen Händen und Ashers drohender Miene hin und her. Sein Adamsapfel hüpft auf und ab, als er schluckt. «Tut mir leid, Mann.» Dann hebt er ebenfalls die Hand.

«Du bist ein mieser Verräter.» Asher wirft sich mit so viel Schwung neben Harper auf das Sofa, dass ich spüre, wie die Rückenlehne nach hinten wippt. «Aber okay, ich habe schon größere Opfer für ein Stück Pizza gebracht, als mir einen Abend lang eine Telenovela reinzuziehen.»

«Das ist keine Telenovela.» Harper schnaubt empört. «Wenn überhaupt, dann ist es eine Persiflage auf eine Telenovela.» Sie tippt auf die Fernbedienung und klickt die Folgen vorwärts, bis sie bei der letzten Staffel ankommt. «Team Michael oder Team Rafael?», fragt sie mich, und von Sam kommt ein Stöhnen.

«Jetzt fängt das wieder an! Ist der Typ nicht tot? Wie kann man dann noch auf ihn stehen? Ich weiß nicht mal mehr, wie er aussah.»

«Natürlich Team Michael», entgegne ich. «Ich kann immer noch nicht fassen, dass sie ihn in der dritten Staffel haben sterben lassen und er dann in der vierten plötzlich wieder auftaucht.»

Harper nickt zufrieden. «Dito. Ich war auch total geschockt. Sam versteht so was nicht, aber ich halte Michael bis zum Schluss die Treue, egal, ob er wiedergeboren ist oder was auch immer. Oh Gott, bestimmt war er in einem Zeugenschutzprogramm und musste sich jahrelang verstecken.» Sie schaltet die erste Folge an, und in den Anfangsminuten hören wir die Erzählerstimme untermalt von Sams Schmatzen und Ashers

Augenrollen. Ich hätte mir nie vorstellen können, dass man ein Augenrollen hören kann, aber Asher bringt dieses Kunststück tatsächlich fertig. Irgendwann steht er auf und holt das zweite Blech aus dem Ofen.

«Hast du die belegt?», fragt er mich hinter Harpers Rücken und hält mir einen Teller hin. «Ich liebe Chilipizza.»

Ich wundere mich, dass er überhaupt das Wort an mich richtet, und dass er dann auch noch etwas Nettes sagt, macht mich beinahe sprachlos. Wahrscheinlich hat er einfach nur Hunger. «Ich auch.» Es ist idiotisch, dass ich mich so über seine Worte freue. Mein Gott, er hat nur meinen Pizzabelag gelobt, das ist nicht gerade eine Liebeserklärung. Aber trotzdem wird mir in diesem Moment ganz warm im Bauch, und das liegt nicht allein an der heißen Pizza.

«Ich bin Team Rogelio», meint Sam plötzlich und deutet auf den völlig überdrehten Schwiegervater der Serienheldin, der gerade auf dem Bildschirm zu sehen ist. Er und Asher lassen daraufhin lachend ihre Bierflaschen aneinanderklirren.

Es wird tatsächlich ein gemütlicher Abend, was ich nach Ashers Auftauchen nicht erwartet hätte. Er schafft es die meiste Zeit, keine verletzenden Bemerkungen loszulassen, bis auf das eine Mal, als er das Seriengeschehen mit dem Spruch «Schwestern sind wirklich die Pest» kommentiert. Ich lasse mir nichts anmerken und konzentriere mich stattdessen ganz auf Harpers Nachtisch, was nicht allzu schwer ist, da er unfassbar lecker schmeckt. Er besteht aus einer Art Frischkäse mit einer dicken Schicht zerbröselten schwarzen Keksen, die dadurch aussehen wie ein Haufen Blumenerde.

«Du musst mir unbedingt das Rezept für den Nachtisch geben. Meine Freundin Aubree würde ihn lieben», sage ich zu Harper, als wir das schmutzige Geschirr in die Spülmaschine räumen und für einen Moment allein sind.

«Gerne. Ist wirklich ganz einfach. So einfach, dass ich es den Jungs nicht verraten werde, weil ich sonst in ihrer Achtung sinke. So habe ich sie in der Hand, wenn du verstehst, was ich meine.» Sie wackelt mit ihren Augenbrauen, dann seufzt sie leise. «Zumindest noch so lange, bis Sam nach Europa geht.»

«Sam hat mir davon erzählt. Es ist sehr nett von dir, dass du die Zeit, die du noch mit ihm allein hast, mit uns teilst. Wann fährt er denn?»

«In acht Wochen. Zwar fängt das neue Semester erst im September an, aber Sam will früher in Paris sein, um sich einzuleben und wahrscheinlich eine Million Museen zu besichtigen. Dass du uns besuchst, ist eine willkommene Ablenkung. Dann muss ich nicht die ganze Zeit daran denken.»

«Danke, dass ihr mich eingeladen habt.» Das habe ich heute schon einmal gesagt, aber diesmal meine ich es wirklich ernst, weil sie mir unheimlich sympathisch ist und mir in diesem Haus alles viel leichter und normaler vorkommt. Fast habe ich das Gefühl, gar nicht auf der Insel zu sein, sondern stattdessen bei Freunden auf dem Campus.

«Darf ich dich was fragen?» Harper schiebt einige Oliven von einem Teller in den Mülleimer, die jemand – ich tippe darauf, dass es Sam selbst war – von seiner Pizza gepflückt hat.

«Klar.»

«Wie kommt es, dass du es dir jetzt anders überlegt hast und doch auf die Insel gekommen bist?»

Ich schüttele das Küchenhandtuch aus, mit dem ich mir gerade die Hände abgetrocknet habe, und hänge es an einen Wandhaken. «Ich weiß nicht, wie du das meinst», sage ich ehrlich. «Die Assistentin meines Stiefvater hat mir geschrieben, dass ich kommen soll, und mir ein Ticket geschickt. Es klang dringend, deshalb bin ich sofort ins Flugzeug gestiegen. Tja, und jetzt ist er nicht einmal da. Also kann es wohl doch nicht so wichtig gewesen sein.» Ich zucke mit den Schultern, aber innerlich frustriert es mich.

«Das meine ich nicht. Ich hoffe, du bist mir nicht böse, wenn ich dich darauf anspreche. Du musst auch nicht antworten, wenn du nicht darüber reden willst. Ehrlich, das ist vollkommen okay. Ich dachte nur, du wolltest mit deiner Familie gar nichts mehr zu tun haben. Asher hat mir erzählt, dass du dich immer geweigert hast, in den Ferien nach Hause zu kommen, als du noch auf der Schule warst.»

Nervös streiche ich mir die Ponyfransen aus dem Gesicht und hole tief Luft. Also hat Asher doch über mich geredet und dabei gleich versucht, mich in ein schlechtes Licht zu rücken. Ich hätte es mir denken können. «Das ist Ashers Version. Ich wollte eigentlich gar nicht weg. Als meine Mom gestorben ist, waren die Blakelys alles, was ich noch hatte. Nur habe ich mich andauernd mit Asher gestritten. Aber sich mit seinen Geschwistern zu streiten, ist immer noch besser, als überhaupt niemanden zu haben, mit dem man streiten könnte, oder?» Ich seufze. «Ich glaube, dass es Richard einfach zu viel war, sich um noch einen Teenager zu kümmern, deshalb hat er mich während des laufenden Schuljahrs ins Internat gesteckt. Ich wäre wirklich gerne nach Hause gekommen, wenigstens in den Ferien.» Bei der Erinnerung daran muss ich schlucken und spüre idiotischerweise, dass meine Augen anfangen zu brennen. «Im ersten Sommer wollte mich die Mutter meiner neuen Freundin Aubree unbedingt mit in den Urlaub nehmen. Ich habe wirklich gedacht, dass es ihre Idee war, weil Aubree und ich uns so gut verstanden haben, aber mittlerweile glaube ich eher, dass Richard sie dazu gedrängt hat. An Thanksgiving ist er dann nach New York gekommen, um mit mir essen zu gehen. Allein, ohne Asher und Noah. Das war ein ziemlicher Schock für mich. An Weihnachten hatte Richard plötzlich keine Zeit, weil Umstrukturierungen in der Firma anstanden und die Jungs sowieso mit Freunden im Skiurlaub wären. Danach gab es immer einen anderen Grund, warum ich nicht kommen konnte. Er hat mich zwar oft im Internat besucht und versucht, den Kontakt zu halten ... das kann ich ihm nicht vorwerfen. Aber die Art und Weise, wie er mich ins Internat verfrachtet hat und mich nicht nach Hause kommen ließ, stand irgendwie immer zwischen uns. Bei seinem letzten Besuch haben wir uns furchtbar gestritten. Danach kamen dann nur noch gelegentliche Anrufe. Der letzte ist ...» ... sieben Monate her? Acht? Ich blinzle und drehe mich zur Seite, damit Harper nicht bemerkt, wie ich mit den Tränen kämpfe. «Es tut mir leid. Ich weiß gar nicht, warum ich dir das alles erzähle. Das ist nicht unbedingt mein Lieblingsthema.»

Harpers Gesicht ist wie versteinert. «Das ist schrecklich.» Ihre Hand fährt mir tröstend über die Schulter. «Wie kann er dich ins Internat abschieben, so kurz nachdem deine Mutter gestorben ist? Was ist Richard denn bitte für ein unsensibler Arsch?», stößt sie hervor.

«Nein», wehre ich ab. «So ist er nicht. Er ist vielleicht streng und manchmal etwas steif, aber ... eigentlich ist er anders. Zu meiner Mom war er ganz anders. Wahrscheinlich hat er gedacht, dass es das Beste für mich ist, wenn ich hier wegkomme, wo mich alles an sie erinnert.» Ich weiß selbst nicht, warum ich ihn verteidige, schließlich habe ich ihm genau das oft genug vorgeworfen. Aber ich weiß, dass mein Stiefvater kein schlechter Mensch ist.

«Du solltest ihn nicht auch noch entschuldigen.» Harpers Augen schießen Blitze. «Das war ja wohl total mies. So bescheuert kann auch wirklich nur ein Mann reagieren. Gott, ich würde dich jetzt echt gerne in den Arm nehmen», sagt sie spontan. Sie schenkt mir ein so warmherziges Lächeln, dass ich es einfach erwidern muss.

«Bitte nicht. Wenn du das tust, dann fange ich an zu heulen.» Sicherheitshalber senke ich die Stimme. «Und es wäre mir todpeinlich, wenn Asher das mitbekommt.» Hastig ziehe ich die Schublade vor mir auf und fange an, das Besteck im Kasten herumzuschieben, obwohl ich eigentlich gar nichts suche.

«Ach der!» Harper lacht auf, und in der nächsten Sekunde schlingt sie mir von der Seite beide Arme um den Hals und presst mich so fest an sich, dass mir die Luft wegbleibt.

«Okay», keuche ich auf. «Du kannst mich natürlich auch erwürgen, dann erübrigt sich das mit dem Heulen.»

Sie kichert an meinem Hals, und ich erwidere den Druck ihrer Arme. «Danke», flüstere ich. Nachdem wir einen Moment schweigend so dagestanden haben, lösen wir uns voneinander. Ich bin etwas verlegen, weil wir uns kaum kennen, aber Harper scheint das nichts auszumachen.

«Ich finde übrigens, dass man nichts davon merkt.»

«Wovon?»

«Dass Asher und du euch früher so viel gestritten habt. Heute Abend habt ihr euch doch super verstanden. Ich habe sogar den Eindruck, dass ihr viel gemeinsam habt.»

Ich ziehe die Nase kraus. «Weil wir beide vegetarische Pizza mögen?»

«Na ja», meint Harper und bückt sich, um den letzten Teller einzusortieren. «Ihr habt euch eben beide über Rogelio kaputtgelacht. Ehrlich gesagt habe ich den Gag nicht mal verstanden.»

«Weil du mit Sam beschäftigt warst.» Jetzt ist es an mir, mit den Augenbrauen zu wackeln und zu grinsen. «Wie lange seid ihr eigentlich schon zusammen?»

Sie richtet sich wieder auf. «Seit knapp zwei Jahren. Noah hat sich früher viel um die Pferde gekümmert, und als er ausgezogen ist, haben sie jemanden für den Sommer gesucht, der das übernimmt. Ehrlich gesagt hatte ich keine Ahnung von Pferden und habe beim Vorstellungsgespräch einfach gelogen.» Harpers Wangen färben sich rosa. «Aber für mich war es der ideale Ferienjob. Normalerweise arbeite ich während der Uni im Café der Bibliothek, aber in den Semesterferien ist so wenig Betrieb, dass sie mich dort nicht brauchen können. Also habe ich zwei Wochen lang alles gelesen, was es über Pferde zu lesen gibt. Wie man den Stall sauber hält, über Sattelpflege, wie man Pferde striegelt und Hufe auskratzt, woran man erkennt, wenn ihnen das Futter nicht bekommt, und den ganzen Kram.»

«O Gott, das hätte ich mich nie getraut. So ein lebendes Pferd ist doch was ganz anderes als trockene Theorie.»

«Schon, aber ich kam ziemlich gut zurecht. Und wenn nicht, hätte ich um Hilfe gebeten – ich kann ja kaum die armen Pferde unter meiner Unwissenheit leiden lassen. Aber ich bin schon am zweiten Tag aufgeflogen, weil Asher auf den ersten Blick erkannt hat, dass ich keine Ahnung von Pferden habe. Er hat mich beiseitegenommen und mir alles gezeigt, was ich wissen musste.» Ihre blauen Augen blitzen auf. «Ich bin ihm also was schuldig, vor allem da er mich nie an seinen Dad verpetzt hat.»

«Und Sam ist dir dann im Stall begegnet? Früher ist er nie auch nur in die Nähe der Pferde gegangen.»

Jetzt verdreht Harper die Augen. «Natürlich nicht. Sam ist der unsportlichste Typ, den ich kenne. Er kam aber immer wieder zum Zeichnen auf die Weide. Wahrscheinlich habe ich ihn zuerst nur genervt. Irgendwann hat er mich angesprochen. Ich dachte, dass ihm die Musik auf den Keks geht, die ich beim Ausmisten immer laut abgespielt habe. Natürlich nur wenn die Pferde auf der Weide waren», fügt sie schnell hinzu. «Aber dann meinte er zu mir, dass George Ezra für ihn ein Grund wäre, schwul zu werden, weil er eine geniale Stimme hat, witzig und auch noch Brite ist. Da musste ich ihn einfach mögen.

Weißt du, es gibt so viele Männer, die ständig homophobe Sprüche bringen, aber Sam ist da ganz anders. Ich wusste sofort, dass er sich gut mit meinem Bruder verstehen würde, und das ist für mich sehr wichtig.»

Ich nicke und mag Harper gleich noch etwas mehr, weil sie so liebevoll von ihrem Bruder spricht.

Sie schüttelt das Küchenhandtuch aus, das sie gerade benutzt hat, und hängt es auf, bevor sie fortfährt. «Ich habe Sam gesagt, dass mein Bruder Chase George Ezra ziemlich ähnlich sieht, und ihn gefragt, ob er ihn kennenlernen will. Da hat er mir gestanden, dass er schon eine Weile davon träumt, die Schwester von diesem Chase zu daten, der George Ezra so ähnlich sieht. Dann hat er mir seine Zeichnungen gezeigt, und anstatt der Tiere war ich überall darauf zu sehen. Ich schwöre dir, in diesem Moment war mir schon klar, dass ich mich mit ziemlicher Sicherheit in ihn verlieben werde.»

Oh Gott, das ist so süß, quietsche ich im Stillen, kann mich aber gerade noch beherrschen, das nicht laut zu tun, und lasse stattdessen nur ein leises Seufzen von mir hören. Was ein Glück ist, denn Asher und Sam kommen in diesem Moment in die Küche, um ihre leeren Bierflaschen gegen volle auszutauschen.

«Ich hoffe, du hast noch mehr mitgebracht», unterbricht Sam unser Gespräch und bringt Harper damit auf die Palme.

«Sam!», schimpft sie und schüttelt verständnislos den Kopf. «Du bist manchmal echt unmöglich.»

«Er ist nur ehrlich», widerspricht Asher und hebt eine Augenbraue an, bevor er sich an mich wendet. «Und das ist mehr, als man von den meisten sagen kann, oder?»

Warum er dabei ausgerechnet mich ansieht, ist mir ein Rätsel. Ich presse die Lippen zusammen und fasse ganz automatisch nach dem Zipper meiner Sweatshirtjacke, um mich zu vergewissern, dass er noch ganz oben ist. Wie immer fühle ich mich Asher gegenüber völlig ausgeliefert, und ich hasse dieses Gefühl.

«Dad ist übrigens gerade die Auffahrt hochgekommen, falls es dich interessiert», lässt er wie beiläufig fallen. Er deutet in Richtung Haustür. «Du wolltest ihn doch so dringend sprechen.»

Kapitel 5

Als ich das Gästehaus ein paar Minuten später verlasse, ist es bereits elf Uhr. Asher nickt mir nur einmal kurz zu und sagt, er käme später nach, deshalb trage ich den Korb mit den leeren Flaschen allein zurück zum Haus. Die Auffahrt wird nur schwach von Laternen beleuchtet, Wolken von Mücken umschwirren die gelben Lichtkugeln. An der Haustür taste ich den Sims ab, und meine Finger berühren den einzelnen Schlüssel, den Hillary dort deponiert hat. Sie lässt das Haus nie offen, Privatinsel hin oder her. Das war schon früher so.

Ich bin hundemüde, und obwohl ich wissen möchte, warum Richard mich herbestellt hat, ist ein Gespräch mit meinem Stiefvater im Augenblick das Letzte, wonach mir zumute ist. Der Abend mit Harper und Sam war so nett bis zu dem Moment, wo Asher mich mehr oder weniger rausgeworfen hat. Denn anders kann man seine Bemerkung wohl schlecht auffassen.

Ich stelle den Korb im Flur ab. Aus der Küche höre ich Stimmen. Die Tür ist nur angelehnt, und ich kann kaum ein Wort verstehen, was ich aber kapiere, ist, dass es keine freundliche Unterredung ist, dafür sprechen sie zu laut und zu schnell.

Okay, ich hatte einen echt langen Tag, habe einen meiner Stiefbrüder halbnackt im Flugzeug gesehen, mein Portemonnaie wurde mir geklaut, und ich wurde von zwei Boxern angefallen. Ganz abgesehen davon, dass ich seit Stunden völlig angespannt bin, aus Angst, Asher eine verwundbare Stelle zu entblößen. *Das* kann ich jetzt nicht auch noch gebrauchen.

Ich trete zurück und schleiche auf Zehenspitzen in Richtung Treppe. Die Stimmen werden lauter.

«... ist indiskutabel! Ich erwarte von dir ein angemessenes Verhalten. Du bist immer noch ein Blakely, auch wenn dir das offenbar nichts bedeutet.»

«Schickst du mich auf mein Zimmer, oder schmeißt du mich jetzt raus?» Die Stimme klingt belustigt, was mir eine Gänsehaut verursacht. «Nein, warte, nimm mir einfach die Kreditkarten weg. Blakelys regeln doch alles mit ihrem verfickten Geld.» Die Küchentür wird aufgestoßen und kracht gegen die Wand. Im nächsten Moment flammt das Licht auf.

«Fuck, wer zum Teufel ist das?»

Den Fuß auf dem ersten Absatz drehe ich mich um und versuche, freundlich zu gucken, aber für heute ist nicht mehr viel Freundlichkeit in mir übrig. *Fuck* scheint also das Wort zu sein, das meinen Brüdern bei meinem Anblick als Erstes in den Sinn kommt, und so langsam regt mich das auf. Ich schaffe es kaum, meine Mundwinkel anzuheben. «*Das* ist deine Stiefschwester.»

Noah kommt zielstrebig auf mich zu. Er stellt sich so dicht vor mich, dass ich den Kopf in den Nacken legen muss, um ihm ins Gesicht und das breite Grinsen darin zu sehen. Seine Haare sind zerwühlt, als hätte er schon geschlafen, dabei ist er wahrscheinlich gerade erst nach Hause gekommen.

«Meine Schwester, krass.» Er blinzelt, als wäre das Licht hier drin heller, als es eigentlich ist. Seine Augen leuchten schilfgrün, sind aber unnatürlich geweitet, und das sieht nicht nur nach Alkohol aus. Diesen Anblick kenne ich gut genug von der Uni.

«Hi, Noah.»

«Ich fass es nicht.» Als er spricht, bestätigt sich mein Verdacht. Neben Alkohol weht mir der Geruch von Marihuana entgegen. Er fasst sich an den Kragen seiner Lederjacke, wo sich eine tiefschwarze Tätowierung über seinen Hals bis hinter die Ohren zieht. Die Haut darunter sieht noch ganz rot aus, so als habe er erst vor wenigen Minuten das Tattoo-Studio verlassen. Zuzutrauen ist es ihm. «Mega.» Er schlägt mir mit der Faust gegen die Schulter, als wäre ich einer seiner Buddys, und ich zucke zusammen.

Noah ist so was von neben der Spur.

Ich hebe skeptisch eine Augenbraue an, dann starre ich auf den Mann, der hinter ihm auftaucht und so aussieht, als würde er sich gleich auf seinen Sohn stürzen, um ihn zu verprügeln. «Hallo ... Richard.»

Abrupt bleibt mein Stiefvater stehen. «Ivy», stößt er mühsam beherrscht hervor. Dann schüttelt er kurz den Kopf. «Sehr gut. Das ist sehr gut. Wunderbar», wiederholt er, und es klingt nicht freundlich, sondern mehr nach einem Knurren. Er reibt sich über die Schläfen, als müsse er sich erst sammeln. Oder beruhigen. Dann deutet er nach oben. «Noah, wir werden unser Gespräch morgen fortsetzen, wenn du in einer besseren Verfassung bist.»

«Spitzenidee, Dad. Ich finde ja, du hast überhaupt immer die besten Ideen.» Noahs Grinsen wird noch breiter und lässt ihn trotz seiner Tattoos aussehen wie einen zu groß geratenen Welpen. Er muss sich am Treppengeländer festhalten, um nicht nach hinten zu kippen. «Verschieben wir es einfach auf morgen. Wenn du dann Zeit dafür hast.» Noah beugt sich zu mir. «Hey, falls du noch Bock hast, nachdem der Alte dich interviewt hat, komm in mein Zimmer, und wir zocken eine Runde.»

Hält er mich wirklich für einen seiner Kumpel? Und muss er so abfällig über seinen Vater sprechen, der mit uns im selben Raum ist und das alles mitbekommt?

«Mal sehen.» Ich starre ihm perplex hinterher, als er schwerfällig an mir vorbei die Treppe hochstapft. Okay, wie viel hat er getrunken? Da war mit Sicherheit härterer Alkohol im Spiel, dabei ist er genau wie ich noch keine einundzwanzig. Kein Wunder, dass sein Vater und er sich gestritten haben, wenn Noah es kaum noch schafft, einen Schritt vor den anderen zu setzen. Und kein Wunder, dass Richard so fertig aussieht. Und so anders. Mein Stiefvater hat sich verändert, und das nicht nur wegen des sorgfältig gestutzten Vollbarts, der nun die untere Hälfte seines Gesichts verdeckt, und der Brille mit dem dunklen Rand, die er früher immer nur zum Lesen aufgesetzt hat. Es ist seine ganze Körperhaltung, die sich gewandelt hat. Er ist schmal geworden, und von dem kleinen Wohlstandsbäuchlein, das meine Mom immer mit einem Lächeln gestreichelt hat, ist nicht mehr viel übrig. Er hat das Jackett abgelegt und den ersten Knopf seines Hemdes geöffnet. Seine Augen blicken müde. Fast so müde, wie ich mich fühle.

«Können wir vielleicht auch morgen reden?», frage ich. Obwohl ich völlig erschöpft bin, denke ich dabei eher an ihn, denn Richard sieht aus, als könne er dringend eine Mütze Schlaf gebrauchen. Oder zwei Fingerbreit von dem Straight Bourbon, den ich im Wohnzimmer entdeckt habe. Wenn ich es recht bedenke, hätte ich jetzt auch gerne zwei Fingerbreit Bourbon.

«Selbstverständlich.» Richard tritt auf mich zu und fasst mich an den Schultern. Sein Griff übt nur leichten Druck aus. «Hattest du einen guten Flug? Hat Hillary dir dein Zimmer zurechtgemacht? Brauchst du noch etwas?» Er trägt einen herben Duft, den ich nicht kenne und der ihn trotz der freundlichen Geste unnahbar wirken lässt.

«Danke, ich komme zurecht.»

«Gut.» Er lässt seine Hände sinken. Wegen seines Bartes kann ich nicht erkennen, ob er lächelt, aber dann bilden sich doch einige Fältchen um seine Augen. «Ich kann gar nicht glauben, dass du wirklich vor mir stehst. Und wie erwachsen du aussiehst. New York scheint dir gut zu bekommen.»

Ich spüre einen Druck auf meinem Brustkorb, als würde mich eine eiserne Faust umschließen. Meint er das ernst, oder redet er sich das nur ein, um sich selbst besser zu fühlen? Hat er wirklich gedacht, jahrelang nicht nach Hause zu dürfen, sei das Beste für mich? Dass es mir gut bekommt? Ich weiß nicht, was ich sagen soll. Mir liegt so viel auf dem Herzen, ich habe das Gefühl, es zerreißt mich. Und ich merke, dass ich damit nicht umgehen kann. Nicht mit Richards versöhnlicher Art und auch nicht mit Ashers Lügen über mich.

Dieser Tag war einfach ziemlich viel. Es fällt mir schwer, Luft zu holen, und jeder Atemzug ist ein kleiner Kampf, den ich gewinnen muss, damit ich nicht zusammenbreche. Oder ihn anschreie. Mit der linken Hand kralle ich mich am Treppengeländer fest, die rechte balle ich zur Faust.

Richard scheint in Gedanken versunken zu sein. Er betrachtet einen Punkt hinter mir und lächelt dann zufrieden. «Wir können alles später besprechen. Ich möchte, dass deine Brüder dabei sind. Bis dahin fühl dich wie zu Hause. Es muss eine ziemliche Überraschung für dich gewesen sein, so plötzlich von mir zu hören, verzeih mir.»

Was soll ich ihm verzeihen? Diese plötzliche Nachricht? Dass ich mich wie zu Hause fühlen soll, aber nicht mehr hier zu Hause bin? Oder die letzten vier Jahre meines Lebens? Ich bin hin und her gerissen. Einerseits habe ich das Bedürfnis, ihm meine ganze Wut und all meine Fragen an den Kopf zu knallen, andererseits würde ich mich am liebsten in seine Arme werfen, weil ich nur noch ihn habe. Weil ein Stiefvater wie Richard Blakely besser ist als gar kein Vater. Ich öffne meine Faust wieder und atme langsam aus. «Du hast sicher deine Gründe für diese

Einladung.» Dabei war es keine Einladung, sondern mehr eine Vorladung, wenn ich an den unpersönlichen Wortlaut der Mail denke.

«Die habe ich. Wir werden morgen Abend bei einem gemeinsamen Essen darüber reden.» Er schiebt seine Brille nach oben, reibt sich mit Daumen und Zeigefinger über die Nasenwurzel und sieht mich nachdenklich an. «Mir gefällt deine Frisur, Ivy. Deine Mutter hat das Haar auch oft so getragen.»

Unwillkürlich taste ich nach meinem unordentlichen Haarknoten. «Ich weiß», krächze ich. Dabei stimmt es nicht einmal. An so vieles kann ich mich gar nicht mehr erinnern. Ich muss mir ihr Foto anschauen, um ihr Gesicht klar vor Augen zu haben, und ihre Stimme habe ich schon seit langem nicht mehr im Ohr. Viel wahrscheinlicher ist außerdem, dass ich gerade aussehe wie eine Vogelscheuche.

Ich konzentriere mich ganz auf meine Atmung, und dann – als mir plötzlich etwas aufgeht – lässt der Druck auf meinem Brustkorb mit einem Mal nach. Wenn Richard in diesem zärtlichen Ton von meiner Mutter redet, dann hat er mich bestimmt nicht herbeordert, um endgültig einen Schlussstrich zu ziehen. Erst jetzt merke ich, wie sehr ich mich davor insgeheim gefürchtet habe. Ich glaube sogar, dass er sich freut, mich zu sehen, es fällt ihm nur nicht so leicht, es zu zeigen. Wahrscheinlich sind wir beide nach all dem, was in der Vergangenheit geschehen ist, einfach befangen.

Ich schlucke. «Und mir gefällt deine Brille.» Es gäbe so viel zu sagen, und ich rede über seine Brille?

In sein Gesicht tritt ein erleichterter Ausdruck. «Das ist eine wunderbare Methode, um miteinander warmzuwerden, nicht wahr? Wir sagen uns gegenseitig so lange Komplimente, bis wir den anderen eingewickelt haben.» Er lächelt und wirkt dadurch gleich weniger distanziert.

Meine Lippen zucken, aber ich bringe es nicht ganz über mich, das Lächeln zu erwidern. «Der Bart ist neu, oder? Er gefällt mir.»

Er lacht leise, und das erinnert mich so sehr an den Richard von früher, dass es mich verunsichert. Vor dem Tod meiner Mutter war er genauso. Ein Mann von Prinzipien, aber warmherziger und weniger streng. Ein Mann, der immer nur das Beste für seine Familie wollte.

«Wir haben eine neue Bartpflegeserie, und einer muss schließlich mit gutem Beispiel vorangehen und die Wirksamkeit der Produkte präsentieren.»

«Steht dir wirklich gut. Es lässt dich irgendwie erhaben wirken. Fast schon würdevoll.» Jetzt muss ich doch lächeln. Es ist gar nicht so schwer, wenn man über harmlose Dinge redet, fällt mir auf. Wenn man alles Vergangene ausklammert und nur an das Jetzt denkt. Die wichtigen Dinge sind ohnehin die, die man nicht laut ausspricht.

«Glaub mir, ich bin kein bisschen würdevoll. Das hast du gerade selbst erlebt. Mit Noah und mir ist es schwierig. Ich stehe nur allzu oft wie ein alter Trottel da.»

Ich weiß nicht, was ich darauf sagen soll, aber ich bin froh, dass wir nicht über mich reden. Noah scheint mir im Moment das unverfänglichere Thema zu sein. «Vielleicht solltest du die Komplimente-Methode auch an ihm testen. Bei mir hat sie jedenfalls funktioniert.»

«Heißt das, du wirst ohne einen Groll auf mich heute in deinem alten Zimmer schlafen können?»

«Ich ...» Mir bleibt die Stimme weg. «Ich ... ich bin nicht wütend auf dich.»

«Du solltest mich besser nicht anlügen. Selbst alte Trottel wie ich merken das sofort. Ich weiß, dass du seit vier Jahren wütend auf mich bist. Und auch wenn ich mir gewünscht hätte, dass es anders zwischen uns wäre, habe ich deine Ablehnung akzeptiert, weil ich zu meinen Entscheidungen stehe. Ich habe immer nur deine Sicherheit im Blick gehabt.»

Meine Sicherheit? Indem er mich aus meiner Familie reißt und dreihundert Meilen weit wegschickt? Ich zucke zusammen, als er den Arm ausstreckt und mir mit der flachen Hand über den Kopf fährt. Seine Berührung ist unerwartet sanft, und sein Blick geht in die Ferne. «Es ist schön, dass du da bist, Catherine. Wir haben so viel nachzuholen.»

Ich erstarre. Nicht so sehr wegen Richards liebevoller Geste, sondern weil er mich Catherine genannt hat. Er ist wahrscheinlich übermüdet. Deshalb hat er sich versprochen. Aber es reicht aus, um mich auf den Boden der Tatsachen zurückzuholen. Gerade war er so nett und herzlich zu mir, dass ich glauben könnte, ihm vielleicht sogar gefehlt zu haben. Fast hätte ich denken können, dass ihm wirklich etwas an mir liegt. Aber darauf kann ich mich nicht verlassen. So war es vor vier Jahren auch. Und das macht mich fertig.

«Bitte entschuldige mich», sage ich und merke, dass meine Stimme dabei zittert. «Ich bin heute Morgen sehr früh aufgestanden. Du hast mir ja erst gestern die Nachricht schicken lassen, und ... es ist zu spät.» Ich senke meine Stimme nicht ab und lasse den Satz im Raum stehen wie ein sperriges Möbelstück, an dem man sich stößt. Es ist alles zu spät. Nicht nur für diesen Tag, sondern für dieses Leben. Ich kämpfe gegen die Angst an, wieder einmal zurückgewiesen zu werden. Die Angst, die sich langsam, aber stetig in meinem Brustkorb ausbreitet, und presse die Lippen zusammen.

Richard schüttelt den Kopf und hebt dann beide Hände, um mit den Fingern seine Schläfen zu massieren. Er gibt ein gedämpftes Stöhnen von sich, als hätte er plötzlich Kopfschmerzen. «Du hast recht.» Leise murmelt er eine Entschuldigung, bevor er sich von mir wegdreht. «Das war wohl wirklich etwas kurzfristig.» Und damit lässt er mich auf dem Gang stehen.

Ich liege auf dem Bett und starre lange in die Dunkelheit, ohne zu begreifen, was da eben passiert ist.

Es ist schön, dass du da bist, Catherine.

Ich bekomme eine Gänsehaut. Vielleicht liegt es an der kühlen Luft, die hereinweht und die Vorhänge trotz ihrer Schwere aufbauscht, aber sicher bin ich mir nicht.

Catherine ist meine Mom. Richard hat sich einfach nur versprochen, doch sein ganzes Verhalten danach kommt mir merkwürdig vor. Er hat seine Strenge verloren, seine Unnachgiebigkeit, und das habe ich nicht erwartet. So wie er mit mir geredet hat, so charmant, so liebevoll, hat er sich nur meiner Mom gegenüber verhalten. Seine Berührung auf meinem Kopf kann ich immer noch spüren.

Meine Gedanken kommen lange nicht zur Ruhe. Obwohl ich eben noch dachte, im Stehen einschlafen zu können, wälze ich mich gefühlte Stunden im Bett hin und her. Irgendwann – es ist schon nach eins – stehe ich wieder auf und setze mich im Dunkeln zu Hedwig an den Schreibtisch. Aubree hat mir immer noch nicht geantwortet, und ich mache mir Sorgen. Entweder ist alles okay, oder aber es ist so mies gelaufen, dass sie sich abgeschottet hat. Denn obwohl Aubree die allerbeste Freundin ist und immer ein offenes Ohr für mich hat, fällt es ihr umgekehrt schwer, über sich und ihre Gefühle zu reden, vor allem wenn es wirklich wichtig ist.

Ivy: Ich hoffe, bei dir ist alles ok.

Ich schicke ihr dazu ein schnarchendes Emoji und ein «Schlaf schön» mit Kussmund, dann beleuchte ich mit dem Handy die Schreibfläche vor mir. Ich muss mich irgendwie ablenken, und nichts ist besser dazu geeignet als das gewohnte Gefühl von Papier unter meinen Fingern und das gleichmäßige Auf und Ab der Buchstaben.

Ich liebe es, mit Worten Bilder zu malen, ganze Sätze zu visualisieren, indem ich unterschiedliche Schriftarten und Größen verwende. Mal zarte Linien zu ziehen und dann wieder breite Balken. Ich stöpsle meinen Brush Pen auf und halte umständlich das Handylicht über das Papier, bevor ich den Satz aufschreibe, der mir in Gedanken an diesen Tag als Erstes in den Sinn kommt:

Jeder Tag ist ein Geschenk, manchmal ist er nur miserabel verpackt.

Mit einem Pinsel sprenkle ich etwas Farbe um die Worte und kritzle noch eine Zeitlang sinnlos auf der nächsten Seite herum. Nachdem ich sie zugeklappt habe, schenke ich Hedwig eine Extrastreicheleinheit. Danach kann ich endlich schlafen.

Bei Sonnenaufgang stehe ich schon wieder auf. Ich habe vergessen, das Fenster zu schließen, und bin deshalb mit einer Gänsehaut aufgewacht, weil ich die Decke bis ans Fußende getreten hatte. Obwohl die Matratze total weich ist und ich mich dank abschließbarer Zimmertür vollkommen sicher gefühlt habe, meint mein Körper, so tun zu müssen, als wäre er in der Nacht von einem Laster überfahren worden. Jeder einzelne Muskel tut mir weh, und in meinem Hals kratzt es, aber das kann auch von der Klimaanlage im Flugzeug kommen.

Ich muss lächeln, halb grimmig, halb resigniert, als mein

Jeder Tag ist ein Geschenk, manchmal ist er nur miserabel verpackt.

Blick auf Hedwig fällt und ich an das Lettering denke, das ich in der Nacht noch gemalt habe. Ich werde versuchen, auch diesen verdammten Tag auf der Insel als Geschenk zu sehen. Aber zuerst brauche ich frische Luft. Leider habe ich nicht daran gedacht, meine Laufklamotten einzupacken. Doch eine Runde um die Insel werde ich wohl auch mit meinen alten Chucks schaffen.

Ich streife ein Paar bequeme Shorts und ein ärmelloses Shirt über. Es ist bestimmt noch frisch draußen, aber ich werde beim Laufen schon schnell genug ins Schwitzen kommen. Um niemand aus dem Haus auf mich aufmerksam zu machen, gehe ich in die Küche, ziehe dort die Terrassentür zum Garten auf und schlüpfe leise hinaus. Auf dem Gras glitzert der Tau, und sobald ich den Rasen hinter dem Haus betrete, saugt sich der Canvasstoff meiner Schuhe mit Wasser voll. Mist, daran habe ich nicht gedacht. Ich wackle mit den Zehen und versuche, das unangenehme Gefühl zu ignorieren. Auf meinen Armen breitet sich aber jetzt schon wieder eine Gänsehaut aus.

Tief hole ich Luft. Es riecht nach Meer, ein salziger Geruch untersetzt mit Algen, der sofort Tausende Erinnerungen in mir weckt. Erinnerungen ans Segeln, an die Ausflüge zum Lake Winnipesaukee, an Camping unter freiem Himmel, an Brot, das über offenem Feuer geröstet wird, frisch gepflückten Cranberrys und leider auch an Asher, der mir eine Handvoll Marienkäfer in den Schlafsack wirft. Okay, ich mag Marienkäfer, er hätte wirklich etwas Schlimmeres nehmen können, aber ich muss nicht unbedingt mit ihnen ins Bett gehen.

Heute Morgen hängt noch ein leichter Nebel zwischen den Bäumen, und ich laufe in Richtung der Straße, wo linker Hand ein blassrosa Pavillon auftaucht. Von hier aus sieht man bis zum Festland, und in unmittelbarer Nähe ragen viele kleine Inseln aus dem Piscataqua River heraus. Das Wasser schimmert algengrün und reflektiert die ersten Sonnenstrahlen, die mir ins Gesicht blitzen.

Bis zur Pferdekoppel lege ich einen Sprint ein und merke, wie ich plötzlich wieder freier atmen kann und das Blut warm durch meinen Körper strömt. Das habe ich in New York vermisst. Ein Lauf über den Campus ist kein Vergleich zu dem hier. Außerdem liebe ich die Stille und die Vorstellung, dass alle Menschen außer mir auf der Insel noch schlafen.

Das Gatter steht offen, das fällt mir sofort auf, und auch die Umzäunung der Koppel sieht aus, als hätte sie bessere Zeiten gesehen – weit und breit kein Tier. Als Harper gestern von ihrem Ferienjob erzählt hat, dachte ich, die Blakelys würden immer noch Pferde halten. Aber das hat sich seitdem offenbar geändert. Früher sind Asher und Noah zwar viel geritten, aber das war, bevor sie nur noch Frauen, Motorräder oder was weiß ich im Kopf hatten. Ich war nie eines dieser Pferdemädchen, die Stallluft zum Überleben brauchen – ein weiterer Punkt auf meiner Liste, warum ich nicht zu den Blakelys passte –, aber jetzt merke ich, dass sich bei der Erinnerung an ein weiches Pferdemaul in meiner Handfläche ein Ziehen in meinem Brustkorb bemerkbar macht.

Vom Stallgebäude kann man von hier aus nur eine Ecke sehen, deshalb trabe ich in einem Bogen um das kleine Wäldchen herum, in dem die für diese Gegend typischen Kiefern, Ahornbäume und Eichen wachsen. Ein Paddock grenzt den Bereich vor dem Stall ein, doch die einzelnen Latten sind stark verwittert, teilweise sogar zerbrochen. An meinen nassen Schuhen bleibt der Sand haften, als ich den Platz überquere und an die Stalltür trete.

Es sieht trostlos aus. Ich rüttle an der Tür. Der schmiedeeiserne Riegel lässt sich nur schwer bewegen, deshalb schlage ich mit der Handkante mehrmals gegen das Metall, bis er sich löst und der obere Teil der Stalltür aufschwingt. Morgenlicht fällt ins Innere. Mit den Armen stütze ich mich auf den unteren Türflügel und sehe zu, wie der Staub in der Sonne tanzt. Leider ist kein Geräusch zu hören, kein Scharren und auch kein Schnauben. Es riecht nicht nach Pferd oder gefettetem Leder, sondern nur leicht nach Heu, das irgendwann nass geworden ist und nun vor sich hin fault. Enttäuscht schließe ich die Tür wieder und laufe den Weg zurück. Vielleicht kann Harper mir später erzählen, was mit den Pferden passiert ist.

Bis zu der Stelle, an der ich abgebogen bin, ist es nicht mehr weit. Ich kann von hier aus das Ufer sehen, die aus dem Wasser ragenden Felsen und den Leuchtturm von New Castle, der sich in der Ferne in den Himmel reckt. Segelboote dümpeln im Wasser wie kleine weiße Farbspritzer. Den Sonnenuntergang von hier aus zu beobachten, ist ziemlich atemberaubend, doch der Sonnenaufgang ist auch nicht zu verachten, weil der Nebel wie ein leuchtendes Kissen über dem Wasser schwebt. Das ist der Vorteil an einer Insel. Die Sonne geht immer über dem Wasser auf und unter. Ich bleibe stehen und atme nur ein und aus, ohne etwas zu denken, genieße einfach nur den Wind, der vom Meer über die Küste weht und mir die Härchen an den Unterarmen aufstellt.

Als der Nebel sich langsam aufzulösen beginnt, laufe ich weiter, bis sich vor mir irgendwann eine Lichtung ausbreitet. Ich habe wahrscheinlich gerade einmal ein Drittel der Insel umrundet und bin trotzdem schon außer Atem. Ich halte mir die Seite, schirme die Augen mit der anderen Hand ab und drehe mich nach Osten, wo die Sonne in die Höhe klettert. Dass ich nicht allein bin, bemerke ich erst, als er sich vom Boden abstößt und wie ein Baum aus der Lichtung herauswächst. Shit. Überrascht ziehe ich die Luft durch die Zähne. Ich bin wohl doch nicht die einzige Frühaufsteherin der Familie.

Asher steht seitlich von mir, die Hände auf den Oberschenkeln abgestützt, als hätte er gerade ein hartes Workout hinter sich. Selbst auf die Entfernung kann ich die angespannten Muskeln erkennen und wie sein Brustkorb sich angestrengt hebt und senkt.

Und großer Gott, er ist barfuß!

Er trägt nur eine abgeschnittene Jogginghose und einen Schweißfilm auf seiner Haut. Nachdem ich die Tattoos bei Noah gesehen habe, bin ich davon ausgegangen, dass Asher auch tätowiert sein würde, aber da ist nichts außer Haut, die sich straff über seine Arme zieht. Asher ist der Letzte, dem ich morgens um halb sechs begegnen möchte, aber ich kann meinen Blick nicht von ihm lösen. So ruhig, so konzentriert und in sich gekehrt habe ich ihn noch nie gesehen. Er dreht sich um, und im ersten Moment bilde ich mir ein, dass er mich gar nicht bemerkt, weil sein Gesicht zwar in meine Richtung zeigt, er aber nicht reagiert. Ich könnte einfach die Hand heben, ein gelassenes «Guten Morgen» über die Wiese rufen und dann weiter meine Runde joggen, aber ich tue es nicht.

Ich stehe da wie ein dämliches Reh, das in einen Autoscheinwerfer starrt.

Der Bund von Ashers Hose sitzt so locker auf seinen Hüften, dass man Angst haben muss, sie könne runterrutschen. An den Oberschenkeln ist der Stoff zerrissen und ausgefranst, was ihm leider Gottes echt gut steht. Danach heftet sich mein Blick auf sein Gesicht. Es kommt mir vor wie Minuten, aber wahrscheinlich sind es bloß Sekunden.

Er setzt sich in Bewegung. Seine Arme fallen zwar locker an ihm herab, aber seine Muskeln sind angespannt. Geschmeidig wie eine Raubkatze geht er in meine Richtung.

Endlich reiße ich mich von seinem Anblick los. Was war

das denn bitte? Es ist nur Asher beim Sport, und ich Idiotin verhalte mich, als hätte ich eine religiöse Erscheinung. Kopfschüttelnd trete ich einen Schritt zurück, da knackst ein Stock unter meiner Schuhsohle. Das Geräusch lässt einen Vogel aufflattern, und in derselben Sekunde schnellt mein Kopf hoch. Unsere Blicke verhaken sich. Ashers Augenbrauen ziehen sich zusammen, er hebt eine Hand, und das reicht aus, um einen Adrenalinschub durch meinen Brustkorb zu jagen.

Ich fahre herum und laufe los. Asher ruft etwas, was ich nicht verstehe, aber ich warte auch nicht darauf, dass er es wiederholt. Ich will einfach nur meine Runde zu Ende laufen. Allein. Es ist verdammt früh am Morgen, und ich habe keine Lust darauf, mich wieder nur zu streiten.

Ich setze einen Fuß vor den anderen, laufe über das nasse Gras, die Sonne im Gesicht, springe über eine Baumwurzel und renne über die Lichtung zurück in den Wald hinein. Ich werfe keinen Blick zurück, aber das ist auch nicht nötig, weil ich seine schnellen Schritte höre. Warum muss er mir jetzt unbedingt hinterherrennen?

Vor mir flattern noch mehr Tiere auf. Eine Wildente gibt ein erschrockenes Quaken von sich und versucht mit hektischen Flügelschlägen, ihren schwerfälligen Körper in die Luft zu wuchten. Genau so fühle ich mich auch gerade. Ich erhöhe mein Tempo noch mal. Mein Puls rast jetzt schon.

Ich streife einen Ast und komme ins Trudeln. Instinktiv spüre ich, wie mein Vorsprung schmilzt und Asher mir immer näher kommt.

«Ivy!» Seine Stimme klingt abgehackt, irgendwie wütend. Jetzt schon, dabei habe ich nichts getan, außer über seine Insel zu laufen, verdammt. Ich weiß, dass ich zu langsam bin. Die vielen Steine und das weiche Moos dazwischen bremsen mich und bringen mich aus dem Tritt, und bis ich mich wieder gefangen habe und meine Schritte sicherer werden, ist Asher mir schon so nah, dass ich ihn atmen höre.

Panisch ringe ich nach Luft, springe über einen Baumstumpf, ducke mich unter tiefhängenden Ästen hindurch und stolpere halbblind über verrottetes Laub. Der Boden wird unvermittelt weich und nachgiebig, er gibt ein Schmatzen von sich, als ich zu tief einsinke und meine Turnschuhe nur mit Kraft wieder herausziehen kann. Mein Atem keucht wie eine Dampflok.

«Bleib verdammt noch mal stehen!»

Aber ich kann nicht anders. Mit einem Mal habe ich Angst. Eine diffuse Angst, die ich mir nicht erklären kann. Und dann tritt mein rechter Fuß ins Leere. Gerade war dort noch eine dicke Moosschicht, und im nächsten Moment ist dort nichts mehr außer Nässe – der Boden sackt einfach weg.

Ich fliege nach vorn, etwas schrammt an meinem Gesicht entlang, dann pralle ich unsanft mit der rechten Hüfte auf dem Boden auf. Ein stechender Schmerz schießt mir durchs Handgelenk, und mein Gesicht brennt von den Zweigen, die mir die Haut zerkratzt haben. Stöhnend versuche ich aufzustehen, aber meine rechte Hand ist völlig unbrauchbar. Mit einem Schmerzenslaut falle ich rücklings ins nasse Moos zurück.

«Hast du dir was getan?» Asher beugt sich über mich. Ich sehe die Hand, die sich mir entgegenstreckt, und die Brauen, die gereizt zusammengezogen sind.

«Geh weg», schreie ich ihn an. Ich glaube, es ist nur ein Reflex, dass ich nach ihm trete, denn kaum hat mein Fuß sein Schienbein erwischt, lässt mich sein überraschter Ausruf zusammenzucken.

«Fuck, Ivy, was soll das?» Er reibt mit dem Handballen über die Stelle, die ich erwischt habe, und sieht mich fassungslos an.

Meine Panik fällt komplett in sich zusammen, und ich weiß

nicht mehr, was überhaupt in mich gefahren ist. «Es tut mir leid, okay? Das war keine Absicht, du hast mich erschreckt. Warum rennst du mir überhaupt hinterher?» Es klingt keuchend, weil ich kaum Luft bekomme, noch dazu klingt es bescheuert.

«Vielleicht weil ich verhindern wollte, dass du dir die Beine brichst bei deinem Tempo? Das hier ist nicht der Central Park.»

Er ist auch außer Atem, eine Tatsache, die mich nur mäßig besänftigt. Denkt er, ich wäre zu blöd zum Joggen? «Danke», keuche ich. «Ich kann laufen, seit ich zwölf Monate alt bin. Es bestand also keine Gefahr. Hättest du mich nicht verfolgt, wäre ich mit Sicherheit auch nicht hingefallen.»

«Ich habe dich nicht verfolgt, verdammt. Ich wollte dich nur daran hindern, mitten durch unbefestigtes Gelände zu laufen, und du sprintest auf einmal los, als wäre ein Massenmörder hinter dir her. Was soll das? Was ist denn los mit dir? Du kennst doch die Insel. Das hier ist ein Sumpf! Noch ein paar Meter weiter, und du wärst in die Uferböschung gerannt. Da sind Steine in der Größe.» Er breitet seine Arme aus. «Du hättest dir das Genick brechen können.»

Ich zucke zusammen, weil mir plötzlich bewusst wird, wie idiotisch ich mich verhalten habe und dass Asher vollkommen recht hat. Das Ufer ist so nah, dass ich das Wasser hören kann, wie es gemächlich gegen die Felsen schwappt. In mir muss irgendeine Sicherung durchgebrannt sein. «Sorry. Ich ... keine Ahnung ... die Wildenten sind aufgeflogen, und ich habe plötzlich Panik bekommen.» Ich fasse nach meinem rechten Handgelenk, das sticht, als würde jemand mit einer heißen Nadel darin herumstochern. «Ich glaube, ich habe mir wirklich was gebrochen.» Tränen schießen mir in die Augen.

Asher kniet sich vor mich. «Lass mal sehen.»

«Bist du jetzt Arzt, oder was?», fauche ich ihn an und atme

scharf ein, als er meinen Arm packt, sodass ich ihn nicht wegziehen kann. «Du tust mir weh.»

Ohne auf mein Geschimpfe zu reagieren, tastet Asher über die Stelle, an der mein Puls rast. Überraschend vorsichtig fahren seine Fingerspitzen über meinen Handrücken, dann dreht er mein Gelenk in alle Richtungen.

«Autsch.»

«Ist nicht gebrochen. Nur verstaucht.» Er hilft mir auf die Beine. Ich will einen Schritt zurücktreten, um nicht gegen seinen nackten Brustkorb zu prallen, aber meine Hüfte schmerzt höllisch und lässt mich wie einen nassen Sack nach vorne fallen.

Ashers Arme halten mich reflexartig fest. Mein Kinn knallt gegen seinen harten Brustkorb. Ich gebe einen Schmerzenslaut von mir und reibe mir über die Stelle.

Asher fängt an zu lachen. «Du bist die erste Frau, die sich an meinen Muskeln verletzt.»

«Das waren nicht deine Muskeln, du Idiot, sondern dein ... dein ... Schlüsselbein.»

Sein Lachen wird lauter. «Du brauchst Nachhilfe in Anatomie, Ivy.» Ich spüre seinen bebenden Oberkörper an meinem und kann nicht anders, als zu grinsen. Dann wird mir bewusst, wie sich sein Körper an meinem anfühlt und wie sich bei der Vibration seines Lachens seine Haut an mir reibt. Meine Brustwarzen ziehen sich zusammen, und erschrocken stemme ich mich gegen seinen Oberarm. Asher lässt mich augenblicklich los und rückt von mir ab. Er hat den Mund leicht geöffnet und starrt mich überrascht an.

Sofort verschränke ich die Arme vor der Brust. Oh Gott, ich kann nur hoffen, dass er meine peinliche Reaktion nicht gespürt hat. «Mir ist kalt», stammle ich.

«Das ... war nicht zu übersehen.»

Verdammt. «Du könntest auch einfach so tun, als hättest du

es nicht gemerkt», schlage ich ihm vor, versuche, ein Lächeln aufzusetzen, bekomme stattdessen aber einen heißen Kopf.

«Könnte ich, ja. Das wäre aber gelogen.» Seine Mundwinkel biegen sich nach oben.

Am liebsten möchte ich diesen Mistkerl ins Meer werfen und zugucken, wie die Fische ihn auffressen. Aber anstatt ihm einen Schubs Richtung Ufer zu geben, starre ich auf die Gänsehaut, die auf seiner Haut nach unten wandert. Offenbar ist ihm auch kalt.

Ashers Bauch ist flach und durchtrainiert, mit einer seltsamen hellen Linie wie eines dieser White-Ink-Tattoos, die ich schon mal auf Pinterest gesehen habe. Ein leichter Haarflaum verschwindet unterhalb seines Bauchnabels in den Bund seiner Jogginghose, und mir wird bewusst, dass ich mir nicht vorstellen sollte, wie sich diese Härchen wohl anfühlen. Dann begreife ich, dass der helle Streifen eine Narbe ist, und hole erschrocken Luft. Sie ist riesig und zieht sich parallel zu Ashers Rippenbogen einmal quer über den gesamten Bauch. Eine weiße Linie, die seinen Oberkörper teilt, als wäre er einmal auseinandergebrochen und wieder zusammengesetzt worden.

Asher bemerkt meinen Blick und hebt das Kinn.

Ich kann einfach nicht weggucken. Das ist keine zarte Narbe, wie man sie schon mal am Strand sieht, dass muss eine schreckliche Verletzung gewesen sein. Völlig perplex strecke ich meine Hand aus, halte aber auf halbem Weg inne, als mir klar wird, was ich da tue. «Was ist passiert? Hattest du ...»

«Gar nichts ist passiert», sagt er, als habe er diese Frage erwartet. «Zumindest nichts, was dich etwas anginge.» Nun verschränkt er die Arme vor der Brust und verdeckt nicht nur die Narbe, sondern mit seinem sturen Gesichtsausdruck auch jede Antwort, die ich vielleicht aus seiner Mimik hätte lesen können. «Hast du eben wirklich Angst vor mir gehabt?», fragt er.

Ich weiß genau, dass er damit nur vom Thema ablenken will, aber es funktioniert trotzdem. «Natürlich nicht.»

«Okay.» Asher nickt langsam. «Du solltest besser duschen gehen. Du siehst aus, als hätte man dich paniert.» Er deutet auf meine Beine, an denen Matsch und Gras kleben wie Brotkrümel an einem Schnitzel.

«Danke für den Hinweis. Ohne deinen weisen Rat hätte ich mich natürlich so an den Frühstückstisch gesetzt.» Ich unterdrücke den Impuls, das Gras von meinen Beinen zu klopfen und nach meinem Hinterkopf zu fassen, der sich nass und dreckig anfühlt. «Du solltest dir vielleicht Schuhe anziehen.» Ich nicke in Richtung seiner nackten Füße, die genau wie meine in den weichen Boden eingesunken sind. «Und definitiv ein Hemd», füge ich leiser hinzu.

Ich will keine Sekunde länger in seiner Nähe bleiben, doch kaum mache ich den ersten Schritt in Richtung Haus, sticht meine Hüfte wieder, und mein Bein sackt einfach weg. Als ich schwanke, hält Asher mich am Saum meines Shirts fest, und es spannt sich bedenklich. Für einen Moment spüre ich seine kräftigen Finger an meiner Taille.

«Vielleicht solltest du dich besser auf mich stützen», schlägt er vor. «Auch wenn wir damit riskieren, dass dir wieder kalt wird.»

«Du bist so ein eingebildeter Arsch!», entfährt es mir.

«Das sagt man mir öfter.» Er zuckt mit den Schultern. «Außerdem bin ich rücksichtslos und sadistisch. Das hast du mir zumindest früher immer vorgeworfen. Ich finde, du solltest dein Urteil alle paar Jahre überprüfen und gegebenenfalls revidieren. Könnte sein, dass ich dich überrasche, schließlich hast du mich auch überrascht.»

Mir fällt auf, dass seine Bernsteinaugen nicht nur herausfordernd und abwertend gucken können, sondern auch hell und aufrichtig, und das stürzt mich in Verwirrung. Außerdem würde ich gerne wissen, womit ich ihn angeblich überrascht habe, aber ich will ihm nicht den Gefallen tun und nachfragen.

«Mit deiner Pizza», fügt er hinzu, als könne er meine Gedanken lesen. «Ich hätte nicht gedacht, dass du kochen kannst, aber es war echt lecker.»

Na toll. «Ich habe nicht *gekocht*, sondern nur Gemüse und Käse auf einem Teig verteilt. Das ist keine Kunst. Bekommst du sicher auch hin.»

«Und trotzdem hat sogar diese Kleinigkeit mich schon überrascht», brummt er. «Also los.»

Ich unterdrücke einen Fluch. Asher wartet nicht auf meine Antwort, er zieht mich einfach mit sich. Meine rechte Seite sticht immer noch, und ich kann mein Bein kaum belasten, deshalb beiße ich die Zähne zusammen.

«Ich habe übrigens oft an dich gedacht.» Er zieht meinen Arm über seine Schulter, um mich besser stützen zu können. Es ist mir unangenehm, weil ich total verschwitzt bin, aber das scheint ihm nichts auszumachen. Außerdem ist er auch verschwitzt, überlege ich, und dabei wird meine Kehle ganz trocken.

Asher redet weiter. «Ich habe mich gefragt, was du machst, was für Freunde du hast, was für Musik du hörst – also außer Shawn Mendes – und wie dein Unistart so gelaufen ist, nichts Weltbewegendes.»

Vorsichtig trete ich auf und stoße zeitgleich ein Zischen durch die Zähne. «Komisch. Von deinem Interesse habe ich vier Jahre lang nichts bemerkt.» Will ich ihm wirklich einen Vorwurf daraus machen? Ja, will ich. «Vier Jahre oder in deiner Zeitrechnung vermutlich etwa eintausend Frauen später», erkläre ich bissig.

Er stutzt. «Eigentlich nur ... zwölf. Aber wer zählt das schon?»

Die kleine Kerbe an seinem Mundwinkel ist jetzt deutlich zu sehen, und obwohl mich seine Selbstgefälligkeit nervt, schaffe ich es allein deshalb nicht, böse auf ihn sein. Die Hand an meiner Taille packt mich fester, und ich spüre seine Wärme überdeutlich durch mein dünnes Shirt, als er murmelt: «Oder in deiner Zeitrechnung ziemlich genau vier Jahre, ein Monat und achtzehn Tage.»

Ruckartig bleibe ich stehen, und Asher fährt sich mit der freien Hand nervös durch das Haar. Er vermeidet es, mir ins Gesicht zu sehen, öffnet nur kurz den Mund, als würde er noch mehr sagen wollen, aber die Sekunden gehen vorbei, ohne dass er wieder ansetzt.

Für einen Moment bin ich sprachlos. Wie kann er in nur zwei Sätzen erst seine Frauen aufzählen und dann etwas so Nettes sagen? Hat er sich wirklich das Datum gemerkt, an dem ich mehr oder weniger aus der Familie verbannt wurde? Ich atme langsam wieder aus und bereue es, Hedwig nicht zur Hand zu haben. Denn wenn ich etwas zu schreiben hätte, würde ich diesen Satz von ihm handlettern und mit Blumen verzieren. Wahrscheinlich sogar sehr vielen Blumen.

Ziemlich genau vier Jahre, ein Monat und achtzehn Tage.

Ich nehme mir vor, das gleich in meinem Zimmer mit meinem schönsten Pinsel nachzuholen.

«Du hättest übrigens auch mal anrufen können», sagt er. «Stell dir vor, die Sache mit dem Telefon funktioniert tatsächlich in beide Richtungen.»

«Ja, du hast recht», presse ich hervor, weil ich ihm nicht zeigen will, wie sehr mich das alles aus dem Gleichgewicht bringt. Er hat etwas Nettes zu mir gesagt, und es schockiert mich, wie viel mir das bedeutet. Langsam humple ich weiter, kann aber an nichts anderes denken als diese Worte und die Finger, die sich in den Stoff meines Shirts krallen. Auch wenn mein Verstand weiß,

Ziemlich genau vier Jahre, ein Monat und achtzehn Tage.

dass es nichts zu bedeuten hat, fühle ich doch, wie mein Körper auf seinen reagiert. Auf seinen Körper und auf seine Worte. Und gerade weiß ich nicht, was mehr wiegt. Mein Herzschlag beschleunigt sich, und meine Haut fängt an zu prickeln.

Zwölf Frauen. Ich stöhne leise auf.

«Tut es weh?» Asher nickt in Richtung meiner Hüfte. «Du gibst so komische Geräusche von dir, das macht mir echt Sorgen. Nicht dass gleich noch ein Alien aus deinem Brustkorb herausbricht.»

«Ja», knurre ich. «Es tut weh. Und diese Geräusche nennt man Stöhnen. Das macht man, wenn man Schmerzen hat, verdammt. Oder wenn ...» *Shit.*

Ashers Brustkorb fängt wieder an zu beben.

Ich funkle ihn wütend an. «Sag es nicht, okay? Auch wenn ich dir gerade eine Steilvorlage geliefert habe, lass die Gelegenheit einfach mal verstreichen, du wirst nicht daran ersticken.»

Oder vielleicht doch. Asher gibt nämlich ähnlich komische Geräusche von sich wie ich eben. Ich kann nicht glauben, dass ich mich von seinem halbnackten Body so aus der Fassung bringen lasse. Mein Gott, das sind auch bloß Knochen, Muskeln, Blut und etwas Fettgewebe. Viel zu wenig Fettgewebe, denke ich und beiße mir auf die Unterlippe.

«Okay.» Er holt keuchend Luft. «Ich halte einfach mal die Klappe.» Er lacht noch einmal heiser auf, und als sein Atem wieder ruhiger geht, wirft er mir von der Seite einen neugierigen Blick zu. «Willst du wirklich am Samstag zurück?»

«Auf jeden Fall so schnell wie möglich. Du musst keine Angst haben, dass ich dir wochenlang auf die Nerven falle, okay? Ich weiß nicht, was dein Vater so Dringendes besprechen will, aber ich werde garantiert nicht länger bleiben, als es dauert, eine Staffel *Jane the Virgin* zu gucken. Du kannst dich also entspannen.»

Er runzelt die Stirn, als würde er das in Gedanken ausrechnen. «Welche Staffel?», hakt er nach. «Etwa die sechste?»

Am liebsten würde ich ihm zwischen die Rippen boxen, aber seine Narbe hält mich davon ab. Nun gut, seine Narbe, mein schmerzendes Handgelenk und auch die Tatsache, dass sein Oberkörper nackt ist. «Es gibt keine sechste. Die fünfte ist das Staffelfinale.»

«Gut. Ich dachte schon, du willst ein Revival abwarten.» Er fängt an zu grinsen. Und das ist der Augenblick, wo ich meine Hemmungen über Bord werfe und ihm doch zwischen die Rippen boxe.

Kapitel 6

Ich habe bestimmt zwanzig Minuten geduscht, und die Wärme hat meiner angeschlagenen Hüfte wirklich gutgetan. So gut, dass ich jetzt kaum noch Schmerzen habe. Ich bin in ein Paar Jeans geschlüpft und trage mein dunkelblaues Lieblingshemd darüber. Flache Schuhe wären gut, aber ich muss meine Ankle Boots wieder anziehen, weil meine Chucks zum Trocknen draußen in der Sonne stehen. Mein nasses Haar binde ich schnell mit einem Haargummi hoch.

Asher nippt an seinem Kaffee und liest konzentriert etwas auf seinem Laptop, als ich in die Küche komme. Er sieht nicht hoch, also ignoriere ich ihn auch. Ich finde im Teeregal eine Mischung für heiße Zitrone und rühre mir eine Tasse davon an, in der Hoffnung, dass es gegen das Kratzen in meinem Hals wirkt. Zur Feier meiner Rückkehr hat Hillary einen ganzen Stapel Pancakes gebacken, der mit mehreren Sorten Sirup auf der Warmhalteplatte steht. Daneben wartet ein großer Teller mit aufgeschnittenem Obst auf uns. Ich wünschte, sie hätte sich nicht so viel Mühe gemacht, ich habe überhaupt keinen Appetit. Schweigend setze ich mich zu Asher an den Küchentresen und würge das säuerliche Gebräu herunter. Etwas ziellos ziehe ich mein Handy aus der Hosentasche, werde aber von Asher abgelenkt, als der ein Etui aufklappt und eine Brille herausholt.

Oh Gott, er sieht damit aus wie sein Vater. Zwar ohne Bart und ohne graue Schläfen natürlich, aber dafür mit dem typischen weißen Hemd, der gerunzelten Stirn und den Bernsteinaugen, die hinter dem dunklen Gestell wie flüssiges Karamell wirken. Der Bildschirm wirft einen Schimmer auf sein Gesicht. Am liebsten würde ich heimlich ein Foto von ihm machen und es Aubree schicken, um das Mulgarath-Bild wieder zu relativieren.

Bevor ich duschen gegangen bin, habe ich ihr geschrieben, und sie hat sich endlich gemeldet. Wir konnten nur kurz sprechen, weil sie in die Uni musste, aber das Abendessen mit ihrer Mom und deren neuem Freund scheint ein mittelprächtiges Desaster gewesen zu sein. Sie hat Denver – so heißt der Typ – den ganzen Abend mehr oder weniger darüber ausgequetscht, wie er zur Karriere ihrer Mutter steht und ob er auch Ambitionen hat, in der Filmbranche Fuß zu fassen. Ihre Mutter war von der Inquisition nicht begeistert, und die Stimmung war dementsprechend frostig. Denver führt wohl mehrere Geschäfte für Einrichtungskram und Deko und hat angeblich auch sonst mit Celebritys nichts am Hut. Der Tiefpunkt des Abends war Aubrees Witz darüber, dass er die nächste Veranstaltung ihrer Mutter mit roten Teppichen ausstatten könnte, und das war noch vor dem Dessert.

Ihre letzte Nachricht ist zehn Minuten alt.

Aubree: Meine Mom hasst mich. Dödel-Denver hasst mich. Professor Strout hasst mich auch, er hat mich wegen ungebührlichen Benehmens abgemahnt. Wäre ich doch einfach im Wohnheim geblieben. Habe heute mal wieder gelernt, dass viele Probleme allein durch Nichtstun verhindert werden könnten! :-(

Arme Aubree. Ich wünschte, ich wäre jetzt bei ihr in New York und wir könnten zusammen auf der Couch liegen, zum Trost einen riesigen Becher Chocolate Cookie Dough von Ben &

Jerry's löffeln und dabei zum geschätzt achtzehnten Mal *The Age of Adaline* gucken. Ich schicke ihr ein Foto von den beiden Boxern, wie sie vor dem Haus auf getrockneten Hasenohren herumkauen, und schreibe als Bildunterschrift:

Ivy: Die beiden würden dich lieben. So wie ich.

Die Tür geht auf, und Noah kommt mit einem gequälten Gesichtsausdruck herein. Er hebt abwehrend eine Hand. «Sprecht mich einfach nicht an, okay?» Seine Frisur hat sich seit gestern nicht verändert. Wenn überhaupt, dann sieht sie noch schlimmer aus. Der Noah in meiner Erinnerung ist immer noch sechzehn, hat einen Football unter den Arm geklemmt und läuft ständig mit monströsen Kopfhörern durchs Haus. Es fällt mir schwer, diese Bilder zu einer einzigen Person zusammenzubringen. Jetzt trägt er Jeans und ein graues T-Shirt mit einer aufgedruckten Skeletthand, die ihren Mittelfinger ausstreckt. Auf seinen Armen ziehen sich bunte Bilder runter bis zu den Handgelenken. Dazwischen erkenne ich Dutzende Schriftzüge in geschwungenen Lettern. Ich bin fasziniert. Noah ist quasi wie Hedwig. Eine lebendige Posteule.

Asher tippt auf seinem Computer herum, er schaut nicht mal zu seinem Bruder hoch, und ich beobachte, wie Noah ein Medikamentendöschen aus dem Schrank kramt. Er zieht sein Handy hervor, macht ein Foto von den Aspirintabletten und tippt auf dem Bildschirm herum. Wahrscheinlich teilt er sein Elend brühwarm mit seinen Followern auf Instagram. Danach kämpft Noah fast verzweifelt mit der Kindersicherung. Seine Hände zittern, er wischt seine verschwitzten Finger an den Jeans ab, versucht es noch einmal, stößt einen Fluch aus, versucht es ein drittes Mal und knallt die Dose donnernd auf die Arbeitsplatte. Er tut mir leid. Bestimmt hat sein Kopf heute die

Größe eines eigenen Planeten, deshalb stehe ich auf, gieße ihm ein Glas Wasser ein und schraube die Pillendose für ihn auf, was mir wegen des verstauchten Handgelenks auch nicht ganz so leichtfällt.

Während sein Handy mehrmals aufblinkt, kippt Noah gleich zwei Schmerztabletten hinunter und trinkt das Glas in einem Zug leer. «Du hast einen gut bei mir.»

«Willst du was essen?» Ich deute auf die Pancakes, aber Noah wirft nur einen kurzen Blick darauf und wendet sich mit einem Kopfschütteln wieder seinem Mobiltelefon zu. Er liest eine Nachricht, und seine Mundwinkel verziehen sich zu einem Grinsen. «Ja, das war's wert», murmelt er vor sich hin und tippt etwas in sein Display.

«Hillary hat auch frisches Obst zurechtgemacht», versuche ich, ihm das Essen schmackhaft zu machen. «Du siehst wirklich aus, als könntest du Vitamin C gebrauchen.»

Er wirft mir einen bösen Blick zu. «Willst du mich umbringen? Als ob sich ein normaler Mensch um diese Uhrzeit was Gesundes reinzwingen könnte!»

«Sorry», sage ich und unterdrücke ein Grinsen, «ich wusste ja nicht, dass du zum Essen nur nachts aus deinem Sarg kletterst.»

Asher räuspert sich, aber als ich mich zu ihm umdrehe, hat er den Deckel seines Laptops so hochgestellt, dass er sein Gesicht dahinter verstecken kann. Ich höre ihn leise kauen. Er hat offenbar kein Problem mit Obst.

Bevor ich noch etwas sagen kann, stöhnt Noah auf. «Nicht. Reden. Okay?», erinnert er mich. Seine Augen sind zu Schlitzen verengt, und er hat Augenringe, die ich auf einer schwarzgrauen Farbpalette einordnen würde. Umständlich hockt er sich auf einen der Barhocker am Küchentresen, und in der nächsten Sekunde lässt er seinen Kopf sinken und legt die Stirn auf die Tischplatte.

Asher blickt über den Laptopdeckel zu mir, hebt die Augenbrauen bis über den Brillenrand an und bedeutet mir mit einem leichten Kopfschütteln, einfach nicht weiter auf seinen Bruder zu achten.

Ich nicke und zucke mit den Schultern. Mein Magen stellt sich immer noch schlafend, aber weil Hillary sich so viel Mühe gemacht hat, stehe ich auf und hole mir ihr zuliebe einen Pancake.

«Hier stinkt es nach Zimt», stöhnt Noah kurz darauf, und ich versuche, ganz unauffällig weiterzukauen. Er kann das doch unmöglich riechen, oder? Das war nur eine minikleine Prise, die ich über meinen Pancake gestreut habe. Außerdem – seit wann stinkt Zimt?

«Nimm das weg, sonst muss ich mich übergeben.»

Asher gibt ein genervtes Stöhnen von sich, und ich stopfe mir schnell den letzten Rest in den Mund und räume den Teller in die Spülmaschine.

Als ich mich gerade wieder hingesetzt habe, sagt Noah zur Tischplatte: «Kannst du mir einen Gefallen tun und mir meine Rice Krispies aus dem Schrank holen, Ivy?»

Mit einem Seufzen rutsche ich vom Hocker herunter, da klappt Asher seinen Laptop zu. «Jetzt reicht's. Du kannst deinen Arsch selber bewegen, wenn du Hunger hast. Ivy ist nicht deine verdammte Kellnerin.»

«Schon okay», sage ich schnell, weil ich keinen Streit provozieren will. «Ich wollte mir sowieso gerade was zu trinken holen ...»

«Nein, das ist nicht okay», sagt Asher schroff. Ich habe die Packung schon in der Hand, als mich sein wütender Blick trifft. «Stell die verdammten Rice Krispies wieder zurück.»

Noah taucht aus seiner Versenkung auf und hält sich stöhnend den Kopf. «Fuck, was soll das? Wenn Ivy so nett ist und mir meine Rice Krispies gibt, musst du dich nicht einmischen. Lass sie doch, wenn sie es will», schnauzt Noah zurück.

«Wer sagt denn, dass sie es will?», blafft Asher. «Vielleicht traut sie sich auch einfach nicht, dir zu sagen, dass du dich verpissen sollst.»

Oh Gott. Ich weiß nicht, was hier gerade passiert, ich weiß nur, dass ich eigentlich nicht dabei sein will.

«Fick dich, Asher.»

Die beiden starren sich an, als würden sie jeden Moment aufeinander losgehen, und ich stehe immer noch mit der Packung in der Hand da und weiß nicht, was ich tun soll. «Vielleicht ...» Ich schlucke. «Vielleicht könnt ihr mich einfach netterweise aus eurem Streit raushalten?», frage ich vorsichtig. Dann straffe ich meine Schultern. «Wisst ihr, was?» Ich halte die Kellogg's Packung mit beiden Händen hoch, als wäre sie eine Bombe, die jeden Moment hochgehen könnte. «Bleibt ganz ruhig, ihr zwei. Ich werde sie jetzt gaaaanz langsam abstellen, okay?» Meine Arme gehen im Zeitlupentempo nach unten. «Ihr könnt ganz entspannt bleiben. Alles ist gut, es wird euch nichts passieren. Ich bin mir ziemlich sicher, dass sie nicht explodiert, und ich schwöre euch, ich habe auch keine andere Waffe dabei. Ich stelle sie jetzt ab. Schaut genau hin. Es sind einfach nur Rice Krispies. Vielleicht sind sie genmanipuliert, das weiß ich nicht, aber sie werden euch garantiert nicht um die Ohren fliegen. So, seht ihr? Da steht sie nun, die Packung, und ihr könnt damit machen, was ihr wollt.» Ich ziehe beide Hände zurück, halte sie demonstrativ in die Höhe. «Ich wünsche euch noch einen schönen Tag!»

Asher grinst breit, und Noah glotzt mich mit offenem Mund an, als hätte ich irgendwas Unanständiges gemacht.

Ich will mich gerade zur Tür drehen und verschwinden, als

mich ein «Guten Morgen» aus derselben Richtung zusammenzucken lässt.

«Wie ich sehe, hast du deine Brüder gut im Griff.» Richard kommt mit einigen Papieren in der Hand in die Küche. Wie gestern Abend trägt er einen gepflegten Anzug, nur dass er diesmal das Hemd vollständig zugeknöpft hat und eine streng gebundene Krawatte bis zu seinem Gürtel reicht. Er schenkt sich einen Orangensaft ein und fängt meinen Blick auf. «Hast du einen Moment für mich, Ivy? Ich möchte gerne etwas mit dir durchgehen.» Er hält inne, runzelt die Stirn und starrt auf die Zettel in seiner Hand. «Es geht um deine Kreditkartenabrechnung, damit stimmt etwas nicht. Kommst du bitte mit in mein Arbeitszimmer?» Er dreht sich um und verlässt den Raum in der Erwartung, dass ich ihm auf dem Fuße folge.

Mir rutscht das Herz in die Hose. «Natürlich», sage ich schnell. Ich kann Ashers skeptischen Blick in meinem Rücken spüren, und als ich mich umschaue, ist seine Miene undurchdringlich. Von seinem Grinsen ist nichts mehr zu sehen, und mir kriecht sofort die Hitze ins Gesicht. Warum muss Richard ein solches Thema auch unbedingt vor seinen Söhnen ansprechen? Ich weiß genau, was jetzt in Ashers Kopf vorgeht. Er fühlt sich garantiert bestätigt, dass ich seinen Vater nur ausnutze. Ich habe seine Worte aus dem Auto nicht vergessen, und jetzt schallen sie mir durch den Kopf wie eine Kirchenorgel.

Wie fühlt es sich denn an, das Geld meines Dads auszugeben? Gewöhnt man sich an das schlechte Gewissen, oder macht es mehr Spaß, wenn man es gleich ganz ignoriert?

«Fuck, Ivy», sagt Noah, den das Auftauchen seines Dads offenbar wieder zum Leben erweckt hat. «Was hast du angestellt? Und tust du das noch mal? Denn wenn du Dad auf diese Art von mir ablenkst, kannst du gerne wieder hier einziehen.» Er hält mir eine Ghettofaust hin.

Ich seufze, bevor ich meine Hand eher widerwillig dagegen drücke. Leicht humpelnd – meine blöde Hüfte hat wieder angefangen zu schmerzen –, gehe ich am Küchentresen vorbei zur Tür.

Richards Büro ist im linken Flügel der Villa untergebracht, und ich betrete den Gang, der von der marmornen Eingangshalle abzweigt. Ein Putztrupp ist gerade dabei, die Teppichböden im Erdgeschoss zu saugen, und ich komme mir wieder einmal vor wie in einem Hotel. Nur dass ich in einem Hotel wahrscheinlich nicht zum Direktor zitiert werden würde.

«Ist das der Grund, warum du mich aus New York hierherbestellt hast?», frage ich Richard, als ich schließlich ins Arbeitszimmer trete. Er sitzt nicht am Schreibtisch, sondern in der Sitzgruppe mit den zwei breiten Ledersesseln, die Papiere vor sich auf dem Schoß. «Meine Kreditkartenabrechnung?»

«Nein, ich nutze nur die Gelegenheit, dass du gerade hier bist. Das andere können wir heute Abend in Ruhe besprechen. Ich möchte euch gerne zum Essen einladen. Dann sind wir alle zusammen.»

Ich kann mir keinen Reim auf sein merkwürdiges Verhalten machen. Was will er denn sonst noch von mir? Warum spricht er gestern erst so liebevoll mit mir, wenn er dann heute vor seinen Söhnen den Geschäftsmann heraushängen und mich damit wie eine Parasitin dastehen lässt?

«Setz dich.» Er klopft auf den Sessel neben sich, und mit wackligen Knien folge ich seiner Aufforderung.

«Ich bin erst vor einigen Tagen dazu gekommen, mir deine Abrechnungen anzusehen.» Er setzt seine Brille ab und legt sie auf den Beistelltisch, dann reicht er mir die Blätter. «Was hast du mir dazu zu sagen?»

Ich nehme sie und scanne die Einträge, entdecke aber nichts Ungewöhnliches. «Dass ich versuche, sparsam zu sein?» Ich sollte es nicht wie eine Frage aussprechen, das wird mir klar, als ich merke, wie sich seine Augenbrauen zusammenziehen.

«Seit Beginn deines Studiums wurden nur die Semestergebühren und der Betrag für dein Zimmer im Wohnheim abgebucht. Da kann etwas nicht stimmen. Es sind jeden Monat die gleichen Zahlen.»

«Na ja, die Miete hat sich nicht geändert, und die Studiengebühren wurden gerade erst neu festgelegt, daran wird sich so schnell also auch nichts ändern.»

«Und wovon, wenn ich fragen darf, hast du im letzten Jahr gelebt?» Er nimmt seine Brille wieder vom Tisch und fingert an einem der Bügel herum, bevor er sie schließlich aufsetzt. Er wirkt rastlos, als gäbe es noch viel mehr, dass ihm auf der Zunge liegt. «Offenbar weigerst du dich seit Beginn des Studiums, Geld von mir auszugeben. Ich möchte wissen, wovon du deinen Lebensunterhalt bestreitest.»

Ich weiß nicht, warum ich mich dafür schämen sollte, trotzdem kommt mir der folgende Satz fast entschuldigend über die Lippen. «Ich arbeite.»

«Anstatt dich voll auf dein Studium zu konzentrieren? Wie willst du das alles schaffen, wenn du nebenbei so viel arbeitest?»

«Das machen die meisten Studenten so», sage ich. «Außerdem arbeite ich nicht jeden Tag. Es sind nur vier Tage die Woche.»

«Und wo?» Es klingt eigentlich nicht vorwurfsvoll, sondern interessiert, deshalb versuche ich, ganz locker darauf zu antworten.

«In einem Restaurant. Das Bombay Bistro. Es ist eine knappe Stunde vom Campus entfernt in der Midtown von Manhattan. Die Arbeit ist okay, ich habe einen netten Chef, und er bezahlt mir sieben Dollar fünfzig die Stunde.»

«Aber davon kann man doch nicht leben.»

«Das geht schon.» So dramatisch ist es wirklich nicht, schließlich muss ich davon nur Essen und Klamotten kaufen. «Bisher hat es immer gereicht.» Das stimmt. Wenn man seine Kleidung entweder im Sale oder secondhand kauft und so gut wie nie auswärts isst. Ich finde das nicht schlimm, viele Menschen machen das so.

Als Richard tief Luft holt, rede ich schnell weiter. «Ich werde dir das Geld für die Studiengebühren und die Miete selbstverständlich zurückzahlen, sobald ich einen Abschluss habe und einen besseren Job finde. Ich hoffe, das reicht dir als Erklärung.»

«Nicht mal annähernd.» Richard seufzt. «Warum tust du das? Habe ich dir jemals zu verstehen gegeben, dass es mir widerstreben würde, deine Ausbildung zu bezahlen? Du musst mir überhaupt nichts zurückzahlen, Ivy. Das ist lächerlich. Du gehörst zur Familie.»

Familie. In meinen Ohren dröhnt es, als hätte ich einen Schlag mitten auf das Trommelfell abbekommen. Ich kann nicht glauben, dass er das ernsthaft gesagt hat. Ich muss mich verhört haben. Er kann das nicht einfach so ausgesprochen haben, als wäre es das Selbstverständlichste der Welt. Wenn ich wirklich zur Familie gehören würde, hätte er mich dann verbannt? Hätte er mich dann innerhalb eines Tages aus seinem Leben entfernt? Wenn ich wirklich ein Teil dieser Familie wäre, dann hätte er mein Zimmer nicht ausgeräumt. Ich gehöre verdammt noch mal kein bisschen zu dieser Familie!

Mir liegt ein Zentner Steine auf der Brust. Es gäbe so viel zu sagen: *Du hast mich weggeschickt. Du hast mich einfach ausradiert. Warum hast du das getan?* Aber ich bringe es nicht heraus, denn wenn ich einmal anfange, befürchte ich, dass ich nicht mehr damit aufhören kann. Ich würde heulen, ihn irgendwann anschreien und verletzen. Und wenn ich ihn verletze, dann … dann lässt er mich stehen wie damals im Internat. Er wird es wieder tun. Er wird mich wieder wegschicken, weil ich ihm unbequem bin, weil ich etwas nicht richtig gemacht habe. Weil ich mich immer und immer wieder mit Asher gestritten habe. So wie an dem Tag, als ich verwirrt und verängstigt aus dem Haus gerannt bin. Mein Gott, ich war fünfzehn! Mit fünfzehn macht man so was. Man ist so leicht verletzbar! Ich bin damals doch nur weggelaufen, damit er mich zurückholt. Ich wollte gefunden werden. Ich wollte, dass Richard mich festhält, und nicht, dass er mich wegen dieser Schwierigkeiten von sich stößt.

Richard streckt plötzlich seine Hand aus und berührt meine Wange. Ich war so in meinen verzweifelten Gedanken gefangen, dass ich es nicht habe kommen sehen, und deshalb zucke ich zusammen wie unter Strom.

«Du bist verletzt.»

«Was? Ach so, das ist nichts.» Ich schüttelte den Kopf, und er lässt die Hand wieder sinken. «Nur ein paar kleine Kratzer. Ich war heute Morgen laufen und habe nicht aufgepasst.» Meine Kehle ist von den vielen unausgesprochenen Worten völlig ausgedörrt, und ich schlucke.

«Ich habe in meinem Leben wirklich viele Fehler gemacht», beginnt Richard auf einmal und seufzt leise.

Mir fällt es schwer, seinem Blick standzuhalten, und ich halte den Atem an, als er ruhig weiterspricht.

«Und jetzt versuche ich, die Dinge wieder ins Lot zu bringen. Auch mit Noah. Ich hatte die Hoffnung, dass du mir dabei helfen könntest. Vor allem aber hatte ich die Hoffnung, du verzeihst mir, dass ich nicht immer die richtigen Entscheidungen getroffen habe, gerade in Bezug auf dich. Meinst du, du schaffst das?»

Ich weiß nicht, was ich darauf sagen soll. Ich spüre nur dieses Würgen in meinem Hals und den unbändigen Wunsch, in ein dickes Kissen zu schreien. Mehrmals. So oft, bis keine Kraft mehr in mir ist und ich nur noch schlafe.

Irgendwie fühle ich mich hilflos. Natürlich will ich meinem Stiefvater verzeihen, aber ich will ihm auch vertrauen können und nicht mehr diese Angst haben müssen, weggestoßen zu werden. Er hat mir nichts erklärt. Ich habe keine Ahnung, was seine Beweggründe waren, und auch nicht, welche es heute sind. Bisher war ich fest davon überzeugt, dass meine Angst nur vergeht, wenn ich mit der Familie Blakely abschließe. Ich räuspere mich und versuche, Zeit zu gewinnen. «Ist es okay, wenn ich etwas von deinem Orangensaft trinke?» Ich beuge mich über den Tisch, um nach Richards Glas zu greifen, das er bisher nicht einmal angerührt hat.

«Selbstverständlich. Ich habe mich schon gefragt, was das eigentlich ist. Es sieht seltsam aus.»

Das Glas schon an den Lippen, halte ich inne. Über den Rand hinweg starre ich in Richards eben noch verwirrtes Gesicht, das sich vor meinen Augen entspannt. Bestimmt ist das ein Scherz. Vor weniger als fünf Minuten hat Richard sich den Saft selbst eingeschenkt. Ich nehme einen großen Schluck, dann setze ich das Glas mit zitternden Fingern wieder ab.

«Was hast du mich gerade noch mal gefragt?» Das Herz pocht mir bis zum Hals. Ich halte den Atem an, alle meine Sinne sind zum Zerreißen gespannt, und ich höre Richards Stimme von gestern Abend wie ein Echo in meinem Kopf. *Geh jetzt schlafen, Catherine.*

Ich schüttele unwillkürlich den Kopf. *Das ist lächerlich, Ivy! Dass, was du jetzt denkst, ist absolut lächerlich!*

«Was ich dich gefragt habe?» Richard fährt sich mit den Fingern über die Nasenwurzel, als würde ihm das dabei helfen, sich zu konzentrieren. «Nun, ich dachte, du erzählst mir etwas von deiner Arbeit. Gefällt sie dir? Hast du das Gefühl, du kannst deine Interessen ausleben? Du warst immer schon so talentiert und kreativ, das hast du sicher von deiner Mutter.»

Innerlich bin ich wie erstarrt. Alles Dominante, Geschäftsmäßige ist von Richard abgefallen wie eine Staubschicht. Er lächelt mich so warmherzig an, dass mir ganz schwer ums Herz wird.

«Äh ... ich serviere hauptsächlich Chicken Tikka und Curry», stammle ich. Oh Gott, ich muss irgendetwas erzählen. Irgendwas, was meine Gedanken betäubt. Ich will nicht darüber nachdenken, was Richards Verhalten vielleicht bedeuten könnte. «Ich ... ich bin gerade dabei für Kiran, meinen Chef, ein neues Logo zu entwerfen.»

«Kiran ist der Besitzer von diesem Restaurant?»

«Ja», antworte ich schnell. «Wenn er zufrieden damit ist, darf ich als Nächstes die Speisekarten und die Visitenkarten überarbeiten. Es ist nur ein kleines Restaurant, aber wenn man es positiv formulieren will, dann ist es mein allererster Auftrag für ein Branding.» Ich lächle gequält. Dann rede ich einfach weiter. Ich erzähle ihm von der Uni und meinen Kursen. Ich plappere wild drauflos und lasse auch einige unpassende Details wie von der letzten Verbindungsparty einfließen, aber ich erzähle auch von Aubree und dass wir in diesen Semesterferien mit ihrer Mutter in ein Strandhaus auf Long Island fahren wollten. «Aber es sieht im Moment nicht so aus, als ob daraus etwas wird. Aubree hat sich mit ihrer Mom gestritten und wird nun wohl doch im Wohnheim bleiben.»

«Was hältst du davon, wenn du sie einfach zu uns einlädst?»

Ungläubig starre ich ihn an. «Du meinst jetzt? Hierher?» In seinem Gesicht suche ich nach einer Regung, die mir verrät, ob er das wirklich ernst meint. «Ähm ... Es ...es kann sein, dass sie inzwischen einen Job angenommen hat und keine Zeit hat.»

Und es kann außerdem sein, dass das eine total dämliche Idee ist, schließlich habe ich Asher versprochen, so schnell wie möglich wieder von der Bildfläche zu verschwinden. Wenn ich stattdessen bleibe und auch noch eine Freundin einlade, wird er mir das Leben zur Hölle machen.

«Frag sie.» Richard nickt mir aufmunternd zu, dann nimmt er mir die Papiere ab, die ich immer noch krampfhaft umklammere, und wirft sie auf den Beistelltisch. «Und jetzt lass mich noch ein bisschen arbeiten.»

Ich kaue unsicher auf meiner Unterlippe. «Soll ich dir noch einen Saft bringen?», frage ich und bemühe mich, es ganz harmlos klingen zu lassen. «Was hattest du noch mal für einen?»

«Ich glaube, das war Orangensaft, aber lass mal. Ich bin ja schließlich noch nicht invalide und kann mir selbst welchen holen.»

Ich habe mir das alles nur eingebildet. Ich bin einfach überreizt, und ich reime mir da nur etwas zusammen. Richard ist nicht das Problem, *ich* bin das Problem. Mein Gott, er hat sich ein Mal versprochen, so was passiert. Und mit dem Saft hat er wahrscheinlich nur einen Witz gemacht, den ich bloß nicht verstanden habe, weil wir uns nicht so vertraut sind. Ich komme mir total dämlich vor, dass ich gedacht habe, Richard könne irgendwie verwirrt sein. Mein Gesicht wird ganz heiß, wenn ich mir vorstelle, ich hätte Hillary gegenüber diesen Verdacht geäußert. Es ist lächerlich, wiederhole ich immer wieder, und doch bleibt da dieser Rest Zweifel, der wie ein Juckreiz einfach nicht weggehen will.

Fast eine Stunde lang liege ich in meinem Zimmer auf dem

Bett und versuche, nichts zu spüren außer dem leisen Pochen in meinem Handgelenk. Mein Blick wandert zur Mexiko-Postkarte ans Fenster und dann zu den Blumen, die auf meinem Schreibtisch stehen. Es sind dieselben, die an der Auffahrt wachsen und die Hillary gestern auch für meinen Stiefvater mit ins Haus gebracht hat. Als ich aufstehe und näher trete, entdecke ich eine winzige Karte oben zwischen den Blüten.

Willkommen zu Hause.

Es ist nur eine nette Geste von Hillary, das weiß ich. Wahrscheinlich würde sie etwas Ähnliches auch für jeden anderen Gast schreiben, trotzdem fange ich an zu heulen und kann lange nicht damit aufhören. Ich rolle mich auf dem Bett zusammen wie ein Embryo, auch wenn meine Hüfte dabei schmerzt.

Ich will nicht sofort wieder weg, jetzt wo ich gerade angekommen bin, wo Richard und ich uns wenigstens ein bisschen annähern. Das wird mir klar, als meine Tränen endlich versiegen und ich wieder ruhig aus- und einatmen kann. Insgeheim habe ich die Entscheidung hierzubleiben wohl schon längst getroffen. Wahrscheinlich schon in dem Moment, als Richard mir gestern Abend gesagt hat, er sei trotz Bart kein bisschen würdevoll. Aber mir das nun einzugestehen, fällt mir gar nicht so leicht.

Ich weiß nicht, ob ich Aubree wirklich hierher einladen soll. Einerseits vermisse ich sie schrecklich, und ihr würde der Tapetenwechsel gerade jetzt sicher guttun, andererseits bin ich noch nicht bereit, das winzig kleine Zuhausegefühl, das so unerwartet in meiner Brust keimt, mit ihr zu teilen. Wahrscheinlich ist es schrecklich egoistisch von mir, aber ich fühle mich noch nicht bereit. Aber dann muss ich daran denken, wie oft Aubree ihr Zuhause und ihre Mom und ihre Schwester in den letzten Jahren mit mir geteilt hat, und ich fühle mich schrecklich. Seufzend richte ich mich auf. Ich werde Aubree nicht hängenlassen. Aber ich werde mir eine gute Strategie überlegen müssen, wie ich Asher die Sache beibringe.

Als ich später in die Küche gehe, ist alles blitzblank aufgeräumt. Hillary ist gerade dabei, ein paar Teller von Hand abzuwaschen, und weil sie so klein ist, hat sie die Arme dabei bis zu den Ellbogen im Spülbecken. Noah ist nicht in Sicht, und Ashers Laptop steht zugeklappt auf dem Tisch, deshalb frage ich, ob sie weiß, wo er ist.

«Vielleicht ist er mit den Hunden draußen», überlegt sie. «Kannst du mir einen Gefallen tun und deinem Vater diese Liste geben? Er hat schon danach gefragt.» Mit dem Kinn deutet sie auf einen Zettel auf der Anrichte.

«Klar, gerne.» Ich nehme den Zettel, ohne einen Blick darauf zu werfen.

«Ach, und Harper hat angerufen und nach dir gefragt. Ihre Nummer steht auf dem gelben Post-it. Du sollst ihr über WhatsApp schreiben, ob du übermorgen Zeit hast und abends zu Sams Geburtstagsparty kommst.»

Ich nehme auch den kleinen Klebezettel an mich und pappe ihn auf die Rückseite meines Handys, bevor ich das Gerät zurück in die Gesäßtasche meiner Jeans gleiten lasse. Eigentlich hatte ich gedacht, dass morgen mein letzter Abend auf der Insel sein würde, aber nun sieht es ganz anders aus. Umso mehr freue ich mich über Harpers Anruf und auf die Aussicht, sie und Sam zu treffen. Ich glaube, die beiden sind das süßeste Paar nach Snow White und Prince Charming.

Den Zettel für Richard in der Hand, marschiere ich über den Flur zu seinem Büro, wo ich ihn wohl am ehesten finde. Gerade will ich an die Tür klopfen, da fällt mir auf, dass sie nur angelehnt ist. Wenn er nicht da ist, kann ich den Zettel auch einfach auf seinen Schreibtisch legen.

Zur Sicherheit klopfe ich trotzdem, bevor ich die Tür aufstoße. Ich nehme eine Bewegung wahr und bin überrascht, Asher am Schreibtisch zu sehen, der gerade dabei ist, ein zerknülltes Blatt Papier zu glätten.

«Oh, sorry, ich wollte eigentlich zu deinem Vater.» Ich schaue mich um, aber Asher ist allein. «Räumst du auf?» Mit dem Zettel trete ich zum Schreibtisch und lege ihn auf die Dokumentablage. «Ich wollte nicht stören, ich soll ihm das von Hillary geben. Bin schon wieder weg.» Ich will auf dem Absatz umdrehen, aber irgendwas macht mich misstrauisch. Asher hat wieder diesen *Blick* drauf, einen Blick, der in etwa so milde ist wie ein Hurricane, und ich frage mich, was zum Teufel ich jetzt schon wieder falsch gemacht habe. Er starrt auf den Zettel, den ich in die Ablage gelegt habe.

«Was ist los?»

Hinter Ashers Stirn scheint es zu arbeiten, und sein Unterkiefer bewegt sich, als hätte er aus Versehen auf etwas Hartes gebissen, das er kaum kauen kann.

«Hat dein Dad mit dir gesprochen? Bist du sauer, weil ich vielleicht doch noch ein paar Tage länger hierbleibe?» Ich seufze innerlich. «Es tut mir leid, dass ich mich nicht an unsere Vereinbarung halte. Dein Vater hat mich darum gebeten, okay? Du musst dich deswegen nicht gleich aufregen. Ich habe nicht vor, dauerhaft hier zu wohnen, und während des Semesters bin ich ohnehin in New York. Und du brauchst keine Angst zu haben, dass ich dich irgendwie stören werde. Du wirst nicht einmal merken, dass ich überhaupt da bin. Ich verspreche es.» Ich hebe feierlich meine Hand und lege drei Finger auf mein Herz. «Pfadfinderehrenwort.» Ich versuche mich an einem Grinsen.

Asher räuspert sich. «Es tut mir leid.»

Wahrscheinlich schwebt über mir gerade ein dickes Fragezeichen, aber egal. Was auch immer mit ihm los ist, könnte dieser Zustand bitte noch eine Weile anhalten? Asher ist wesentlich angenehmer, wenn er mich nicht anfeindet, und irgendwie gefällt mir dieser unsichere Zug um seinen Mund. Ich nicke. «Okay.» Ich will mich zurückziehen, da hält seine Stimme mich mitten in der Bewegung auf.

«Ich habe gesagt, es tut mir leid», wiederholt er schroff.

«Und ich habe dich gehört.» Langsam mache ich mir Sorgen. Er ist wie versteinert, und ich habe keinen blassen Schimmer, was er von mir erwartet. Soll ich ihm für irgendwas die Absolution erteilen? Aber wo soll ich da anfangen?

Seine Augenbrauen ziehen sich, wenn irgend möglich, noch weiter zusammen. «Ist das so schwer zu begreifen, Ivy? Ich will mich verdammt noch mal bei dir entschuldigen. Kapierst du das denn nicht?» Seine Faust landet auf dem Schreibtisch und bringt die Leselampe darauf zum Wackeln. «Du hast gesagt, es macht dir *Spaß*. Du hast dir einfach angehört, was ich dir vorwerfe, ohne dich zu verteidigen. Warum zum Teufel hast du das getan?»

Er reißt das Papier vom Tisch und kommt so schnell auf mich zu, dass ich unwillkürlich zurückweiche. Ich spüre die Tür in meinem Rücken, die mit einem Klacken einrastet, und im nächsten Moment Ashers Brustkorb, der sich gegen meinen presst. Verdammt. Sein Gesicht ist meinem so nah, dass ich nicht weiß, wo ich hinsehen soll, und einen unsichtbaren Punkt hinter ihm fixiere. Dann pinnt er den Zettel knapp neben meinem Kopf an die Wand.

Ich zucke zusammen. «Was ist das?»

«Deine Kreditkartenabrechnung», blafft er. «Zumindest ein Teil davon. Und es steht so gut wie nichts drauf. Ich wette Phoenix und Simon kosten meinen Vater mehr als deine Zimmermiete.» Er rückt von mir ab, als ich mich unbehaglich rege, und erst jetzt traue ich mich, ihn wieder anzusehen. Sein Brustkorb hebt sich sichtbar. Asher holt tief Luft, presst dann für einen

Moment die Lippen fest zusammen, bevor er das Papier zu einem Ball zusammenknüllt. «Ich versteh's einfach nicht. Du hast mit keinem Wort versucht, dich zu verteidigen.»

Langsam dämmert mir, was er hier eigentlich vorhatte, und das macht mich wütend. «Hast du etwa herumgeschnüffelt, um Druckmittel gegen mich zu sammeln?»

«Und wenn schon», knurrt er.

Ich bin fassungslos.

«Schon mal was von Privatsphäre gehört? Das sind private Unterlagen deines Vaters. Ich gehe doch auch nicht hin und durchsuche seinen Schreibtisch nach deinen Abrechnungen. Und warum nicht? Weil mich das einen Scheißdreck angeht!»

«Ich habe nicht in seinem Schreibtisch gewühlt. Die Abrechnung lag im Mülleimer.»

Als ob es das besser machen würde!

«Und es geht mich sehr wohl etwas an, wenn du nach vier Jahren plötzlich hier auftauchst und einen auf Familie machst. Ausgerechnet jetzt. Dad hat sich doch nicht das erste Mal bei dir gemeldet, und das konnte dich bisher auch nicht dazu bewegen, auf die Insel zu kommen.»

Ich glaube, ich bekomme Kopfschmerzen. Ich bin es so leid, mich mit Asher zu streiten. So leid, nur Vorwürfe zu hören. Ja, sein Dad hat sich immer um mich bemüht, und ich habe ihn abgewiesen. Aber er wollte nie, dass ich nach Hause komme. Er war nur bereit, mich in New York zu treffen und mir dort den interessierten Stiefvater vorzuspielen. Ja, ich habe mich nicht verteidigt. Und warum? Weil Asher mir ohnehin kein Wort glaubt, da kann ich mir den Atem sparen. Er hat gesagt, dass ich meine Meinung über ihn revidieren könnte, aber gilt für ihn nicht dasselbe? «Ich mache nicht plötzlich einen auf Familie. Wenn du mich besser kennen würdest, dann wüsstest du, wie sehr ich euch ...» Vermisst habe? Ich halte inne, weil ich die

Worte, die mein Mund gerade formen wollte, unmöglich aussprechen kann, ohne mich angreifbar zu machen. Verwundbar.

«*Ausgerechnet jetzt*?», frage ich unvermittelt. «Was meinst du damit?»

Asher bringt nur ein Ächzen heraus. Er geht zurück zum Schreibtisch, wo er den Papierball wütend in den Mülleimer schleudert. «Geh einfach.» Er kehrt mir den Rücken zu. Mit beiden Händen stützt er sich auf dem Schreibtisch ab. «Es ist okay. Ich habe mich entschuldigt, und du kannst trotzdem wütend auf mich sein, weil ich dir unterstellt habe, dass du dich an meinem Vater bereicherst. Ja, ich bin ein Riesenarsch, aber das ist für dich schließlich nichts Neues, damit kann ich leben.» Seine ganze Haltung ist pure Abwehr, jeder Muskel seines Körpers scheint zum Zerreißen gespannt. Das weiße Hemd, das er an den Ärmeln hochgekrempelt hat, lässt mich sehen, wie die Adern an seinen Unterarmen hervortreten. Freiwillig wird er mich niemals einen Blick in seinen Kopf werfen lassen, das wird mir klar.

«Ich glaube, ich weiß, was du meinst», sage ich vorsichtig, und es kostet mich unheimliche Überwindung, meinen Verdacht laut auszusprechen, weil ich kaum wage, ihn auch nur zu denken. Weil es schrecklich ist, weil es mir Angst macht und weil es sein kann, dass Asher mir diese Worte niemals verzeiht.

«Du machst dir Sorgen, oder? Weil ...», ich schlucke, «... weil dein Vater Sachen vergisst?» Ich habe leise gesprochen, vorsichtig, trotzdem merke ich an seiner Reaktion sofort, dass ich ins Schwarze getroffen habe, weil Ashers Kopf nach vorne sackt und er kein Wort sagt. Läge ich daneben, dann würde er lachen oder mich beschimpfen. Ich wünschte, er würde es tun. Stattdessen umkrampfen seine Finger die Tischplatte.

Er hebt eine Hand und presst sich den Handballen gegen die Stirn. «Fuck», stöhnt er und wiegt sich nach vorn.

Ohne darüber nachzudenken, gehe ich auf ihn zu und berühre ihn an der Schulter.

«Fass mich nicht an», faucht er, und ich weiche sofort zurück.

Sein Körper bebt. Er presst beide Hände auf sein Gesicht und wirkt so verzweifelt, als läge die Last der ganzen Welt auf seinen Schultern, und ich kann ihm nichts davon abnehmen.

Eine ganze Weile stehen wir so da, ich lausche auf seine Atemzüge, die schließlich langsamer werden, ruhiger. Irgendwann lässt er seine Arme sinken und stößt einen tiefen Atemzug aus. Da erst drehe ich mich zur Tür, weil ich keine Kraft mehr habe und kaum noch stehen kann. Weil die Prellung an meiner Hüfte pocht und mein Handgelenk sticht wie verrückt. Und weil es so verdammt weh tut, dass er nicht einmal in so einem Moment meine Berührung ertragen kann.

«Es tut mir leid», flüstere ich, dann schleiche ich mich aus dem Zimmer.

Kapitel 7

Das Restaurant, das Richard ausgesucht hat, liegt in der Bow Street direkt am Meer. Wenn man einen Blick nach draußen wirft, sieht man tintenblaues Wasser und am Horizont die beiden Brücken, die Portsmouth mit Kittery verbinden. Aber ich gucke nicht raus, sondern verberge mein Gesicht hinter der Menükarte, die der Kellner mir eben gereicht hat. Richard hat noch nicht einmal in die Karte geschaut, sondern direkt eine Flasche Champagner bestellt, als gäbe es etwas zu feiern.

Ich bin nervös. Unter dem Tisch reibe ich mir mit der Spitze meiner Ankle Boots über die Wade und rutsche unruhig auf dem Stuhl umher. Was auch immer Richard uns zu sagen hat, ich hoffe nur, dass er nicht krank ist. Dass sowohl Asher als auch ich uns da etwas eingebildet haben. Nachdem ich gesehen habe, wie sehr Asher sich sorgt, wäre es mir jetzt sogar lieber, wenn mein Stiefvater mich einfach nur wieder wegschicken würde. Alles ist besser, als dass er krank ist.

Noah wirkt völlig entspannt. Er hat vorhin einen Kommentar losgelassen, dass sein Vater bestimmt nur eine neue Frau kennengelernt hat und dass das die große Enthüllung ist. Ich weiß nicht, wie er darauf kommt, aber ich bin mir sicher, dass der Abend sich nicht so entwickeln wird, wie er sich das vorstellt. Und ich habe Angst vor seiner Reaktion. Noah klappt die Karte grinsend zusammen und ordert einen Burger und als Vorspeise klebrige Jerk Chicken Wings. Während der Kellner sich das notiert, greife ich nach meinem Wasserglas und nippe daran. Asher sitzt mir direkt gegenüber und nickt in Richtung meiner Hand.

«Hast du noch Schmerzen?»

Wie aus einem Reflex stelle ich das Glas ab und verstecke die Hand hinter der Karte, als könnte ich damit verhindern, dass das Gespräch zu dem peinlichen Zwischenfall heute Morgen schwenkt. «Alles gut, danke.» Dann wechsele ich schnell das Thema. «Hast du schon was ausgesucht? Ich war hier noch nie, sind die Falafel in Ordnung?»

«Kann man essen», sagt Asher und reicht dem Kellner seine Karte zurück. «Ich nehme das Lachs-Risotto, ohne Lachs.»

«Wenn Sie keinen Lachs mögen, können wir Ihnen stattdessen auch Thunfisch anbieten. Er ist fangfrisch.»

«Nein, danke, nur das Risotto.»

Der Kellner wirkt irritiert.

«Ich nehme die Falafel», sage ich schnell.

«Machen Sie sich keinen Kopf. An Ihrer Karte ist nichts auszusetzen.» Mein Stiefvater lächelt entschuldigend, während er sein eigenes Essen bestellt, und reicht dem Kellner dann die Mappe zurück. «Die beiden sind Vegetarier, das muss irgendwie in der Familie liegen. Ivys Mutter hat auch immer nur Gemüse gegessen.»

Ashers Augen verengen sich, doch nur für einen Moment. Er ist gut darin, Gelassenheit vorzutäuschen. Er kann seinem Dad schließlich schlecht sagen, dass er mich nicht zur Familie zählt und wie wenig er mit mir gemeinsam haben will. Ich wende den Blick ab. Richard erzählt derweil von dem ersten Mal, als sie hier zusammen essen waren. Es ist Jahre her. Noah habe beim Kellner eine Cola bestellt und darauf bestanden, sie in einem Weinglas serviert zu bekommen, weil er wie ein Erwachsener trinken wollte. Richard lächelt darüber, aber Noah wirft mir einen genervten Seitenblick zu, verdreht die Augen und tippt dann weiter in sein Handy. Natürlich hat er bereits den Tisch fotografiert und das Bild auf Instagram hochgeladen. Ich warte nur darauf, dass sein Vater deswegen ausflippt, aber Richard geht gar nicht darauf ein. Er ist nervös, das ist offensichtlich. Also noch nervöser als ich. Er hat die Serviette zusammengefaltet und neben seinem Teller abgelegt. Jetzt zupfen seine Finger an einer Ecke des Stoffs. Ich wünschte, er würde einfach sagen, was er uns sagen will, und damit diese Anspannung beenden. Noch mehr wünschte ich allerdings, ich wäre gar nicht hier. Meine Schuhspitze schabt über den Boden, als ich den Rücken durchstrecke.

Nachdenklich ordne ich das Besteck vor mir neu und denke an Sams Bemerkung über Richards Arztbesuch in Scottsdale. Vor nicht mehr als einer Stunde habe ich die beiden Begriffe gegoogelt und festgestellt, dass in Scottsdale eine Niederlassung der Mayo-Klinik ist.

Der Kellner bringt den Champagner. Ich zupfe den Ärmel meiner Bluse über dem Handgelenk zurecht. Es tut wirklich kaum noch weh, das war eben nicht nur so dahingesagt.

«Sicher habt ihr euch schon gefragt, warum ich euch unbedingt gemeinsam sprechen wollte», sagt Richard in diesem Augenblick, und ich mache mich auf meinem Stuhl ganz steif. Obwohl ich es eigentlich hinter mich bringen will, spüre ich, wie meine Hände zittern.

Asher unterbricht ihn sofort. «Geht es um die Firma?» Er lässt sich nichts davon anmerken, was er wirklich denkt, und es kommt mir vor, als versuche er verzweifelt, seinen Vater nicht zu Wort kommen zu lassen. «Die Sache, über die wir neulich gesprochen haben ... Habt ihr eine Entscheidung getroffen?»

«Ja», sagt sein Vater. «Nein, das heißt, wir haben diese Angelegenheit noch nicht abschließend beschieden. Nächsten Monat gibt es ein Meeting dazu. Aber dir ist hoffentlich klar, dass die Blakely Corporation nicht auf tierische Rohstoffe verzichten kann.» Er schüttelt unwillig den Kopf. «Das ist auch nicht das Thema, das ich mit euch heute besprechen muss. Schon gar nicht beim Essen.»

Ich habe keine Ahnung, worum es überhaupt geht, und mein Blick schwenkt zwischen Richard und seinem Sohn hin und her.

«Du weißt, wie wichtig mir das ist, Dad.» Asher beugt sich zu ihm vor. «Und diese Meetings sind für'n Arsch. Da besprechen wir doch höchstens, was auf die Agenda fürs nächste Jahr kommt. Aber wir müssen so schnell wie möglich eine Entscheidung treffen.»

«Die aber nicht deine sein wird.» Richards Augenbrauen verengen sich. «Ich sag es dir noch einmal. Wir werden nicht auf tierische Rohstoffe verzichten.»

Ich versuche zu begreifen, was Asher mit diesem Thema bezweckt. Er weiß, dass es nicht um die Firma geht. Warum lässt er seinen Vater nicht einfach aussprechen?

«Es ist verflucht noch mal ein Unterschied, ob wir selbst auf tierische Produkte verzichten oder ob wir nur Firmen meiden, die Tierversuche durchführen.»

«Asher.» Ich werfe ihm einen eindringlichen Blick zu. *Bitte lass ihn einfach in Ruhe sprechen,* flehe ich ihn stumm an. Aber Asher ignoriert mich und beugt sich erneut vor. «Auch wenn du das Thema nicht beim Essen bereden willst, Dad, es ist wichtig. Und es gibt für alles einen pflanzlichen oder biotechnischen Ersatz. Wir müssen Hyaluronsäure heute nicht mehr aus Hahnenkämmen gewinnen, genauso wenig, wie wir heute noch Fischschuppen brauchen, um Nagellack zum Glitzern zu bringen, verdammt!»

Noah blickt nur kurz von seinem Handy auf, um gleich darauf wieder etwas auf das Display zu tippen. «Klar, Mann», murmelt er. «Glitzernagellack ist eine total überflüssige Erfindung. Sehe ich auch so.»

Oh Gott, ich weiß nicht, was das jetzt soll, ich weiß nur, dass ich ganz und gar nicht bei diesem Gespräch dabei sein will, auch wenn ich Ashers Standpunkt natürlich richtig finde. Unauffällig wische ich meine verschwitzten Handflächen an der Serviette ab, bis Richard mit der flachen Hand auf den Tisch haut.

«Nicht heute, Asher, und nicht hier!» Ich zucke zusammen. Sein Ton klingt unnachgiebig, und Asher presst mühsam beherrscht die Lippen zusammen.

«Du weißt, dass ich vor zwei Tagen in Scottsdale war. Allerdings nicht das erste Mal. Als du im letzten Monat in New York warst, hatte ich schon einen Termin dort.»

Mir wird ganz flau.

«Dad», fängt Asher an. «Müssen wir ...»

«Mit Hillary?», unterbricht Noah ihn und grinst breit.

«Hillary? Nein, ich wüsste nicht, was Sams Mutter ...» Mein Stiefvater sieht verwirrt aus. Dann atmet er langsam aus. «Aber vielleicht sollten wir wirklich noch warten, bis das Essen kommt», unterbricht er sich dann selbst.

Es tut mir leid zu sehen, wie schwer es ihm fällt, mit seinen Söhnen zu reden. Noah weiß überhaupt nicht, worum es geht, und Asher unternimmt alles, um es nicht zu hören, weil er ahnt, worauf es hinausläuft. Und dass ich als Fremdkörper dabeisitze, führt bestimmt auch nicht dazu, meinem Stiefvater die Sache zu erleichtern. «Soll ich euch lieber allein lassen?», frage ich vorsichtig. «Vielleicht ist es besser, wenn ihr das allein besprecht. Es macht mir wirklich nichts aus. Ich muss sowieso mal auf die Toilette ...»

«Du bleibst, wo du bist.» Richard seufzt. «Wir sollten das jetzt hinter uns bringen, nicht wahr? Ehrlich gesagt habe ich nicht damit gerechnet, dass es so schwierig wird. Es fühlt sich an wie meine erste Vorstandssitzung, als ich frisch von der Uni kam und mein Vater von mir verlangt hat, sie alleine zu führen. Ihr könnt euch gar nicht vorstellen, wie mich die alten Hasen in der Firma angesehen haben. Ich war gerade dreiundzwanzig ...» Seine Hand geht zu seinem Hemdkragen und tastet nach der Stelle, wo normalerweise der Krawattenknoten sitzt, trifft aber nur das leichte Freizeithemd. Obwohl der oberste Knopf offen steht, sieht Richard aus, als bekäme er keine Luft.

«Spuck es endlich aus, Dad!» Noah trommelt ungeduldig auf den Tisch. «Ich nehm mir schon mal einen Schluck, ja?» Er schnappt sich das Glas Champagner, das vor ihm steht, und prostet uns zu. «Bin echt am Verdursten, und es sieht so aus, als würde es hier gleich was zu feiern geben.» Mit der linken Hand knipst er ein Foto von seinem Glas, dessen Inhalt im Licht golden funkelt.

Mein Magen verkrampft sich.

«Stell das verdammte Glas ab», knurrt Asher. «Und wie wäre es, wenn du bei der Gelegenheit auch gleich dein scheiß Handy weglegst?» Er beugt sich über den Tisch und schlägt seinem Bruder das Smartphone aus der Hand, das mit einem Rumpeln auf dem Tisch landet, weiterrutscht und erst kurz vor der Kante liegen bleibt. «Ich kann dir gar nicht sagen, wie sehr mich das ankotzt. Das hier gehört nicht in deinen beschissenen Feed, ist das klar?»

«Was stimmt denn nicht mit dir?», blafft Noah zurück. «Du gehst mir tierisch auf den Sack, Mann. Wenn du ein Problem hast, dann erzähle es deiner Al...»

«Entschuldigt mich einen Moment!» Ich springe auf und stoße dabei das Champagnerglas um, das vor mir steht. Die helle Flüssigkeit ergießt sich über den Tisch und sickert sofort in die weiße Tischdecke ein. «Mist», fluche ich leise und zucke zusammen, als der Kellner mir einen missbilligenden Blick zuwirft. «Es tut mir total leid.» Hektisch tupfe ich mit der Serviette darauf herum, was es kein bisschen besser macht, und lasse sie schließlich fallen. «Ich bin kurz mal zur Toilette.» Ich dränge mich an Noah vorbei in Richtung Ausgang. Ich will nur noch hier raus. Die Blakelys und ich in einem Raum ist einfach nichts, was lange gutgeht, und wenn die beiden sich jetzt vor ihrem Vater zerfleischen, will ich keinesfalls dabei sein. Ich habe kaum drei Schritte getan, als Richards Stimme mich mitten in der Bewegung erstarren lässt.

«Ich habe einen Tumor.»

Plötzlich nehme ich alles um mich herum überdeutlich wahr. Das Geplauder der anderen Gäste, das perlende Gelächter der Frau direkt am Fenster, die Musik, irgendein klassisches Stück, das fast etwas zu laut ist. Die Lichter draußen auf der Brücke nach Maine ...

Ich habe einen Tumor.

Langsam drehe ich mich um und starre meinen Stiefvater an. Meine Finger verkrampfen sich zu einer Faust.

«Du ...was?» Noahs eben noch wütender Gesichtsausdruck fällt komplett in sich zusammen. Asher wirkt hingegen wie eingefroren.

«Einen Hirntumor, genauer gesagt, ein Meningeom. Das ist es, was ich euch die ganze Zeit sagen wollte.» Er holt tief Luft, als müsse er die Worte selbst erst noch verdauen und hätte sie sich nicht schon eine ganze Weile zurechtgelegt. Langsam gehe ich zum Tisch zurück und lasse mich fassungslos auf meinen Sitz sinken. «Du hast Aussetzer», sage ich das Erste, was mir in den Sinn kommt, auch wenn es vielleicht blöd ist. «Gestern Nacht. Du hast mich mit meiner Mom verwechselt.»

Asher starrt mich an, als hätte ich etwas schrecklich Dummes gesagt, nur um ihn zu ärgern. «Was soll das, Ivy?»

Ich schlucke und sehe Richard unverwandt an. «Kommt das davon?»

Richard nickt. «Ich habe manchmal ziemlich schlimme Kopfschmerzen. Wenn ich ehrlich bin, ist es kaum zum Aushalten, selbst wenn ich Tabletten nehme. Ich habe mich dann nicht mehr so unter Kontrolle, wie ich das von mir gewohnt bin. Häufig ist mir übel, und ich habe Stimmungsschwankungen, die ich sicher schon zu oft an euch ausgelassen habe.»

«Das erklärt einiges.» Noah presst die Lippen zu einem Strich zusammen.

«Es tut mir leid, dass ihr das überhaupt mitbekommen habt.»

O Gott, ich kann es nicht glauben. Richard erzählt uns gerade, dass er einen Hirntumor hat, und meint, sich entschuldigen zu müssen, weil er mal schlechte Laune hatte?

«Mir tut es leid», sage ich leise und bemühe mich, Ashers schmale Lippen und die zusammengezogenen Augenbrauen zu ignorieren. Wieso sieht er so wütend aus? Müsste er nicht genauso betroffen sein wie Noah und ich? Kann er nicht ein Mal so reagieren, wie man es von ihm erwartet? «Es tut mir so leid», wiederhole ich, weil Asher immer noch so guckt, als wäre er stinksauer auf seinen Vater.

«Es hört sich vermutlich schlimmer an, als es ist.» Richard spricht schnell weiter. Vielleicht weil seine Söhne immer noch keinen Ton gesagt haben und er dieses Schweigen überbrücken will. «Es ist kein bösartiger Tumor. Ich habe großes Glück, dass er Grad I zuzuordnen ist, was bedeutet, er wächst langsam. Allerdings werde ich mich einer Operation unterziehen müssen.»

«Wann?» Noah sieht richtig geschockt aus. Mehr als dieses eine Wort bringt er nicht heraus, und selbst das scheint er nur mühsam hervorzuwürgen.

«In einem Monat in der Mayo-Klinik. Die Voruntersuchungen sind so weit abgeschlossen, ich werde deshalb nur einen Tag vor der OP dorthin fahren müssen.»

Also doch. Durch meinen Kopf rasen so viele Gedanken, dass ich keinen davon richtig fassen kann. Bilder von Krankenhäusern blitzen vor meinen Augen auf. Grelles Licht, weiße Wäsche, Kabel und Schläuche und das stete Piepen der Überwachungsgeräte. Ich kann es förmlich hören. Deshalb sieht Richard also so anders aus. Deshalb hat er abgenommen und wirkt so sorgenvoll.

«Seit wann weißt du es?» Asher hat die ganze Zeit geschwiegen, und jetzt pocht an seiner Schläfe eine Ader, und Schweiß hat sich auf seiner Stirn gebildet.

Richard fährt sich mit Daumen und Zeigefinger über den Bart. «Seit ungefähr sechs Wochen. Ich wollte euch nichts davon sagen, bis alle Untersuchungen abgeschlossen waren. Hillary hat mich in den vergangenen Wochen sehr unterstützt und mir vieles abgenommen. Ich wollte nicht, dass ihr euch unnötige Sorgen macht.»

«Aber jetzt dürfen wir uns Sorgen machen, ja?», fragt Asher schroff. «Deshalb hast du *sie* also hierhergeholt?» Ich merke erst, dass Asher von mir spricht, als es danach still wird und mich alle anstarren. «Ivy sollte herkommen, damit wir zusammen einen auf Familie machen und auf deinen Tumor anstoßen können? Eine wirklich großartige Idee.» Asher hebt sein Glas hoch und prostet seinem Vater demonstrativ zu. «Auf dein Meningeom! Und auf Ivys Rückkehr in unsere Familie. Wenn das mal kein Grund zum Feiern ist.» Sein bitterer Gesichtsausdruck verrät mir nicht, was von beidem er schlimmer findet. In einem Zug kippt er den Inhalt des Glases herunter und knallt es auf den Tisch, bevor er aufsteht.

«Setz dich wieder hin!»

«Sorry, Dad, aber das fuckt mich gerade so richtig ab. Erst Ivy, die plötzlich hier auftaucht, und dann diese frohe Botschaft. Das ist doch zum Kotzen. Sollen wir jetzt zusammen essen, und anschließend liest du uns eine Gutenachtgeschichte vor? Tut mir leid, aber so funktioniert das nicht.»

«Sei kein Arschloch, Asher.» Noah steht auf und versucht, ihn dazu zu bewegen, sich wieder hinzusetzen. Die anderen Gäste sind schon auf uns aufmerksam geworden und starren in unsere Richtung. Er senkt seine Stimme. «Das ist für Dad auch nicht leicht.»

«Das ist es doch nie. Das war es sicher auch vor vier Jahren nicht, oder?»

Um Ashers Mund hat sich ein bitterer Zug gebildet, und seine Worte lassen mich aufhorchen. Vor vier Jahren musste ich gehen. Vor vier Jahren hat sich mein Leben von einem Tag auf den anderen um hundertachtzig Grad gedreht. Aber das kann Asher nicht meinen. Es klingt nach so viel mehr. Als wäre damals vor vier Jahren noch etwas völlig anderes geschehen. Etwas, das mit mir vielleicht gar nichts zu tun hat.

«Was war vor vier Jahren nicht leicht?» Die Worte sind heraus, bevor ich sie zurückhalten kann. Dass es ein Fehler war, sie auszusprechen, wird mir in der nächsten Sekunde klar, als Asher Noah abschüttelt und einfach geht. Die Schultern seines Vaters sacken herab, als wäre jegliche Luft aus seinem Körper gewichen. Ich kann die Puzzlestücke in meinem Kopf nicht zusammensetzen, weil etwas fehlt. Da sind zu viele Lücken, zu viele weiße Flecken, zu viele Teile, die nirgendwohin zu passen scheinen, egal, wie oft ich sie hin und her schiebe. Ob Asher den Tod von meiner Mom meint? Aber wieso sollte ihn das jetzt noch so wütend machen? Es war ein Unfall. Wieso sollte ihn überhaupt irgendetwas wütend machen, wenn sein Vater krank ist? Ich verstehe es einfach nicht, aber ich will mich auch nicht länger damit zufriedengeben, nur eine Zuschauerin zu sein. Ich brauche Antworten! Und Richard scheint mir nicht in der Lage zu sein, mir diese zu geben. Ihn kann ich in seiner Situation unmöglich bedrängen, aber ich finde nicht, dass Noah und Asher geschont werden müssen. «Soll ich ihm nachgehen?», frage ich und nicke in die Richtung, in die Asher abgedampft ist.

Richard seufzt und schüttelt wie in Zeitlupe den Kopf. «Lass ihn. Es ist meine Schuld, dass er damit nicht zurechtkommt. Ich hätte euch damit nicht so überfallen sollen.»

Das sehe ich nicht so, aber ich behalte es für mich.

«Asher ist ein Idiot.» Noahs Gesicht klärt sich, als wäre das die ultimative Erklärung für alle Probleme in seinem Leben und als hätte er das genau in diesem Moment für sich erkannt. Dann wirft er seinem Vater einen unsicheren Blick zu. «Es tut mir leid, dass ich mich in letzter Zeit so scheiße benommen habe. Wenn ich gewusst hätte, dass du im Krankenhaus warst …»

«Du musst mir nichts erklären», sagt Richard. «Schließlich kenne ich dich schon ein paar Jahre. Es gibt da auch noch einige Dinge, die wir im Vorfeld besprechen müssen. Ich gehe davon aus, dass die Operation planmäßig verläuft, aber …»

«Klar, das wird easy», unterbricht Noah ihn. «Die machen das schließlich jeden Tag, was soll da schon schiefgehen? Ich meine, die Docs haben das studiert. In der Klinik laufen ja keine Schwachköpfe rum, die kriegen einen Haufen Kohle dafür, anderen am Kopf rumzu… fuck.» Er beißt sich auf die Lippe.

Sein Vater spricht unbeirrt weiter. «Aber falls es doch zu Komplikationen kommen sollte, dann möchte ich im Vorfeld alles geregelt haben. Wir besprechen gemeinsam, wie es mit der Firma weitergeht, sollte mir etwas zustoßen.»

Noah lehnt sich zurück und hebt abwehrend eine Hand.

«Das musst du mit Asher klarmachen. Mit der Firma habe ich nichts zu tun. Hey, ich habe keinen blassen Schimmer von dem ganzen Kram. Können wir vielleicht einfach von was anderem reden, Dad?» Er schluckt und wirkt geradezu gehetzt.

Ich mag Noah. Eigentlich habe ich ihn schon immer gemocht, und vor allem habe ich ihn sehr vermisst. Das wird mir gerade bewusst und lässt einen Kloß in meinem Hals entstehen.

Richard setzt gerade an, etwas zu sagen, als der Kellner wieder an den Tisch kommt und die Vorspeisen serviert, die er und Noah bestellt haben. Für einen Moment ist er vom Anblick eines riesigen Berges Jerk Chicken Wings abgelenkt, den der Kellner vor Noah abstellt. Doch auch jetzt lässt er sich nicht beirren. «Noah, wir werden dennoch darüber reden müssen, du kannst die Verantwortung für die Firma nicht allein deinem Bruder überlassen.»

«Ja, ja», sagt Noah abwehrend. «Fuck, das sieht so abartig lecker aus», stößt er dann hervor und weicht dem Blick seines Vaters aus. «Wohin kann ich die Dankeskarten schicken? Mann, ich sterbe vor Hunger, und das ist mit Abstand der beste Anblick seit ... seit gefühlten ... also seit mindestens einem Monat. Findest du nicht, Dad?»

Bevor Richard etwas erwidern kann, redet er schnell weiter. «Ivy, du tust mir echt leid. Wie kann man auf so was nur freiwillig verzichten? Ich meine, schau dir diese kleinen makellosen Dinger an!» In seiner Eile, seinen Vater von dem unangenehmen Thema abzubringen, vergisst er sogar, ein Foto für Instagram zu schießen. Er greift nach dem ersten Chicken Wing, der knusprig braun und glänzend vor ihm liegt, und lässt ihn in der nächsten Sekunde fallen, weil er zu heiß ist. «Gott, sie sind einfach perfekt. Und ich weiß genau, wie sie schmecken werden. Würzig, ein bisschen scharf und mit genau dem richtigen Anteil an Süße. Die nehmen hier Ahornsirup für die Marinade. Fuck, ich glaube, mir geht gleich einer ab.»

«Noah.» Richard hebt eine Augenbraue an und schüttelt den Kopf, sagt aber nichts weiter, was wahrscheinlich daran liegt, dass er weiß, wie sinnlos es ist, jetzt auf Noah einzureden.

«Was?» Noah tut so, als wäre er völlig auf das Essen konzentriert. Seiner Pupillenbewegung nach zählt er gerade die Stücke auf seinem Teller und ist mit dem Ergebnis offenbar zufrieden, denn er grinst breit. «Ivy, wenn ich nach diesem Essen noch lebe, also falls ich nicht schon längst tot und im Himmel bin ... Gott, ich hoffe echt, dass es im Himmel Chicken Wings gibt, scheiß auf die Jungfrauen, wer will schon Jungfrauen, wenn er Chicken Wings haben kann? Ich meine ...» Er bricht ab und wickelt eine Serviette um das Ende eines Fleischstücks. Was er sagen wollte, scheint er schlagartig vergessen zu haben. Er dreht den Flügel in der Hand, betrachtet ihn von allen Seiten, bevor er daran riecht und laut stöhnend die Augen verdreht.

«Ich hoffe, du vergisst nicht, wo du bist», sagt sein Vater trocken und betrachtet seine eigene Vorspeise mit deutlich weniger Enthusiasmus.

«Das wird schwer, Dad. Sorry.» Noahs Zungenspitze schnellt hervor und berührt den kleinen Hähnchenflügel. «Ihr wisst gar nicht, was euch entgeht, Leute. Das hier ist eine Offenbarung! Als Gott den Chicken Wing erschaffen hat, muss er an mich gedacht haben. Danke, Kumpel!», sagt er mit einem Blick zur Zimmerdecke, wo eine moderne Leuchte hängt, die heruntergedimmt wurde und kaum Licht verbreitet. «Du hast einen gut bei mir. Das war echt dein Meisterwerk.» Dann beißt er hinein und gibt im nächsten Moment ein noch lauteres Stöhnen von sich. «Fuck, fuck, fuck, ist das heiß!», nuschelt er undeutlich.

Und damit ist der ernste Teil des Abends wohl beendet.

Kapitel 8

Wir sitzen in Noahs Zimmer auf seinem zerwühlten Bett. Als einziges Licht erhellt seine Schreibtischlampe den Raum. Er hat seinen Laptop beiseitegeschoben und die Mehrfachsteckerleiste ans Fußende gekickt, bevor er mir einen Platz zum Sitzen angeboten hat. «Fühl dich wie zu Hause.»

Noah macht sich offenbar keine Gedanken, wie dieser Satz bei mir ankommt. Genauso wenig, wie es ihn interessiert, dass ein Paar alte Socken auf seinem Bett vor sich hin müffelt und auf dem Fußboden noch eine Schale mit Nachos steht. Der Käsedip ist bereits eingetrocknet. Über seinem Schreibtischstuhl hängen Sportklamotten.

«Reitest du eigentlich noch?», frage ich ihn mit Blick zu einem Pokal, der im Regal steht und den Noah als Aufbewahrungsort für diverse Adapter umfunktioniert hat. Mehrere Kabel quellen heraus und baumeln über dem Regalboden nach unten.

«Ja.» Er kontrolliert den Anschluss seiner PlayStation und schaltet den Fernseher ein. Noahs Finger huschen geübt über die Knöpfe des Controllers. «Geht aber gerade nicht oft. Dad will den alten Stall sanieren lassen. Solange sind die Pferde auf einer Farm in Moultonborough. Es wird noch Monate dauern, bis sie wieder hier einziehen können.»

«Du warst früher ganz schön erfolgreich, oder?», frage ich und deute zu ein paar Turnierschleifen.

«Kann sein.» Noah ist abgelenkt und geht nicht weiter darauf ein. Ich ziehe ein zerknittertes Foto heraus, das hinter einer der Schleifen festgeklemmt ist. Noah trägt darauf einen Helm mit Kinnschutz und reitet mit seinem Pferd einen steilen Abhang hinunter. An seine Brust ist eine Startnummer geheftet, und beide sind von oben bis unten schlammbespritzt.

«Was war das für ein Turnier?», frage ich ihn und halte das Bild hoch.

Er schaut nicht einmal auf. «Die World Equestrian Games in North Carolina. Bin mit Ebony in der Vielseitigkeit gestartet.»

«*World* Equestrian Games? Das klingt aber nicht gerade nach einer Hobby-Veranstaltung.»

«War es auch nicht», gibt er zu. «Das sind Weltmeisterschaften. Finden zwei Wochen nach den Olympischen Spielen statt.»

«Warte mal!» Ich tippe auf das Bild. «Du bist bei Weltmeisterschaften mitgeritten? Du nimmst mich jetzt nicht auf den Arm, oder?»

«Mann, Ivy, das ist lange her.»

Dass ich auch davon nichts wusste, schockt mich noch einmal mehr. Und von *lange her* kann ja wohl keine Rede sein. «Ja, ganze zwei Jahre.»

«Ist doch scheißegal. Ich hab's bei der Dressur verkackt. Okay, beim Gelände war ich echt gut, und Springen war auch in Ordnung, aber das hat mir trotzdem nichts genutzt. Können wir jetzt endlich zocken?»

«Ja, klar, entschuldige. Aber sag mal, dein Pferd – Ebony –, ist das jetzt auch auf dieser Farm in Moultonborough?»

«Ja», knurrt Noah.

Ich stecke das Foto zurück hinter die Schleife an der Wand, weil aus Noah nicht mehr herauszukriegen ist. Auf dem Bildschirm leuchtet die FIFA-Startseite auf, und ich weiß sofort, dass ich es bereuen werde, mich auf dieses Spiel eingelassen zu haben. Es ist schon nach elf. Aber ich mache mir Sorgen um Noah, weil er ganz offensichtlich nicht gut mit Richards Krankheit klarkommt. Und mit seinem Bruder kann er darüber bestimmt nicht reden.

Seitdem Asher aus dem Restaurant abgehauen ist, habe ich ihn nicht mehr gesehen, und ich finde es mies von ihm, dass er seinen Vater einfach so stehengelassen hat. Es geht hier doch nicht um ihn, sondern darum, dass Richard eine echt schwere Zeit durchmacht, auch wenn die Prognose vielleicht gut ist. Wieso kann Asher seine Gefühle nicht besser unter Kontrolle halten? Wenigstens so lange, bis sein Dad die OP hinter sich gebracht hat?

Nachdenklich starre ich auf den Bildschirm. Die Startmusik ist gerade verklungen, und Noah sieht für meinen Geschmack viel zu begeistert aus. Okay, es war klar, dass wir kein Karaoke singen werden, aber auf Fußball bin ich wirklich nicht sonderlich scharf.

«Oder stehst du eher auf *Call of Duty*?» Noah lässt den Controller sinken, um sein Handy hervorzukramen.

«FIFA ist schon okay», sage ich schnell. Zumindest ist es das kleinere Übel, füge ich in Gedanken hinzu. Noah lehnt sich an mich und hält das Smartphone vor unsere Gesichter. Sein linker Arm greift um meine Schulter, und mit Zeige- und Mittelfinger macht er in meinem Augenwinkel ein Peacezeichen, bevor das Schnipsgeräusch mir sagt, dass er ein Foto von uns geknipst hat. «Muss das sein?»

«Jep.» Er tippt auf den Bildschirm und zeigt mir Sekunden später den Eintrag in seinem Instagram-Account.

Nach den geilsten Chicken Wings ever eine Runde zocken mit meiner kleinen Schwester Ivy. #fifa20 #ichmachsiefertig #keinmitleidleute #family

Noah grinst auf dem Foto, aber ich sehe aus, als hätte man mich beim Horrorfilmgucken überrascht. Meine Augen sind weit aufgerissen, und meine Gesichtsfarbe erinnert an Schmelzkäse. Mir wäre es lieber, er würde das Bild löschen, wäre da nicht dieser Hashtag, den Noah gewählt hat. *Family.*

Und er hat *kleine Schwester* geschrieben. Nicht *Stiefschwester,* nicht *nervende Altlast meines Dads* oder so. Einfach nur *kleine Schwester.* Asher hätte garantiert eine andere Bildunterschrift gewählt. Aber Asher würde auch nicht mit mir hier sitzen und PlayStation spielen. «Du bist nur sechs Monate älter als ich», sage ich und schlucke.

Noah zuckt mit den Schultern. «Älter ist älter.» Er steht kurz auf, um die Lampe auf seinem Schreibtisch auszuschalten, und nun gibt es nur noch das blaue Licht des Fernsehers. Nichts, was vom Spiel ablenken würde. Er drückt mir den zweiten Controller in die Hand. «Du hast aber schon mal FIFA gespielt, oder?»

«Ein paarmal.» Das erste Mal im Internat und letztes Jahr mit einigen Jungs aus unserem Wohnheim in New York. Ich war megaschlecht, aber ein Typ namens Jacob hat mir wenigstens gezeigt, wie man den Torwart mit dem Stick verschieben kann, was mich einmal vor dem totalen Untergang gerettet hat.

«Ein paarmal?» Noah sieht skeptisch aus. Seine linke Augenbraue geht nach oben, doch dann verzieht sich sein Gesicht zu einem breiten Grinsen, was in dem fahlen Licht irgendwie gruselig aussieht. «Du wirst diesen Abend nicht überleben, Ivy. Fang bloß nicht an zu heulen, wenn es nach vier Minuten schon zweistellig steht. Das wird episch!»

Meine Finger gleiten über die einzelnen Knöpfe. Es fühlt sich vertraut an, also habe ich noch Hoffnung.

«Du kannst dir aussuchen, wen du willst, aber ich bin auf

jeden Fall Liverpool.» Die Bilder auf dem Fernseher huschen in Sekundenbruchteilen weiter, bis Noah seine Mannschaft zusammengestellt hat. Klar nimmt er Liverpool, die haben ja auch letztes Jahr die Champions League gewonnen. Es war unmöglich, das im Wohnheim nicht mitzukriegen. Ich schalte meinen Controller ein und scrolle mich durch meine Seite der Logos, bis ich bei einem in Gelb, Blau und Rot hängenbleibe.

«Barcelona, dein Ernst? Ich habe ja gehofft, du nimmst LA Galaxy oder Chicago Fire.» Er rempelt mich so stark mit der Schulter an, dass ich fast vom Bett kippe und lachen muss.

«Hey, sie haben Messi, Suárez und Griezmann», erkläre ich. «Ich wäre schön blöd, einen Verein aus der Major League zu nehmen.»

«Fuck», sagt Noah. «Und ich war mir sicher, du hast überhaupt keine Ahnung und fragst mich gleich, wofür das X ist.» Er starrt auf seinen Controller, die Wangenmuskeln angespannt.

Ich versuche, mich locker zu machen, weil ich sowieso keine Chance habe. Es geht nur darum, etwas Zeit mit Noah zu verbringen, sage ich mir, und ihn nach dieser Enthüllung von seinem Vater nicht allein zu lassen. Und vielleicht erzählt er mir etwas von Asher und was in der Vergangenheit vorgefallen ist, dass er sich so verhält.

«Ist es okay mit deinem Dad?», frage ich ihn. «Ich meine, kommst du damit klar?»

Er stöhnt genervt. «Willst du jetzt quatschen oder zocken? Halt die Klappe, Ivy.»

Ich beobachte Noah angespannt, während er das Spiel startet und schon in der ersten Minute kassiere ich vier Tore. Wahrscheinlich ist dieses Spiel genau das, was Noah braucht, um sich von seinem Vater abzulenken. Und wenn ich nicht komplett untergehen will, sollte ich mich langsam auch mal darauf konzentrieren. Zuerst bin nur damit beschäftigt, meine Fingerkoordination mit dem, was ich auf dem Bildschirm sehe, zu verknüpfen, während Noah seine Spieler mühelos lenkt. Als ich endlich einmal den Ball habe, spiele ich einen langen Pass ins Leere. Die gegnerischen Spieler fangen den Ball sofort ab, und Noah bricht in Gelächter aus. «Ich hoffe echt, du steigerst dich noch. Wenn das so weitergeht, wird's grausam langweilig.»

Das erste Spiel verliere ich 16:0 und das zweite sogar noch höher. Noah sieht so zufrieden mit sich aus, dass ich ihm am liebsten eine knallen würde. Beim dritten Spiel habe ich das Gefühl, mich langsam an die Schnelligkeit zu gewöhnen, und Noah flucht das erste Mal, als ein Pass von ihm nicht bei seinem Spieler ankommt und ich ihm den Ball abnehmen kann.

«Ich habe X gedrückt, du Penner!»

Ich grinse und beiße mir auf die Unterlippe. Nur Sekunden später hat Noah wieder den Ball. Mit Viereck grätsche ich dazwischen und höre, wie Noah neben mir scharf die Luft einzieht. Das war einfach nur Glück, aber es ist trotzdem ein tolles Gefühl. «Tja», sage ich. «Pech gehabt.»

Ich verliere trotzdem haushoch.

Beim nächsten Spiel platziert Noah gleich die ersten beiden Bälle in meinem Tor, aber beim dritten schaffe ich es rechtzeitig, den rechten Stick reinzudrücken und nach links zu schieben. Der Torwart macht einen Ausfallschritt und hält den Ball.

«Maaannn!!!», brüllt Noah. Und als meinem Torwart zugejubelt wird, wirft er mir von der Seite einen bösen Blick zu.

Ich lächle entschuldigend. «Sorry.»

«Entschuldige dich nicht, verdammt. Das ist FIFA!»

Das Spiel geht weiter, und konzentriert starren wir beide auf den Bildschirm. Mir schmerzt jetzt schon der Nacken, weil ich mich unnatürlich vorbeuge, und meine Finger sind ganz verschwitzt. Nach diesem Spiel muss ich meinen Controller erst einmal abtrocknen.

«Mo Salah überläuft deinen Piqué die ganze Zeit», sagt Noah überheblich und schnappt sich den Ball. «Du hast echt keine Chance mit diesem Deppen.» Er dribbelt nach vorne und drückt wie ein Irrer auf seinem Controller herum. Doch irgendwas scheint zu hängen. «Du dummer Bastard, spiel endlich ab!»

In der nächsten Sekunde grätsche ich wieder dazwischen und sprinte sofort zum gegnerischen Tor.

«Scheiße!», flucht Noah. «Das war meiner!»

Der geht rein, o Gott, der geht rein, juble ich innerlich, als Messi im Sechzehner den Ball gepasst bekommt. Und dann geht er tatsächlich rein. «Ja!» Ich springe auf und würde am liebsten eine Runde durch das Zimmer tanzen, aber Noahs versteinerte Miene hält mich davon ab. «Spiel weiter, verdammt», knurrt er, obwohl meine Figuren auf dem Bildschirm noch jubeln und sich gegenseitig auf den Rücken springen. Noah drückt hektisch die X-Taste, um die Sequenz zu überspringen. Ein paar Minuten später hat er mit Firmino zwei weitere Tore gemacht, aber schließlich bekommt mein Suárez den Ball. Ich schieße. Aus Reflex drücke ich noch mal auf dieselbe Taste, und der Ball geht präzise ins Tor.

«Fuck», ruft Noah. Das Spiel wird abgepfiffen, und er wirft seinen Controller wütend neben sich. «Legt die einen perfekten Time Finish hin, ich fass es nicht!» Mit einem genervten Stöhnen lässt Noah sich nach hinten aufs Bett fallen und reibt sich mit den Handballen über die müden Augen, während ich lachend einen Tanz durch sein Zimmer vollführe. Ich kann nicht glauben, dass ich tatsächlich zwei Tore gemacht habe.

«Du weißt aber schon, dass du gerade verloren hast, ja?», grummelt Noah. Er verschränkt beide Arme unter seinem Hinterkopf und beobachtet mich. Die Konturen seiner Tattoos heben sich schwarz von seiner Haut ab, die im fahlen Bildschirmlicht ganz blass wirkt.

«Ist mir egal.» Ich kann nicht aufhören zu grinsen, hüpfe zurück zum Bett und lasse mich neben ihn fallen.

«Gutes Spiel.» Er stupst mich mit dem Ellbogen an. Ich schließe die Augen und spüre dem Gefühl nach, das ich zum ersten Mal seit meiner Rückkehr in diesem Haus empfinde. Dem Lachen und auch der Vertrautheit, die sich langsam zwischen uns aufbaut.

«Danke», sage ich.

«Für das Spiel? Kein Problem, du kannst dich jederzeit gern von mir fertigmachen lassen. Ich bin immer für dich da, wenn du einen Tritt in den Arsch brauchst.»

«Nicht für das Spiel», sage ich und bin unsicher, ob ich nicht besser den Mund halten sollte. Noah zieht den rechten Arm unter seinem Kopf weg und legt ihn neben sich. Sein Oberarm streift dabei meinen, und das Schöne ist, dass er ihn bei dieser Berührung nicht gleich wieder wegzieht. Es scheint ihn überhaupt nicht zu stören. Und mich erleichtert es einfach nur, dass er mich nicht wie eine Fremde behandelt. Aber soll ich ihm das wirklich sagen und damit das Thema noch realer machen?

Ich räuspere mich. «Dafür, dass du mir das Gefühl gibst, kein Eindringling zu sein, meine ich.» Ich will nicht so zittrig klingen, aber es hört sich trotzdem so an, als würde meine Stimme über dünnes Eis balancieren. Beide liegen wir flach auf dem Rücken, und Noah starrt an die Decke. Das blaue Licht des Fernsehers erhellt sein Gesicht.

«Denkst du das denn? Dass du ein Eindringling bist?»

«So habe ich mich zumindest gefühlt, als meine Mom und ich hergezogen sind.» Und genau jetzt fühle ich mich auch so, aber das sage ich ihm nicht, stattdessen setze ich ein Lächeln auf. «Kannst du dich daran erinnern, wie wir das erste Mal in den White Mountains zusammen Ski fahren waren? Ich war zwölf. Asher hat an seinem achtzehnten Geburtstag Alkohol in die Skihütte geschmuggelt.»

Noah blinzelt, dann erhellt sich sein Gesicht. «Klar, weiß ich das noch. Der Arsch hat dir das Zeug in die Limo gekippt, und du hast den ganzen Abend gelallt. Dad ist völlig ausgerastet. Und ich war total sauer, dass er das nicht bei mir gemacht hat. Verdammt, ich hätte echt was dafür gegeben.»

«Ich kann mich nicht mehr an alles erinnern, aber ich weiß noch, wie meine Mom mich im Zimmer eingeschlossen hat, damit niemand sonst was mitbekommt. Asher hat dann durch das Fenster Schnee auf mein Bett geworfen. An diesem Abend habe ich ihn echt gehasst.» Mein Bett war komplett durchweicht, und ich habe mich nicht getraut, meiner Mom etwas davon zu sagen.

«Ich habe Dads Schimpftirade wegen des Alks jetzt noch im Ohr», meint Noah und verdreht die Augen. «Aber ab da hast du dazugehört, oder?» Seine Zähne leuchten im blauen Fernsehlicht auf, als er leise lacht.

«So ungefähr.» Ich zupfe an der Bettdecke unter mir und winkle die Beine an. «Am nächsten Morgen sind wir dann zu den Pisten in Bretton Woods gefahren. Dein Dad und meine Mom saßen schon im Skilift, als ein älterer Junge aus einer anderen Gruppe mich in den Schnee geschubst und eingeseift hat. Ich war schon wieder bis auf die Unterwäsche durchnässt, genau wie am Abend davor.»

Noah nickt nachdenklich. «Asher hat ihm dafür die Nase gebrochen. Ich weiß noch genau, wie er auf ihn losgegangen ist. Nachher war der Schnee voll Blut, ein paar Kids haben angefangen zu heulen, und die Eltern von dem Typen wollten Asher anzeigen. Keine Ahnung, ob sie das wirklich gemacht haben. Dad hat jedenfalls nie wieder davon gesprochen.»

«Wir sind noch am selben Tag abgereist. Auf der Rückfahrt

hat Asher mich angeschnauzt, weil ich ihn angeblich angestarrt habe, aber das war mir egal. Er hatte mich verteidigt und diesem Idioten eine blutige Nase verpasst. Das war das Einzige, was für mich zählte. Ich schätze, damals habe ich angefangen, euch als Brüder zu sehen. Du darfst mich also jederzeit in FIFA fertigmachen, wenn du willst.»

«Muss ich deshalb auch jemanden für dich verprügeln?»

Ich grinse. «Nein, es ist auch so okay.»

Noah hebt seinen Arm. «Deal.» Seine Faust schwebt vor meinem Gesicht, und ich drücke meine leicht dagegen, bevor ich seufzend die Augen schließe. Es ist schon spät, und ich bin hundemüde. Das Abendessen hat mir mehr zugesetzt, als ich dachte, und meine Gedanken fangen wieder an, um Richards bevorstehende Operation zu kreisen. Wenn er mich extra hierhergeholt hat, um uns das gemeinsam zu sagen, kann ich wohl kaum wieder abreisen, bevor die Sache überstanden ist. Ganz abgesehen davon, dass ich mir Sorgen um ihn mache.

Noah geht es offenbar genauso, denn er seufzt leise. «Denkst du, das wird gutgehen mit dem Alten?», fragt er mich. Seine Stimme hört sich mit einem Mal an wie die von einem kleinen Jungen. Wie der Noah von früher, der mit riesigen Kopfhörern zu Eminems *The Monster* durchs Haus rappte, aber sobald man ihn dabei ertappte, feuerrot anlief. Wie der Noah, der auf dem Baseballplatz seine Kumpels zusammenscheißen konnte, aber abends im Bett mit Grover kuschelte, der Figur aus der *Sesamstraße*. Ich vermute, sie liegt sogar jetzt noch irgendwo in diesem Bett.

Im Halbdunkeln taste ich nach Noahs Hand. Es ist nur ein kurzer Moment, in dem unsere Finger sich verflechten und wir uns gegenseitig Halt geben, aber er bedeutet mir die Welt. Weil wir doch auf irgendeine seltsame Art zusammengehören. Auch wenn wir nicht blutsverwandt sind.

«Ich habe immer gedacht, dass du Scheiße gebaut hast», sagt er plötzlich, zieht seine Hand weg und verschränkt beide vor seinem flachen Bauch. «Dass Dad dich deshalb weggebracht hat.»

Ich rolle mich zu ihm auf die Seite und stütze mich auf dem Ellbogen ab, um ihn zu ermuntern weiterzureden.

«Eigentlich habe ich damit gerechnet, dass der Alte mich irgendwann genauso abschieben wird wie dich. Das war megascheiße von ihm. Echt, ich habe nur darauf gewartet, aber er hat es nicht getan.» Er lacht bitter auf. «Weißt du, wie ätzend das ist, wenn man sich nie sicher fühlen kann? Ich habe sogar angefangen, es zu provozieren. Wenn ich nur genug Mist bauen würde, dann würde er mich rausschmeißen, und das beschissene Warten hätte endlich ein Ende. Und glaub mir, ich hätte es echt verdient. Was ich gemacht habe, war das Letzte. Aber der Drecksack hat es nicht getan. Er hat es einfach nicht getan. Es war völlig egal, was ich angestellt habe, er hat über alles hinweggesehen. Es weg*gelächelt*. Am liebsten würde ich ihm deswegen immer noch die Fresse polieren. Wegen dieser ganzen beschissenen Zeit. Und wegen dir. Aber jetzt? Fuck, er hat einen Tumor. Man kann niemanden fertigmachen, der todkrank ist, oder? Der einen fucking Tumor im Kopf hat.»

«Nein», flüstere ich.

«Ich hoffe, er schafft's. Damit ich das nachholen kann.» Beim letzten Wort bricht seine Stimme. Seine Hand tastet nach der Fernbedienung, und im nächsten Augenblick liegt das Zimmer in völliger Dunkelheit.

Seine hilflose Wut schnürt mir die Kehle zu. Noah hat alles dafür getan, rausgeworfen zu werden, und ich hätte alles dafür getan, niemals hierher zurückkehren zu müssen. Und doch bin ich jetzt froh darum. Wieso habe ich nie daran gedacht, dass die Sache nicht nur mir allein weh getan hat? Wieso war ich so egoistisch und habe den ganzen Schmerz nur für mich allein pachten wollen? Noah hat offenbar genauso unter meiner Verbannung gelitten wie ich. Warum habe ich nicht versucht, mit ihm Kontakt aufzunehmen?

«Ich glaube, ich geh besser schlafen.» Langsam rolle ich mich auf die andere Seite und richte mich auf. «Noah?»

«Ja?»

«Es tut mir leid, dass ich mich nicht gemeldet habe.»

«Ist okay.» Es ist nur ein undeutliches Nuscheln von Noah, aber ich höre trotzdem die Erleichterung heraus. Erleichterung, diese Dinge ausgesprochen haben und dass sich dadurch nichts zwischen uns verändert hat. «Ich guck noch 'ne Runde Netflix.»

Er zieht seinen Laptop zu sich heran und klappt den Deckel hoch. Ich taste nach meinen Ankle Boots. Im Schein des Bildschirms finde ich den Weg zur Tür, ohne über die Nachos oder Noahs Klamotten zu stolpern.

«Schlaf gut.» Bevor ich die Tür schließe, sehe ich noch, wie Noah den Laptop auf seine Knie zieht und sich Kopfhörer ins Ohr stöpselt.

Direkt neben Noahs Zimmer ist das größte Badezimmer auf dieser Etage, aber das hat Asher für sich beansprucht, Noah nimmt das etwas kleinere weiter hinten. Zumindest war das früher so. Mit den Schuhen in der Hand will ich gerade daran vorbeischleichen, als ich leises Gekicher höre und erstarre. Die Schritte kommen gerade die Treppe hoch, und es ist genau die Treppe, die auch ich nehmen muss, um zu meinem Zimmer im zweiten Stock zu gelangen. Mist.

Ich kenne diese Stimme und kann mir nichts Ätzenderes vorstellen, als jetzt auf Asher und Kadence zu treffen. Vor allem nicht direkt vor Noahs Schlafzimmer mit meinen Schuhen in der Hand. Wie bescheuert sieht das denn aus?

Wie schon?, fragt eine Stimme in meinem Kopf, die sich verdächtig nach Aubree anhört. *Eben so, als hättest du mit deinem Bruder in seinem Zimmer PlayStation gespielt.*

Und wenn er was anderes denkt? Ich habe keine Lust auf einen dämlichen Kommentar von Asher und noch weniger auf das süffisante Grinsen von Kadence, weil Asher offenbar nicht zwei Tage ohne sie überleben kann und ich Idiotin das genaue Gegenteil angedeutet habe. Unschlüssig sehe ich von meinen Schuhen zur Treppe und schließlich zur Badezimmertür direkt neben mir.

Ist es wirklich mein Schicksal, mich ständig auf der verdammten Toilette verstecken zu müssen?

Von Asher höre ich einen leisen Brummton, seine Worte sind nicht zu verstehen, aber Kadence' leider schon. «Ich wusste, dass du mich anrufen würdest.»

Ich beiße die Zähne zusammen. Wo ist ein Kotzeimer, wenn man dringend einen braucht? Und wieso macht mich das gerade so wütend? Asher kann schließlich machen, was er will. Nur weil unsere Leben mal für ein paar Jahre zusammengelegt wurden, heißt das nicht, dass mich interessieren muss, was er tut. Nur weil er neuerdings auch nett sein kann, muss es mir nicht weh tun, wenn er zu anderen Frauen auf andere Weise nett ist.

Es rumpelt, als würde jemand gegen die Wand stoßen. Er lacht. «Fahr mal einen Gang zurück, Kady, sonst schaffen wir es nicht mal bis in mein Zimmer.»

In der nächsten Sekunde habe ich die Tür aufgedrückt und husche ins Bad. Mit einem leisen Klick schließe ich sie hinter mir und halte den Atem an. Ich mache kein Licht, aus Angst, dass Asher den schmalen Streifen unter der Tür sehen könnte. Bitte lass sie es noch rechtzeitig in sein Zimmer schaffen, flehe ich stumm. Ich will das nicht sehen, ich will das nicht hören, ich will nicht mal daran denken. Mit wild pochendem Herzen ziehe ich mein Handy aus der Tasche. Aubree hat mir drei WhatsApps geschickt, sehe ich, als die Benachrichtigungen im Sperrbildschirm auftauchen, aber ich kann sie jetzt nicht lesen. Die Taschenlampenfunktion ist wahrscheinlich schon zu hell, deshalb halte ich nur den beleuchteten Bildschirm von mir weg, um mich zu orientieren. Und schrecke prompt vor mir selbst zurück, als mir mein blasses Gesicht aus dem Spiegel entgegenblickt. Meine Bluse ist völlig zerknittert, und auch meine Haare sind verwuschelt. Lautlos seufzend stelle ich die Schuhe ab und fahre ein paarmal mit den Fingern hindurch.

Das Badezimmer ist größer als mein Zimmer im Wohnheim. Und es steckt kein Schlüssel im Schloss. Logisch. Wer sollte auch hier reinkommen, wenn es Ashers privates Bad ist? Ich gehe weiter in den Raum und lasse den gelben Schimmer meines Handys über die Waschbeckenablage gleiten, wo ein paar Dosen und eine Keramikschale stehen, aber auch dort liegt kein Schlüssel. Ebenso wenig wie in dem filigranen Metallregal, in dem sich flauschige Handtücher stapeln. Verdammter Mist.

Graue Fliesen ziehen sich über den Boden und über die Wand. Eine altmodische Badewanne auf Löwenfüßen beherrscht den gesamten Raum, aber direkt neben mir ist eine verglaste Dusche mit einer Regenwaldbrause, die, wenn man nach der Größe geht, wahrscheinlich eine Sonderanfertigung ist. Blöderweise gibt es keinen Vorhang, hinter dem man sich verstecken könnte, sondern nur einen breiten milchigen Streifen im Glas, der die wichtigsten Stellen verbirgt, wenn man duscht. Toilette und Bidet sind hinter einer halbhohen Mauer aus Naturstein verborgen.

Ich lasse das Handylicht erlöschen, husche zurück zur Tür und presse mein Ohr dagegen. Gerade kann ich noch hören, wie Ashers Zimmertür ins Schloss fällt, und atme dann erleichtert aus. Okay, ich gebe ihm dreißig Sekunden, um loszulegen, dann verlasse ich diese Etage. Gedanklich zähle ich bis zehn, dann bis zwanzig. Ich bücke mich, um meine Schuhe aufzuheben, als ich erneut eine Tür höre.

Eine Stimme dringt gedämpft an mein Ohr. «Dauert nicht lang, Babe. Bin gleich wieder bei dir.»

Nein, nein, nein!

Was mache ich jetzt? Schnell unter die Dusche springen ist nicht drin, weil man sich darin nicht verstecken kann, und hinter die Mauer der Toilette ergibt auch keinen Sinn. Wahrscheinlich muss Asher sich erleichtern, bevor er mit Kadence loslegen kann, und die Vorstellung, dass er mich entdeckt, während er gerade seine Hosen runterlässt, lässt ein hysterisches Lachen in mir aufsteigen. Vielleicht kommt er gar nicht hier rein, überlegt mein gestresstes Hirn. Vielleicht holt er was zu trinken aus der Küche. Ich spüre meinen Herzschlag bis in den Hals, als die Schritte sich der Tür nähern.

Geh vorbei!

Aber natürlich tut er es nicht. Die Türklinke bewegt sich nach unten, und in meiner Panik grapsche ich nach dem erstbesten Gegenstand auf dem Waschbecken, um so zu tun, als wäre ich gerade schwer beschäftigt gewesen und als wäre es völlig normal, dass ich um ein Uhr nachts hier oben bin.

In Ashers Badezimmer.

Im Dunkeln.

Die Tür geht auf, und eine Hand schlägt gegen den Lichtschalter. Als das Licht aufflammt, hebe ich die Dose in meiner Hand demonstrativ in die Höhe. «Sorry, schon besetzt.»

Asher bleibt ruckartig stehen. Obwohl mich das plötzliche Licht blinzeln lässt, registriere ich sofort, dass sein Oberkörper nackt ist und er nur Boxershorts trägt. Wow, das ging aber schnell. Wenn ich bedenke, wie lange ich brauche, um mich aus meinen engen Jeans zu schälen, dann verdient Asher echt Respekt für diese Leistung. Oder Kadence. Ich nage an meiner Unterlippe.

Asher kneift die Augen zusammen. Seine gesenkten Brauen lassen meinen Puls noch weiter in die Höhe schnellen. Er klappt den Mund auf, um etwas zu sagen, schließt ihn dann aber wieder. Sein Blick gleitet über mich hinweg bis zu meinen Füßen, geht wieder hoch zu den Schuhen in meiner linken Hand und dem Gegenstand in meiner rechten. «Es gibt acht verdammte Badezimmer in diesem Haus», sagt er schroff. «Und von allen suchst du dir mitten in der Nacht ausgerechnet meins aus?»

«Ich war ... gerade in der Nähe», stammle ich. Oh Gott, wieso kann mir nichts Besseres einfallen als das? Ich lasse meine Schuhe los, und sie poltern auf die Fliesen. Schnell ziehe ich den Deckel von der Sprühdose ab und hoffe, dass es sich dabei um ein Deo handelt und nicht um Haarspray. «Bin sofort wieder weg, wollte mich nur schnell frisch machen. Also ...» Ich wedle mit meiner freien Hand durch die Luft, als würde ich lästige Fliegen vertreiben. «... wenn du mich noch für eine Minute allein lassen würdest ...»

«Bestimmt nicht.» Asher macht einen Schritt ins Badezimmer und schließt die Tür. Wahrscheinlich will er sichergehen, dass sein *Babe* unser Gespräch nicht mitbekommt. Er verschränkt die Arme vor der Brust. «Du willst dich frisch machen?», fragt er. «Mit Rasierschaum?»

Erst jetzt betrachte ich die Sprühdose in meiner Hand genauer. Sie ist genauso groß wie ein Deo, seltsamerweise pink mit Glitzer drauf und hat einen grellgelben Aufdruck. «Das ist *dein* Rasierschaum?» Interessant. Es lässt mich Asher in einem ganz anderen Licht sehen. Fehlt nur noch ein Einhorn im Label. «Ist der von Blakely?»

Er stöhnt genervt. «Das ist nicht *mein* Rasierschaum. Er ist von ...» Er überlegt einen Moment, scheint aber nicht darauf zu kommen. «Ist doch scheißegal. Also, was hast du in meinem Badezimmer zu suchen?»

«Es ist nur ein Badezimmer. Jetzt mach nicht so ein Drama daraus.»

«Was. Machst. Du. Hier?» Er löst seine verschränkten Arme und kommt direkt auf mich zu.

Dieser Typ treibt mich noch in den Wahnsinn, und ich bin echt fertig von diesem Tag. Dieser ganzen Woche. Ach was, von diesem Leben! Ich würde gerne sagen, dass ich mich in diesem Augenblick daran erinnere, was Asher mir früher angetan hat. An den Alkohol, den Schnee, den Tabasco in meinem Essen, die Marienkäfer in meinem Bett, die fiesen Sprüche, seine Überheblichkeit, seine ganze Wut, aber das ist nicht so. Ich denke gar nichts. Ich sehe nur Ashers nackten Oberkörper und den ekelhaften Rasierschaum in meiner Hand, und dann setzt mein Gehirn für die nächsten zehn Sekunden aus.

Zehn Sekunden.

So lange dauert es nämlich, bis ich den gesamten Inhalt der Dose auf Ashers Oberkörper gesprüht habe. Das Entsetzen überkommt mich erst, als ich wahrnehme, dass der Schaum dieselbe pinkfarbene Tönung hat wie der Dosenaufdruck. Das und den dazugehörigen Gesichtsausdruck von Asher, der zwischen Überraschung und Mordlust schwankt.

«Das wirst du bereuen.»

Kapitel 9

Ich kann gar nicht so schnell gucken, da hat Asher mir schon den Rasierschaum aus der Hand gerissen und drückt auf den Sprühkopf. Die Dose gibt jedoch nur noch ein zischendes Pfeifen und ein paar zarte Tropfen von sich, die auf meine Bluse fallen. Das war's.

Er wird mir nicht ernsthaft etwas tun, oder? Hundertprozentig sicher bin ich mir allerdings nicht, weil Ashers Augen fast schwarz werden. Er holt tief Luft.

«Jetzt riechst du nach Red Bull», sprudelt es aus mir heraus, bevor er etwas sagen kann. «Wie diese ekelhafte Cranberry-Edition.»

Wahrscheinlich ist das der Satz, der das Fass zum Überlaufen bringt, denn in der nächsten Sekunde lässt Asher die Sprühdose auf die Fliesen fallen und macht mit einem diabolischen Grinsen einen Ausfallschritt nach vorn. Mit beiden Armen reißt er mich an sich, und ich pralle gegen seine beschmierte Brust. Der rosafarbene Schaum verteilt sich einfach überall, weil Asher sich an mir reibt wie ein Hund. Ich quieke auf. Ich habe den Schaum im Gesicht, in den Haaren, auf meinem Oberteil, und er tropft mir von dort auf die Hose. Mit einem Knurren drängt Asher mich zurück. Ich stolpere fast, aber er schiebt mich immer weiter durch den Raum, bis ich eine kalte Wand in meinem Rücken spüre.

«Es tut mir leid», lache ich atemlos, weil der Druck seines Oberkörpers mir die Luft raubt. «Tut mir wirklich l…»

Es rauscht über mir, und einen Wimpernschlag später ergießt sich ein Wasserfall über uns. Ich kreische auf, denn das Wasser ist eiskalt. Zumindest kommt es mir so vor. Vielleicht ist aber auch nur der Kontrast zu Ashers Körperwärme so groß. Asher fühlt sich an wie eine Wärmflasche. Eine Wärmflasche mit Sixpack, rosa Schaum und einer Narbe breiter als meine Taille. Ich winde mich in seinem Griff, um mich aus dem niederprasselnden Strahl zu befreien, habe aber keine Chance. Das Wasser rinnt mir über die Augen und in den Mund. Ich spucke aus, versuche, die Hände zu heben, und als das nicht klappt, wische ich mir an Ashers rechter Schulter die Haare aus dem Gesicht. Wir sind beide klitschnass, aber Ashers Rachegelüste scheinen noch immer nicht befriedigt zu sein.

«Du blöder Arsch!», schimpfe ich los, höre aber gleich wieder auf, weil mir dabei Wasser in Mund und Nase dringt. Ich spüre, wie Ashers Hand zu meinem Hinterkopf streicht und wie das Wasser langsam wärmer wird und gleichmäßig und sanft auf uns niederplätschert.

«Das hast du verdient», sagt er rau. Seine andere Hand fährt über meinen Rücken und verharrt unterhalb meines BHs, während ich mich erfolglos gegen seinen Brustkorb stemme. Alles klebt an mir. Meine Bluse ist zu einer zweiten Haut geworden, und ich kann froh sein, dass Asher mir zu nah ist, um einen Blick darauf werfen zu können. Außerdem bin ich völlig atemlos. Irgendwann höre ich auf, ihn von mir wegzudrücken, und er lässt endlich locker. Ich umfasse seine Oberarme. Sie sind fest und angespannt. Ich meine, das Rauschen meines eigenen Herzschlags zu hören, aber vielleicht ist es auch Ashers. Meine Finger gleiten nach unten, landen an seiner Taille. Ich ertaste die Wölbung seiner Narbe mit meinem Daumen. Asher gibt ein leises Knurren von sich und lässt mich bei dieser Berührung beinahe sofort los, bewegt sich aber nicht von der Stelle. Wir stehen immer noch so nah voreinander, dass seine unrasierte

Wange gegen meine Schläfe kratzt. Seinen Puls fühle ich überall auf meiner Haut. Er dringt durch mich hindurch und lässt meinen eigenen immer schneller werden. Meine Finger streichen weiter nach unten, bis ich den durchnässten Stoff von Ashers Boxershorts spüre – und die plötzliche Härte an meinem Bein. *Heilige Mutter Gottes.*

Ich wage kaum zu atmen, und Asher scheint es genauso zu gehen. *Einfach weiteratmen, Ivy! Nur atmen!* Ich räuspere mich, bringe aber keinen Ton heraus. Es ist verrückt, dass keiner von uns etwas sagt, dass wir uns nicht bewegen und ich trotzdem das Gefühl habe, wir würden einen Abhang hinunterrasen, so schnell schlägt mein Herz gegen seine Brust.

Irgendwann stützt Asher sich mit den Händen gegen die Fliesen hinter mir. Sein Seufzen an meinem Ohr, sein Geruch in meiner Nase lassen mir die Knie weich werden. Minutenlang stehen wir so da, im warmen Wasserfall, und das Einzige, was in meinem Kopf aufblitzt, ist der absurde Wunsch, dass da kein Stoff mehr zwischen uns wäre. Absurd, weil es Asher ist. Mein Stiefbruder, von dem ich dachte, dass ich ihn hassen würde. Und jetzt kann ich nur noch dieses Ziehen in meinem Unterleib spüren und die Hitze, die sich in meinem Brustkorb ausbreitet. Ich würde ihn gerne überall anfassen, seine Haut streicheln, meine Finger in den Bund seiner Shorts einhaken, aber ich tue es nicht. Nur meinen Kopf drehe ich schließlich ein winziges Stück, bis mein Mund sein Kinn berührt. Und dann sind seine Lippen auf einmal an meinem Mundwinkel. So warm, so vertraut und doch irgendwie fremd.

«Ivy», raunt er, und sein Atem strömt dabei in meinen Mund. «Das war eine ganz beschissene Idee von dir. Und von mir auch.»

Im nächsten Moment schaltet er das Wasser aus und rückt von mir ab.

Ich habe noch nie in meinem Leben so gefroren. Nicht einmal in der Nacht in Bretton Woods, als ich in einem Bett aus Schnee schlafen musste. Doch jetzt, wo ich Asher dabei zusehe, wie er sich mit dem Rücken zu mir ein Handtuch um die nassen Shorts wickelt, zittere ich am ganzen Leib. Dabei ist es nicht kalt, warmer Dampf wabert durch das Badezimmer. Spiegel und Duschwände sind vollständig beschlagen, und auch durch das Fenster kann man nicht mal mehr die Laternen draußen sehen. Ich lehne mit klappernden Zähnen an der Fliesenwand der Dusche, als es an der Tür klopft und Kadence' Stimme genervt nachfragt, wo Asher bleibt. Mir rutscht das Herz in die Hose, weil ich sie vollkommen vergessen habe. Wie konnte mir das nur passieren? Wie konnte ich Kadence *vergessen*? Kadence und alles, wofür sie steht. Ob Asher auch nicht mehr an sie gedacht hat?

«Gib mir eine Minute, Kady.» Asher dreht sich noch einmal zu mir um, die Schultern seltsam angehoben. Jetzt würde ich alles dafür geben, dass er einen Scherz macht, dass er grinst und das kleine Grübchen neben seinem Mundwinkel auftaucht, aber das tut es nicht. Das nasse Haar klebt ihm in der Stirn und lässt ihn jünger wirken. Fast so jung wie ich. Aber das ist er nicht. Asher ist sechs Jahre älter als ich und gefühlt tausendmal erfahrener. Wahrscheinlich macht ihm das alles überhaupt nichts aus. Wahrscheinlich hat es nichts zu bedeuten. Seine Reaktion auf meinen Körper habe ich eben überdeutlich gespürt, aber er hat schließlich gerade mit Kadence rumgemacht und sich vermutlich darauf gefreut, was die Nacht noch für ihn bringt. Ich weiß, dass er auf ältere Frauen steht. Ganz bestimmt hatte es also nichts mit mir zu tun.

Und seine nächsten Worte bestätigen mir genau das.

«Es ist nichts passiert, Ivy», sagt er, ohne mich anzusehen. Genauso gut könnte er mit sich selber sprechen. «Es ist überhaupt nichts passiert.» Dann verschwindet er durch die Tür nach draußen.

Ich rutsche an der Wand nach unten, bis ich auf dem harten Fliesenboden aufkomme. Ich fühle mich hundeelend. Etwas drückt in meiner Hosentasche, und erst jetzt fällt mir ein, dass ich die ganze Zeit mein Handy in der Jeans hatte. Nur mit Mühe kann ich das Smartphone aus der nassen Hose herausziehen. Der Bildschirm ist schwarz und reagiert nicht auf meine Berührung. Und das ist der Moment, wo ich aufschluchze. Gerade als ich dachte, dass alles gut wird, geht alles kaputt. Das Essen mit Richard, seine Erkrankung, der Abend mit Noah und nun das.

Es ist nichts passiert, Ivy. Es ist überhaupt nichts passiert.

Aber das ist nicht die Wahrheit. Es ist *alles* passiert. Alles scheint in meinen Händen zu zerbrechen.

Und auch in mir.

Wie durch kann man eigentlich drehen?!

Das ist der Satz, den ich in meinem Zimmer in mein Bullet Journal handlettere. Ich hatte mich in ein riesiges Flauschhandtuch aus Ashers Badezimmer eingewickelt, ohne mich auszuziehen, und kann nur hoffen, dass die Wasserspur auf der Treppe über den Flur bis zu meinem Zimmer bis morgen früh wieder getrocknet ist. Es war mühsam, mich aus den nassen Sachen zu schälen, und nun hängen sie in meinem Badezimmer über dem Handtuchhalter. Obwohl es warm ist, trage ich einen Sweater und habe mir die Decke unter die Achseln geklemmt. Hedwig balanciere ich auf meinen Knien. Ich habe diesmal keinen breiten Watercolor-Stift genommen, sondern einen schmalen Brushpen mit fester Spitze, und die Wörter

Wie durch Kann man eigentlich drehen?!

eng gesetzt, was sie aussehen lässt, als würden sie sich ineinanderdrehen. Es passt zu diesem Satz, und es passt zu dem, wie ich mich fühle. Durchgedreht.

Mein Smartphone ist nach wie vor tot. Ich habe das Ende eines Taschentuchs zusammengerollt, um das Wasser aus dem Stecker zu entfernen, jetzt hängt es am Ladekabel, und ich bete, dass es einfach nur leer war und keinen Wasserschaden davongetragen hat. Ich konnte Aubrees Nachrichten noch nicht lesen und fühle mich ohne mein Handy vollkommen abgeschnitten von der Welt. Aber noch bleibt der Bildschirm schwarz. Mit einem Seufzen blättere ich die Seite in Hedwig um, und meine Finger fangen ganz von alleine an zu schreiben.

Ich lettere seinen Namen und stelle fest, dass das kleine R der Buchstabe ist, den ich am wenigsten mag. Ich male nur die ersten drei dunkel nach.

Das sieht schon besser aus, bedrückt mich aber nur noch mehr. Asher hat seinen Namen aus der Bibel, genau wie Noah. Und auch Sam, wie mir jetzt erst bewusst wird. Ich seufze. Irgendwann habe ich Ashers Namen mal gegoogelt und gelesen, dass er hebräisch ist und übersetzt *glücklich* oder *gesegnet* bedeuten soll. Aber Ash klingt nicht glücklich, sondern verbrannt und zerstört. Ich streiche Ashers Namen mit meinem

Brushpen durch und entschuldige mich bei Hedwig für diese Schmiererei.

Asher

Ich sollte endlich schlafen, es ist schon nach drei. Und wenn ich schon nicht schlafe, könnte ich wenigstens weiter am Logo für Kirans Bombay Bistro arbeiten. Mit einem Seufzen stehe ich auf und hole das Tablet aus meinem Rucksack und den elektronischen Zeichenstift. Ich mag das Zeichnen am Tablet nicht so gerne wie mit Stift und Papier, aber für meine Arbeit ist es oft praktischer, direkt auf dem Tablet zu arbeiten. Damit kann ich gleich mehrere Ebenen anlegen und einzelne Arbeitsschritte löschen, wenn ich mich vermalt habe. Richard hat mir das Tablet vor zwei Jahren zu Weihnachten geschickt, als ich ihm von meinem Plan erzählt habe, Kommunikationsdesign zu studieren. Aber vor Enttäuschung und Wut darüber, dass ich wieder nicht nach Hause fahren durfte, habe ich es erst ein halbes Jahr später das erste Mal benutzt.

Ich schalte das Tablet ein und tippe mit dem Stift auf das Logo meines Zeichenprogramms, das aussieht wie ein Pinselstrich in allen Regenbogenfarben. Sofort erscheint auf der Oberfläche die Ebene, an der ich zuletzt gearbeitet habe. Bisher hat Kirans Bistro ein typisches Logo mit orientalischer Schrift in orangeroter Farbe. Es sieht total neunziger aus. Mein letzter Entwurf zeigt einfache Pinseltupfer, die eine zarte grafische Blume darstellen und eher Assoziationen an Yoga und Wellness herstellen. Das ist so mies, dass ich froh bin, es Kiran nicht geschickt zu haben. Frustriert schiebe ich den Entwurf in den Mülleimer und öffne eine neue Leinwand. Lustlos probiere ich verschiedene Farben aus und improvisiere schließlich mit einem Chalkboard-Hintergrund und einem Pinsel, der Tafelkreide imitiert.

In meinem Augenwinkel flammt ein Licht auf, aber es dauert einen Moment, bis ich realisiere, dass mein Smartphone wieder zum Leben erwacht ist. Gott sei Dank. Sofort nehme ich es vom Nachttisch, um Aubrees Nachrichten zu lesen. Das Kabel ist zu kurz, weshalb ich mich zur Seite rollen muss, und der Bildschirm dreht sich automatisch. Genervt fixiere ich die Oberfläche und sehe eine unbekannte Nummer, die mir eine WhatsApp geschickt hat. Das dazugehörige Profilbild zeigt zwei Hunde. Zwei Boxer – und ich weiß sofort, dass es Asher sein muss.

Noch nie hatte ich solche Angst, eine Textnachricht zu öffnen. Meine Finger zittern so sehr, dass mir das Handy fast aus der Hand gleitet. Die Nachricht ist schon eine Stunde alt, stelle ich überrascht fest. Er muss sie kurz nach der Sache in der Dusche abgeschickt haben, keine halbe Stunde später. Vor meinen Augen blitzt eine Horrorvision auf, wie Asher neben einer splitternackten Kadence ein paar Sätze tippt, um diese Angelegenheit zu erledigen, damit er endlich beruhigt schlafen … oder anderes machen kann. Ich schlucke. Dann nehme ich den unbekannten Teilnehmer an und kann den Inhalt lesen.

Unbekannt: Ich habe Kadence sofort nach Hause gefahren.

In meiner Brust pocht es wie wild, als die Worte sich ihren Weg in mein Bewusstsein bahnen. Er hat nicht mit Kadence geschlafen. Ist es das, was er mir damit sagen will? Mein Herz fühlt sich auf einmal seltsam leicht an. Als würde aus jedem Pochen eine Luftblase entstehen und nach oben steigen. Dabei geht mich das überhaupt nichts an. Asher kann tun und lassen, was er will. Es sollte mich eigentlich gar nicht interessieren. Jedenfalls nicht so weit, dass ich auf einmal Herzklopfen bekomme und Blumenranken zeichnen will.

Meine Finger bewegen sich ganz automatisch über die Tastatur. Mit beiden Daumen tippe ich los, schicke die Nachricht aber nicht ab.

Ivy: Warum erzählst du mir das?

Der kleine blaue Cursor blinkt, während ich überlege, ob es vielleicht vorwurfsvoll klingt. Oder gleichgültig. Oder verzweifelt. Ich will nur nicht, dass es verzweifelt klingt, alles andere wäre mir egal. Ich stöhne unschlüssig auf, denn Asher wird die Nachricht ohnehin erst am Morgen sehen. Trotzdem schicke ich sie ab, und sie formt sich mit einem kurzen Plop zu einer Sprechblase. Darunter tauchen zwei graue Häkchen auf, als die Nachricht bei Asher angekommen ist.

Ich speichere die unbekannte Nummer unter Ashers Namen ab und gehe zurück zum Chat. Die Häkchen haben sich blau gefärbt, und das Herz rutscht mir in die Hose. Asher ist noch wach, und er hat meine Nachricht schon gelesen! Unter seinem Namen steht *online*. Eine Sekunde später lese ich:

Asher Blakely
schreibt …

Aber keine neue Nachricht kommt bei mir an. Ich starre auf den Bildschirm und warte. Kurz darauf erlischt die Anzeige, und Asher ist wieder offline. Frustriert verlasse ich unseren Chat und lese die Nachrichten, die Aubree mir am Nachmittag geschickt hat. Sie hat die Ergebnisse ihrer Finals bekommen und klingt richtig happy. Wir haben heute Nachmittag telefoniert, und ich habe sie hierher eingeladen. Aber ihre Prüfungsergebnisse haben ihre Mutter beschwichtigt, und sie wird nicht zu mir auf die Insel kommen.

Aubree: Das kann ich Mom nicht antun. Sie hat sich gerade wieder einigermaßen beruhigt. Nicht böse sein. <3

In der zweiten Sprachnachricht mehrere Stunden später kichert sie ziemlich viel. Im Hintergrund höre ich mehrere Stimmen und Musik, die immer lauter wird. Sie ist auf dem Weg zu einer Verbindungsparty. Und sie vermisst mich.

Ich vermisse sie auch. Natürlich bin ich nicht böse, dass sie nicht auf die Insel kommt. Ein bisschen enttäuscht, aber vor allem erleichtert, dass bei ihr alles in Ordnung ist und sie offenbar keinen weiteren Streit mit ihrer Mutter hatte. Ich schicke ihr eine lange Nachricht, in der ich ihr schreibe, wie sehr ich mich für sie freue, dass ich aber nichts anderes erwartet habe, als dass sie super abschneidet. Dass ich stolz auf sie bin. Es wäre leichter gewesen, ihr eine Sprachnachricht zu schicken, aber ich traue meiner Stimme nicht über den Weg. Wenn ich einmal anfange zu reden, werde ich vielleicht von Asher erzählen und ... keine Ahnung ... heulen?

Ich wechsle in den anderen Chat und sehe für eine Sekunde noch, dass Asher online war, aber sofort verschwindet er wieder. Was denkt er sich nur dabei, mir so etwas zu schreiben und dann nicht zu antworten, wenn er sowieso wach ist? Ich nage an meiner Unterlippe und starre auf den Bildschirm. Nach nicht mal einer Minute ist er wieder da.

Asher Blakely
online

Asher Blakely
schreibt ...

Minutenlang hypnotisiere ich mein Handy, bis die Anzeige erlischt und er erneut offline ist, ohne geantwortet zu haben. Das frustriert mich mehr, als ich sagen kann. Vor allem, da er sehen muss, dass ich auch noch wach bin. Ich schalte den Bildschirm aus und lege das verfluchte Handy zurück auf den Nachttisch. Warten werde ich nicht mehr, nehme ich mir fest vor. Außerdem will ich nicht, dass er denkt, ich würde die ganze Zeit nur an ihn denken. Auch wenn es genau das ist, was ich tue. Aber ich muss mich zusammenreißen, um das verdammte Telefon nicht mehr zur Hand zu nehmen. Auf meine Arbeit kann ich mich jetzt auch nicht mehr konzentrieren. Ich packe das Tablet samt Stift und Hedwig zusammen und lege alles auf meinem Schreibtisch ab, danach schlüpfe ich wieder unter die Bettdecke. Irgendwann bin ich so müde, dass ich die Augen nicht mehr aufhalten kann. Endlich ist mir auch wieder warm. Mir fällt ein, dass mein Handy lautlos gestellt ist und ich keine ankommende Nachricht hören werde, und sofort ist der Drang wieder da nachzusehen. Ich kneife die Augen zusammen und rolle mich auf die andere Seite. Bestimmt zehn Minuten liege ich so da und kann trotz meiner Erschöpfung nicht einschlafen. Ohne hinzugucken, fasse ich schließlich hinter mich und ziehe das Handy vom Kabel ab, um es mit ins Bett zu nehmen. Mit dem Smartphone in der Hand schlafe ich irgendwann ein.

Erst am nächsten Morgen, als ich nach einer grauenvollen Nacht nach dem blöden Ding suche und es unter meinem Kopfkissen finde, sehe ich die Antwort, die Asher mir um 4.37 Uhr geschickt hat:

Asher: Ich wollte einfach, dass du es weißt.

Kapitel 10

Wie lange Asher gebraucht hat, um diesen einen Satz zu schreiben. Darüber denke ich nach, während ich mir frische Sachen anziehe und dann die Klamotten raussuche, die ich unbedingt waschen will, weil es meine Lieblingsteile sind. Ich will sie nicht Hillary geben, weil sie wirklich genug mit dem Haus zu tun hat, und außerdem bin ich es gewohnt, mich selbst um meinen Kram zu kümmern. Ich wickle die Jeans aus dem Badezimmer in ein Handtuch, weil sie immer noch nass ist, und stopfe sie gemeinsam mit mehreren Oberteilen, Unterwäsche und Socken zu einem Bündel zusammen. Mit den Sachen auf dem Arm gehe ich die Treppe runter in die Eingangshalle.

Ich habe Asher nicht geantwortet, weil ich nicht weiß, was ich sagen soll. *Ich verstehe*, vielleicht? Oder einfach nur *danke*? Aber wofür? Oder soll ich mich dafür entschuldigen, dass ich ihm den Abend mit Kadence verdorben habe? Das klingt selbst in meinen Ohren bitter, und ich verstehe mich selbst nicht.

Hillary meint, ich könne meine Sachen auch einfach in den Wäschewagen werfen, der einmal in der Woche von einem Wäscheservice abgeholt wird, aber das kommt mir seltsam vor. Es ist schlimm genug, dass Fremde mein Badezimmer sauber machen. Meine Unterwäsche möchte ich niemandem anvertrauen. Und ich will auch niemandem erklären müssen, warum ein Teil meiner Sachen so nass ist, als wäre ich in voller Montur in den Piscataqua River gesprungen.

Ich finde die Wäschekammer dort, wo ich sie in Erinnerung

habe: im hinteren Bereich des Hauses, der an die Tiefgarage angrenzt. Niemand sieht, wenn sie angeliefert oder gebracht wird, der Lieferdienst fährt diskret in die Tiefgarage und gelangt von dort in die Kellerräume.

Hier unten riecht es etwas muffig und nach Chlor. Zwei Toplader stehen zum Waschen bereit, auch wenn sie augenscheinlich selten benutzt werden. Ich sortiere meine dunklen Sachen in die Maschine. Es gibt keine Wäscheleine, sondern nur einen Trockner, deshalb breite ich das nasse Handtuch erst einmal über dem Gerät aus. Darum kümmere ich mich später. Dann fülle ich Waschpulver in das Spülfach und schalte die Maschine ein. Während das Wasser einläuft und die Trommel brummend anfängt, sich zu drehen, überlege ich, ob ich nicht einfach durch die Garage nach draußen gehe. Die Einfahrt mündet oben direkt neben dem breiten Kiesweg vor dem Haus.

Ob es zu früh ist, um Harper einen Besuch abzustatten? Die Uhr auf meinem Handy zeigt erst kurz nach neun. Ich bin mir unsicher, trotzdem öffne ich die schwere Tür zur Garage und gehe Richtung Tor. Dass noch jemand hier ist, merke ich erst, als plötzlich Scheinwerferlicht aufflammt und mich blendet. Das Licht kommt geräuschlos näher, und ich bewege mich schnell zur Seite, als ich Ashers Tesla erkenne, der auf die Ausfahrt zusteuert. Ich versuche, das idiotische Herzklopfen zu ignorieren und auch das flaue Gefühl in meinem Magen. Der Wagen rollt neben mich, und ein warnendes Piepsen kündigt an, dass das Garagentor hochfährt. Ich drehe mich zur Seite und zwinge mich dazu, eine Hand zu heben, um Asher zu grüßen, einfach weil man das unter zivilisierten Menschen so macht, und erwarte, dass er das Fenster herunterfährt. Doch stattdessen surrt der Tesla an mir vorbei die Ausfahrt nach oben, ohne dass Asher zu erkennen gegeben hätte, dass er mich auch nur bemerkt hat. Okay, es ist dämmrig in der Garage, aber er muss mich einfach gesehen haben. Spätestens, als ich in sein Scheinwerferlicht geraten bin.

Ich beeile mich, hinter ihm durch das Tor zu laufen, weil ich ihm zutraue, dass er es absichtlich vor meiner Nase zufahren lässt. Und das einfach, weil Brüder das wohl so machen. Oder Stiefbrüder. Oder Arschlöcher eben. Und gedanklich notiere ich mir einen Spruch, der auf jeden Fall nachher noch in Hedwig wandern wird:

Mein Sternzeichen passt leider nicht zu Arschloch.

Mit zusammengepressten Lippen stapfe ich die Rampe hoch und schreibe dabei eine Nachricht an Harper. Bevor ich sie abschicke, lese ich sie noch mal durch.

> *Ivy:* Ich weiß, es hört sich blöd an um neun Uhr morgens, aber hast du Zeit für einen Spaziergang? Oder Frühstück? Oder hast du irgendeine Arbeit für mich? Kann ich dir bei irgendwas helfen?

Oh Gott, das klingt erbärmlich. Als hätte ich ein völlig sinnloses Leben ohne Freunde und ohne jede Beschäftigung. Schnell lösche ich alles bis auf «Hast du Zeit?» und sende die Nachricht ab. Über mir höre ich jemanden rufen, und dann bremsen Reifen geräuschvoll im Kies. Als ich das Ende der Rampe erreicht habe, hebe ich den Kopf und sehe die Bremsleuchten des Teslas leuchten.

«Ivy!» Neben der geöffneten Beifahrertür steht Harper und hebt winkend einen Arm. Ich kann mein Glück kaum fassen.

«Ich habe dir gerade eine Nachricht geschickt», rufe ich. «Hast du heute schon was vor?»

Harper formt ihre Lippen zu einem O und macht ein zerknirschtes Gesicht. «Ich wollte gerade in die Stadt fahren, Sams

MEIN
Sternzeichen
PASST LEIDER
NICHT ZU
Arschloch

Geburtstagsgeschenk abholen. Asher nimmt mich mit, er muss heute nach Concord.»

Sams Geburtstag. Das hatte ich ganz vergessen. Ich hatte Harper zugesagt, den Gedanken an ein Geschenk dummerweise aber verschoben. Und Sams Party ist schon morgen.

Harpers Miene hellt sich auf, als sie mich betrachtet. «Hast du Lust mitzukommen? Wir könnten zusammen bei *Your place or mine?* etwas trinken gehen. Oder noch besser zur *Old School*, sie haben dort megaleckere Bagels. Und wir müssen in den Buchladen. Auf jeden Fall müssen wir in den Buchladen! Asher, es ist doch kein Problem, wenn wir Ivy mitnehmen, oder?», fragt sie ins Autoinnere.

Ich kann Ashers Antwort nicht hören, bin mir aber ziemlich sicher, den Gesichtsausdruck dazu zu kennen. Er wird alles andere als begeistert sein. Blöderweise habe ich nichts bei mir. Keine Tasche, kein Geld, nur mein Handy. Außerdem habe ich auch noch keine neue Kreditkarte, weil sie natürlich nach New York geschickt wird, und in meinem Rucksack im Haus liegt maximal eine Handvoll Vierteldollarmünzen. Damit komme ich nicht sehr weit, und dass Asher bereit ist zu warten, bis ich sie geholt habe, ist ohnehin unwahrscheinlich.

«Ich würde total gerne mitkommen, aber meine ... also ... ich habe kein Geld, mir ist im Flugzeug das Portemonnaie geklaut worden.» Ich hebe die Schultern an, um nicht zu enttäuscht auszusehen. «Vielleicht können wir das ein anderes Mal machen?»

«Ach, das ist ja blöd.» Harper winkt mich trotzdem heran. «Aber deswegen musst du doch nicht hierbleiben. Ich wäre total froh, wenn ich nicht allein fahren muss, und du kannst mir helfen, Asher zu überreden, Sam zu überreden, dass ... also ... er muss mir helfen, meinen Freund davon zu überzeugen, dass mein Geschenk ihn nicht umbringen wird.»

Ich komme nicht gegen das Grinsen an, das sich auf meinem Gesicht bilden will. «Okay, gerne.»

Harper steigt ein, und ich drücke auf den Türknopf. Gott sei Dank kriege ich es diesmal hin, und die Flügeltüren öffnen sich nach oben. Ich klettere auf den Rücksitz. Während ich den Sicherheitsgurt schließe, drehe ich mich unauffällig nach hinten um, aber die Hundebox ist nicht im Auto. Asher starrt nach vorne. Selbst ohne mich vorzubeugen, kann ich seine Rasierseife riechen, und ich muss sofort wieder an gestern Nacht denken. Diesmal ist es kein eklig-süßer Cranberry-Geruch, sondern ein leicht herber Duft nach Sandelholz. Ich weiß genau, wie diese Seife aussieht. Gestern habe ich im Hauseingang einen Stapel der neuen Kataloge von Blakely gesehen und einen davon mit in mein Zimmer genommen. Die Blakely-Rasierseife wird in einer Porzellanschale aufbewahrt, wie ich sie auch in Ashers Badezimmer gesehen habe, und kostet im Verkauf knapp dreißig Dollar, was Wahnsinn ist, wie ich finde. Aber sie riecht umwerfend und verursacht mir eine trockene Kehle.

Asher fährt los, und Harper fängt augenblicklich an zu erzählen. Sie hat den Plan gefasst, mit Sam in den White Mountains zelten zu gehen, und will ihm diesen Trip zum Geburtstag schenken.

«Er mag zelten nicht besonders, aber als Geschenk kann er das ja schlecht ablehnen, oder? Als ich einmal davon angefangen habe, meinte er gleich, dass er bei so was nur mitkäme, wenn wir am Lake Winnipesaukee bleiben und dann in eurem Haus in Meredith übernachten. Es wäre ja so praktisch, weil man mit dem Boot gleich in die Bootsgarage fahren kann. Aber es ist *euer* Haus, und ich habe ihm gesagt, dass ich keinesfalls mit einem Motorboot diesen See durchpflüge. Was für einen Sinn hat es denn, mit einem Boot zu fahren, ohne selbst zu rudern? Sam muss dringend mal raus an die frische Luft. Er muss sich bewegen und nicht bloß einen Zündschlüssel rumdrehen. Hinterher wird er mir dankbar sein. Findest du nicht, Ivy?»

Oh Mann, was soll ich dazu sagen? Ich starre gerade auf Ashers rechten Arm, der offenbar schon des Öfteren und für längere Zeit Ruder durchs Wasser bewegt hat. Er trägt wieder sein Jeanshemd und hat den Ärmel umgeschlagen. Mein Blick gleitet daran hinunter bis zu dem Muttermal zwischen Daumen und Zeigefinger. «Vielleicht ...» Ich schlucke. «Vielleicht macht es ihm ja sogar Spaß. Ihr könntet in der Nähe von Campton bleiben, das gehört schon zum Nationalpark und ist auch nicht weit vom See entfernt. Wir sind doch früher auch auf dem Winnipesaukee paddeln gewesen. Sam war damals sogar einmal mit, oder?»

«Sam hat es gehasst.» Es ist der erste Satz, den Asher sagt, und ich zucke zusammen, weil er so feindselig klingt. «Wenn du ihm wirklich eine Freude machen willst, dann kauf ihm im Buchladen einen Bildband über den Nationalpark. Den schaut er sich bestimmt gerne an.»

Ich kann sehen, dass Harper unentschlossen die Unterlippe vorschiebt. Sie denkt eine Weile nach, dann seufzt sie leise. «Okay. Ich kaufe ihm das verdammte Buch.»

Asher wirkt direkt erleichtert.

«Aber ich kaufe ihm auch ein Zelt und einen Schlafsack, und niemand kann mich daran hindern. Und wenn du mir nicht hilfst, Asher, dann buche ich einen extra Trail-Führer mit dazu.»

«Willst du ihm das wirklich antun?» Asher fährt von der Brücke herunter auf die Belle Island Road. Sein rechter Handballen schlägt gegen das Lenkrad. «Und dir selbst? Du warst doch noch nie in den Bergen, und wenn ein Bär auftaucht, wird Sam die Beine in die Hand nehmen und dich ihm mit Freuden überlassen. Erst recht, wenn du ihn zu diesem Trip zwingst.»

«So ein Blödsinn. Es geht nur um ein verlängertes Wochenende. Drei lächerliche Tage an der frischen Luft. Und außerdem gibt es dort gar keine Bären.»

Im Rückspiegel kann ich sehen, dass Ashers Grübchen zum Vorschein kommt. «In den Appalachen?»

Harper wird unsicher. Sie kommt aus Quincy, einer Stadt südöstlich von Boston. In ihrem Leben ist sie bestimmt noch keinen Meter auf dem Appalachian Trail gewandert. «Es gibt da doch keine Bären, oder? Sag mir, dass es da nur Eichhörnchen gibt. Und Schmetterlinge.»

Asher bricht in Gelächter aus.

«Waschbären?»

«Die auch.» Er grinst noch breiter. «Und außerdem Schwarzbären, Grizzlys, Pumas, Klapperschlangen, Wapitis, Elche und Horden von Mücken. Ich schwöre dir, die werden dich nachts auffressen.»

Ich muss grinsen, denn an die fiesen Mückenschwärme kann ich mich leider viel zu gut erinnern. Harpers Antwort jedoch lässt das Lächeln auf meinen Lippen erstarren.

«Dann müsst ihr eben mitkommen.»

Ashers Hand geht zum Tablet und tippt das Radio aus, das ohnehin nur leise gespielt hat. «Ich habe ganz seltsame Geräusche im Ohr. Ivy, kannst du das auch hören? Eine total nervende Frauenstimme, die noch dazu halluziniert und irgendwas von einem Ausflug faselt.»

«Ich habe es auch gehört.» Es ist bescheuert, dass mein Herz einen Hüpfer macht, nur weil Asher mich in das Gespräch miteinbezieht. «Vielleicht stimmt etwas mit deiner Lüftung nicht.»

«Haha.» Harper lässt sich nicht entmutigen und dreht sich zu mir um, als erwarte sie von mir Schützenhilfe. «Wenn ihr mitkommt, dann wird Sam damit einverstanden sein, da bin ich hundertprozentig sicher.»

«Und wen genau meinst du mit *ihr*?», will Asher wissen.

«Euch beide natürlich», sagt Harper ungerührt. Sie schüttelt den Kopf, als wäre Asher schwer von Begriff. Ihre Ohrringe sind so lang, dass die kleinen Perlen, die daran hängen, bei dieser Bewegung ihre Schultern streifen. «Du und Ivy.»

«Ganz sicher nicht.» Asher sieht aus, als würde er auf etwas herumkauen. Natürlich will er nicht, dass ich mitkomme. Ich hingegen würde Harper am liebsten sofort zusagen.

«Von mir aus auch noch Noah. Und ganz ehrlich, Asher, du siehst ziemlich scheiße aus. Du kannst auch ein paar Tage Urlaub gebrauchen. Guck mal in den Spiegel, du hast Augenringe, die ...»

«Ich habe schlecht geschlafen, okay?» Für einen Wimpernschlag treffen sich unsere Blicke im Rückspiegel, dann schaue ich schnell wieder auf meine Knie. «Genau genommen habe ich die ganze Nacht kein Auge zugemacht», murmelt er.

Mein Puls beschleunigt sich, und mein Gesicht läuft heiß an. Oh Gott, warum lässt dieser einzige Satz von ihm jetzt mein Herz in die Hose rutschen? Und warum sagt er das? Was erwartet er jetzt von mir? «Kann ich verstehen», flüstere ich, und es kostet mich unendliche Überwindung, das zuzugeben. «Ich ... ich habe auch sehr lange wachgelegen.» Als mein Kopf wie unter Zwang wieder hochgeht, stelle ich fest, dass Asher mich im Rückspiegel immer noch beobachtet. Sein Gesicht wirkt zwar müde, dafür sind seine Bernsteinaugen umso wachsamer. Schließlich räuspert er sich und bricht den Blickkontakt ab.

«Ich werde Sam jedenfalls keinen Camping-Trip zum Geburtstag schenken. Sondern die Erstausgabe eines Buches, für das er morden würde. Tut mir leid, Harper, aber daneben wirst du mit deinem Zelt echt alt aussehen.»

«Es tut dir überhaupt nicht leid. Und du bist ein Mistkerl,

Asher Blakely.» Harper lacht und schlägt ihm mit der Faust gegen den Oberarm.

«Da kann ich dir nicht widersprechen.»

«Was für ein Buch?», frage ich, weil es mich wirklich interessiert. Sam hat Hunderte amerikanische Klassiker in seinem Haus. Und wahrscheinlich hat er in seinem Leben noch einmal doppelt so viele aus der Sanborn-Bibliothek in Dartmouth ausgeliehen. Für welches Buch würde Sam morden? Im Kopf gehe ich die Leseliste durch, die Aubree für ihr Studium abarbeiten muss und die sie mir mal gezeigt hat, bin aber hoffnungslos uninspiriert.

Asher schüttelt langsam den Kopf und formt mit den Lippen *Vergiss es*, bevor er den Blinker setzt.

Eine Weile schweigen wir. Am Friedhof lenkt Asher den Wagen an der South Street vorbei, und ich werfe einen kurzen Blick in die Straße. Ich liebe diese Straße mit den grünen Vorgärten, ihren Einfamilienhäusern und den weißen Zäunen. Sie sind überwiegend aus Holz und in Hellblau gestrichen, und früher habe ich mir ausgemalt, dass ich irgendwann einmal genau dort wohnen würde. Doch stattdessen bin ich in New York gelandet. Ich stütze meinen Ellbogen am Fenster ab. Als wir an der Methodisten-Kirche entlangfahren, erinnere ich mich, dass im Herbst der ganze Vorplatz immer mit Kürbissen dekoriert war, leuchtend orange, manche so groß wie Autoreifen, aber jetzt im Sommer ist der Platz natürlich leer. Während ich meinen Gedanken nachhänge, kramt Harper in der Ablage der Mittelkonsole und zieht zwei kleine Hefte heraus, die neben einer Wasserflasche eingeklemmt sind. Eines ist gelb, das andere hellblau.

«Wieso musst du eigentlich schon wieder zum Arzt?», fragt sie und wedelt mit den Heftchen in der Luft. «Warst du nicht erst vor drei Monaten da?»

«Führst du Buch darüber?», entgegnet Asher anstelle einer

Antwort. Er wird langsamer und sucht nach einer Stelle, wo er uns rauslassen kann, aber es ist kein Parkplatz in Sicht. Asher flucht leise.

«Dein Impfpass ist fast voll. In meinem sind nur haufenweise leere Seiten, dabei habe ich alle empfohlenen Impfungen. Aber du hast ...», sie blättert durch den Impfpass, «auf jeder Seite zig Einträge.»

«Wegen Simon und Phoenix», sagt Asher ausweichend.

Ich beuge mich nach vorn und stupse Harper an, weil uns das wirklich nichts angeht und es mir unangenehm ist, dass sie sich einfach Ashers Unterlagen anguckt. «Wo willst du zuerst hin? Zum Buchladen oder zum Campingausrüster?»

Doch Harper hört mir gar nicht zu. «Aber ist es nicht verrückt, was dieser Arzt dir zusätzlich zu den Standardimpfungen alles andreht?» Sie blättert eine Seite zurück und versucht, die Schrift zu entziffern. «Pneumonie, Influenza, Meningokokken, Grippe», zählt sie auf. «Mein Gott, Asher, das hört sich an, als hättest du mindestens einen Auslandsaufenthalt im Dschungel von Borneo vor dir oder so.»

«Harper, leg es einfach weg, okay?», sagt Asher ungeduldig.

«Ich habe auch noch nie gesehen, dass jemand ein Heft hat, in dem jedes Antibiotikum eingetragen wird. Du nimmst ganz schön häufig Tabletten ...» Sie lacht auf. «Du gehst wohl gerne auf Nummer sicher. Wenn ich das so sehe, bin ich ziemlich sicher, du hast auch nur Safer Sex.»

«Harper», stoße ich hervor und rutsche auf dem Sitz nach vorne. Ich ziehe den Gurt ab, und sofort geht ein Alarmpiepsen los, weil ich nicht mehr angeschnallt bin. «Ich ... mir ... mir ist nicht gut. Ich habe noch nicht gefrühstückt und die Fahrt ... Ich brauche frische Luft. Asher, kannst du uns nicht einfach hier in der zweiten Reihe rauslassen?»

Asher nickt. Er sieht völlig fertig aus. So als hätte ihm die

Fahrt bis hierher die letzten Kraftreserven geraubt, und dabei hat er bis Concord noch mehr als vierzig Meilen vor sich. Er setzt den Blinker und hält direkt neben einem Pick-up, der halb auf dem Rasenstreifen parkt.

Harper hat die Hefte immer noch nicht weggelegt und setzt schon wieder an, etwas zu sagen, als Asher sie unterbricht. «Ich komme mit, wenn du dann endlich Ruhe gibst.» Als Harper ihn verwirrt anstarrt, fügt er hinzu: «Zelten in den White Mountains. Ich mach's. Aber es wird eine gemütliche Wanderung, verstanden? Kein Rafting, kein Survival-Training oder sonst irgendein Mist, ist das klar?»

«Total klar.» Harper strahlt.

«Und du wirst Sam nicht quälen, wenn er einfach nur gemütlich an einem See sitzen und lesen will.»

Harper knirscht mit den Zähnen. «Einverstanden.»

«Und jetzt raus.» Asher drückt auf eine Stelle seines Tablets, und Harpers Tür öffnet sich automatisch.

«Danke, dass du uns mitgenommen hast.» Sie beugt sich vor, um ihm einen Kuss auf die Wange zu drücken, dann springt sie nach draußen. Ich will gerade den Türknopf drücken, da hält Asher mich zurück. «Warte.» Mit dem Handrücken wischt er sich ein paar Strähnen aus der Stirn und greift dann hinter sich, um sein Portemonnaie aus der Gesäßtasche zu ziehen. Einen Augenblick später drückt er mir eine Plastikkarte in die Hand.

«Was soll ich damit?» Verwirrt starre ich auf die Kreditkarte mit Ashers Namen. Eine Platincard, genau wie die, die ich von Richard bekommen habe, nur die Nummer ist nicht dieselbe. Hinter uns wird gehupt, weil sein Wagen die Fahrbahn versperrt, aber das scheint Asher nicht zu stören.

«Falls du etwas brauchst.» Er sieht mir dabei nicht in die Augen, sondern fängt an, auf seinem Handy herumzutippen.

«Aber ich brauche gar nichts.» Ich will ihm die Karte zurückgeben, doch Asher hat sein Handy schon wieder weggelegt und sich zur Windschutzscheibe gedreht. «Ich habe dir die PIN gerade per WhatsApp geschickt. Die brauchst du, falls du Bargeld abheben willst.»

Ich soll von seinem Konto Geld abheben? Hat er gar keine Angst, dass ich das ausnutzen könnte? Oder dass ich mit seiner Karte ... keine Ahnung ... einen Stripclub besuche, nur um ihn zu ärgern?

«Asher, ich will kein Geld von dir.»

Er antwortet mir nicht. Stattdessen drückt er auf die Flügeltür auf dem Display, und sofort schwingt meine Seite nach oben.

Ich überlege, ob ich die Kreditkarte einfach auf dem Rücksitz liegen lassen soll, da sagt Asher: «Ich schätze, es bleibt in der Familie.»

Kapitel 11

Wir sitzen im *Old School* am Fenster, und ich habe einen monströsen Caffè Latte vor mir mit einer weißen Haube und einer Extraprise Zimt. Kurz war ich versucht, etwas zu bestellen wie «einen Kaffee-Schoko-Wodka-Valium Latte mit einer Prise Baldrian, bitte», aber ich schätze, das haben sie nicht im Angebot. Das ändert jedoch nichts daran, dass ich dringend etwas zur Beruhigung gebrauchen könnte, nach dem, was Asher gesagt hat. Er hat also die ganze Nacht kein Auge zugemacht, aber was genau heißt das? Dass vielleicht doch nicht *nichts* passiert ist?

In meinem Magen flattert es, und das liegt nicht daran, dass ich immer noch nichts gegessen habe. In diesem Moment bringt die Kellnerin ein Tablett mit unseren Bagels. Harpers ist mit Ei und Speck belegt und wird von einer dicken Schicht überbackenem Käse überzogen. Ich habe, nachdem Harper darauf bestanden hat, mich einzuladen, einfach nur einen mit Marmelade dazubestellt.

«Lasst es euch schmecken.» Die junge Kellnerin hat ihre Haare im selben Rotton wie ihre Schürze gefärbt und zu Dutzenden Zöpfen geflochten. Sie schiebt die Teller auf unseren Tisch, wo eine kleine Schiefertafel das Tagesangebot verkündet, und klemmt sich das Tablett unter den Arm. «Wenn ihr sonst noch was braucht ...»

«Danke.»

Sie verschwindet zurück hinter die Theke, und ich beobachte Harper dabei, wie sie mit einem Stöhnen in ihren Bagel beißt.

Sofort läuft Fett über ihre Finger und tropft auf den Tisch. Ich muss lächeln und verstecke es hinter meinem Glas. Der Schaum fühlt sich weich und fast schon kühl an. Ich trinke einen Schluck, und sofort breitet sich köstlicher Zimtgeschmack in meinem Mund aus.

«Ich weiß übrigens genau, was du mir gleich sagen wirst», fängt Harper an, nachdem sie fertig gekaut hat. Sie wischt sich mit der Serviette das Fett vom Mund und setzt ein reuevolles Gesicht auf. «Ich soll mich bei Asher entschuldigen. Es war echt nicht okay, einfach so seinen Impfpass zu lesen. Wahrscheinlich ist er voll sauer auf mich.» Sie lässt ihre Serviette fallen und umfasst ihr warmes Glas.

«Ich habe doch gar nichts gesagt ...»

«Das musst du auch nicht. Du kannst das mit den Augen», unterbricht sie mich und hebt ihre Augenbrauen an, in dem Versuch, damit zu wackeln. «Dein Blick eben im Auto war so laut, dass mir die Ohren geklingelt haben.»

Mein Gesicht läuft heiß an.

«Und du kannst auch *Fick dich!* mit einem einzigen Blick sagen, ohne dir die Hände schmutzig zu machen. Das habe ich an unserem Pizza-Abend festgestellt, als du Asher angeguckt hast.» Sie prustet los, und der Schaum ihres Milchkaffees wird dabei über den Rand gepustet. «Oh Gott, ich wünschte, ich könnte das auch. Das würde mein Leben so viel einfacher machen.»

«Tut mir leid.» Ich halte mir beide Hände vors Gesicht und gebe ein langanhaltendes Stöhnen von mir. Dann blicke ich plötzlich wieder auf. «Warte mal ... ich saß im Auto hinter dir. Du konntest mich gar nicht sehen.»

«Es gibt Seitenspiegel», sagt Harper und setzt ein breites Grinsen auf, während sie mit einer Serviette den Schaum aufwischt. «Und ich habe auch gesehen, dass du rot geworden bist, als Asher seine schlaflose Nacht erwähnt hat. Ob ich dieser Tatsache irgendwelche Bedeutung beimessen sollte? Mmh», sie reibt sich demonstrativ über das Kinn, «lass mal überlegen. Er ist schließlich nur dein *Stief*bruder.»

«Nein», sage ich schnell. «Das hat überhaupt nichts zu bedeuten. Aber du könntest vielleicht wirklich etwas weniger ... neugierig sein. Ich glaube, Asher war das ziemlich unangenehm.» Und mir auch. Vor allem ist mir unangenehm, dass sie gesehen hat, wie rot ich geworden bin. Weil das bedeutet, dass Asher es mit ziemlicher Sicherheit auch gesehen hat.

«Okay», sie seufzt. «Ich werde mich bei ihm entschuldigen. Und ich schwöre hoch und heilig, dass ich mich nicht mehr in seine ...» Sie stockt. «Ich schwöre, dass ich nie wieder in seinen Impfpass gucke.»

Ich muss lachen. «Den kennst du jetzt ja auch auswendig.»

«Stimmt.» Sie spielt mit ihrem Ohrring und deutet dann auf meinen Bagel, der noch unangetastet vor mir liegt. «Iss. Nicht dass du mir doch noch umkippst.»

Ich schneide die harte Kruste des Bagels auf und fange an, die Marmelade auf einer Seite zu verteilen.

Harper trommelt nachdenklich mit den Fingern auf dem Tisch. «Aber kommt dir das mit den vielen Impfungen nicht auch seltsam vor?»

«Er hat doch gesagt, dass er die wegen der Hunde bekommt.» Was eine echt dumme Ausrede war und ihm sowieso kein Mensch glaubt. Ich versuche, die Bilder der letzten Nacht von Ashers nacktem Oberkörper zu verdrängen, spüre aber sofort wieder die leichte Wölbung der Narbe unter meinem Daumen. Als ich sie berührt habe, hat Asher sich fast von mir zurückgezogen. Ich habe das Gefühl, es ist nicht einfach bloß eine Narbe für ihn, etwas, das er überstanden und hinter sich gelassen hat. Etwas, das man vergisst. Und das nicht nur, weil die Narbe sich über den gesamten Bauchraum zieht und seinen Körper in zwei Hälften teilt. In ein Oben und Unten. Es ist anders. Es ist mehr.

Es ist wie ein *Davor* und ein *Danach*.

Ich bekomme eine Gänsehaut und reibe mir über die nackten Arme. Ich weiß nicht, was ihm passiert ist, und ich will auch nicht darüber spekulieren. Doch es ist naheliegend, dass die Narbe, Ashers Arztbesuche und die vielen Impfungen zusammenhängen. Was auch der Grund ist, warum ich Harper nichts von dieser Narbe sage. Sie ist imstande und nutzt direkt die Bildersuche bei Google, um mögliche Ursachen herauszufinden. Es ist nicht so, dass ich nicht auch schon daran gedacht hätte, aber ich will es nicht, weil es irgendwie übergriffig ist und ich damit Ashers Privatsphäre verletzen würde. Wenn er Harper oder mir davon erzählen wollte, dann würde er es schließlich tun.

«Okay, wenn du nicht mehr über Asher reden willst ...»

Ich zwinge mich, von meinem Bagel abzubeißen, weil Harper mich immer noch prüfend ansieht. «Lecker», nuschle ich, ohne darauf einzugehen. Und es stimmt sogar. Der Bagel ist noch warm, von außen hart und knusprig, aber von innen ganz weich. «Ich wüsste wirklich gerne, was für ein Buch er Sam gekauft hat.»

«Das macht mich fertig», gibt Harper zu. «Wieso weiß er, für welches Buch Sam morden würde, und ich habe keinen blassen Schimmer?»

«Es muss ein Klassiker sein. Wenn er eine Erstausgabe besorgt hat, dann über ein Online-Antiquariat. Ich glaube kaum, dass er die Zeit hatte, einzelne Buchhandlungen abzuklappern.»

«Oder es war ein Zufallsfund.» Harper fährt sich durch die kurzen Haare und kaut auf ihrer Unterlippe. «Wahrscheinlich ist es ihm einfach so in die Hände gefallen, und er musste sich nicht einmal groß bemühen, und ich kämpfe mich seit Wochen durch diverse Foren, um eine Route für unseren Wochenendtrip zusammenzustellen.»

«Ich glaube, es könnte irgendwas von T. S. Eliot sein oder Hemingway oder Proust, von mir aus auch Gertrude Stein oder Orwell, genau, George Orwell. Oder wir liegen vollkommen falsch, und Asher schenkt ihm eine Erstausgabe von *Game of Thrones*. Niemand hat gesagt, dass sie alt sein muss, Asher lässt uns nur in dem Glauben.»

«Ich sag ja, das macht mich fertig.»

«Was ich viel schlimmer finde, ist, dass ich kein Geschenk für Sam habe», überlege ich laut.

«Du kannst dich gerne an meinem beteiligen.» Harper knirscht mit den Zähnen, dann trinkt sie ihren Kaffee aus. «Ich habe die Sachen schon vor Wochen bestellt, aber hier lagern lassen, damit Sam sein Geschenk nicht findet. Er ist so verdammt neugierig, man kann nicht mal eine Streichholzschachtel irgendwo liegen lassen, ohne dass er nachguckt, was drin ist.»

Was etwas ist, das sie gemeinsam haben, denke ich, spreche es aber nicht aus. «Danke, das ist lieb von dir, aber mir fällt schon noch etwas ein.» Ich habe sogar schon eine Idee, und das Gute ist, dass ich dafür nicht einmal Ashers Kreditkarte brauche, sondern nur meine eigenen Hände, Stift und Papier. Nie im Leben würde ich sein Geld ausgeben, und ich frage mich wirklich, warum er mir die Karte gegeben hat. Ob er mir beweisen will, wie großzügig er sein kann? Oder dass es ihm leidtut, weil er mich verdächtigt hat, das Geld seines Vaters zu verschleudern? Ganz egal, welchen Beweggrund er hatte, ich werde das Ding jedenfalls nicht anrühren und sie ihm nachher unangetastet zurückgeben. Da Harper mich als Dank fürs Mitkommen einladen will, bin ich nicht mal für den Bagel und den Kaffee auf Ashers Kreditkarte angewiesen.

Während Harper kurz auf die Toilette geht, checke ich mein Handy und sehe die Nachricht von Asher. Er hat kein Wort dazu geschrieben und wirklich nur die vierstellige Geheimzahl an mich geschickt. Ich lösche die Nachricht, ohne mir die Nummer zu merken, auch wenn er das auf seiner Seite der Unterhaltung gar nicht mitbekommt.

Im Buchladen stöbern wir viel zu lange, und ich komme an den Punkt, wo ich mich ärgere, mir dieses Kaufverbot selbstauferlegt zu haben. Die Bildbände, die Harper für Sam durchsieht, interessieren mich nicht, aber ich kann nicht aufhören, über Neuausgaben einiger Klassiker zu streicheln, die wunderbar illustriert und deren Einbände mit pastellfarbenen Blumenmustern geschmückt sind. Und sie haben Lesebändchen. Oh Gott, ich liebe Lesebändchen! Es ist, als ob jemand aus dem Buch eine Hand strecken würde und sie einem mit den Worten reicht: *Komm mit mir, ich führe dich an einen aufregenden Ort und zeige dir ein Leben, das du dir nicht hättest vorstellen können.*

Seufzend lege ich den Austen-Band mit der Aufschrift *Persuasion* wieder zurück ins Regal und schlendere an der Abteilung für Religion und Spiritualität vorbei. Mir kommt eine Idee. Als ich mich vergewissert habe, dass niemand aus dem Laden mich dabei beobachtet, fotografiere ich eine Bibel und schicke das Bild an Asher.

> *Ivy:* Ich weiß jetzt, welche Erstausgabe du für Sam gekauft hast. Aber keine Sorge, dein Geheimnis ist bei mir sicher.

Mit einem Lächeln auf den Lippen schiebe ich das Smartphone zurück in meine Gesäßtasche und mache mich auf die Suche nach Harper. Ich finde sie immer noch bei den Bildbänden, inzwischen mit rotem Kopf und immer schwerer werdendem Arm. Sie trägt gleich mehrere Bände vor dem Bauch und sieht verzweifelt aus.

«Ich kann mich nicht entscheiden. Verdammt, Ivy, welchen davon soll ich nehmen?»

Gemeinsam gehen wir die Bücher durch und schwanken am Ende zwischen einem Fotografieband über den Nationalpark und einem, den ich in letzter Minute noch entdecke und der Gemälde und Kunst über die White Mountains von 1850 bis 1900 zeigt.

«Ich hasse Asher», stößt Harper hervor. «Er zwingt mich dazu, dieses Buch zu kaufen, obwohl er weiß, dass es neben seinem sowieso blass aussehen wird.» Sie greift nach dem Kunstbuch und stopft das andere zurück ins Regal. An der Kasse lässt sie das Buch als Geschenk einpacken. Kaum sind wir auf dem Weg nach draußen, vibriert mein Handy.

Asher: Verdammt, jetzt hast du mich in der Hand.

Meine Mundwinkel verziehen sich ganz von allein nach oben. Zu der Nachricht hat er ein Foto mitgeschickt. Er muss jemanden aus der Arztpraxis gebeten haben, es zu machen, denn darauf sind seine beiden Hände zu sehen und wie er sie überkreuzt, als würde er gleich festgenommen. Das Schlimme ist, dass dieser Satz in Verbindung mit Ashers Händen ausreicht, um meinen Magen bis in meine Kniekehlen rutschen zu lassen. Und vor allem bringt er mein Kopfkino in Gang und startet sofort den Soundtrack von *Fifty Shades of Grey*, was ich gar nicht will. Heiliger Strohsack.

Gedanklich drücke ich die Skip-Taste.

Ich bin froh, dass Harper mich so sehr mit Sams Geburtstag vereinnahmt, dass ich nicht allzu viel Zeit habe, mir das Foto von Ashers Händen anzusehen. Zu Fuß laufen wir zu Home Depot und packen dort mehrere Lichterketten, Kerzen und Servietten in unseren Einkaufswagen, und ich hindere Harper daran, achtzehn Dollar für eine Plastikpflanze auszugeben, die mit der Stimme von Marilyn Monroe *Happy Birthday* singt. An der Kasse will sie zwei Dosen Mountain Dew für uns holen, aber ich finde das Zeug eklig süß und schüttle den Kopf, während ich die Papiertüte mit den Einkäufen hochhebe. «Gehen wir lieber das Zelt abholen. Sams Mom kommt schon in einer halben Stunde.»

Der Laden von Eastern Mountain Sports ist im Arthur F. Brady Drive, und er ist ein Paradies für Outdoor-Enthusiasten. Zu denen ich mich nicht unbedingt zähle, wenn ich den ganzen Kram sehe, den es dort gibt. Die Abteilungen sind aufgeteilt nach Aktivitäten: wandern, Ski fahren, campen, Fahrrad fahren und klettern, und es gibt sogar Kajaks und Paddleboards direkt zum Mitnehmen. Da Harper die Sachen schon gekauft hat und wir sie nur abholen, müssen wir glücklicherweise kein Beratungsgespräch über Goretex versus Sympatex über uns ergehen lassen oder andere Sinnfragen, die man sich als Outdoor-Freak sonst noch so stellt, und fahren mit einem vollgepackten Wagen gemütlich durch den Laden.

Hillary hat Harper versprochen, uns um eins abzuholen, da sie ohnehin noch einkaufen muss, und bis dahin streifen wir durch die Gänge, ziehen uns aus Spaß Schutzhelme an und machen Fotos mit monströsen Skibrillen. Besonders interessant ist das Camping-Geschirr. Wir durchsuchen die Emaille-Tassen nach den witzigsten Sprüchen, und Harper kauft schließlich eine Tasse für Sam mit der Aufschrift: *I'm not saying I am Batman, I'm just saying no one has ever seen me and Batman in the same room.*

«Die ist so genial, Sam wird ausflippen.»

Ich finde es süß, wie viele Gedanken sie sich macht, um Sam aus seinem Elfenbeinturm heraus in das normale Superheldenleben zu holen, und das Teil hat definitiv das Zeug zur Lieblingstasse.

Als wir die Sachen später in Hillarys Auto laden, schüttelt diese lachend den Kopf. «Ich kann nicht glauben, dass Samuel wirklich mit dir zelten möchte. Wie hast du das nur geschafft?»

Offenbar hat Harper Sams Mutter nicht gebeichtet, dass er von ihrem Plan noch gar nichts weiß, denn sie läuft rosa an. «Na ja. Asher und Ivy kommen auch mit, ich denke, das ... hat den Ausschlag gegeben.» Sie wirft mir einen eindringlichen Blick zu, und ich beiße mir auf die Unterlippe. Ich habe nicht gesagt, dass ich mitkomme, und Asher hat auf diese Aussicht auch ziemlich ablehnend reagiert, trotzdem halte ich den Mund.

«Ivy, das finde ich wunderbar. Es ist so schön, wenn ihr wieder etwas zusammen unternehmt so wie früher. Euer Vater wird sich sicher freuen, wenn er das hört.»

Ich schlüpfe auf den Rücksitz von Hillarys altem Ford Taurus Kombi. Neben mir liegen Hillarys Einkäufe und die Tüte mit den Sachen aus dem Outdoormarkt, und ich schiebe sie ein Stück beiseite, um den Anschnallgurt einstecken zu können. «Ich weiß nicht, ob es so eine gute Idee ist, wenn wir ihn jetzt allein lassen», beginne ich vorsichtig. «Er wollte uns doch bei sich haben, bis er die OP hinter sich gebracht hat.»

Hillary hat den Schlüssel ins Zündschloss gesteckt, fährt aber nicht los. «Es geht ihm gut. Den Umständen entsprechend», fügt sie mit einem Blick über die Schulter hinzu. «Ich glaube, es hat ihn am meisten belastet, dass er nicht mit euch darüber sprechen konnte. Jetzt, wo ihr von der bevorstehenden Operation wisst, scheint es ihm Auftrieb zu geben. Er ist sogar heute Morgen in die Firma gefahren, nachdem er die letzten Wochen fast ausschließlich von zu Hause gearbeitet hat.»

«Ist das nicht gefährlich?», frage ich. «Ich meine, kann er einfach so weitermachen? Was, wenn er während der Fahrt wieder so schlimme Kopfschmerzen bekommt? Oder ihm schwindelig wird? Ich habe gelesen, dass man bei einem Meningeom auch Krampfanfälle bekommen kann.»

«Das ist immer abhängig davon, wo genau der Tumor sitzt. Dein Vater hat mir erklärt, dass sein Tumor vom Hinterkopf ausgeht. Er nannte das *occipital*. Bisher hat er keine Krampfanfälle gehabt, aber es wird wohl schwierig, den Tumor vollständig zu entfernen. Vor allem, weil die Gefahr besteht, wichtige Nerven zu zerstören.»

Harper dreht sich zu mir um. Ihre Augen sind weit aufgerissen.

«Das wusste ich nicht», flüstere ich, und mir wird flau. «Er hat nur gesagt, dass die Prognose gut ist.»

Harper streckt ihren Arm nach hinten, und ich spüre ihre Finger, die kalt nach meiner Hand tasten und sie tröstend drücken.

«Das ist sie auch. Wirklich. Ich habe selbst mit Dr. Umphrey aus der Mayo-Klinik gesprochen, und sie hat mir am Telefon erklärt, was auf uns zukommt. Deinem Vater wird es danach ganz sicher viel besser gehen. Falls der Tumor nicht restlos entfernt werden kann, ist er mit Bestrahlungen im Anschluss wahrscheinlich gut in den Griff zu bekommen.»

Für mich klingt das überhaupt nicht beruhigend.

«Heißt das, wir werden erst nach der Operation wissen, ob der Eingriff überhaupt etwas gebracht hat?», fragt Harper. «Und wie lange Mr. Blakely ... wie schnell er sich erholen wird?»

Ich bin Harper dankbar, dass sie diese Frage stellt. Auch für das, was zwischen den Zeilen mitschwingt. Ich will mich nicht damit abspeisen lassen, nur die geschönte Version zu hören, auch wenn es verlockend ist.

«Auf jeden Fall wissen wir danach, *wie* es weitergeht.» Hillary seufzt. «Es tut mir leid, Ivy, dass ich dir nichts Schöneres sagen kann. Fahren wir lieber nach Hause. Ich habe für Samuels Geburtstag morgen noch einiges vorzubereiten. Und wollt ihr wissen, was ich für euch besorgt habe? Schau mal in die rote Plastiktüte auf dem Rücksitz.»

Immer noch nachdenklich suche ich nach der Tüte. Es rumpelt, als ich einen eckigen Karton daraus hervorziehe. «Ein Brettspiel?» Ungläubig starre ich auf die blau-rote Schachtel mit der Aufschrift *Ludo*. Darunter steht etwas von Familienspaß. *Familienspaß*. Ich muss schlucken. Wenn ich ehrlich bin, dann hört sich das grauenhaft an. Die Vorstellung, mit der ganzen Familie Blakely ein Brettspiel zu spielen, ist irgendwie absurd.

Hillary startet den Wagen. «Ich liebe Brettspiele. In Europa nennt man es ‹Mensch ärgere dich nicht›, und es ist sehr beliebt. Beim Spiel kann man einen Menschen in einer Stunde besser kennenlernen als im Gespräch in einem Jahr. Das hat mal irgendein griechischer Philosoph gesagt, und ich bin sicher, damit hat er vollkommen recht, findet ihr nicht? Wir haben so viel nachzuholen, Ivy, und deshalb sollten wir alle zusammen eine Runde Ludo spielen. Um uns alle wieder besser kennenzulernen.»

«Okay», sage ich und unterdrücke ein Schaudern. Lieber würde ich mich an einem Nasenring über das Unigelände ziehen lassen, als mit Richards Söhnen so ein sadistisches Spiel anzufangen. «Aber das muss ja vielleicht nicht gleich heute sein. Ich bin ja noch etwas länger da ...» Meine Stimme verliert sich. *Sag etwas, Harper, bitte sag etwas!*, hypnotisiere ich den Hinterkopf meiner neuen Freundin.

«Warum warten? Ihr habt doch bestimmt nichts vor heute Abend.» Hillary lässt sich nicht entmutigen.

Hilf mir, sende ich Harper verzweifelt in Gedanken zu, und es scheint tatsächlich zu wirken, denn sie dreht sich um und zwinkert mir zu. «Also heute Abend geht es jedenfalls nicht, da gehen wir tanzen.»

Kapitel 12

Danke, dass du mich mitgenommen hast», brülle ich gegen die Lautstärke der Musik an. Ich kann immer noch nicht glauben, dass wir Hillarys Spieleabend entkommen konnten und jetzt auf dieser Party von Chase' Freund Winston sind.

«Kein Problem.» Harper beugt sich nah an mein Ohr. «Mein Bruder hat mir gestern schon gesagt, dass wir unbedingt kommen müssen. Außerdem war es auch nicht ganz uneigennützig von mir. Du hast noch nie mit Sam gespielt, oder?» Sie verdreht die Augen und formt mit ihren Händen einen Würgegriff. «Er erfindet ständig neue Regeln, und wenn er im Nachteil ist, dann fängt er an zu diskutieren. Das ist wirklich kein Spaß.»

Ich kann mich wegen der Umgebung kaum auf das Gespräch konzentrieren. Der Raum erscheint mir fast so groß wie die Whitman Hall des Brooklyn Colleges. Die Wände sind komplett verglast, und an der Decke hängt ein Kronleuchter von der Größe eines Kleinwagens direkt über einem Pool. So ein Poolhaus habe ich ehrlich gesagt noch nie gesehen. Bisher konnte ich mir nicht vorstellen, dass es Leute gibt, die tatsächlich so leben, die tatsächlich solche Partys feiern und dazu über hundert teilweise wildfremde Leute einladen.

Die Musik wird von einem professionellen DJ aufgelegt. Zumindest glaube ich das, denn er macht seine Sache richtig gut. Zu den Beats wird hinter der Bar über die gesamte Wand eine Lightshow abgespielt. Dunkle Körper wiegen sich im beleuchteten Becken, und nackte Arme bewegen sich über der Wasseroberfläche zur Musik. Das Ganze kommt mir total unwirklich vor. Die Lichter zucken in Blau- und Rottönen durch den Raum, und es ist beinahe unmöglich, die Füße still zu halten.

Ich habe bereits den zweiten Drink intus und fühle mich so frei wie seit Tagen nicht. Eigentlich seitdem ich nach New Hampshire gekommen bin. Okay, wahrscheinlich ist es keine gute Idee, so viel zu trinken, aber das ist mir im Moment ziemlich egal. Was man auch an meiner Reaktion merkt, als Sam jetzt mit einer weiteren Runde Cocktails zu uns kommt.

«Danke», rufe ich ihm entgegen und bewege mich zu den hypnotischen Rhythmen auf ihn zu, um ihm eines der Gläser abzunehmen. Keine Ahnung, was es ist, das Sam da besorgt hat, aber es schmeckt saulecker. Und es sorgt dafür, dass ich für den Augenblick an nichts anderes denke als die Musik, die durch meinen Körper vibriert. Ich sauge am Strohhalm und tanze mit Harper weiter Richtung Tanzfläche. Noah ist auch hier, er steht direkt an der Bar und teilt sich gerade eine selbstgedrehte Zigarette mit einem Mädchen, das einen giftgrünen Bikini trägt. Vermutlich rauchen sie da keinen Tabak, überlege ich mit zusammengekniffenen Augen. Ach, egal.

Ich lache Harper an, weil dieses Wort gerade zu meinem neuen Lieblingswort wird. Egal. Egaler. Gerade ist mir alles am egalsten. Das erste Mal seit Ewigkeiten denke ich nicht an Richard, Asher oder meine tote Mom. Nicht einmal an Aubree, obwohl es toll wäre, das hier gemeinsam mit ihr zu erleben. «Lass uns ein Foto machen», rufe ich Harper zu. Ich ziehe das Handy aus meiner Gesäßtasche und umarme Harper und Sam für ein Selfie. Wir sehen total bescheuert aus in diesem bunten Licht und haben alle drei riesige Selfienasen, aber auch das ist mir total egal. Ich drehe mich um mich selbst und filme dabei den Raum, das glitzernde Poolwasser und die flammenden Lichter, die über die Leinwand züngeln. Mit dem Strohhalm schlürfe ich die Reste des Cocktails und gehe dann zur Bar, um das Glas loszuwerden. Noah steht immer noch dort. Ich sehe, wie seine Hand am Rücken der Bikinifrau nach unten wandert, und grinse wahrscheinlich ziemlich dämlich.

Dann schweben lange blonde Haare an mir vorbei und verdecken Noah vor meinem Blick. Sie bleibt vor ihm stehen. Ich spüre, dass mich jemand von hinten antanzt, und akzeptiere die Hände, die mich sanft am Rücken berühren, als Sam Smith seinen hypnotischen Song *Dancing With A Stranger* anstimmt. Es ist Chase' Freund Winston, das erkenne ich an den muskulösen dunkelhäutigen Armen, die sich in der nächsten Sekunde um meine Taille schlingen, und an dem Tattoo auf dem Handrücken – einer kleinen Schwalbe.

«Dein Tattoo sieht genauso aus wie das von Shawn Mendes.»

Winston lacht. «Ich habe das schon seit fünf Jahren, war also zuerst da.» Er bewegt seine Hüfte. «Und? Gefällt dir die Party?»

«Es ist toll hier, ich liebe es!» Wir fangen an, miteinander zu tanzen.

Die blonde Frau dreht sich zur Seite. Ihr Blick folgt Noahs ausgestrecktem Arm, der seltsamerweise auf mich zu zeigen scheint. Die Frau kommt mir bekannt vor. Die wahnsinnig langen Beine kommen mir erst recht bekannt vor. «Hat Kadence nicht unfassbar lange Beine?», frage ich Winston. «Ich glaube, ich würde nie wieder Hosen tragen, wenn ich solche Beine hätte.» Rede ich gerade Blödsinn? Ich weiß es nicht, aber wenn ja, dann scheint es Winston nicht zu stören. Was will Kadence überhaupt hier? Sieht so aus, als würde sie mit Noah diskutieren. Noah macht nämlich ein genervtes Gesicht, zieht demonstrativ an seinem Joint und bläst ihr den Rauch ins Gesicht.

Ich unterdrücke ein Kichern.

Wie Kadence so hohe Schuhe tragen kann, ist mir ein Rätsel.

Gerade bin ich ziemlich froh um meine flachen Chucks. Über den Skinny Jeans trage ich ein nudefarbenes Oversized-Shirt mit überschnittenen Ärmeln. Es ist so dünn, dass ich hoffe, man kann in diesem Licht nicht meinen BH darunter sehen. Winston dreht mich zu sich herum und legt seine Hände auf meine Hüften. Sein rechtes Bein schiebt sich zwischen meine Knie.

«Du kannst mich übrigens Win nennen.»

«Hey, Win.» Ich lächle ihn an und lege meine Arme um seinen Hals. Win ist kaum größer als ich, und er riecht gut. Ich könnte mir Schlimmeres vorstellen, als mit einem attraktiven Typen wie ihm zu tanzen. Und da er mit Chase zusammen ist, wie ich von Harper weiß, muss ich mir keine Gedanken machen, falsche Erwartungen zu schüren.

«Du bist Noahs kleine Schwester, oder?» Als ich nicke, sagt er: «Ich habe ein Foto von dir auf Instagram gesehen.»

Oh Gott, dieses schreckliche Foto mit den weit aufgerissenen Augen, ich erinnere mich dunkel. «Nur sechs Monate.»

«Was?»

«Noah ist nur sechs Monate älter als ich.» Ich drehe mich von Winston weg und tanze jetzt an seiner Seite.

«Ist Asher auch hier?», fragt er mich, und ich spüre seine Hand in meinem Nacken.

«Ich glaube, Asher schläft. Er war den ganzen Tag schon todmüde. Hast du ihn denn eingeladen?»

Winston verzieht einen Mundwinkel nach oben. «Asher kann man nicht so einfach ausladen. Da wären einige ganz schön enttäuscht.» Wen er damit meint, lässt er offen. Er fasst in mein Haar und lässt die Finger durch die deutlich helleren Spitzen gleiten. «Ich stehe auf diesen Ombré-Style.»

«Danke.» Das ist ein nettes Kompliment, und etwas, das den wenigsten auffällt. Winston hat sich wieder hinter mich gestellt und lässt seine Hände an meiner Seite nach unten gleiten. Wenn ich ehrlich bin, dann fühlt es sich irgendwie nicht so an, als wäre er mit Chase zusammen.

«Macht es Chase nichts aus, wenn du die ganze Zeit mit mir tanzt?»

«Kann schon sein. Wir müssen auch nicht tanzen, wenn du nicht willst. Ich kann dir den Rest des Hauses zeigen. Wird dir gefallen.»

Oookay. Ich bin zwar angeschickert, aber so betrunken bin ich dann doch nicht, dass ich dieses Angebot missverstehen könnte. «Bist du nun mit Chase zusammen, oder nicht?», frage ich ihn ganz direkt, bekomme aber keine klare Antwort.

«Manchmal.» Dass er grinst, merke ich daran, dass seine Zähne den Rand meiner Ohrmuschel berühren. Seine Hüfte drückt gleichzeitig von hinten gegen meinen Po.

Oh Fuck.

«Sagen wir es so», fängt Winston an. «Das mit Chase und mir ist kompliziert. Wir haben eher eine On-off-Beziehung, wenn du verstehst, was ich meine.»

«Und gerade seid ihr eher in der Off-Phase?»

«Seit einem Monat trifft er sich mit einem Typen aus Hanover und hat sich nicht mehr bei mir gemeldet. Das fühlt sich für mich eindeutig nach Off-Phase an.»

«Verstehe.» Mein Blick sucht die Bar ab, aber ich kann Noah dort nicht mehr ausmachen, was gut ist, denn gerade kann ich wirklich keinen großen Bruder gebrauchen, der sich womöglich in mein Leben einmischt. In den vergangenen vier Jahren bin ich sehr gut ohne meine Brüder ausgekommen und bin nicht scharf darauf, von ihnen kritisiert zu werden, weil mir dieser Flirt mit Winston mehr Spaß macht, als er vielleicht sollte.

Winston streift die Haarsträhnen zurück, die über mein

Ohr gefallen sind. «Was hältst du also davon, wenn wir diesen Abend zusammen verbringen? Ich werde dabei nicht an Chase denken und mir verdammt viel Mühe geben, dass du auch an niemand anderen denkst.»

Für einen kurzen Moment bin ich tatsächlich versucht, sein Angebot anzunehmen. Win gefällt mir. Seine dunkle Haut, der sinnliche Mund und dass er mir ganz unkomplizierten Spaß verspricht. Warum sollte ich mich nicht darauf einlassen? Macht Asher nicht genau dasselbe, wenn er sich mit Kadence trifft?

Winstons Daumen schieben sich in den Bund meiner Jeans, und in mir blitzt die Erinnerung auf, wie Asher mich unter die Dusche an die Wand gepresst hat. Sofort bekomme ich eine Gänsehaut, und das ist der Punkt, an dem mir klar wird, dass ich auf keinen Fall mit Winston schlafen kann. Ich kann einfach nicht abschalten, obwohl es sich mit der Musik und den Cocktails eben für einen kurzen Moment so leicht angefühlt hat. Ich kann mich auf niemand anderen einlassen, solange ich nicht fähig bin, die Erinnerung an Asher und mich unter der Dusche zu vergessen. Ich seufze. «Es tut mir leid, Win, aber ich glaube nicht, dass ich das kann. Nicht an jemand anderen denken, meine ich.» Nicht an Asher denken.

«Bist du sicher?», murmelt er an meinem Ohr.

«Absolut sicher, ja.» Ich drehe mich zur Seite und gewinne so etwas Abstand. «Und wenn es dir eigentlich genauso geht wie mir, dann sollten wir das erst recht lassen.» Als der DJ den Crossfader benutzt und den Song in einen neuen überblendet, erwarte ich, dass Winston nun ziemlich schnell die Nächste antanzt, aber er grinst fast verlegen und hebt die Hand, um sich am Hinterkopf zu kratzen.

«Wahrscheinlich hast du recht, Ivy. Ich hätte etwas Spaß gebrauchen können, aber ...» Er seufzt, dann legt er freundschaftlich seinen Arm um meine Schultern. «Was hältst du davon, wenn wir einfach noch was trinken? Komm, ich besorg dir einen Drink.»

Winston führt mich zur Bar und winkt der Barkeeperin zu, einer Frau mit Spaghettitop und streng hochgebundenen Haaren. «Mach Ivy und mir bitte meinen Lieblingscocktail, Meg.»

«Geht klar.» Sie grinst mich an, und wir schauen zu, wie sie geschickt mit den Flaschen hantiert, bis sie schließlich zwei Gläser vor uns abstellt. Während Harper und Sam die nächsten Songs durchtanzen, trinke ich mit Winston noch einen zweiten Cocktail, und er erzählt mir von seinen Plänen für den Sommer, bis er irgendwann von einem Typen lachend vom Barhocker gezogen wird.

«Wir sehen uns später, Ivy.»

Ich versuche, Megs Aufmerksamkeit zu erlangen, um noch einen Drink bei ihr zu bestellen, und als sie meinen Blick auffängt, tippe ich vielsagend an mein Glas. Sie nickt mir zu und wendet sich an den Typen neben mir. «Hey, Asher, was darf's für dich sein?» Sie beugt sich so weit über die Theke, dass nicht nur ich ihr beinahe bis zum Bauchnabel gucken kann.

Asher.

Oh mein Gott, er steht direkt neben mir, und ich habe es nicht mal bemerkt. Hätte mich mein Gefühl nicht irgendwie warnen können? Hätte da nicht irgendein Instinkt anspringen müssen?

«Für mich einen Stinger», sagt Asher. «Aber den Cocktail für Ivy kannst du streichen. Sie ist neunzehn.» Er wirft einen abschätzenden Blick auf mich. «Sie nimmt eine Cola.»

In der ersten Sekunde habe ich mich doch tatsächlich gefreut, ihn zu sehen, wobei dieses seltsame Hüpfen in meinem Brustkorb auch von den Bässen provoziert worden sein kann. Aber nun ...

Ich rutsche vom Barhocker herunter und ignoriere Ashers gerunzelte Stirn. Dass er sich wie ein Erziehungsberechtigter aufführt, geht mir so was von gegen den Strich. Langsam fange ich an, mich zur Musik zu bewegen, während Asher mich nicht aus den Augen lässt. Ich hebe die Arme über den Kopf, um sie dann durch mein Haar gleiten zu lassen. Es dauert nicht lange, bis ich von irgendeinem Typen angetanzt werde und leicht schwankend dränge ich mich an ihn.

Verdammt. Ich muss doch betrunkener sein, als ich dachte, wenn ich auf so billige Art versuche, Asher aus der Reserve zu locken. Abgesehen davon ist es völlig wirkungslos, denn Asher dreht mir jetzt unbeeindruckt den Rücken zu und beugt sich zu Meg über die Theke. Die beiden unterhalten sich, und ich kann mich nicht länger auf die Musik und meine Bewegungen konzentrieren. Nach dem nächsten Song wanke ich zur Bar zurück. Völlig entspannt schiebt Asher mir ein Glas Cola entgegen, und mir wird klar, dass er mich durchschaut hat. So leicht lässt Asher Blakely sich nicht von mir provozieren. Vermutlich sollte ich ihm dankbar dafür sein. Wollte ich nicht damit aufhören, mich mit ihm zu streiten, und ihm eine Chance geben? Ich muss an den Satz denken, den ich in Hedwig gehandlettert habe, nachdem ich mit Harper vom Einkaufen zurückgekommen bin und mir zum gefühlt zwanzigsten Mal das Foto von seinen Händen angesehen habe.

Ich hasse dich viel weniger als ursprünglich geplant.

Ich seufze und will mich auf den Barhocker neben ihn setzen, rutsche jedoch ab und werde von Asher gerade noch rechtzeitig am Arm festgehalten, bevor ich auf dem Hosenboden lande. «Okay, das reicht, Ivy. Komm, ich bring dich nach Hause.»

«Nein, ich möchte ...», ich runzle die Stirn und überlege, wie der Satz noch mal zu Ende gehen sollte, «... noch etwas hierbleiben. Wins Party gefällt mir.»

Ich hasse Dich viel weniger als ursprünglich geplant.

«Win ist kein schlechter Kerl, aber er kommt nicht über Chase hinweg. Willst du ihm etwa dabei helfen, nachdem du dir noch ein paar Cocktails reingezogen hast?»

«Jedenfalls kippt er mir nicht heimlich Alkohol in meine Limo wie manch anderer, den ich kenne.»

Ashers Miene verdunkelt sich, und wenn das zuckende Licht mir keine Streiche spielt, könnte ich schwören, dass er gerade rot geworden ist. «Wir machen alle mal Sachen, die wir irgendwann bereuen.»

Okay, das war blöd von mir. Die Sache mit dem Skiurlaub ist ewig her, und ich sollte ihm das nicht nach Jahren noch vorhalten. «Tut mir leid», seufze ich und lehne mich an seinen Arm. «Das war nicht so gemeint. Echt nicht.»

Asher hat von seinem eigenen Drink nur einen winzigen Schluck genommen. Aber er lässt ihn stehen und schiebt mich vor sich her an der Bar vorbei, und ich bin froh, dass ich mich an ihm festhalten kann, weil das Flackern der Lightshow mich ganz benommen macht.

«Sieh es doch einfach so», sagt er. «Bretton Woods ist der Grund dafür, warum ich heute Abend dafür sorge, dass du nichts machst, was du bereuen musst. Das machen Brüder so.»

«Wie nett von dir.» Ich knirsche mit den Zähnen, als wir durch die Glastür in den Flur treten. «Aber ich brauche dich nicht, um auf mich aufzupassen.» Wie um meine Worte zu unterstreichen, drücke ich ihn von mir weg. «Harper und Sam achten schon auf mich. Und Noah ist auch hier, falls es dich interessiert.» Ich stolpere, und sofort ist Ashers Arm wieder da. Mist.

«Noah ist zu nichts zu gebrauchen. Jemand anders hat mich angerufen und mir gesagt, dass du in Schwierigkeiten steckst.»

Mir bleibt der Mund offen stehen. «Ich habe nicht in Schwierigkeiten gesteckt. Das nennt man *Spaß haben.*»

«Das ist dasselbe, oder?»

«Nur manchmal», schnaube ich.

Asher grinst. Aus dem Inneren dringt die Partymusik zu uns, die Blitze der Lightshow zucken bis hierher auf den Marmorboden, und in Ashers Mundwinkel gräbt sich dieses kleine Grübchen ein, das ich so liebe. Oh Gott, habe ich das gerade wirklich gedacht? Ich schlucke. Ich muss völlig betrunken sein.

«Komm. Ich habe Sam eine Nachricht geschickt, dass ich dich nach Hause bringe.»

«Aber ich würde gerne ...»

«Weiter Spaß haben?» Sein Blick ist unergründlich. Alle Leichtigkeit ist plötzlich daraus verschwunden. Er runzelt die Stirn, und an seiner rechten Schläfe pocht sichtbar eine Ader. «Etwas Dummes tun? Etwas, das du für den Rest deines Lebens bereuen wirst? Woran du immer und immer wieder erinnert wirst? Jeden gottverdammten Scheißtag?»

Wow. So hatte ich das eigentlich nicht gemeint. Es spricht so viel Schmerz aus diesen Worten, dass ich nicht weiß, was ich darauf erwidern soll. Was hat Asher getan, das er immer bereuen wird? Ich traue mich nicht, ihn das zu fragen, drehe den Kopf zur Seite und beobachte stattdessen, wie das Licht abstrakte Muster auf die Pflanzen projiziert.

«Manchmal möchte ich ...» Ich beiße mir auf die Unterlippe, und mein Herzschlag beschleunigt sich. «Wenn man sein Leben in einem bestimmten Moment speichern könnte, in einem Moment, in dem alles gut ist, an einer Stelle, wo gerade alles super läuft, du dich sicher fühlst, dann ...dann möchte ich etwas Verrücktes tun.»

Ich könnte hier und jetzt in diese Bernsteinaugen fallen und nie wieder herauskommen. Ich könnte zum Beispiel Asher küssen, überlege ich. Das wäre ziemlich verrückt.

Meine Kehle ist auf einmal ganz trocken, und ich räuspere

mich. «Ich wünschte, das wäre möglich. Dann könnte man, wenn es schiefgeht, einfach auf *Rückgängig* klicken und so tun, als wäre nie etwas gewesen.»

«Tja, nur ist das leider unmöglich, Ivy.»

«Aber wenn es möglich wäre, würdest du es tun? Eigentlich wäre es ja nicht mal ein Risiko, weil du jederzeit zurückspringen könntest.»

«Schwachsinn. Selbst wenn du zurückspringen könntest, würdest du deine Erinnerung nicht auslöschen. Sie ist immer da und sagt dir, was du für ein Arschloch gewesen bist. Was du für einen beschissenen Fehler gemacht hast. Du kannst das Gefühl nicht zurückholen, etwas nicht erlebt zu haben. Diese Unschuld, die bekommst du nie zurück.»

Ich denke darüber nach. «Du hast recht. Aber ich würde es trotzdem riskieren.» Ich will es *jetzt* riskieren. Vor allem möchte ich diesen Schmerz wegwischen, den ich in Ashers Augen sehe. Was auch immer passiert ist, ich wünsche mir, dass er ihn in diesem Moment einmal nicht spürt. Asher riecht so gut. Viel besser als Win, viel besser als jeder andere Mann, der mir bisher begegnet ist. Das kann nicht nur an der Blakely-Rasierseife liegen. Ich mache einen Schritt auf ihn zu, und Asher weicht gleichzeitig vor mir zurück.

«Tu das nicht, Ivy.»

«Was?»

«Etwas Verrücktes, nur um Spaß zu haben. Mit mir. Das funktioniert nicht.»

Das Blut rauscht mir in den Ohren, und ich bin mir nicht sicher, ob es von der lauten Musik oder den Cocktails kommt oder ob Asher der Grund dafür ist. Die letzten Jahre habe ich gedacht, ich würde ihn hassen. Diese Wut auf ihn hat mich irgendwie unabhängig gemacht. Mich von den Blakelys distanziert. Ich habe mich besser gefühlt, weil ich auf ihn sauer sein konnte, nach dem, was an meinem letzten Tag auf der Insel passiert ist. Aber es ist meine eigene Erinnerung daran, und vielleicht hat Asher eine ganz andere.

An diesem Tag vor vier Jahren haben wir uns natürlich auch gestritten. Zuerst. Aber dann haben wir lauthals zusammen gelacht. Ich weiß nicht einmal mehr warum, ich glaube, Asher hat mich gekitzelt. Das war kaum zwei Wochen nach dem Tod meiner Mutter. Es war beängstigend, hat Schuldgefühle in mir ausgelöst, weshalb ich mir sehr lange verboten habe, auch nur daran zu denken. Nicht einmal Aubree habe ich davon erzählt. Aber es war gleichzeitig auch befreiend und wunderschön.

Vielleicht war genau das der Grund dafür, dass Richard völlig ausgeflippt ist. Niemals zuvor habe ich erlebt, dass mein Stiefvater handgreiflich geworden ist, und mich konnte er schlecht schlagen. Aber er hat seinem Sohn eine Ohrfeige verpasst, die so heftig war, dass Ashers Kopf zur Seite geflogen und er gegen einen Schrank geknallt ist. Seine Oberlippe hat wie verrückt geblutet und ihm diese Narbe beschert, die seine Lippe seitdem ganz leicht zu einem angedeuteten Lächeln nach oben zieht. Wahrscheinlich hat mein Stiefvater es in derselben Sekunde bereut, ganz bestimmt hat er sich entschuldigt, aber das habe ich nicht mehr mitbekommen. Ich bin aus dem Haus gelaufen. Ich wollte einfach nur weg.

Stunden später hat Richard mich irgendwo an der Küste mit seinem Wagen eingesammelt. Meine gepackte Tasche stand auf dem Rücksitz, und wir sind die knapp dreihundert Meilen nach New York an einem Stück durchgefahren. Er hat mich in einem Internat untergebracht, wo ein alter Freund von ihm Schulleiter war. Ich habe Richard angefleht, mich wieder mit nach Hause zu nehmen, habe ihm geschworen, dass ich mich nie wieder mit Asher streiten würde, dass ich die bravste Stieftochter sein werde, die er sich vorstellen kann, aber er ist hart geblieben. Er hat mir alles genommen. Mein Zuhause, meine Familie, mein Handy und damit all meine Kontakte. Die fünfstündige Fahrt über habe ich durchgeweint. Ich konnte mich damals nicht mal von Asher und Noah verabschieden. Doch jetzt steht Asher hier vor mir, vier Jahre älter, und sieht irgendwie ... gehetzt aus?

«Er hat dich geschlagen.» Ich weiß nicht, ob Asher überhaupt versteht, was ich sage, denn meine Stimme ist zu leise, zu unsicher. Zwei Mädels kommen lachend auf uns zu, und anstatt sich neben mich zu stellen, tritt Asher zurück und lässt die beiden zwischen uns durchgehen. Ich weiß nicht, warum mich das so sehr trifft, aber ich kann nicht verhindern, dass die folgenden Worte viel zu verletzt klingen: «Du musst keine Angst haben, mir aus Versehen zu nahe zu kommen. Ich bin nicht ansteckend.»

«Ich habe keine Angst», sagt Asher. Er wirkt unschlüssig, sieht den Gang hinunter, als würde er sich vergewissern, dass uns niemand zusammen sieht, und dann kommt er langsam auf mich zu. «Du bist betrunken, Ivy.»

«Na und?»

«Lass uns endlich fahren», drängt er.

«Lass uns doch einfach tanzen», entgegne ich und beginne, mich zu bewegen. Robin Schulz' Remix von *I Was Wrong* wabert durch die offene Tür. Asher will etwas erwidern, ich sehe ihm an, wie er mit sich kämpft, dann seufzt er und zuckt mit den Schultern. Er fängt auch an, sich langsam zur Musik zu wiegen, und mein Herz macht einen kleinen Satz. Wie hypnotisiert starre ich auf seinen Oberkörper, seine Arme, die sich im Beat bewegen. Ich tanze auf Asher zu, und als er nicht zurückweicht, steigert mein eigener Mut mein Herzklopfen. Schlagartig werden mir die Knie weich, und ich beobachte nervös, wie sich der Ausdruck seines Gesichts verändert. Asher scheint sich zu entspannen. Seine Hand legt sich auf meine Taille. Ich spüre die Wärme seiner Finger und passe mich ganz automatisch seinem Rhythmus an.

Oh, I can see the doubt in those eyes. Even though you try to hide it ...

Ich kann wirklich die Zweifel in Ashers Augen sehen und dass er versucht, etwas vor mir zu verbergen. Alles, was ich von ihm zu wissen glaubte, scheint irgendwie nicht mehr recht zu passen. Ich habe vier Jahre lang ein Bild von ihm gezeichnet und stelle auf einmal fest, dass ich dabei ein anderes übermalt habe. Eins, das schon vorher existiert hat und das ganz anders aussieht, andere Nuancen hat. Es ist gefährlich und unendlich schwer, die Oberfläche abzukratzen, ohne das Bild darunter zu beschädigen.

Asher zieht mich an sich, und jetzt kann ich seinen Herzschlag spüren. Er geht exakt so schnell wie der Beat des Songs, ist genauso stark, pulsiert genauso intensiv. «Ich habe keine Angst», wiederholt Asher an meinem Ohr, dann lacht er bitter. «Ich habe vielmehr eine Scheißangst, dich zu berühren.»

Bei diesen Worten stellen sich an meinem Körper sämtliche Härchen auf, und meine Kehle wird trocken. Wieso ist mir das egal? Wieso kann ich nur daran denken, was ich in diesem Moment will? Was ich brauche? Wieso kann ich jetzt nicht an die Konsequenzen denken wie er? Es ist mir einfach egal.

Wir werden langsamer, wiegen uns nur noch leicht, und ich lasse meine Hände über Ashers Schultern nach oben wandern, bis ich sie um seinen Nacken legen kann.

«Es ist nicht so, dass ich nicht auch gerne ... etwas riskieren würde», sagt er. «Aber du bist gerade überhaupt nicht zurechnungsfähig.»

Ich schüttele den Kopf, denn das stimmt nicht. Wenn ich ehrlich bin, ist der Alkohol für mich nur eine willkommene

Ausrede. Ich weiß genau, dass das hier Asher ist, dessen Hände ich auf meinem Rücken spüre, dessen Muskeln sich jetzt, wo ich meine Hand an seiner Brust hinabgleiten lasse, viel zu gut unter meinen Fingern anfühlen.

Asher gibt ein Stöhnen von sich. «Wenn du das willst, wenn du das *wirklich* willst, dann solltest du diesen Moment ganz dringend abspeichern, okay? Denn das ist die mit Abstand dämlichste Idee, die du haben kannst, Ivy. Speichere dein Leben ab, und ich drücke dir die Daumen, dass du nachher an diesen Punkt zurückkehren kannst, dass du so tun kannst, als wäre nichts passiert. Weil es nämlich nicht so laufen wird, wie du dir das vorstellst. Wegen mir. Wegen Dad. Und wegen allem ... was damals passiert ist.»

Ich weiß nicht, ob ich genau verstehe, was er damit meint, aber ich nicke und lege die Stirn an seine Wange. «Okay», krächze ich. «Ist alles gespeichert.»

«Bist du sicher?»

«Ja.»

«Ganz sicher?»

«Verdammt, ja. Ich habe sogar ein Backup gemacht.»

Jetzt lacht er auf, und ich muss ebenfalls lachen. Im nächsten Moment verstummt er, und ich spüre, wie seine rechte Hand in mein Haar fährt und meinen Kopf sanft nach hinten zieht. Seine linke streicht über meine Wange, und jetzt habe ich plötzlich doch Angst. Angst davor, dass mir das Herz stehenbleiben könnte, so sehr hämmert es in meiner Brust. Er will mich küssen, das erkenne ich daran, wie er meinen Mund anstarrt, aber er wird es nicht tun, und ich habe Angst, das nicht auszuhalten. Weil es so schön sein könnte, so unwirklich.

Ashers Finger umfassen mein Kinn, fahren nach oben, bis seine Fingerkuppen meine Unterlippe berühren. Sein Atem streift mein Gesicht. Ich halte das Bild von seinen dunklen

Augen fest, bevor ich ihm so nah bin, dass ich sie nicht mehr sehen kann. Ich küsse ihn. Erst liegen meine Lippen nur an seiner Wange, dann drücke ich sie sanft auf seine. Ich dränge meinen Körper an seinen und stupse ihn mit der Zunge an, damit er seinen Mund öffnet. Und dann, als er es tut und ich ohne Zögern vordringe, keucht er überrascht auf.

Ich schmecke Minze von seinem Drink, Hitze und einfach nur Asher, was mir den Boden unter den Füßen wegzuziehen droht. Ich lasse meine Finger im Nacken in sein Haar gleiten und unterdrücke ein Stöhnen. Sein Haar ist nicht so weich, wie ich dachte. Asher ist nicht so weich, wie ich dachte. Und in mir ist kein Platz mehr für Überlegungen, was ich tun oder wie ich ihn berühren sollte. In mir ist nur noch Asher. Und er reagiert. Er spielt mit mir, lockt meine Zunge mit einem sanften Kreisen. Er saugt an meiner Oberlippe, teilt meinen Mund und stößt vor.

Großer Gott. Ich kann nicht mehr klar denken. Noch nie in meinem Leben hat mich ein Mann auf diese Art geküsst. Ashers Zunge schickt Impulse durch meinen Körper, die jeden Nerv in mir zum Vibrieren bringen. Er ist kein bisschen zurückhaltend oder vorsichtig, sondern irgendwie ... fordernd. Er drängt mich zurück, und ich pralle rücklings gegen die Wand, gebe unwillkürlich einen Schmerzenslaut von mir.

«Tut mir leid», murmelt er und schiebt eine Hand in meinen Rücken, um mich von der harten Wand abzufedern.

«Egal», keuche ich. Ich will ihn überall berühren. Überall gleichzeitig. Meine Hände fahren über seinen Rücken, streifen über den Bund seiner Jeans bis zu seinem Po. Ich presse mich an ihn und kann spüren, dass Asher dieser Kuss alles andere als kaltlässt. Er untermalt seine körperliche Reaktion mit einem Knurren, das mein Herz flattern lässt.

Oh Gott, es ist viel besser, als ich mir das jemals hätte ausmalen können, und ich will keinesfalls, dass es endet. Allein die Vorstellung, dass er sich jetzt wieder von mir abwenden könnte, lässt mir Tränen in die Augen schießen. Es ist verrückt, weil wir uns so lange kennen, weil wir uns genauso lange angefeindet haben, weil da immer so viel Wut und Schmerz zwischen uns war. Und ich frage mich, ob Asher das mit Absicht provoziert hat. Ob seine gemeinen Sprüche, seine manchmal wirklich fiesen Streiche mich immer nur auf Abstand halten sollten.

«Ivy», keucht er an meinem Mund. «Verdammt, Ivy, das ist ... *Fuck.*»

Es ist umwerfend. Asher ist umwerfend. Ich will nicht, dass es aufhört, und ich hoffe, dass er das spüren kann. Dass er genauso berauscht ist wie ich und alles andere vergisst. Ich lasse meine Zunge über seine Unterlippe gleiten, sauge daran. Mir entweicht ein Seufzen, das er mit seinem Mund auffängt. Meine Hand schiebt sich unter sein Shirt. Da ist die Narbe, die ich in diesem Augenblick am liebsten mit meiner Zunge entlangfahren würde. Sein flacher Bauch, die kleine Kuhle an seinem Brustbein, seine harten Muskeln und eine Brustwarze, die sich unter meiner Berührung zusammenzieht.

Asher stöhnt auf, aber ich merke, dass da plötzlich Widerstand ist. Er hört auf, meinen Kuss zu erwidern, und das ... oh Gott, es bricht mir das Herz.

Ich habe unendliche Mühe, die Augen zu öffnen, als er sich von mir zurückzieht.

Bitte nicht. Bitte tu das nicht.

Meine Lider heben sich nur langsam. Asher hält meinen Kopf fest und ringt nach Atem. Dann streicht er mir mit den Fingern die Ponyfransen aus dem Gesicht. Fast verzweifelt presst er seine Lippen auf meine Stirn. «Das war genau das, was ich meinte, Ivy. Ein beschissener Fehler. Etwas, das man bis in alle Ewigkeit bereut. Scheiße, scheiße, scheiße», flucht er.

Nein, das war es nicht, will ich sagen, bringe aber keinen Ton heraus. Etwas, das sich so wundervoll anfühlt, kann niemals ein Fehler sein. Das ist einfach nicht möglich.

«Du bist zu jung. Sechs Jahre ... und ausgerechnet ich ... Du bist betrunken, Ivy.» Er lässt mich los und lacht bitter auf. Mit der Hand fährt er sich heftig durchs Haar, bevor er zurücktritt. «Es tut mir leid. Wirklich, Ivy, ich kann dir gar nicht sagen, wie sehr. Du musst verdammt noch mal zurückspringen. Genau, wie wir es vereinbart haben. Zurückspringen und das Ganze vergessen. Die Resettaste drücken, weil das hier nichts wird, kapiert? Also, drück sie, verdammt.» Und damit lässt er mich stehen.

Kapitel 13

Ich fühle mich wie im freien Fall. Alles hier ist falsch, und ich weiß nicht, was es zu bedeuten hat, weiß nicht, ob ich mich irgendwo festhalten kann, geschweige denn, wo ich landen werde, jetzt, wo die Realität in einem atemberaubenden Tempo auf mich zurast.

Asher ist vor mir geflohen, als hätte ich eine ansteckende Krankheit, die er nur kurzzeitig vergessen hatte. Meine Augen brennen, mein ganzes Gesicht glüht vor Scham, und ich hangle mich an der Wand entlang zurück in das flackernde Licht. Ich brauche dringend frische Luft, aber ich kann nicht allein nach Hause, weil es mehr als vierzig Meilen sind vom North End in Manchester bis zur Insel der Blakelys. Suchend streife ich durch die Menschenmenge. Keine Harper und kein Sam. Wohin auch immer Asher verschwunden ist, er denkt wahrscheinlich keine Sekunde mehr daran, dass er mich nach Hause fahren wollte, und Noah ist auch nirgendwo zu sehen.

Es kommt mir so vor, als seien nun noch mehr Menschen in diesem Raum als vor einer halben Stunde. Als wir uns noch nicht geküsst hatten, als ich noch gedacht habe, dass ich mein Leben an einem bestimmten Punkt speichern könnte, um etwas Verrücktes zu tun. Als ich noch keine Vollidiotin war, die sich völlig lächerlich gemacht hat. Mir ist unerträglich heiß, und meine Kehle ist staubtrocken.

Die Barkeeperin erkennt mich offenbar wieder, denn sie grinst mich breit an. «Ich dachte, dein Babysitter hat dich schon nach Hause gebracht.»

«Er ... er ist mein Bruder.» Ich würge das Wort beinahe hervor, quäle mich damit, als würde es wahr werden, wenn ich es nur ausspreche.

«Die sind schlimmer als jeder Babysitter. Ich weiß das, ich habe drei davon zu Hause.»

«Du tust mir echt leid.» Ich kämpfe gegen die Tränen an. Mein Kopf fühlt sich immer noch heiß an, aber ich merke nichts mehr vom Alkohol. Ashers Flucht hat mich mehr als ernüchtert. «Ich glaube, ich hätte gerne noch einen Cocktail.»

«So schlimm?»

«Wenn du drei Brüder hast, dann weißt du bestimmt, was schon einer davon anrichten kann.»

Sie nickt und leckt sich nachdenklich über die Lippen. Eine kleine Piercingkugel stößt dabei an ihre Schneidezähne. «Ich mixe dir was, lass dich überraschen.»

«Danke ... Meg», füge ich hinzu, als ich mich daran erinnere, wie Win sie vorhin genannt hat. Wahrscheinlich hat sie schon seltsamere Erscheinungen an ihrer Bar sitzen gehabt als mich mit meinem hochroten Gesicht und dem verzweifelten Blick einer Psychopathin. Ich hätte jetzt gerne Hedwig. Und einen Stift. Oh Gott, ich brauche Hedwig, um mir etwas Luft zu verschaffen und besser atmen zu können.

«Du hast nicht zufällig einen Stift und Papier?»

Megs Oberkörper verschwindet hinter der Bar, ich kann nur noch den Bund ihrer Jeans sehen und das Tattoo, das daraus hervorblitzt. Als sie wieder auftaucht, schiebt sie mir einen Kugelschreiber mit Bierdeckel entgegen.

Dankbar nehme ich beides an und fange wie verrückt an, auf die Seite mit dem Logo zu kritzeln, bis ich meine Gedanken so weit gesammelt habe, dass mir der Atem nicht mehr stoßweise entweicht. Ich drehe den Bierdeckel um und ziehe mit dem Kuli drei gewölbte Linien, auf die ich dann meinen Text platziere.

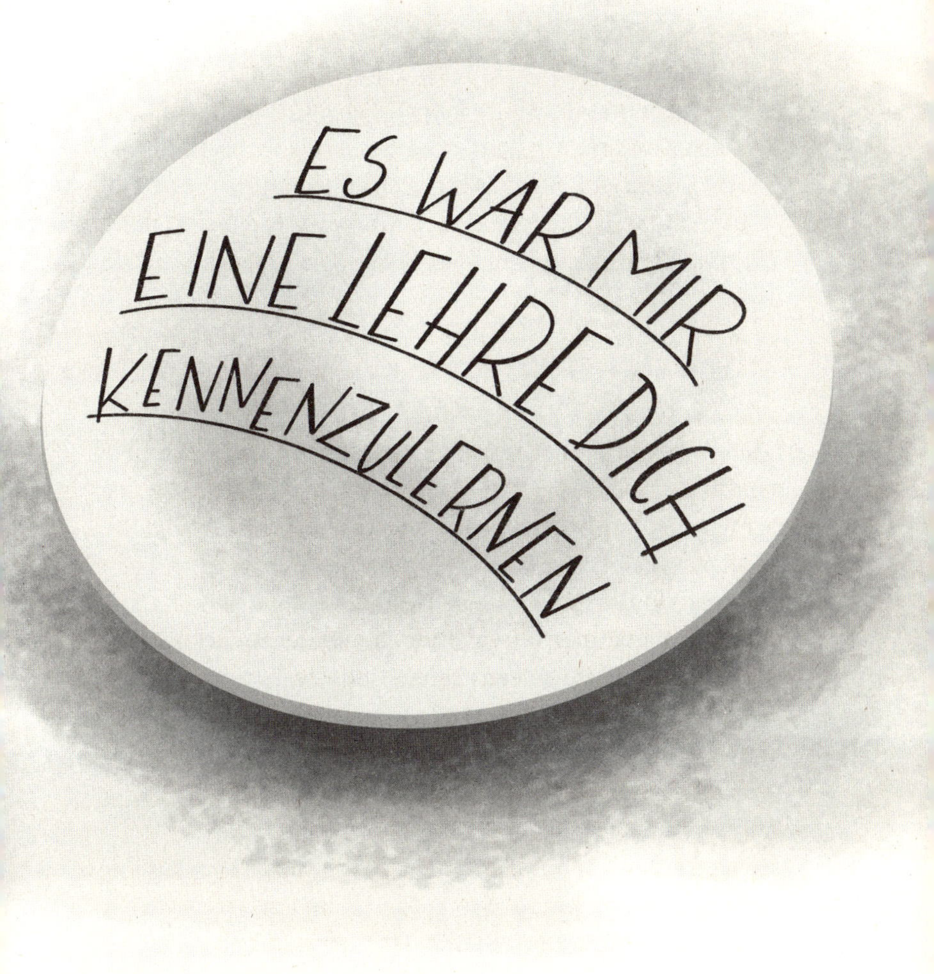
ES WAR MIR
EINE LEHRE DICH
KENNENZULERNEN

Es war mir eine Lehre, dich kennenzulernen.

Ich stoße ein verzweifeltes Lachen aus. Ganz bestimmt war es mir eine Lehre, Asher *auf diese Art* kennenzulernen. Während ich mit schwitzenden Fingern die Abwärtsstriche verstärke, lässt Meg Flüssigkeiten aus mehreren Flaschen in einen Cocktailshaker spritzen, was sie so schnell und elegant erledigt, dass sie mir vorkommt wie ein Taschenspieler. Ich kann beim besten Willen nicht feststellen, was sie alles in meinen Cocktail füllt. Sie schaufelt Crushed Ice in ein Glas, lässt eine Art Sirup darüberlaufen und schüttelt den Edelstahlbecher über ihrer linken Schulter, bevor sie den Inhalt über diesen Minieisberg gießt. Kurz darauf stellt sie das Glas auf meinen bekritzelten Bierdeckel. Das Gelborange aus dem Shaker sickert vor meinen Augen langsam in den bläulichen Sirup und vermischt sich türkisgrün.

«Und vergiss das hier nicht. Gehört mit dazu.» Sie drückt eine kleine Tablette aus einem Blister auf eine Serviette.

Meine Augen werden groß. Gehören Drogen etwa zu den Zutaten dieses Drinks, oder was? «Nein danke», sage ich schnell. Sehe ich etwa so aus, als wäre ich darauf aus? Ich probiere vorsichtig einen Schluck von Megs Cocktail und betrachte ungläubig den Inhalt. Es schmeckt überhaupt nicht nach Alkohol, sondern fruchtig-frisch nach Zitrusfrüchten und einem Hauch von Minze. Inklusive Suchtfaktor. «Wow», stoße ich aus. «Das ist aber nicht Wins Lieblingscocktail, oder?»

«Wenn es sehr spät wird, lässt er sich von mir immer alkoholfreie Vitaminbooster servieren.» Sie schiebt die Serviette mit der Tablette näher zu mir. «Ist bloß ein Aspirin. Man sollte ja immer auch an den nächsten Tag denken.»

Wie recht sie damit hat. Hätte ich doch vor diesem Kuss nur mehr an den Morgen danach gedacht. «Vielen Dank.» Nun erkenne ich die Tablette auch an dem eingeprägten A und spüle sie mit einem Schluck dieses superleckeren alkoholfreien Cocktails herunter. Jetzt fühle ich mich zwar gewappnet, weiter nach Harper und Sam zu suchen, aber nicht dafür, mich mit Kadence Sawyer auseinanderzusetzen, die sich in diesem Moment auf dem Barhocker neben mir niederlässt. Sie macht das äußerst elegant, was daran liegen muss, dass ihre Beine gefühlt bis zu den Achseln reichen. Sie muss jedenfalls nicht umständlich auf den Hocker klettern so wie ich und danach noch kritisch an ihren Klamotten herumzupfen, sie gleitet einfach neben mich, als wäre sie quasi auf einem Barhocker geboren worden. Als wäre das ihre Spielwiese. «Hi, Ivy Blakely.»

«Hi», sage ich verlegen, weil ich an den Abend denke, an dem Asher sie nach Hause gefahren hat. Ob sie weiß, dass er die ganze Zeit mit mir im Badezimmer war? Die beiden sind nicht zusammen, haben nur eine lockere Beziehung, so wie ich das verstanden habe, aber das bedeutet ja nicht automatisch, dass es sie nicht trifft, wenn Asher eine andere küsst, oder? Ich schlucke und rutsche unbehaglich auf meinem Stuhl nach vorne, der daraufhin bedrohlich wankt. Um sie nicht anzustarren, hole ich mein Smartphone aus der Tasche und versuche mit zitternden Fingern, eine Nachricht an Harper zu tippen.

Ivy: Wo seid ihr? Wollt ihr noch lange hierbleiben?

Ich schicke die Nachricht ab. Als ich den Kopf wieder hebe, hat Kadence bereits ihre Bestellung bei Meg aufgegeben. «Du siehst scheiße aus», lässt sie mich wissen. Sie startet die Fotoapp ihres Handys, dreht die Kamera und betrachtet sich selbst eingehend, bevor sie die Anwendung wieder schließt. «Sorry, wenn ich dir das so ehrlich sage, aber dein Make-up hat sich offenbar schon vor Stunden verabschiedet. Du siehst aus wie ein Waschbär.» Sie deutet auf mein Gesicht. «Sag bloß, du hast geheult? Du wolltest dich doch eigentlich von ihm fernhalten. Ist wohl schiefgegangen, was?»

«Woher weißt du das?» Hektisch reibe ich mir mit den Fingern unterm Auge herum, um die Mascaraspuren zu entfernen, aber meine Finger sind danach kein bisschen schwarz.

«War nur ein Test.» Sie lächelt süffisant. «Aber so schnell, wie Asher hier war, nachdem ich mit ihm telefoniert habe ...» Ein amüsiertes Schnauben erklingt. «Er hat mir zu verstehen gegeben, dass wir uns erst einmal nicht sehen, und ich bin nicht blöd. Ich habe ihm am Telefon erzählt, der gute Win würde seine Hände gerade tief unter dein Shirt schieben, und *zack*, zehn Minuten später war Asher hier. Er muss das Letzte aus seinem Tesla rausgeholt haben.»

Mein Gesicht läuft sofort wieder heiß an. Dann war *sie* es, die ihn angerufen und gesagt hat, ich würde in Schwierigkeiten stecken? Kadence Sawyer? «Es ist ...»

«... nicht so, wie es aussieht?» Sie lacht kehlig und wirft Meg einen Kussmund zu, als sie ihr Getränk abstellt. «Das kenne ich gut. Mein ganzes Leben steht unter dem Motto ‹Es ist nicht so, wie es aussieht›.»

Oh. Ich bekomme spontan ein schlechtes Gewissen. Nicht nur, weil ich Asher geküsst habe, sondern auch, weil ich daran denke, wie ich sie vom ersten Blick an in eine Schublade gesteckt habe. Weil sie älter ist und dazu auch noch hübsch, langbeinig, tätowiert.

«Also bist du nicht das erfahrene Model, das sich junge Loverboys hält, sondern eigentlich Anwältin für Menschenrechte?» Ich kann nicht widerstehen, sie ein wenig aufzuziehen. Aber ich muss ihr die Worte viel zu nah ins Gesicht brüllen, weil es bei der Musik sonst nicht zu verstehen wäre, was irgendwie skurril ist.

«Okay, das habe ich wohl verdient.» Ihr Lächeln ist überraschend ehrlich und, ich muss es leider zugeben, sympathisch. Es verändert ihr ganzes Gesicht. Aber wieso bin ich auch davon ausgegangen, dass sie nicht sympathisch ist? Wieso sollte Asher sich mit einer unsympathischen Frau einlassen? So blöd wäre er doch nicht. Oh Gott, das Ganze frustriert mich.

Kadence beugt sich an mein Ohr. «Weder Model noch Anwältin. Ich arbeite als Physiotherapeutin in Nashua. In einem Rehabilitationszentrum. Nicht ganz so glamourös, wie du erwartet hast, oder?»

Das habe ich wirklich nicht erwartet, und es stellt alles auf den Kopf, was ich über sie gedacht habe. «Das ist toll», platze ich heraus. «Arbeitest du gerne dort? Ich meine, mit Menschen? Das ist sicher sehr abwechslungsreich.»

«Ich mag meinen Job», bestätigt sie. «Und, ja, es ist abwechslungsreich, weil man sich immer auf neue Patienten einstellen muss. Jeder hat andere Verletzungen oder Operationen überstanden. Jeder hat seine eigene Geschichte, seine eigenen Baustellen. Und mit Baustellen kenne ich mich aus.»

Meg stellt uns eine Schüssel mit Knabberzeug vor die Nase, und dankbar greife ich mir eine Handvoll Erdnüsse. «Ist es schwer, danach abzuschalten? Man nimmt sicher viele dieser Geschichten mit nach Hause, oder?»

«Manchmal. Und manchmal nimmt man auch *jemanden* mit nach Hause.» Sie lacht erneut kehlig auf. «Nein, wenn ich ehrlich bin, habe ich das nur ein einziges Mal gemacht. Dort habe ich Asher kennengelernt.»

Ich werde hellhörig. «Ich dachte, ein Freund hätte euch vorgestellt. Vor zwei Jahren auf einem Festival.»

«Hat er das erzählt? Da hat er einen Teil ausgelassen. Wir waren zusammen auf dem Festival, aber wir kennen uns schon länger. Von meiner Arbeit.»

«Aus der Reha?»

«Natürlich. Nach seinem Motorradunfall war Asher drei Monate in unserer Klinik. Reha nach Splenektomie, Nierentrauma, Rippenbrüchen mit Pneumothorax, Ober- und Unterschenkelfraktur und so weiter», leiert sie im Fachjargon herunter. «Klassisches Polytrauma halt.»

Mein Herz sackt eine Etage nach unten. Die Narbe. Ashers Narbe. Ist das die Erklärung dafür? «Ach so, klar.» Ich versuche, mir nicht anmerken zu lassen, dass ich keine Ahnung habe, wovon sie redet. Sie kann nicht wissen, dass meine Familie mir nie davon erzählt hat, und ich bringe es nicht über mich, ihr zu gestehen, dass ich nicht Bescheid weiß. Drei Monate. Das klingt grauenhaft. Wer weiß, wie lange er vorher schon im Krankenhaus gelegen hat?

«Die meisten Motorradunfälle schaffen es gar nicht erst, und diejenigen, die schließlich bei uns landen, sind oft Vollpflegefälle. Von denen steht keiner mehr auf, und man versucht nur, die Gelenke beweglich zu halten, damit sie nicht total versteifen. Doch Ashers Kopf hat kaum etwas abgekriegt. Der Junge hatte so ein Glück. Sein Schutzengel hat echt Überstunden gemacht. Aber das weißt du ja.»

Ich nicke und nippe schnell an meinem Glas, um nichts dazu sagen zu müssen. Mein Puls rast, und ich hoffe einfach nur darauf, dass sie weiterspricht.

«Jetzt ist er wieder topfit. Und mit den paar Einschränken kann man leben, oder? Besser als sabbernd im Rollstuhl zu sitzen und darauf zu warten, dass Mommy einem Brei einlöffelt.»

«Ja», krächze ich.

«Ich habe schon so viele Jungs in dem Alter erlebt, die eine Sekunde nicht aufgepasst haben, die sich einfach überschätzt haben. In dem Alter denkt man ja, man ist Captain America. Und dann war's das. Ups, leider doch nicht unverwundbar.»

Du willst etwas Dummes tun? Etwas, das du für den Rest dei-

nes Lebens bereuen wirst? Woran du immer und immer wieder erinnert wirst? Jeden gottverdammten Scheißtag?

Hat Asher das damit gemeint? Meine Gedanken springen hin und her. Ich dachte, dass er auf den Streit mit seinem Vater anspielt. Dass das, was vor vier Jahren zwischen ihnen vorgefallen ist, ihre Beziehung für immer verändert hat. Aber was, wenn das gar nicht der Grund für Ashers Verhalten ist?

Kadence wirkt immer nachdenklicher. «Er war damals so ein verdammt verlorener Junge. Eigentlich gehöre ich nicht zu den Frauen, die meinen, einen Kerl retten zu müssen. Nein danke, wir können sie nicht alle retten, die sollen lieber für sich selbst sorgen. Aber Asher ... da lag etwas in seinem Blick. Eine Mischung aus Verzweiflung, Trauer, Wut und unterdrückter Leidenschaft, ich kann es nicht anders erklären. Er war einfach ein Kerl, der viel zu lange seine Gefühle beherrschen und kontrollieren musste. Ich wollte ihm wirklich helfen. Damals habe ich nur meinen Job gemacht, aber als wir uns später durch Zufall auf diesem Festival wiedergetroffen haben, konnte ich ihn nicht einfach wieder laufenlassen.»

«Natürlich nicht», formen meine Lippen fast tonlos. Ich weiß nicht, ob Kadence überhaupt eine Antwort von mir erwartet oder ob sie mich bei der Musik verstehen kann. Dass niemand aus der Familie Blakely es für nötig befunden hat, mir von Ashers Motorradunfall zu erzählen, schnürt mir die Kehle zu. Auch wenn ich schon länger in New York war, hätten sie es mir doch sagen müssen. Nicht einmal Hillary oder Sam haben ein Wort darüber verloren. Als wäre ich eine Fremde, die das nichts angehen würde.

Wenn Asher so lange ans Bett gefesselt war, hat er sich dann nie gefragt, warum ich ihn nicht besuche? Warum ich mich nie nach ihm erkundigt habe? Einmal hat er angedeutet, dass ich mich ja auch mal hätte melden können, aber das war eher nebenbei. Welche Erklärung hat Richard ihm dafür gegeben, dass mich sein Unfall scheinbar gar nicht interessiert hat? Vor Scham verkrampft sich mein Magen. Was muss er nur von mir gedacht haben? Wahrscheinlich, dass ich eine herzlose Kuh bin. Dass ich mein Leben im Internat genieße und mich kein bisschen für ihn interessiere. Dabei hätte ich ihn besucht. Ich hätte an seinem Bett gesessen, hätte ihm vorgelesen, ihm einfach Gesellschaft geleistet oder auch schlicht dafür hergehalten, dass er seine schlechte Laune an jemandem auslassen kann.

In meinem Brustkorb kämpfen die widersprüchlichsten Gefühle miteinander. Einerseits schockiert es mich, dass eine Frau wie Kadence, die etwa fünfzehn Jahre älter ist als Asher und ihn auch noch aus einem Abhängigkeitsverhältnis kennt, etwas mit ihm anfängt. Andererseits hat sie gewartet, bis er nicht mehr ihr Patient war. Und sie hat ihm wieder auf die Beine geholfen, hat ihn dabei unterstützt, wieder fit zu werden, gesund.

Und sie hat seine unterdrückten Gefühle gesehen, flüstert ein kleiner Teufel in meinem Ohr. Ich schlucke. Wie konnte dieser Unfall nur passieren? Aber spielt das überhaupt eine Rolle? Das alles ist vorbei, Asher ist wieder gesund. Zumindest so weit gesund, dass er gut damit leben kann, so hat Kadence es formuliert. Wahrscheinlich muss er deshalb noch so oft zum Arzt und sich impfen lassen. Aber äußerlich sieht er gut aus. Viel zu gut, denke ich gequält. Meine Kehle schnürt sich zusammen, sobald ich an seinen Kuss denke. Es tut einfach weh. Weil er mich nicht will, weil er es zwar ausprobiert, es aber vergessen will. Er will, dass ich die Resettaste drücke, oder?

«Und jetzt hat er die Schnauze voll von mir», sagt Kadence, und ich ziehe eine Grimasse. Damit sind wir schon zu zweit.

«Aber das ist okay. Wir hatten eine echt schöne Zeit zusammen. Ich wollte von vornherein nichts Festes, und für Asher kommt das sowieso nicht in Frage.»

«Wieso nicht?»

Sie zuckt mit den Schultern. «Keine Ahnung. Aber er sucht sich immer nur Frauen in meinem Alter, die total unabhängig sind. Vielleicht hat er einfach einen Mutterkomplex.» Jetzt lacht sie wieder und kippt den Rest ihres Drinks hinunter. «Er hat mir nie erzählt, was mit seiner Mom passiert ist.»

«Sie hat die Familie verlassen, als Asher sieben und Noah zwei war.» Kadence war so offen zu mir, dass ich ihr diese Information nicht vorenthalten will. «Ich weiß nicht viel über sie, aber als meine Mom und Richard geheiratet haben, hieß es, dass sie schon vor längerer Zeit gestorben ist. Sie hat damals wohl ihre Kinder zurückgelassen, um mit einem anderen Mann ein neues Leben in Colorado anzufangen, und ist später an Brustkrebs erkrankt.»

«Gott sei Dank ist sie vorher abgehauen», sagt Kadence nüchtern.

Im ersten Moment zucke ich zusammen. Aber wahrscheinlich hat Kadence schon so viel Schlimmes in ihrem Job gesehen, dass sie darüber ganz sachlich ein Urteil fällen kann. Mir geht es da anders. Ich dachte immer, dass Asher und Noah ihre Mutter damit zweimal verloren haben.

Das Vibrieren meines Smartphones reißt mich aus meinen Gedanken. Es ist Harper. Und sie ist völlig entgeistert.

Harper: Was? Wir sind schon zu Hause! Ich dachte, Asher hätte dich mitgenommen?! Wieso bist du noch da? Ich fass es nicht!!! Was fällt dem Scheißkerl ein, dich in Wins Haus allein zu lassen???? Beweg dich nicht von der Stelle. Ich bringe Asher um, und dann zwinge ich ihn, dich sofort abzuholen. Bitte verzeih mir, dass wir dich allein gelassen haben. Ich wäre nie gefahren, wenn Asher nicht bei dir gewesen wäre. Dieser blöde Arsch!!

Obwohl die Situation alles andere als lustig ist, schleicht sich ein Lächeln auf mein Gesicht, weil Harper so außer sich ist.

Ivy: Asher kann mich nicht abholen, wenn du ihn umbringst.

Harper: Wenn ich mit ihm fertig bin, dann wird er sich wünschen, er wäre tot. Ich werde ihm seine Leber frittieren!! Hat Winston irgendwas bei dir versucht?

Wahrscheinlich macht sie sich Sorgen um ihren Bruder Chase. Wobei er Win kaum einen Vorwurf machen kann, wenn er selbst gerade einen anderen Mann datet. Trotzdem halte ich mich da lieber raus.

Ivy: Win war ein Gentleman. Alles ist gut. Bitte sag nichts zu Asher. Ich schaffe es schon allein nach Hause. Melde mich, sobald ich da bin.

Harper: Bist du sicher? Ich würde ihm nur zu gerne jede Rippe einzeln brechen. Dieses Arschloch. Ich hoffe, irgendeine Frau verpasst ihm bald mal so richtig Liebeskummer.

Ich weiß nicht, ob sie damit nun Asher oder Winston meint, und sie hat ein Teufel-Emoji an ihre letzten Worte gehängt, was den Satz seltsamerweise entschärft. Aber ich kann trotzdem nicht verhindern, dass mir ihre Worte Bauchschmerzen verursachen. Nach dem, was ich gerade über Ashers Unfall erfahren habe, klingen Rippenbrüche kein bisschen witzig.

«Willst du noch lange bleiben?», fragt Kadence, als ich mein Smartphone wieder in der Hosentasche verschwinden lasse. «Wir könnten uns ein Taxi teilen. Ich wohne in Seabrook, das liegt auf deiner Strecke.» Sie schiebt einen Ärmel ihrer Bluse nach oben, und ich entdecke einen Schmetterling auf ihrem Unterarm und die Buchstaben, die sie sich seitlich auf ihren Handballen hat tätowieren lassen:

just breathe

Und in dem Moment weiß ich, dass ich das auch will. Einfach nur atmen. Weiteratmen. Und mir mit Kadence ein Taxi teilen.

Kapitel 14

Das Taxi habe ich mit Ashers Kreditkarte bezahlt. Auch Kadence' Anteil. Ich hatte sie Asher noch nicht zurückgegeben und sie unter der Plastikhülle meines Smartphones verstaut. Und ich hatte kein schlechtes Gewissen, sie für die Fahrt nach Hause zu verwenden und dem Taxifahrer zusätzlich noch zehn Dollar Trinkgeld zu geben. Zu Hause bin ich todmüde ins Bett gefallen, nur um mich dann die halbe Nacht von einer Seite auf die andere zu wälzen.

Deshalb starre ich jetzt mit verquollenen Augen in den Badezimmerspiegel, bevor ich mich kopfschüttelnd abwende und unter die Dusche gehe. Der Wasserstrahl ist heiß und hart, aber ich wünschte, er wäre noch härter und würde mir die Erinnerung an den vergangenen Abend aus dem Schädel spülen. Was er aber nicht schafft. Nachdem ich in frische Unterwäsche geschlüpft bin und mir über die Skinny Jeans ein einfaches blaues Shirt gezogen habe, gehe ich auf dem Weg nach unten an Ashers Zimmer vorbei. Es ist alles still, und ich hoffe, er schläft noch tief und fest. Seine Kreditkarte schiebe ich möglichst geräuschlos unter der Zimmertür durch.

In der Küche sitzt Noah schon am Küchentresen. Ich bin zu verkatert, um mir ein Frühstück zu machen. Mein Körper schmerzt innen wie außen, aber ich will mir vor Noah nichts anmerken lassen, deshalb kippe ich mir etwas von seinen Rice Krispies in eine Schüssel. Als ich die Milch darübergieße, fangen sie an zu knistern und ergeben bereits nach kurzer Zeit eine undefinierbare Pampe, die ich beim besten Willen nicht runterbekomme.

«Wie kannst du so was nur essen?», frage ich Noah und hole den Zimtstreuer aus dem Küchenschrank, um die Pampe genießbarer zu machen.

«Wo ist dein Problem?» Noah stiert misstrauisch zu mir rüber, seine eigene Schüssel vor sich. «Du hast jetzt nicht ernsthaft vor, ekelhaften Zimt über meine Rice Krispies zu streuen, oder?»

«Sie schmecken wie gezuckerte Pappe.»

Noah, der sich gerade den nächsten Löffel in den Mund geschoben hat, hält im Kauen inne. «Bist du bescheuert? Die müssen so schmecken. Das ist das Geheimnis von Rice Krispies. *Snap, crackle and pop*», fängt er an zu singen und schwingt seinen Löffel durch die Luft.

Ich probiere meine Zimtmischung. «Wohl eher *snap, crackle and ... mud*», sage ich und klopfe mit dem Löffel demonstrativ auf den Brei, der sich gebildet hat.

«Du musst einfach schneller essen, Cinnamon Girl», nuschelt er undeutlich und kippt sich die nächste Ladung in seine Schüssel.

Ich tauche missmutig den Löffel ein. Es schmeckt zwar etwas besser, aber immer noch nach Pappe. Zimtpappe. Schließlich stehe ich auf und kratze mein Frühstück in den Mülleimer.

«Erinnere mich daran, dass ich dich nie wieder an meine Krispies lasse. Du hast sie gar nicht verdient. Nimm dir stattdessen *Obst.*» Seinem Gesichtsausdruck nach könnte er genauso gut von Schlachtabfällen reden.

Ich muss grinsen, und Noah stößt mit den Zähnen gegen den Löffel, als er sich davon anstecken lässt. «Wie bist du eigentlich gestern nach Hause gekommen?»

Mein Grinsen friert ein. «Ich habe mir ein Taxi genommen.»

«Aaaah.» Noah zieht den Laut in die Länge. Er klopft sich

mit dem Löffel gegen die Unterlippe. «Deshalb also die leere Bourbonflasche.» Er steht auf, geht zur Spüle und zieht den Mülleimer auf. Mit gekräuselter Stirn hebt er eine Flasche mit dem Aufdruck *Michter's* US*1 *Kentucky Straight Bourbon* in die Höhe und lässt sie geräuschvoll zurück in den Müll plumpsen. «Hillary hat mich verdächtigt und mir einen Vortrag gehalten, dabei habe ich gestern ... also ... zumindest nichts getrunken.» Er bleckt die Zähne.

«Was hat der Whiskey denn mit meinem Taxi zu tun?»

Noah räumt seine Schüssel in die Spülmaschine, die aussieht, als hätte er sie blank geleckt und sie könne direkt wieder in den Schrank. «Die Zimmerdecke muss doch besser isoliert sein, als ich dachte», sagt er kryptisch, dann fährt er sich mit der Hand über den flachen Bauch. «Asher hat in ohrenbetäubender Lautstärke *Be Alright* in Dauerschleife gehört, was beim ersten Mal schon schwer zu ertragen ist, weil man meint, Dean Lewis würde bei diesem Song ein Pferd beerdigen. Aber nach dem achten Mal ist es die Hölle.»

«Was kann ich dafür, was dein Bruder für Musik hört?» Ich gebe meiner Stimme einen genervten Tonfall, kann aber nicht verhindern, dass mein Gesicht heiß anläuft.

«Keine Ahnung, sag du es mir, Cinnamon.»

«Nenn mich nicht so, Krispies.»

Auf meine Bemerkung geht Noah gar nicht ein. «Asher ist abartig vernünftig seit ... ein paar Jahren. Wenn er sich also total abschießt, kann das nur heißen, dass er einen absolut beschissenen Abend hinter sich hat, den er dringend vergessen will. Warum sonst säuft man sich ins Koma?»

Ich zucke zusammen.

«Das ist nichts, was man üblicherweise macht, nur weil die kleine Schwester mit Win rummacht. Also für *mich* wäre das zumindest kein Grund.»

«Ich habe nicht mit Win rumgemacht.»

«Hat aber nicht viel gefehlt, oder?»

«Schon mal auf die Idee gekommen», ich umklammere den Rand der Theke so fest, dass meine Knöchel weiß werden, «dass der Bourbon vielleicht was damit zu tun hat, dass mit Kadence Schluss ist?»

Noah bricht in Gelächter aus und zeigt mir einen Vogel. «Die waren doch nie wirklich zusammen.»

Ich suche den Raum nach etwas ab, dass ich ihm ins Gesicht werfen kann, und mein Blick bleibt an der Vase mit frisch geschnittenen Blumen hängen, die Hillary jeden Tag neu befüllt. Keine gute Idee.

«Ganz ruhig, Cinnamon.» Noah hat meine Absicht offenbar erkannt und hebt abwehrend einen Arm. Er trägt ein graues Unishirt mit Pferdelogo, das sich über seiner Brust spannt und dessen Aufdruck ziemlich verwaschen aussieht. Der Schriftzug *Dartmouth Equestrian* ist kaum noch lesbar.

«Ich habe gesagt, du sollst mich nicht so nennen.»

«Ist doch aber so passend, Cinnamon.»

Ich denke nicht lange darüber nach, packe anstelle der Vase die blaue Schachtel Rice Krispies und schütte ihm den ganzen Inhalt entgegen.

«Fuck», flucht Noah, an dem die kleinen Puffreiskörner vom Kopf bis zu den Füßen überall hängen bleiben. «Ich hätte nie gedacht, dass du das machst.» Wir stehen beide wie erstarrt da. Sekundenlang starren wir uns an, dann fängt Noah an zu grinsen. Er bewegt sich als Erstes, schnappt sich die Milchtüte, die noch auf dem Tisch steht, und ist mit einem einzigen Satz bei mir. Ich versuche gar nicht erst wegzulaufen, kann die Hände gerade noch vors Gesicht reißen, und dann passiert ... nichts.

Oh Gott, worauf wartet er noch? Jede Sekunde muss ein

Schwall kalter Milch auf mich niedergehen. Ich habe am ganzen Körper Gänsehaut und wage kaum, die Hände vom Gesicht zu nehmen, weil ich auf Noahs zufriedenes Grinsen echt verzichten kann. Er gibt keinen Ton von sich, obwohl ich vor Panik laut aufstöhne. «Na mach schon», stoße ich hervor.

Er antwortet nicht, und als ich die Hände schließlich von den Augen nehme, ist es schlimmer als erwartet. Noah hat die Milch längst wieder auf den Tisch gestellt und hält stattdessen sein Smartphone in die Höhe und ...

... filmt mich.

Ich schnappe nach Luft. «Wenn du das auf Instagram hochlädst, töte ich dich!»

Noah kriegt sich gar nicht mehr ein vor Lachen, dreht mir den Rücken zu und hält das Handy am langen Arm von sich, damit wir beide aufs Bild passen. «Selfiiiiiie», singt er, und der Blitz beweist mir, dass er Ernst macht. Dann flitzt er aus der Küche. Ich schlittere über den krümeligen Fußboden und jage ihm durch den Flur und über die Treppe hinterher. Oben angekommen, bekomme ich in letzter Sekunde die Tür vor der Nase zugeschlagen. Ich höre den Schlüssel im Schloss, dann verrät mir ein dumpfes Geräusch, dass er sich gegen die Tür fallen lässt. «Du hast angefangen, Cinnamon.»

Schnaufend stütze ich mich auf den Knien ab, kann aber ein Lachen nicht unterdrücken. «Du löschst das Video doch wieder, oder?»

«Mal sehen. Vielleicht hebe ich es mir für eine andere Gelegenheit auf. Kleine Schwestern sind unberechenbar, da weiß man nie. Außerdem ist es echt schade um meine Krispies.»

«Tu mir das nicht an, bitte. Ich entschuldige mich auch für die verschwendeten Krispies, obwohl dein Körper echt froh sein kann, dass dieser Mist draußen bleibt. Ich werde dir eine neue Packung kaufen, versprochen. Und ich ... ich ...», fieberhaft überlege ich, was ich ihm anbieten könnte, «ich spiele auch noch mal FIFA mit dir.» Gott, ist das deprimierend.

«Okay», kommt es immer noch lachend von der anderen Seite der Tür. «Langsam wird dein Angebot interessant.»

«Und ich nehme auch Chicago Fire», lege ich nach.

«Einverstanden. Aber ich will drei Packungen Krispies.»

Langsam bekomme ich wieder besser Luft und kann klarer sprechen. «Ich kaufe dir sogar zehn Packungen, wenn du mir dafür eine Frage beantwortest.» Der Satz ist heraus, bevor ich richtig darüber nachdenken kann, und sofort beschleunigt sich mein Herzschlag wieder.

«Gehst du dann endlich von meiner Tür weg, oder muss ich einen Exorzisten rufen?»

«Ja.»

«Ja was? Muss ich einen Exorzisten rufen, oder gehst du weg?»

«Ich gehe.»

«Dann schieß los.»

Ich hole tief Luft, weil es mir schwerfällt. Unendlich schwer. Aber da alle in dieser Familie Geheimnisse vor mir zu haben scheinen, muss ich jede Gelegenheit beim Schopf packen. Ich nehme all meinen Mut zusammen und lege eine Hand an den Türrahmen. «Warum habt ihr mir nie gesagt, dass Asher einen Motorradunfall hatte. Warum habt ihr mich damals nicht angerufen?» Ich kann nicht verhindern, dass meine Stimme rau klingt, und blinzle, um die Tränen zurückzuhalten, die sich plötzlich ihren Weg bahnen wollen. «Ich hatte ... nicht mal die Chance, ihn zu besuchen.»

Hinter der Tür ist es totenstill. Sekundenlang warte ich, dann bewegt sich der Schlüssel im Schloss, und die Tür schwingt nach innen auf.

Noah sieht völlig verstrubbelt aus. Überall in seinem Haar

hängen kleine Puffreiskügelchen. Wenn er mich nicht so ernst angucken würde, müsste ich über seinen Anblick lachen, aber sein betroffener Gesichtsausdruck erstickt diese Regung sofort. Er fährt sich durch das verklebte Haar und reibt sich über die Stirn. «Ich dachte, du wusstest es.»

Ich muss mit meinem Stiefvater reden. Ich will wissen, warum er mir nichts von Ashers Unfall erzählt hat, aber so recht weiß ich nicht, wie ich das Thema ansprechen soll. Wie konnte er mich in dieser Situation von ihm fernhalten, bloß weil wir uns oft stritten?

Noah hat mir erzählt, dass Asher mehrere Wochen im Krankenhaus war, bevor er zu Kadence in die Reha gekommen ist.

«Er war mit dem Motorrad unterwegs. Ein Auto musste irgendeinem Wichser ausweichen, der auf der Straße rumlief, und geriet deshalb in den Gegenverkehr. Der Kerl hat ihn frontal erwischt. Fuck, Asher hat nicht mal was falsch gemacht! Er war nicht zu schnell unterwegs, das hat die Polizei bestätigt.»

Noahs Worte hallen immer noch durch meinen Kopf. Und obwohl das alles vergangen ist, kann ich die Gedanken an Ashers Unfall einfach nicht abschütteln. Ein unachtsamer Fußgänger, ein Auto, und Asher hätte tot sein können. Er hätte *tot* sein können.

Und was wäre gewesen, wenn Asher wirklich gestorben wäre? Hätte Richard mich wenigstens dann nach Hause geholt? Wieso hat er es erst jetzt getan, wo er selbst krank ist?

Hillary sagt mir, dass ich Richard in seinem Büro finden kann, und nachdem ich sie davon abhalten konnte, die Krispies aufzufegen, die ich überall verteilt hatte, und selbst schnell durchgesaugt habe, drückt sie mir gleich ein Teetablett für ihn in den Arm.

Nun balanciere ich das Tablett vorsichtig über den Flur, darauf eine Teekanne, eine filigrane Tasse mit Untertasse, ein Löffel, Milch- und Zuckerkännchen und eine schmale Plastikdose mit durchsichtigem Deckel. Allein der Anblick macht mir Bauchschmerzen. Der Dispenser hat vier Fächer mit der Aufschrift *morgens, mittags, abends, nachts,* und obwohl das Fach für morgens bereits leer ist, befinden sich immer noch acht Tabletten darin, ich habe sie gezählt. Manche sind so groß wie M&Ms – wie soll man die bitte im Ganzen runterschlucken?

Mit dem Ellbogen öffne ich die Tür zu Richards Büro und drücke sie mit der Schulter weiter auf. Richard sitzt vor dem Mac auf seinem dunklen Mahagonischreibtisch und scrollt sich offenbar durch irgendwelche Dokumente, während aus den Lautsprechern von einer männlichen Stimme Zahlen aufgesagt werden. Vielleicht hört er sich irgendwelche Börsenberichte an, überlege ich, achte aber nicht weiter darauf.

Auf Zehenspitzen schleiche ich mich ins Büro und stelle das Tablett fast geräuschlos auf dem Tisch ab. Richard blickt nur kurz auf, lächelt, dann nickt er nachdenklich zu seinem Bildschirm, wo die Stimme weiter Zahlen und Prozente herunterleiert. Er sieht schrecklich müde aus. Wie immer ist er topgepflegt und sein Bart sorgsam gestutzt, aber wenn man genau hinsieht, dann fallen einem die Schatten unter seinen Augen auf und dass seine Brille dringend mal geputzt werden müsste. Sein Hemd ist frisch gebügelt, aber er hat sich bei den Knöpfen vertan, sodass am Kragen einer überzählig ist. Heute wirkt er auf mich viel älter als zweiundfünfzig.

Ich weiß nicht, ob ich es schaffe, dieses Gespräch zu führen, wenn ich sehe, dass es ihm nicht gutgeht. Wenn er so abgekämpft wirkt wie jetzt. Kann ich ihn da mit Fragen zu einer Sache quälen, die für ihn schon Jahre zurückliegt?

«Du riechst gut», begrüße ich ihn. Er duftet vertraut nach Blakely-Seife. Und aus einem Impuls heraus beuge ich mich zu ihm vor und drücke ihm einen Kuss auf die Wange. Die Stimme aus den Lautsprechern erstirbt plötzlich, und Richard blickt überrascht zu mir auf.

«Guten Morgen, Ivy.» Er räuspert sich, und eine verlegene Röte breitet sich auf seinem Gesicht aus. Mit der flachen Hand deutet er auf seinen Bildschirm, und erst jetzt fällt mir auf, dass er ihn gesplittet hat. Die linke Seite zeigt eine Excel-Tabelle, und auf der rechten Hälfte ist ein Bild zu sehen. Aus einem Büro. Mit einem langen Konferenztisch, Kaffeetassen und Kekstellern. Und einem Dutzend Anzug- und Kostümträgern, die uns anstarren, als säßen sie vor einem Fernseher, der gerade eine Reportage über schwangere Teenager bringt. Neugierig, aber irgendwie auch befremdet.

Verdammt.

«Ivy, darf ich dir den Vorstand der Blakely Corporation vorstellen?» Richard wendet sich zum Bildschirm. «Meine Damen, meine Herren, das ist meine Tochter Ivy.»

«Guten Morgen, Ivy», tönt es aus den Lautsprechern wie von einer Schulklasse, die brav die neue Lehrerin begrüßt. Verhaltenes Gelächter.

Ich winke und laufe garantiert knallrot an. «Hi.» Sofort beiße ich mir auf die Lippe, um nichts Dämliches zu sagen, und mit Schrecken wird mir bewusst, wie ich aussehen muss. Kein Make-up, verwaschenes T-Shirt, und wenn ich Pech habe, kleben mir auch noch ein paar Rice Krispies in den Haaren. Alles in allem könnte es nicht schlimmer kommen, denke ich. Dann entdecke ich Asher am Konferenztisch.

Kapitel 15

Ich dachte, er schläft noch. Nach dem vergangenen Abend und erst recht nachdem Noah mir die leere Bourbonflasche gezeigt hat, war ich mir absolut sicher, dass Asher oben in seinem Zimmer liegt und vor sich hin vegetiert, doch stattdessen sitzt er mit Anzug und Krawatte in Manchester am Konferenztisch. Genauer gesagt mit Anzug, Krawatte, dunklen Augenringen und etwas zu wirrem Haar.

Meine Beine sind wie festgewachsen, und anstatt schnell wieder aus dem Bild zu huschen, sauge ich jedes Pixel von ihm auf. Fast bin ich froh, dass unsere erste Begegnung nach dem Kuss über einen Bildschirm stattfindet und damit irgendwie weniger real ist. Und obwohl das Bild nicht hundertprozentig scharf und Asher nur der dritte Mann von rechts in einer Reihe von vielen ist, habe ich nur Augen für ihn. War ich gestern noch wütend auf ihn, weil er mich einfach so stehengelassen hat? Ich weiß es nicht. Mein Kopf ist wie leer gefegt.

Richard erklärt seinem Vorstand gerade, dass sie die weitere Besprechung auf einen anderen Tag verschieben, und mein Mund formt ein stummes *Hey* für meinen Stiefbruder. Asher bewegt die Lippen zu einem schmalen Lächeln, aber vielleicht täusche ich mich auch, und es ist nur die kleine Narbe.

Eigentlich habe ich erwartet, dass ich unfassbar verlegen sein würde, wenn ich ihn sehe, aber das ist seltsamerweise nicht der Fall. Auch wenn sein Anblick den Boden unter mir schwanken lässt ... ich kann es nicht rückgängig machen, und ich will es auch nicht. Es tut weh, dass er mich zurückgewiesen hat, aber nicht nur ich habe gestern eine Grenze überschritten. Asher hat es auch getan. Oder er hat es zumindest zugelassen. Ich weiß nicht, was das bedeutet. Ich weiß nur, dass diese Grenze für immer zerstört ist. Wir sind über einen zugefrorenen See gelaufen und eingebrochen. Man kann dieses Eis nicht einfach wieder zusammenschieben und hoffen, dass es beim nächsten Mal unser volles Gewicht trägt. Das wird nicht funktionieren.

Wir starren uns über die Webcam an, bis Richard die Verbindung unterbricht und das Bild einfriert.

«Danke für den Tee.» Richard macht mit seinem Schreibtischstuhl eine halbe Drehung zu mir.

«Ich ... äh, es tut mir leid, dass ich einfach so in deine Konferenz geplatzt bin. Du solltest überlegen, eine rote Warnlampe an der Tür anzubringen, jetzt, wo deine aufdringliche Stieftochter im Haus ist.» Ich versuche mich an einem halbherzigen Lächeln, blicke aber weiterhin unverwandt auf den Bildschirm, als würde Asher dort jeden Moment wieder auftauchen.

«Ich bin dir sogar dankbar dafür.» Er lässt ein Zuckerstück in die Tasse gleiten und zwinkert mir zu. «Du hast mir die beste Ausrede geliefert, um diesen schrecklich ermüdenden Statistiken zu entgehen. Owen hört sich gerne selbst reden. Er stand vorne links, vielleicht ist er dir aufgefallen.»

Mir ist außer Asher überhaupt niemand aufgefallen. «Der Mann mit der seltsamen Schnürsenkelkrawatte?», rate ich ins Blaue. Erst jetzt schaffe ich es, meinen Blick vom Bildschirm zu lösen und Richard anzusehen. Er betrachtet mich so prüfend, dass ich spüre, wie mir die Hitze bis unter den Haaransatz kriecht.

Er lächelt. «Owen ist Mitte vierzig und fährt einen Dodge Ram mit Kuhfänger. Seine Zähne sind viel zu weiß, und ich vermute, die Haare über seiner Stirn sind implantiert.»

«Du kannst ihn nicht leiden.» Ich schiebe die Hände in die

Hosentaschen, stelle mich dabei aber so dämlich an, dass ich mit dem Ellbogen gegen die Teekanne auf dem Tablett stoße, was den Deckel zum Klirren bringt.

«Ich finde Cowboys albern», gibt er zu und schmunzelt in seine Tasse. «Aber ich habe gelernt, mit ihm zu leben. Was ist los, Ivy? Du wirkst nervös. Liegt dir etwas auf dem Herzen?»

«Ich ... es ist nur wegen Sams Geburtstag», improvisiere ich. «Ich habe unten im Keller einige alte Bilderrahmen gesehen und wollte dich fragen, ob ich einen davon haben kann.»

Richard stellt seine Tasse ab, seine Finger bewegen die Computermaus, und er schließt die Programme auf seinem Rechner. «Ich glaube nicht, dass die noch jemand braucht. Nimm dir einfach, was du willst.» Seufzend zieht er einen Stapel ausgedruckte Dateien zu sich heran.

«Danke.» Ich kann's nicht. Ich kann's einfach nicht. Wenn mein Stiefvater neben all seinen Prinzipien und seiner Strenge nicht auch noch so verdammt liebevoll wäre, vielleicht könnte ich ihm dann Vorwürfe machen. Aber so? Was will ich Richard denn vorhalten? Dass er keine Zeit hatte, sich mit seiner Stieftochter zu belasten, als Asher im Krankenhaus lag? Ist das nicht sogar verständlich? Er muss froh gewesen sein, dass ich in dieser Zeit in New York war und er sich nicht auch noch um mich kümmern musste.

«Worum geht es eigentlich bei der Sache, über die Asher und du im Restaurant gesprochen habt?», frage ich vorsichtig. Mir ist klar, dass Richard nicht begeistert von diesem Thema ist, das war an dem Abend deutlich zu spüren. Aber ich halte das immer noch für unverfänglicher als meine Frage nach Ashers Unfall.

Er seufzt. «Dein Bruder will alle Produkte, die tierischen Ursprungs sind, durch pflanzliche Alternativen ersetzen. In den meisten Fällen haben wir das sogar schon getan, aber es gibt noch etliche alte Rezepturen, die umgestellt werden müssen.

Außerdem beabsichtigt er, alle Firmen und Lieferanten, die Tierversuche unterstützen, auf eine schwarze Liste zu setzen», erklärt er. «Und er will zusätzlich noch einen Hinweis auf unsere Verpackungen drucken.»

«Aber das ist doch gut, oder nicht?» Ich verstehe nicht, wo das Problem liegt.

«Im Grunde ja. Aber vorher müssen neue Lieferanten gefunden, Texturen geändert und jede Menge Testreihen durchgeführt werden. Und es gibt auch bei Blakely Menschen, die sich vor jeder Veränderung fürchten. Die Firma gibt es seit den zwanziger Jahren, und viele Inhaltsstoffe werden seit Ewigkeiten benutzt. Sie fallen teilweise unter das Chemikaliengesetz, weil sie auch in anderen Produkten enthalten sind, wie zum Beispiel in Waschmittel. Wenn es um Allergien geht, bin ich zwar für Tests, aber auch nicht für dumme Tests, da sind wir einer Meinung.»

«Es geht ja nicht um Medikamente gegen Krebs», sage ich und hebe entschuldigend die Schultern an.

«Nein. Nur um Seife, Cremes, Duschgele ...» Er wirft den Stift auf den Tisch und lehnt sich zurück. «Asher will außerdem den Export unserer Produkte nach China stoppen.»

«Wieso?»

«Weil jedes Kosmetikprodukt, das für den chinesischen Markt bestimmt ist, in einem Regierungslabor an Tieren getestet werden muss, bevor es verkauft werden darf. Chinas Regierung führt sogar nachträglich Tierversuche mit Produkten durch, die bereits zum Verkauf freigegeben wurden. Asher hat uns das nicht gerade sanft um die Ohren gehauen, und das ist ein Thema, bei dem der Vorstand graue Haare bekommt.»

«Wow», sage ich. «Das ist mutig. Und richtig. Ich finde, Asher hat vollkommen recht. Kannst du ihn dabei nicht unterstützen? Deine Stimme hat doch sicher mehr Gewicht als die von

Cowboy-Owen, oder?» Meine Mundwinkel ziehen sich nach oben.

«Ein wenig, ja.» Er wirkt überrascht. «Es freut mich, dass du dich dafür interessierst, Ivy. Noah würde wahrscheinlich in Tiefschlaf fallen, wenn ich so etwas mit ihm bespreche.»

«Ich glaube, da unterschätzt du ihn. Noah ist viel interessierter, als du denkst. Vielleicht schickst du ihm über Instagram mal eine PN.» Ich muss lächeln.

«Du kannst mir ja bei Gelegenheit erklären, wie man Instagram bedient. Aber abgesehen davon ... Wenn du eine halbe Stunde Zeit hast, könntest du mir einen Gefallen tun.» Er stöpselt einen neongelben Textmarker auf und unterstreicht fahrig ein paar Zeilen auf dem Papier.

«Ja klar ... ich meine, ich habe nichts vor.» Außer die vergangene Nacht zu verdauen, Sams Geburtstagsgeschenk zu handlettern und weiter an dem schlechtesten Logo aller Zeiten für Kirans Bistro herumzustümpern.

«Asher hatte heute Morgen keine Zeit, mit den Hunden zu gehen. Frag mich nicht, was der Junge gestern Nacht getrieben hat, dass er heute so spät dran war», er schüttelt den Kopf, «aber kannst du vielleicht mit Simon und Phoenix eine Runde drehen?»

Oh. Mein. Gott.

Nein, das kann ich ganz sicher nicht. Diese Viecher sind riesig. Nein, sie sind ... monströs. Und sie sabbern. Außerdem habe ich keine Chance, sie im Notfall unter Kontrolle zu bringen, weil sie geschätzt die Zugkraft eines Kleinlasters haben. Ich bin doch nicht lebensmüde. Ich kann sie nicht mal unterscheiden. Ich kenne die Kommandos nicht, auf die sie hören. Ich ...

«Klar», höre ich mich sagen. O Gott, war ich das gerade?

«Wunderbar. In der Küche steht eine Dose mit Trainingsbits,

damit bekommst du sie immer zum Gehorchen. Sie sind unheimlich verfressen, das weißt du sicher noch.»

«Okay.» Ich sehe mich schon mit einem winzigen Hundekeks in der Hand auf der Wiese stehen und beide Boxer in einem Affenzahn auf mich zurasen, um mir die Hand abzubeißen. Warum kann ich nicht einfach nein sagen? Warum kann ich ihm nicht sagen, dass ich Angst vor den Hunden habe? Immer noch, auch nach vier Jahren. Warum habe ich ihm das nicht damals schon gesagt? Etwa, weil ich nie Probleme machen wollte?

«Das ist doch kein Problem für dich?»

«Natürlich nicht.»

«Wunderbar.»

Ich wende mich ab und trotte mit hängenden Schultern zur Tür.

«Ach, Ivy.»

«Ja?»

«Das kommt jetzt vielleicht etwas plötzlich», fängt Richard an. Er überlegt und schüttelt dann den Kopf. «Hat Samuel mit dir über Dartmouth gesprochen? Er hatte dort eine gute Zeit, und wir haben gute Beziehungen zum derzeitigen Dekan, was die Zimmersuche sicher vereinfachen würde. Was hältst du davon, es dir mal anzusehen?»

Ich schüttele unsicher den Kopf. «Wir haben eigentlich nur über sein Auslandssemester in Paris gesprochen.»

«Wenn du in Dartmouth studieren würdest, wärst du über die Interstate in nur zwei Stunden zu Hause. Du könntest jedes Wochenende heimkommen.»

Jedes Wochenende.

Ich bekomme einen Kloß im Hals. Mein Zuhause ist in New York. Zumindest war es das die letzten vier Jahre, und ich habe es mir nicht ausgesucht. Aubree und ich haben uns im Brooklyn College gerade erst eingelebt, und jetzt soll ich wieder nach New Hampshire ziehen, damit ich näher an *zu Hause* bin? Warum? Weil er dann kein schlechtes Gewissen mehr haben muss, nun, wo er sterbenskrank ist? Ich habe einen bitteren Geschmack auf der Zunge.

«Ich weiß nicht ...» *Ob Asher damit einverstanden wäre. Ob ich es aushalte, ihn jedes Wochenende zu sehen oder gemeinsam mit ihm den Labor Day am Strand zu verbringen oder im Herbst Thanksgiving zu feiern. Ich weiß nicht, ob ich es dir einfach so verzeihen kann, mich abgeschoben zu haben. Oder dass du mir kein Sterbenswörtchen gesagt hat. Von nichts.*

Meine Gedanken rotieren um den Unfall. Um die vielen Dinge, die zwischen uns unausgesprochen bleiben.

«Du hättest es mir sagen müssen.» Zu dünn. Meine Stimme klingt viel zu dünn.

«Was denn?» Mein Stiefvater hat sich wieder über seine Unterlagen gebeugt, doch nun hebt er den Kopf.

«Ashers Motorradunfall. Er wäre fast gestorben, und ich wusste von nichts. Ich hätte ihn gerne besucht, weißt du? Ich hätte ihm beistehen können.»

Richard ist völlig überrumpelt. Es dauert einen Moment, bis er sich gesammelt hat. Er tastet nach seiner Stirn, sein Gesichtsausdruck ist gequält. «Deine Mom hatte diesen schrecklichen Unfall ...»

Die schlimmste Zeit meines Lebens. «Ja, das war entsetzlich. Es tut mir leid, dass Mom gestorben ist und dass du dich deswegen allein um alles kümmern musstest. Vor allem um mich. Sie hatte das nicht verdient und du auch nicht. Ich weiß, dass Asher und ich uns viel gestritten haben, und auch das tut mir wirklich leid. Es war bestimmt nicht leicht für dich, uns zu ertragen.» Ich ziehe eine Grimasse, und Richard gibt ein Stöhnen von sich.

«Aber wir hätten das ganz sicher in den Griff bekommen. Ich meine, wir kommen inzwischen ja auch ganz gut miteinander klar.»

«Du verstehst das nicht, Ivy. Es ging damals einfach nicht anders.» Er steht auf, hält aber vor seinem Schreibtisch inne, als wäre da ein unsichtbares Hindernis, das er nicht überwinden kann. Oder will. Seine Augenbrauen haben sich zusammengezogen, und ich warte nur darauf, dass er meine Bemerkung mit einer Handbewegung genervt zur Seite schiebt. Stattdessen stützt er sich schwer atmend am Schreibtisch ab.

«Du hast recht», sage ich schnell. «Ich verstehe das wirklich nicht. Aber ich lasse dich jetzt allein, ich will nicht schuld daran sein, dass du Kopfschmerzen bekommst.» Ich gehe langsam, weil ein Teil von mir hofft, dass er mich zurückhält und mir doch alles erklärt. Aber Richard sagt keinen Ton.

Die Hundeleinen sind aus schwerem Leder und wiegen allein bestimmt schon mehrere Kilo, mit Simon und Phoenix daran nähert sich das Gewicht den hundert. Ich lasse mich von ihnen über den Weg zerren, den ich an meinem ersten Morgen entlanggejoggt bin. Hillary hat mir noch geholfen, sie anzuleinen, und war erleichtert, dass ich das Gassigehen an diesem Vormittag übernehme.

Ich überlege, ob ich sie nicht einfach so laufen lasse. Mein Gott, das hier ist eine Insel, da können sie ja schlecht von einem Auto angefahren werden, oder? Außerdem wird sie spätestens der Hunger wieder zurück ins Haus treiben. Ich bleibe stehen und versuche einen strengen Ton anzuschlagen.

«Phoenix, Simon, sitz! Na los!»

Die beiden drehen ihre Köpfe kurz zu mir, hecheln mich an,

was mich an ein breites Grinsen erinnert, nur um dann wieder loszutraben. Verdammt.

Ich stolpere hinter ihnen her und bin damit beschäftigt zu verhindern, dass sich ihre Leinen verheddern, weil sie ständig die Seiten wechseln. Im Grunde laufen sie so, als wäre ich gar nicht dabei. Sie scheinen die Leinen nicht zu spüren, und wenn ich daran ziehe, werfen sie mir höchstens einen fragenden Blick zu, bevor sie zwei Sekunden später weitertraben.

«Ich will euch doch nur losmachen, ihr sturen Viecher», schimpfe ich vor mich hin, während ich Mühe habe, ihr Tempo zu halten. «Stopp! Kommt mal her. Komm», verbessere ich mich. Okay, das war blöd. Stopp oder komm. Zwei Kommandos auf einmal, woher sollen sie dann wissen, was ich eigentlich von ihnen will?

«Bleib», stoße ich hervor. «Bleib!»

Sie bleiben so ruckartig stehen, dass ich gegen den Hintern von Simon stolpere und er einen kleinen Satz zur Seite macht. Oder ist es Phoenix? Mit der rechten Hand hangle ich nach dem kleinen Anhänger an seinem Halsband und hoffe nur, dass er mir nicht in die Hand beißt.

Simon. Es ist tatsächlich Simon, so steht es auf dem kleinen Metallherz. Wer bitte kauft einem riesigen Boxer einen Herzchenanhänger? Ich schnaube, was Simon mit einem Hecheln beantwortet. «Sitz!» Ich hebe die Hand, wie ich es bei Asher gesehen habe, und zu meiner Überraschung lassen beide Hunde sich sofort auf die Hinterbeine nieder. Erwartungsvoll starren sie mich an.

«Okay, das hat ja schon mal geklappt.» Warum redet man eigentlich mit sich selbst, wenn man mit Hunden unterwegs ist? Und warum redet man so viel mit den Hunden, wenn sie einen sowieso nicht verstehen? Ich lasse den Karabiner erst bei Simon, dann bei Phoenix aufschnappen und hänge mir die

Leinen um den Hals. Gott, sind die schwer. Das hat was von einer Ankerkette, die mich zu Boden zieht.

Ich zerre die Dose mit den Trainingsbits aus der Hosentasche, und das Rütteln lässt die beiden freudig mit den kurzen Schwänzen wedeln. «Brave Hunde», lobe ich sie und halte ihnen zur Belohnung je eines der getrockneten Fleischstücke hin. Mit zusammengekniffenen Augen warte ich darauf, ihre Zähne zu spüren, aber sie berühren kaum meine Hand, schlingen nur die Zunge um den Leckerbissen, um ihn vorsichtig aus meinen Fingern zu klauben. Sie sind so sanft, dass ich mich plötzlich frage, warum ich mich eigentlich so anstelle. «Ihr seid wirklich brav», murmle ich. «Vielleicht hätte ich schon früher mit euch spazieren gehen sollen.»

Sobald ich meine Hand senke und einen kleinen Wink gebe, traben sie los. Jetzt, wo sie ohne Leine mehr Bewegungsfreiheit haben, schnuppern sie sich ihren Weg über die Insel. Bleiben an Sträuchern stehen, stecken ihre Nasen ins Gras oder schieben mit den Vorderpfoten Stöckchen und Steine beiseite, um die Stelle darunter zu inspizieren. Wenn ich sie mit ihrem Namen rufe, kommen sie angetrabt und setzen sich erwartungsvoll hin, und ich belohne sie mit einem Trainingsbit. Sie sind unglaublich aufmerksam. Anstatt sie zu rufen, gebe ich beim nächsten Mal nur ein leises Schnalzen mit der Zunge von mir, und sie warten wie zwei Sphinxe, bis ich sie erreicht habe.

Als wir später zum Haus zurückkehren, suche ich einen Ball aus dem Spielzeugeimer der Hunde und lasse die beiden abwechselnd danach jagen und ihn apportieren. Zur Belohnung bekommen sie jedes Mal ein kleines Stück getrocknetes Fleisch. Sie nehmen es genauso zart und vorsichtig von mir entgegen wie beim ersten Mal, und ich muss mir eingestehen, dass die beiden nur eine lächerliche Stunde gebraucht haben, um mein Herz zu erobern.

Kapitel 16

Nach dem Spaziergang mit den Hunden verschwinde ich in mein Zimmer, um Sams Geburtstagsgeschenk vorzubereiten. Aus der Garage habe ich einen kleinen Rahmen mitgenommen, einen ganz schlichten aus unlackierten Eichenholzleisten. Ich habe ihn geputzt und die glücklicherweise noch intakte Glasscheibe poliert, und er sieht nun fast aus wie neu.

Ein passendes Zitat für Sam zu finden, ist allerdings schwieriger. Eine halbe Ewigkeit kämpfe ich mich durch Buchzitate auf Goodreads, weil ich unbedingt etwas aus einem Klassiker für ihn finden will, aber entweder sind die Zitate zu lang oder zu romantisch. Ich telefoniere mit Aubree, die inzwischen für ein paar Tage zu ihrer Mom und ihrer kleinen Schwester May nach Long Island gefahren ist, und bitte sie um Hilfe.

«Keine Zitate über Politik, Liebe und auch nichts über Religion oder so.»

«Aber es darf schon noch vom Leben handeln, oder?» Sie schnaubt in den Lautsprecher. «Hast du ein Glück, dass ich Errol mitgenommen habe.»

«Du gehst doch nie ohne dein Journal aus dem Haus.»

«Ja, aber er ist fast voll, und ich habe mir heute bei Hildreth's einen neuen Errol gekauft, und den werde ich spätestens morgen einweihen.» Die Seiten rascheln, als sie durch das Buch blättert. «Wieso nicht über Liebe?», erkundigt sie sich, nachdem sie mehrmals ablehnend gebrummt hat.

«Weil es für Sam ist.»

«Und wenn es für jemand anderen wäre, wäre Liebe okay?»

«Nein, auch dann nicht.»

«Mmh.» Einen Augenblick lang schweigt Aubree, dann räuspert sie sich. «Ich habe übrigens deine Fotos auf Instagram gesehen.»

«Ein Selfie mit Sam und Harper von einer Party?» Ich kann mich gar nicht daran erinnern, dass ich es gepostet habe. Wieso habe ich nur so viele Cocktails getrunken?

«Nein.» Ich kann Aubrees Grinsen durch das Telefon hören. «Zwei Selfies von dir und deinem Bruder Noah, eins von heute und eins von vor ein paar Tagen. Er hat dich markiert.»

«Dieser Mistkerl! Hat er das heute wirklich hochgeladen?» Ich reiße das Smartphone vom Ohr, aber darauf sehe ich natürlich nur ein Bild von Aubree mit rausgestreckter Zunge und die Zeitanzeige. «Aber kein Video, oder? Er hat es mir versprochen.»

«Keine Panik, da ist nur ein Foto. Aber es hat mehr als achthundert Likes und», ihre Stimme entfernt sich, «hundertsechsundzwanzig Kommentare. Du siehst aus, als würdest du auf den Eimer einer Ice Bucket Challenge warten, und dein Bruder hat Sägespäne im Haar.»

Ich stöhne laut auf. «Das sind Rice Krispies.»

«Stimmt, hat er auch in die Hashtags geschrieben.» Sie kichert. «Ich dachte, Asher wäre der Bruder, der so schlimm ist.»

Totenstille.

«Ivy?»

«Ja», krächze ich.

«Was ist los?»

Ich würde mich Aubree so gerne anvertrauen. Ihr von dem Kuss erzählen und meinen verwirrenden Gefühlen für meinen Stiefbruder. Aber wenn ich das tue, dann muss ich mir vielleicht ein paar Dinge eingestehen, für die ich noch nicht bereit bin. Erst recht nicht, wenn ich nachher auf Sams Geburtstagsparty gehen und mich halbwegs normal verhalten will. In meinem Kopf befinden sich so viele Wörter, dass mein Mund sie kaum festhalten kann, aber je lauter es in mir tobt, umso stiller werde ich.

«Es hat sich herausgestellt, dass Asher doch nicht so schlimm ist, wie ich dachte.»

Ich beiße auf meinen Fingerknöchel und hoffe, dass sie nicht nachhakt. Um das Thema abzuwürgen, erzähle ich ihr hastig von dem Vorschlag meines Stiefvaters, mich in Dartmouth einzuschreiben, damit ich näher bei ihm bin. Das Ergebnis ist fast ein Hörschaden, weil Aubree einen spitzen Schrei loslässt. «Auf gar keinen Fall! Wenn du das tust, Ivy, dann ... dann ... enterbe ich dich.»

«Autsch. Das heißt, dass ich dein Journal, deine Sammlung von Sprüche-Postkarten und das alte Dialogbuch von dem Anime-Porno nicht bekomme?»

«Exakt das heißt es. Und auch nicht meine Peacock-Chucks.»

Verflixt. Diese Turnschuhe hätte ich wirklich gern. Vor Jahren hat Aubree sie auf Etsy entdeckt, und sie sind inzwischen vergriffen. Eine Künstlerin hat mit Airbrush Pfauenfedern auf den Stoff gesprüht, und es sind mit Abstand die schönsten Chucks, die ich je in meinem Leben gesehen habe.

«Dann vererbst du wirklich deiner kleinen Schwester deine Peacocks? *Der* kleinen Schwester, die an einem denkwürdigen zweiten Weihnachtstag deiner Meerjungfrauenbarbie die Haare abgeschnitten hat, was du ihr niemals verzeihen wolltest?»

«Hmh. Ich überleg's mir noch mal, wenn du ganz schnell vergisst, was dein Vater gesagt hat», erwidert sie. «Du kannst mich nicht allein zurücklassen. Weißt du nicht mehr, was mit Kevin allein in New York passiert ist?»

Ich gebe ein genervtes «Haha» von mir, als ich mich auf

mein Bett fallen lasse. Auf Dauer ist ein Schneidersitz auf dem Fußboden echt unbequem.

«Warum will er auf einmal, dass du wieder nach New Hampshire ziehst?»

Ich erzähle ihr von dem Abendessen und der Tumordiagnose und dass er demnächst operiert werden wird.

«Und du kommst jetzt erst auf die Idee, mir das zu sagen?»

«Ich musste das auch erst mal verarbeiten, bitte sei nicht sauer. Es sind noch drei Wochen bis zu seiner Operation, wie es danach weitergeht, weiß ich auch noch nicht.»

«Das ist echt scheiße. Es tut mir so leid für dich. Für euch», verbessert sie sich. «Soll ich dir jetzt immer noch ein Zitat für Sam raussuchen?»

Ich murmle eine Bestätigung, und Aubree schlägt Seite um Seite um. «Es muss aber nicht unbedingt von Hemingway oder Shakespeare sein, oder?»

«Nicht unbedingt. Eigentlich wäre mir was Einfaches am liebsten. Etwas, das allgemeingültig ist.»

«Okay», sie holt tief Luft, *«Silence is better than bullshit.»*

Als ich nicht reagiere, fragt sie nach. «Wie findest du das?»

«Hast du das von Pinterest?»

«Woher weißt du das?»

«Nur geraten. Aber das hört sich einfach total nach Pinterest an. Ich wette, das hatte jemand auf ein Letterboard gesteckt.»

«Ich mag Letterboards.»

«Ich auch. Aber ist das nicht zu allgemein?», frage ich. «Ich meine, zu logisch? Niemand will Bullshit hören.»

«Dann das hier: *Der Schlüssel zum Glück steckt von innen.*»

«Das ist wirklich schön, und eigentlich passt es, weil es schlicht ist, aber ... irgendwie ist mir das zu unpersönlich.»

Aubree liest mir ein ums andere Zitat vor, aber wirklich geeignet erscheint mir keins davon. Schließlich ist sie so verzweifelt, dass sie beginnt, mir Weisheiten von Snoopy und den Peanuts vorzulesen. «Du solltest etwas nehmen, das zu seinem Leben passt. Hast du nicht gesagt, dass Sam Kunst studiert?»

«Und Englische Literatur. Er wollte seiner Mutter zuliebe eigentlich Lehrer werden, hat sich dann aber doch dagegen entschieden und will irgendwann mal von seiner Kunst leben. Oh, Aubree, du hast mich auf eine Idee gebracht!»

Ich höre sie erleichtert aufseufzen. «Gott sei Dank, so langsam bin ich mit meinem Latein auch am Ende. Welches nimmst du?»

«Ich schicke dir nachher ein Foto davon.»

Nachdem wir aufgelegt haben, setze ich mich direkt an den Schreibtisch und schreibe an den oberen Rand der schwarzen Pappe, die als Hintergrund in dem alten Bilderrahmen eingespannt war, das heutige Datum. Darunter skizziere ich mit Bleistift ganz blass den Schriftzug, um ihn anschließend mit einem schneeweißen Chalkpen nachzumalen. Ich lasse die Wörter nicht zu verspielt aussehen, sondern so, als hätte man sie hastig mit einem breiten Pinsel an eine Hauswand gestrichen. Es ist schlicht, aber schön, und jeder, der als Kind nach Zahlen gemalt oder Rätselhefte gelöst hat, wird bei diesem Spruch sofort ein Bild vor Augen haben.

Ab sofort verbinde ich die Punkte, wie ich es will.

Ich schicke Aubree per WhatsApp ein Foto, und kurz darauf taucht ein Daumen nach oben auf meinem Handybildschirm auf.

Den Rest des Nachmittags bin ich mit Kirans Logo beschäftigt, und obwohl ich diese Arbeit liebe, komme ich irgendwie nicht weiter. Schließlich lösche ich alles, was ich am Tablet mit dem Stift gezeichnet habe und probiere es mit einer altmodischen Schreibmaschinenschrift, was schon viel besser aus-

Ab sofort verbinde ich die Punkte, wie ich es will!

sieht. Aus *Kiran's Bombay Bistro* mache ich schlicht *Kiran's* und setze eine Raute als Hashtag davor, um es moderner wirken zu lassen und damit die Gäste gleich dazu angeregt werden, das Restaurant auf den Social-Media-Kanälen zu verlinken. Ich schicke den Entwurf in verschiedenen Farbvarianten an meinen Boss und hoffe, dass er davon wenigstens nicht vollständig abgeschreckt ist.

«Ein Brooklyn Lager?»

Ich bin kaum im Haus, da steht schon ein Kerl vor mir und streckt mir zwei Bierflaschen entgegen, eine in jeder Hand. Er kneift die Augen zusammen und versucht, das Etikett der zweiten Flasche zu entziffern. «Oder willst du lieber ein *Evil Twin Freudian Slip*.» Seine Augen weiten sich. «Krass.» Er nimmt einen tiefen Schluck aus der Flasche und wirft mir dann einen entschuldigenden Blick zu.

«Danke, ich nehme dann das andere.» Wir lassen die Flaschen aneinanderklirren, und mit einem Grinsen beobachte ich, wie der Kerl davontrottet und seine Flasche immer noch ehrfürchtig betrachtet.

«Hey, Ivy!»

«Happy Birthday, Sam.»

Sam legt den Arm um meine Schulter und drückt mich leicht an sich. Wir stoßen gemeinsam an, und ich kann gerade noch einen winzigen Schluck aus meiner Flasche nehmen, bevor Harper auch schon herangestürmt kommt und mich von Sam wegzieht. «Oh Gott, ich bin so aufgeregt. Ich kann gar nicht abwarten, dass Sam seine Geschenke aufmacht. Denkst du, er wird sich freuen? Hoffentlich freut er sich. Wenn er sich nicht freut, dann merkt man ihm das sofort an. Er lächelt dann nämlich total übertrieben und sagt bestimmt fünfmal hintereinander ‹toll, großartig, toll, toll, ganz toll›.» Sie trägt ein kurzes Kleid mit Streublumenprint und sieht süß und unglaublich nervös aus.

«Das können wir bei meinem Geschenk gleich ausprobieren», sage ich und deute auf das Päckchen unter meinem Arm. «Aber ich bin sicher, dass Sam sich über deine Überraschung freuen wird. Vor allem über das Buch.» Ich muss lachen und weiche Harpers schlagender Hand aus.

«Was ist das für ein Stoff? Ist das Seide?» Sie streicht über den langen Ärmel meines Kleides, das vorne hochgeschlossen und fast etwas zu warm ist, und reibt den silbrig schwarzen Stoff dann zwischen zwei Fingern.

«Ich glaube nicht. Ich habe es im Sale gekauft und heute das erste Mal an. Im Laden kam es mir nicht so tief ausgeschnitten vor, aber ich fürchte, sie haben hinten am Stoff gespart.» Ich drehe Harper den Rücken zu, und sie stößt ein Quietschen aus.

«Oh mein Gott, Ivy, das ist verdammt tief ausgeschnitten.» Sie prustet los und hält sich die Hand vor den Mund. «Aber ich kenne niemanden außer dir, der so blass ist und trotzdem in Schwarz nicht wie ein Vampir aussieht.»

Was ein Glück ist, denn außer dem schwarzen Kleid, das eine Handbreit über meinen Knien endet, habe ich kein anderes dabei.

«Du bist so hübsch.» Sie gibt mir einen Kuss auf die Wange und zieht mich ins überfüllte Wohnzimmer. Mein Geschenk lege ich zu den anderen auf eine Kommode. Es ist laut, es ist stickig, und jede Sitzmöglichkeit in diesem Haus scheint bereits besetzt zu sein. Harper stellt mich ein paar Leuten vor, die extra zu Sams Geburtstag aus Quincy angereist sind und die, so vermute ich, mit ihr verwandt sind. «Meinen Bruder Chase kennst du noch nicht, oder?» Sie schiebt mich neben einen Typen mit blonden Haaren und babyblauen Augen, der wirklich

Ähnlichkeit mit George Ezra hat, dann verschwindet sie in der Menge.

«Hi, ich bin Ivy.»

Selbst seine Lippen sind genauso voll wie die von George Ezra, stelle ich fest. «Hab schon von dir gehört», sagt er, und ich bekomme schlagartig einen heißen Kopf. «Meine Cousins Roy», er schlägt dem Typen neben sich mit der flachen Hand auf die Schulter und deutet dann auf den anderen Mann und eine Frau, «und Joel. Und das ist meine Freundin Indira.»

«Hallo, Indira.»

Sie lächelt mir nur scheu zu, dann wendet sie sich ab und fällt einem anderen Gast freudig in die Arme.

«Wir haben uns auf der Party gestern gar nicht gesehen, oder?»

«Ich glaube nicht, aber ich kann mich an den Abend kaum noch erinnern. Kleiner Filmriss.» Chase lacht, ein überraschend dunkles, heiseres Geräusch. «Lust auf eine Runde Beer Pong?» Mein Blick folgt seiner ausgestreckten Hand nach draußen, wo vor der Balkontür auf der Terrasse ein Tisch aufgebaut worden ist, an dem zwei Typen versuchen, Tischtennisbälle in Plastikbecher zu werfen.

«Vielleicht später. Ist Winston auch hier?»

Er schüttelt den Kopf, und ich bin fast enttäuscht. «Win hatte schon was anderes vor. Harper und er können sich sowieso nicht besonders leiden. Sorry, aber ich muss da hinten ein paar Typen daran hindern, das Esszimmer zu zerlegen.» Er verschwindet in die Richtung, aus der Gegröle zu hören ist, und umarmt mit lautem Hallo einen Mann in neongelbem Shirt. Ich sehe mich nach Harper um. Sie verschwindet gerade durch die Küchentür, und ich folge ihr. «Wow», stoße ich aus, als ich das riesige Buffet sehe. «Wie viele Tage soll die Party dauern? Fünf?»

«Das ist typisch Hillary», meint Harper und verdreht die Augen. «Sie hat tagelang eingekauft und das Essen vorbereitet, und dann verschwindet sie, weil sie Sorge hat, sie würde uns stören. Ich find's wirklich schade, dass sie nicht dabei ist.»

«Wo ist sie denn jetzt?»

«Keine Ahnung, aber ich glaube, sie versteckt sich bei deinem Vater im großen Haus.»

Ich helfe Harper, noch mehr Brot aufzuschneiden und die Körbe nachzufüllen, die schon geleert sind, und lege Getränkeflaschen im Kühlschrank nach. «Dein Bruder ist wirklich nett.»

Sie seufzt. «Ich frage mich, wieso ausgerechnet er so an einem Typen wie Winston hängt. Die beiden haben überhaupt nichts gemeinsam, und es ist ein ständiges Auf und Ab.» Sie knallt die Kühlschranktür zu. «Aber was soll's, er ist erwachsen, er muss selber wissen, was er tut. Sind Asher und Noah eigentlich mit dir gekommen? Ich habe sie noch gar nicht gesehen.»

«Ich auch nicht.» Ich hatte überlegt, Noah eine WhatsApp zu schreiben und zu fragen, ob wir zusammen rübergehen sollen. Was mich davon abgehalten hat, war die Sorge, dass es so aussehen könnte, als hätte ich Angst, allein hierherzukommen. Auch wenn es stimmt, aber das muss er ja nicht wissen. Und Asher – in meinem Magen rumort es, sobald ich seinen Namen auch nur denke. Andererseits kann es gut sein, dass ich einfach nur hungrig bin. Zu Mittag habe ich nur schnell ein paar Sandwiches gegessen, und die halten nicht lange vor. Ich schnappe mir eine Cocktailtomate vom Buffet und stecke sie mir im Ganzen in den Mund. Am liebsten würde ich mich hier in der Küche verstecken, bis die Party vorbei ist oder bis es wenigstens so spät ist, dass ich ohne schlechtes Gewissen verschwinden kann, ohne ihm zu begegnen.

«Kann ich dich kurz allein lassen?»

Ich nicke, und im nächsten Moment ist Harper schon wieder weg. Ich nehme ein paar schmutzige Teller von einem Mädchen im Minikleid entgegen, das in der offenen Tür steht, und kratze die Reste in den Mülleimer, bevor ich sie in die Spülmaschine stelle.

«Hey, Cinnamon.» Eine Hand fasst mir von hinten an den Kopf und strubbelt mir die Haare durch.

Ich stoße einen Ellbogen nach hinten, aber Noah weicht mir lachend aus. «Du weißt echt, wie man sich beliebt macht, Blödmann.» Ich versuche, meine Haare wieder glatt zu streichen, und strecke ihm die Zunge raus. Er nimmt mich so fest in den Arm, dass ich vor Schreck aufquieke.

«Okay, spuck's aus, für welchen Kerl hast du dieses heiße Teil angezogen? Ich befürchte nur, du hast es falsch rum an. Gehört das nicht eigentlich nach vorne?» Grinsend zupft er am tiefen Ausschnitt meines Rückenteils herum. «Hey, Alter, was meinst du? Ob Ivy dachte, dass Winston heute hier auftaucht?»

Ich bekomme schlagartig weiche Knie, als Asher in die Küche kommt. Er trägt immer noch den Anzug, in dem ich ihn in der Videokonferenz gesehen habe. Nur das Jackett hat er ausgezogen und den Krawattenknoten gelockert.

«Was weiß ich.» Er sieht nicht zu mir, während er zum Kühlschrank marschiert, um sich ein kaltes Bier herauszuholen. Ich verstehe nicht, wie er das macht. Wie er einfach so an mir vorbeigehen kann, ohne mich auch nur anzusehen. Meine Augen werden von ihm angezogen wie von einem Magneten, und selbst wenn ich wollte, könnte ich den Blick nicht von ihm lösen. Er betritt denselben Raum wie ich, und alle meine Sinne richten sich wie eine Kompassnadel nach ihm aus.

«Lass uns zu den anderen gehen», meint Noah. «Asher ist nur so schlecht gelaunt, weil er zu viele Stunden in diesem Kackbüro rumhängen musste. Immer schön seine Pflicht erfüllen, nicht wahr?» Er streckt Asher brüderlich einen Mittelfinger entgegen und schiebt mich vor sich her zurück ins Wohnzimmer. In den nächsten Minuten stellt Noah mich jedem Menschen vor, der uns begegnet, ob sie wollen oder nicht. Er bringt mich dazu, einen Long Island Ice Tea zu trinken, ein Gemisch aus Wodka, weißem Rum, Gin, Tequila, Triple Sec, Saft und Cola, allerdings stelle ich das mehr als halbvolle Glas heimlich irgendwo ab. Wir tanzen gemeinsam zu *Beggin for Thread,* und ich lasse mich schließlich doch zu einer Runde Beer Pong überreden, bei der Noah fast doppelt so oft Bier trinken muss wie ich. Wobei ich glaube, dass er absichtlich verliert, weil er es darauf anlegt, sich zu betrinken. Zweimal habe ich das Gefühl, beobachtet zu werden, und drehe mich suchend nach Asher um, aber sobald sich unsere Blicke treffen, wendet er sich ab, ohne eine Reaktion zu zeigen.

Irgendwann fängt Sam unter Gelächter an, seine Geschenke zu öffnen, und ich bin froh, dass ich nicht mitbekomme, wie er mein Bild auspackt. Aber ich sehe später, dass es im Esszimmer an der Wand neben seinen botanischen Zeichnungen hängt. Harper ist so aufgeregt, dass sie über das riesige Paket stolpert, als sie versucht, es aus dem Flur ins Wohnzimmer zu schieben. Und als Sam den Schlafsack und das Zelt auspackt, ist er für einen Moment sprachlos.

«Wow, Harper», stößt er hervor und lächelt gequält. «Das ist echt toll, großartig. Ich weiß gar nicht ... das ist toll, echt ganz toll.»

Harper sieht aus, als würde sie gleich in Tränen ausbrechen, und sie tut mir leid. Ich versuche, ihren Blick einzufangen und ihr aufmunternd zuzunicken, da strafft sich ihr Oberkörper, und sie reicht ihm das kleine Päckchen mit dem Buch über die White Mountains. Erleichtert blättert Sam sich durch den Bildband. «Das ist genial, danke.» Er drückt ihr einen langen Kuss auf die Lippen, und unter dem Gejohle von Harpers Cousins lässt er seine Hände aufreizend an ihrem Körper nach unten gleiten. «Mit dem Zelt verfolgst du einen Plan, oder? Wann soll ich das benutzen?»

Harper schiebt ihre Unterlippe vor. «Wir fahren dieses Wochenende in die White Mountains. Du kannst dir den Bildband in Ruhe ansehen, um dich seelisch darauf vorzubereiten.»

Sam sieht aus, als wolle man ihn zwingen, in einem Stripclub aufzutreten, und Asher klopft ihm aufmunternd auf die Schulter. «Du musst da nicht alleine durch, Kumpel. Noah und ich kommen mit.»

Noah und ich.

Gerade habe ich noch gedacht, dass dieser Abend gar nicht so schlimm ist, auch wenn Asher mich ignoriert. Aber mit diesem Satz hat er mich quasi ausgeladen. Er geht einfach darüber hinweg, dass Harper auch mich gebeten hat mitzukommen, und das lässt mein Blut hochkochen.

«Ja», sage ich laut und gehe auf die beiden zu. Ich spüre die Blicke der anderen in meinem Rücken und schlucke. «Ich bin auch dabei, das wird bestimmt toll.»

Asher zuckt zusammen, als hätte man ihm Eiswasser über die Schultern gekippt. Seine Kiefermuskeln mahlen, aber ich habe nicht vor, ihm die Gelegenheit zu geben, mich vor den anderen bloßzustellen. «Was hast du Sam denn mitgebracht?», frage ich. «Wir sind alle gespannt, was das großartigste Geburtstagsgeschenk vom besten Freund aller Zeiten ist.»

Harper kichert, und Noah kriegt sich gar nicht mehr ein vor Lachen, als er Ashers starres Gesicht sieht. Schließlich zuckt Asher mit den Schultern und nimmt ein kleines Päckchen von der Kommode.

«Du musst mir nicht um den Hals fallen», sagt er. «Ein einfaches Danke genügt.»

Sams Finger reißen ungeduldig das Papier herunter, und ich

verrenke mir fast den Hals, um zu erkennen, was es ist. Aber ehe ich etwas sehen kann, gibt Sam einen erstickten Laut von sich und zieht seinen Freund an sich. «Mann, das ist ...» Seine Stimme erstirbt, und er fährt sich gerührt über die Augen. «Du weißt es noch ...?»

«Bin ich dein bester Freund, oder nicht?»

Sam hält Ashers Kopf fest und drückt ihm einen fetten Kuss auf die Wange, was zu weiterem Gejohle führt.

Harper dreht sich zu mir um und steckt sich einen Finger in den Hals. Ich muss so lachen, dass mir der Schluck Cola, den ich mir gerade genehmigt habe, fast wieder hochkommt und ich mich schnell wegdrehe, damit es niemand mitbekommt.

«Das ist das beste Geschenk aller Zeiten. Mann, ich weiß gar nicht, was ich sagen soll.»

«Wie wäre es mit *toll, echt toll*», murrt Harper leise, die neben mir aufgetaucht ist. Sofort fange ich wieder an zu kichern.

«Ich fass es nicht», raunt sie mir zu. «Es ist ein Kinderbuch! Ashers bestes Geschenk aller Zeit ist ein verdammtes Kinderbuch!» Sie sieht wirklich sauer aus. *«Winnie the Pooh!»*, stößt sie hervor.

Kapitel 17

Ashers Geschenk ist leider wirklich toll. Als ich später Gelegenheit habe, es mir genauer anzusehen, streiche ich ehrfürchtig über den braunen Schutzumschlag. Er ist trotz seines Alters von über neunzig Jahren bis auf leichte Verfärbungen nahezu makellos. Das Buch darunter hat einen glatten grünen Leineneinband, die Goldprägung auf der Vorderseite zeigt Christopher Robin mit seiner Angel und Winnie Pooh, der die Arme freudig in die Höhe reißt. Es muss ein Vermögen gekostet haben.

«Es ist unglaublich, oder?»

Keine Ahnung, wie lange Sam schon neben mir steht, wahrscheinlich kann er sich gar nicht mehr von diesem Schatz trennen. «Woher wusste Asher es? Ich meine, dass du dich so darüber freuen würdest?»

«Das ist eine lange Geschichte. Ich hatte das Buch als Kind und habe es wirklich überall mit hingeschleppt. Es war natürlich nur eine billige Ausgabe, aber ich habe es geliebt. Als ich ungefähr sieben war, hat Asher mein Buch in einen Glascontainer geworfen, und ich bin hinterhergeklettert.» Er erschauert in Erinnerung daran. «Da war überall zersplittertes Glas. Außerdem war Hochsommer, und die Getränkereste haben Dutzende von Wespen und Bienen angelockt.»

Mir bleibt der Mund offen stehen. «Ich schätze mal, du hast dir dieses Geschenk redlich verdient.»

Sam lacht. «Ich hatte mehrere Stiche und Schnittwunden. Hier», er hält mir seinen Unterarm hin, wo sich eine blasse

Narbe in Form eines J bis zu seinem Ellbogen zieht. «Weil ich ohne mein Buch nicht wieder rauskommen wollte, aber nicht drankam, ist Asher irgendwann heulend nach Hause gelaufen und hat Hilfe geholt. Sie haben mich aus dem Container gezerrt, und ich habe die ganze Zeit geschrien, weil ich das Buch nicht zurückbekommen habe.»

«Warst du nicht stinksauer auf ihn?»

«Nicht wirklich. Eigentlich hat er mir leidgetan. Asher hat sich wochenlang nicht getraut, mich auch nur schief anzusehen. Er hat sich so geschämt, dass er mich fast überhaupt nicht mehr angeguckt hat. Es hat echt keinen Spaß mehr gemacht, mit ihm zu spielen. Ich war froh, als er es irgendwann vergessen hatte. Zumindest dachte ich, dass er es vergessen hat.» Sam legt das Buch zurück auf die Kommode. «Aber da habe ich mich offensichtlich getäuscht, Asher vergisst wohl nie irgendwas.»

Bei Sams Worten bekomme ich eine Gänsehaut.

«Ich liebe dieses Buch», sagt er. «Die Zeichnungen von Shepard sind grandios, und Winnie Pooh ... der Bär ist ein Philosoph.»

Ich muss lächeln, aber das Gänsehautgefühl lässt nicht nach.

Sam atmet einmal tief durch. «Ich werde das alles hier in Europa echt vermissen.»

«Deshalb gehen wir ja noch zelten», necke ich ihn. «Damit dir der Abschied danach nicht so schwerfällt.»

Er stöhnt gespielt, dann wischt er sich die dunklen Strähnen aus der Stirn. «Ich find's übrigens cool, dass du mitkommst. Auch wenn ... Also ich find's cool, echt», wiederholt er.

«Wenn du noch mal sagst, dass du es cool findest, glaube ich dir kein Wort mehr.»

Sam grinst verlegen, dann greifen urplötzlich zwei braune Hände nach seinem Arm. Die Hände gehören zu einer Frau in einem weißen ärmellosen Top, eng anliegenden Jeans und

Cowboystiefeln. Lachend lässt er sich von dem Cowboystiefel-Mädchen zum Tanzen wegziehen.

Irgendwann später lasse ich mich neben Harper auf die Couch fallen. Den ganzen Abend habe ich mich gezwungen, nicht nach Asher Ausschau zu halten. Einmal sind wir beim Tanzen aneinandergestoßen, und Asher ist, eine Entschuldigung murmelnd, sofort zurückgewichen, aber das war unser einziger Kontakt. Jetzt schmerzen meine Füße, und ich habe so viele «Mac 'n' cheese sliders» gegessen, dass ich mir stöhnend den Bauch halte. Die Musik ist leiser, die Anzahl der Gäste hat sich deutlich reduziert, und neben Harper, Sam und den Blakelys sind nur noch Chase, seine Freundin Indira, Roy, Joel und das Mädchen mit den Cowboystiefeln übrig geblieben. Sie heißt Kiara, trägt einen atemberaubend schönen Afrolook und hat das ansteckendste Lachen, das ich je gehört habe.

Noah kommt aus der Küche, schiebt die benutzten Teller auf dem Tisch beiseite und stellt zwei volle Flaschen Wodka samt Schnapsgläsern vor uns hin. Er zieht sein Smartphone aus der Tasche und schießt ein paar Fotos. «Ihr seid echt lahm. Die hier sind noch nicht mal angebrochen. Ich halte das für Instagram fest, damit ihr euch noch jahrelang angucken könnt, wie unglaublich öde diese Party gewesen ist.»

«Heyheyhey!» Kiara stößt ihm ihren Ellbogen in die Seite. «Pass auf, was du sagst.»

Noah hebt beschwichtigend eine Hand. «Wie unglaublich öde diese Party bis *hierhin* gewesen ist», verbessert er sich. «Und damit das nicht so bleibt, vergesst Beer Pong und den Smalltalk: Wir spielen eine Runde ‹Never have I ever›.»

Kiara stöhnt. Sams deutlich lauteren Protest übertönt Noah einfach, was Sam dazu bringt, ins Esszimmer zu verschwinden. «Für diejenigen unter euch, die das Spiel aus unerfindlichen

Gründen nicht kennen, erkläre ich kurz die Regeln: Der Reihe nach darf jeder von uns etwas sagen, was er noch nie getan hat. Wem das auch so geht, der muss nichts trinken, aber alle, die das schon mal getan haben, müssen einen Shot runterkippen.» Er schiebt die Schnapsgläser zu einem Kreis zusammen, schraubt die Wodkaflasche auf und gießt die Flüssigkeit bis an den Rand der einzelnen Gläser – und teils darüber hinaus. Auf dem Tisch bildet sich eine kleine Pfütze. «Ein Beispiel: Wenn Joel sagt, ‹Ich bin noch nie in meinem Leben vom Pferd gefallen›, dann muss ich einen Shot trinken, weil ich, na ja, ich bin schon verdammt oft vom Pferd gefallen.» Er greift nach einem Glas, kippt den Inhalt hinunter und verzieht das Gesicht, bevor er breit grinst. «Verstanden?»

Alle nicken.

Sam kommt aus dem Esszimmer und hält einen Karton im Arm. Ich erkenne das Spiel, das seine Mutter für uns gekauft hat, und unterdrücke ein Lachen.

«Gegenvorschlag. Wir können stattdessen auch Ludo spielen. Ganz ohne Alkohol. Na?» Fast verzweifelt schaut Sam von einem zum anderen – und bekommt von seinem Cousin Roy ein Sofakissen an den Kopf geworfen.

«Vergiss es, Samuel Guinyard!», sagt Harper. «Du wirst uns nicht dieses komische Brettspiel aufdrängen. Und du wirst vor allem nichts an den Regeln verändern, ist das klar?»

«Es gibt ohnehin nur zwei», wirft Noah ein. «Nein, sagen wir drei. Regel Nummer eins: Jeder darf sich seinen Satz selbst überlegen, und *niemand* darf ihn verändern oder irgendwie modifizieren. Regel Nummer zwei: Jeder aus der Gruppe muss absolut und hundertprozentig ehrlich sein.»

«Und wenn nicht?», wirft Indira ein. «Weiß doch keiner, ob ich was verheimliche.»

«Das stimmt. Aber wenn du nicht absolut und hundertprozentig ehrlich bist, wird dich die Rache des Trinkspielgottes treffen, und das willst du nicht erleben, glaub mir.»

Indira kichert und zeigt Noah einen Vogel. Ich unterdrücke ein Stöhnen. Vermutlich ist jetzt der Augenblick, in dem ich nach Hause gehen sollte. Jep. Ich sollte ganz dringend hier weg. Ich rapple mich aus dem Sofa hoch und merke, dass Asher gleichzeitig mit mir aufgestanden ist.

Noah stößt ein Zischen aus. «Wag es ja nicht.»

Unter seinem strengen Blick setze ich mich wieder hin.

«Sorry, Alter», wendet sich Noah an seinen Bruder. «Aus der Nummer kommst du nicht mehr raus.»

Mit einem gespielten Stöhnen setzt Asher sich zurück auf einen der Esszimmerstühle.

«Und was ist die dritte Regel?», fragt Sam resigniert.

«Regel Nummer drei lautet, dass Sam keine Regeln ändern darf. Punkt.»

Alle lachen, und vor allem Harper sieht mehr als zufrieden aus. «Darf ich anfangen?»

Wenn sie jetzt noch freudig in die Hände klatscht, muss ich ihr leider die Freundschaft kündigen, überlege ich. Aber Harper reißt sich zusammen. Sie schaut in der Runde langsam von einem zum anderen und sagt dann: «Ich habe noch nie eine Frau geküsst.»

Die Jungs aus der Gruppe stöhnen genervt auf. «Okay, okay, ich verbessere mich», sagt sie hastig. «Ich habe noch nie jemanden geküsst, der dasselbe Geschlecht hat wie ich.»

Chase ist der Einzige, der sich gelangweilt nach vorne beugt und nach einem Schnapsglas greift, bis Noah plötzlich laut «Fuck» ausstößt und sich ebenfalls einen Shot nimmt.

«Ernsthaft?» Asher hat eine Braue angehoben.

«Ist lange her, okay?» Er reibt sich über die tätowierten Unterarme und grinst dann. «Winston hat sein Bestes gegeben, aber es war irgendwie nicht so mein Ding. Sorry, Chase. Aber damals kanntet ihr euch noch nicht.»

«Ich möchte eine vierte Regel hinzufügen», mischt Sam sich ein – und das nächste Kissen fliegt in seine Richtung. «Moment, Leute. Ich finde nur, dass niemand begründen sollte, warum er trinkt oder nicht.»

«Ich finde Sams Vorschlag gut.» Kiara nickt. Sie hat die Beine übereinandergeschlagen und wippt mit einem Fuß. «Niemand sollte seinen privaten Kram auspacken müssen.»

«Okay», gibt Noah nach, während er die Shots auffüllt. «Keine Erklärungen, das ist mir eigentlich ganz recht.»

Harper beugt sich zu mir und fängt an zu flüstern. «Habe ich nicht gesagt, dass Sam immer die Regeln ändern will?»

Ich nicke abgelenkt, weil ich fieberhaft nach einer Aussage suche, die ich treffen kann. Verdammt, wieso muss ich neben Harper sitzen und gleich am Anfang an die Reihe kommen? Es wäre viel leichter, wenn ich erst einmal abwarten könnte, was die anderen sagen.

«Ivy?»

«Ich, äh ...», weiß nicht, was ich sagen soll. Ich habe keine einzige Folge von *Game of Thrones* gesehen? Ich habe noch nie Karaoke gesungen? Ich war nie in einen Lehrer von mir verliebt? Gott, ist das lahm. Ich ... ich ...

«Ich hatte noch nie Sex im Flugzeug», platze ich heraus und senke schnell den Kopf, um eingehend meine Schuhspitzen zu inspizieren. Als ich aufblicke, starrt Asher mich über den Rand seines Schnapsglases hinweg an. Mein Gesicht läuft heiß an, weil es das erste Mal an diesem Abend ist, dass er mich überhaupt beachtet. Seine Augenbrauen ziehen sich fragend in die Höhe, und seine Lippen formen die Worte ‹Erste Vorsitzende?›, bevor er den Alkohol mit einem Grinsen runterkippt.

«Harper?», höre ich Sams verwunderte Stimme, und erst

jetzt bemerke ich, dass sie ebenfalls nach einem Glas gegriffen hat. «Hast du die Regeln nicht verstanden?»

Sie wird schlagartig rot. «Doch.» Sie trinkt und stellt das Glas zurück auf den Tisch. «Keine Erklärungen, okay?»

Jetzt sieht Sam von seiner vierten Regel gar nicht mehr so begeistert aus. Roy unterbricht das Blickduell der beiden und fragt: «Zählt es auch, wenn man ganz allein mit sich Sex im Flugzeug hatte?»

«Nein», rufen Indira, Noah und Kiara wie aus einem Mund. Ich pruste in meine Handfläche und wappne mich innerlich für die nächste Aussage. Aber Sam ist an der Reihe und ist von Harpers Reaktion anscheinend immer noch nachhaltig geschockt. «Ich habe mir noch nie was gebrochen», murmelt er.

Okay, das ist unverfänglich. Beruhigt lehne ich mich zurück, doch neben Indira und Chase muss auch Asher schon wieder einen Wodka trinken, und das lässt es in meinem Bauch verräterisch kribbeln.

Splenektomie, Nierentrauma, Rippenbrüche, Pneumothorax, Ober- und Unterschenkelfraktur, habe ich Kadence' Stimme noch im Ohr. Ich starre Asher an und registriere erleichtert, wie er sich entspannt. Er war nun schon so oft fällig, dass ihm wahrscheinlich alles längst egal ist.

Roy ist an der Reihe und grinst diabolisch. «Okay, Leute, jetzt kommt's! Ich hatte noch nie eine Pilzinfektion.» Neugierig beugt er sich nach vorn, aber keiner von uns rührt sich. «Ach kommt schon, euer Ernst? Ihr lügt mich doch an!»

Wir fangen alle an zu lachen, aber niemand greift nach einem Glas. «Shit, beim nächsten Mal überlege ich mir was Besseres.»

Indira sagt, dass sie noch nie in ihrem Leben eine Spinne getötet hat, und fast alle von uns müssen ein Glas leeren. Chase macht eine Feststellung, bei der klar ist, dass er nur seinen Beinaheschwager ärgern will. Er gibt zu, noch nie ein Buch von Ernest Hemingway gelesen zu haben, was Sam dazu bringt, hektisch zu atmen, weil nur die Hälfte von uns trinkt. Dann ist Joel dran und kann mit seinem Grinsen nicht verbergen, dass er den Fehler seines Bruders Roy wieder ausbügeln will. Er verschränkt die Arme vor der Brust. «Ich habe noch keinem aus dieser Runde einen Kuss gegeben. Mit Zunge», fügt er schnell noch hinzu, und ich spüre, wie mein ganzer Körper in eine Art Schockstarre verfällt.

Mit Zunge. *Ashers Zunge.* Heilige Mutter Gottes. Ich kann seine Lippen immer noch auf meinen spüren, und das jagt mir sofort Strom durch den Körper.

Verdammt, verdammt, verdammt. Okay, überlege ich panisch, ich könnte meinen Brüdern einen Gutenachtkuss gegeben haben. Früher. Aber mit Zunge? Ob sich jemand vorstellen kann, dass ich Harper einen Zungenkuss gegeben habe? Wahrscheinlich nicht. In dem Moment lachen Sam und Harper auf und trinken beide je ein Glas in einem Zug leer. Ich sollte Asher jetzt nicht ansehen, aber, bei Gott, ich kann nicht verhindern, dass mein Blick zu ihm schweift. Wird er lügen? Wenn er lügt, dann lüge ich auch. Mir bricht der Schweiß aus, als ich sehe, wie er mit halbgeschlossenen Lidern langsam seinen Arm ausstreckt. Er könnte Harper geküsst haben. Irgendwann. Niemand weiß, dass ich es war.

«Oookay», zieht Noah das Wort in die Länge, als Asher seinen Shot hinunterkippt. «Das ist eine ungerade Zahl, oder Leute? Bahnt sich hier eine Dreiecksgeschichte an? Ein Drama?» Er fängt an zu lachen.

Sam rutscht unruhig auf seinem Stuhl hin und her. «Hast du mir irgendwas zu beichten, Harp?»

«Nein! Du etwa?», faucht sie, und ihr Blick schießt sofort zu mir. Ich schüttele leicht den Kopf, und ungläubig stiert sie von

Indira zu Kiara und dann wieder zu mir. Erneut. Indira, Kiara, ich. Indira, Kiara, ich. Hier bleibt sie endgültig hängen, und ich versuche, meine Panik hinunterzuschlucken. Das wäre alles nicht so schlimm, wenn ich nicht so ein Gewese darum machen würde. Ich sollte es einfach hinter mich bringen. Bei der nächsten Aussage ist das doch sofort wieder vergessen.

Asher hat die Beine übereinandergeschlagen und spielt mit dem leeren Glas in seiner Hand. Seine Krawatte hat er im Laufe des Abends abgelegt und die obersten Knöpfe seines Hemdes geöffnet. Er wirkt fast unbeteiligt, aber an der Bewegung seiner Finger kann ich sehen, dass er wartet. Ich schlucke, dann beuge ich mich nach vorne und schmecke in der nächsten Sekunde brennenden Alkohol auf meiner Zunge. Als ich das Glas wieder abstelle, ist es im ganzen Haus so still, dass man Staubflusen fallen hören könnte. Seit wann ist eigentlich die Musik aus?

«Oh. Wow», bringt Noah hervor. «Das ... erklärt einiges.»

Sam starrt mich ungläubig an, und um Harpers Mund bildet sich ein Schmunzeln.

«Nächster», krächze ich.

«Das bin dann wohl ich», meint Kiara und fängt an, so laut und befreiend zu lachen, dass die anderen mit einfallen. Alle bis auf Asher und mich, aber ich hoffe, das fällt niemandem auf. Kiara behauptet, sie könne nicht einen einzigen Liegestütz machen, ohne auf die Nase zu fallen, und alle Jungs bis auf Sam kippen einen Shot runter. Danach versuchen sie, es auf dem Boden liegend zu beweisen, was in diesem Zustand aber nicht alle schaffen.

Als die Jungs wieder sitzen, schauen wir Noah erwartungsvoll an. Er ist dran, und da er mit dem Spiel angefangen hat, ist uns allen klar, dass er sich keine harmlose Aussage wie in seinem Beispiel überlegen wird. Ich kann sehen, wie es hinter seiner Stirn arbeitet. Er blickt jeden aus der Runde eindringlich an, aber ich bilde mir ein, dass er bei seinem Bruder am längsten verweilt.

Es ist so typisch, dass er noch eine Schippe drauflegen will, dass er sich extra etwas überlegt, um Asher in die Pfanne zu hauen. Weil Brüder das eben so machen. Weil sein Vater mit ihm ganz offensichtlich besser auskommt, weil er sich vielleicht benachteiligt fühlt, weil er noch eine Rechnung mit ihm offen hat, warum auch immer.

«Komm schon, Noah», stößt Harper aus. Sie hat rote Flecken im Gesicht und wischt sich mit dem Handrücken über die Stirn. «Spann uns nicht länger auf die Folter.»

«Okay.» Noah grinst so begierig, dass mir unvermittelt kalt wird und sich alle Härchen an meinen Armen aufstellen. «Ich habe mir noch nie vorgestellt ... in meinem ganzen Leben nicht», erweitert er seine Aussage, «... wie es wäre, einen Menschen aus dieser Runde besinnungslos zu vögeln.» Er lehnt sich genüsslich zurück und wartet.

Ich bin so geschockt, dass mir die Luft wegbleibt. Selbst Sam und Harper, die ja ein Paar sind, wirken im ersten Moment wie erstarrt. «Vielleicht nicht unbedingt gleich *besinnungslos* ...», fängt Sam an zu relativieren und bekommt von Harper einen Stoß mit dem Ellbogen. «Wag es nicht, jetzt was zu trinken!»

Kiara prustet los und verschüttet beinahe die Cola, von der sie gerade einen Schluck nehmen wollte. «Leute, dafür kenne ich euch einfach nicht gut genug.»

Joel und Roy beugen sich beide interessiert vor. «Niemand? Wirklich niemand?» Sie sehen enttäuscht aus.

«Du bist ein Arschloch, Noah.» Ashers Stimme ist ganz ruhig, weshalb ich nicht einschätzen kann, ob er das im Spaß sagt oder nicht. Er steht auf, und obwohl er nicht mehr ganz sicher auf den Beinen steht, sieht er ernüchtert aus.

«Ach, was soll's?» Er beugt sich über den Tisch und greift ungerührt nach einem vollen Schnapsglas. Mit seltsam glasigen Augen prostet er seinem Bruder zu, kippt den Inhalt in einem runter und knallt das Glas auf den Tisch, bevor er die Terrassentür aufreißt und nach draußen geht.

«Wir werden nicht darüber reden», würgt Asher mich ab, bevor ich auch nur ein Wort sagen kann.

Ich bin ihm nach draußen gefolgt, als das Spiel mit etwas gezwungenem Gelächter für beendet erklärt wurde und Sam die Musik wieder angemacht hat.

Asher steht auf der kleinen Veranda hinterm Haus und stützt sich am Geländer ab. Sein Kopf hängt zwischen seinen Schultern nach unten, und er atmet schwer in die Nachtluft. Es ist frisch geworden, und eine Gänsehaut kriecht an meinen nackten Beinen nach oben. Ich hätte doch besser eine Jacke mitgenommen, denn nun spüre ich jeden Zentimeter, den mein Kleid am Rücken zu weit ausgeschnitten ist. Von drinnen dringt Musik heraus, aber ich kann nicht erkennen, was es ist; ich höre nur den Bass durch die geschlossene Glastür.

«Ludo wäre vielleicht doch keine so schlechte Idee gewesen», sage ich, um die Situation etwas aufzulockern. Mit den Füßen reibe ich mir abwechselnd über die Waden, um mich zu wärmen. «Hillary hat gesagt, man würde einen Menschen im Spiel besser kennenlernen als in Gesprächen, aber im Grunde stimmt das nicht, oder? Man stellt eigentlich nur fest, dass man ihn noch viel weniger kennt, als man dachte.» Ich setze ein schiefes Lächeln auf.

Ich will nicht, dass es frustriert klingt, aber genau so hört es sich an. Weil Asher nichts erwidert, sondern nur still vor sich hin brütet, rede ich weiter. «Das war echt blöd von Noah. Ich kann verstehen, dass du den Wodka getrunken hast. Ich war auch kurz davor, es zu tun, nur um ihn zum Schweigen zu bringen.»

Er dreht seinen Kopf zu mir. «Du denkst, ich hätte das wegen Noah getan? Wirklich, Ivy?»

«Ich ... ich könnte es verstehen. Ich bin sicher, die anderen wissen, dass es nicht ernst gemeint war. Ist doch nur ein Spiel.»

Asher stößt ein freudloses Lachen aus. Seine rechte Hand verkrampft sich zur Faust und klopft auf das Holzgeländer vor ihm. «Vielleicht war ich auch einfach nur ehrlich.»

Es dauert ein paar Sekunden, bis diese Worte an der richtigen Stelle ankommen. Erst in meinem Kopf und dann in meinem Magen und zuletzt in meinem Unterleib, wo sich alles zusammenzieht. Ich bekomme weiche Knie, obwohl wir uns nicht einmal berühren. Das sagt Asher nur so, rede ich mir ein. Vielleicht will er mich damit auch nur provozieren, so wie Noah es getan hat.

«Aber du hast gesagt, ich soll die Resettaste drücken.»

«Ja.»

«Warum?»

«Weil ...» Er holt tief Luft. «Dad würde mich umbringen.» Jetzt lacht er wieder, und es hört sich bitter an.

«Dein Vater ist ... nett. Er ist jemand, mit dem man reden kann. Er hat sich verändert, vielleicht durch den Tumor, ich weiß es nicht. Aber er ... er ist nicht mehr so streng wie früher.»

Asher sagt nichts dazu. Er legt seinen Kopf auf den verschränkten Armen ab und atmet einmal tief durch.

«Dieser Spruch», sagt er plötzlich, «Sams Geschenk mit dem Bilderrahmen, das ist von dir, oder? Das hast du gemalt.» Er sieht wieder hoch und richtet sich auf.

«Ja.» Durch den plötzlichen Themenwechsel schwirrt mir der Kopf. Ich stelle mich neben ihn an die Brüstung und lehne mich gegen das Holz. Im gleichen Moment spüre ich die

Wärme seiner Hand an meinem Rücken. Er fasst mich nicht an, aber seine Fingerspitzen fahren einige Zentimeter am Saum meines Rückenausschnitts entlang, bevor er die Hand wieder wegzieht. Ich wünschte, er würde sie dalassen.

Weil es so viel leichter ist, über Sams Geschenk zu sprechen, als über alles andere, fange ich an zu reden.

«Ich dachte, es passt zu Sam, weil er bisher immer alle Erwartungen erfüllt hat. Ab sofort verbindet er die Punkte, wie er es will. Er geht nicht mehr auf Nummer sicher. Darum beneide ich ihn. Anstatt Lehrer zu werden oder sich irgendeine Anstellung zu suchen, studiert er Kunst. Anstatt in seinem bekannten Umfeld zu bleiben, reist er nach Europa. Auch wenn er später vielleicht doch das macht, was andere für vernünftig halten, geht er trotzdem seinen ganz persönlichen Umweg. Das finde ich großartig.»

«So wie du? Du gehst schließlich auch deinen Weg, ohne dir Gedanken darüber zu machen, wer hinter dir zurückbleibt, oder?»

«Asher, wovon reden wir jetzt?»

«Sag du es mir.»

Ich fasse meinen ganzen Mut zusammen. «Ich habe es mir nicht ausgesucht, nach New York zu gehen, wenn es das ist, worauf du anspielst.»

«Nein, natürlich nicht. Du hast es dir auch nicht ausgesucht, einfach jeden Kontakt abzubrechen.»

Ich bin sprachlos. Kann es sein, dass wir aneinander vorbeireden? Ist Asher mir böse, weil sein Vater mich weggeschickt hat, und kommt das nun nach all den Jahren hoch? Aber ich wollte nie weggehen. Weiß er das etwa nicht?

«Ich wollte nicht nach New York. Aber dein Vater hat mich nicht nach meiner Meinung gefragt. Er hat mich dazu gezwungen. Was ich will, hat hier nie jemanden interessiert.»

Er lässt sich nicht anmerken, ob er mir glaubt oder denkt, dass es nur eine Ausrede von mir ist. «Auch wenn es dich überrascht, es interessiert *mich*.»

«Wirklich? Davon habe ich vor vier Jahren, als dein Dad mich weggeschickt hat, nicht viel mitbekommen.»

«Ivy.» Asher stößt ein Knurren aus.

Ich weiß gar nicht, warum, aber ich habe das Gefühl, in eine eiternde Wunde gestochen zu haben, und beiße mir auf die Lippe. Unsicher sehe ich zu Asher, der sich an den Bauch fasst, als hätte er Schmerzen.

«Du bist damals weggelaufen, nachdem wir uns gestritten haben.» Er sagt es mehr zu sich selbst. Sein Blick geht ins Leere.

«Wir haben uns nicht gestritten, Asher. Zuerst ja, aber später nicht mehr. Wir haben gelacht, Asher. Gelacht! Ich wusste nicht, dass das ein Verbrechen ist, bis dein Vater dich geohrfeigt hat. Und ich bin weggelaufen, weil ... Ich war fünfzehn, mein Gott, da macht man schon mal bescheuerte Dinge. Erst recht», ich schlucke, «erst recht, wenn die eigene Mom gerade erst gestorben ist. Ich hatte gehofft, dass mich jemand suchen würde.»

Dass du mich suchen würdest, denke ich, spreche es aber nicht aus. «Ich dachte, einer von euch würde mich nach Hause zurückholen, doch stattdessen hat dein Vater mich in der Nacht auf der Straße eingesammelt und nach New York verfrachtet. Ihr habt mich von einem auf den anderen Tag aus eurem Leben entfernt.»

«Ich habe dich gesucht, glaub mir.» Asher zieht eine Grimasse. «Ich wollte dich nach Hause zurückholen.»

Das kann ich ihm nicht glauben. Unmöglich. «Und warum hast du es dann nicht getan?»

«Ich ... hatte einen Unfall.»

«Komm, hör auf, Asher! Es kann ja wohl kaum so schlimm

gewesen sein wie dein Motorradunfall später. Ich konnte überhaupt nichts machen. Ich hatte ja nicht mal mehr ein Handy, um dich oder Noah anzurufen. Und von dir oder Noah kam überhaupt keine Reaktion. Ich dachte, ihr wolltet mich nicht mehr.»

Meine Augen brennen, und ich presse die Lippen fest zusammen, um keinen verdächtigen Ton entkommen zu lassen, auch wenn ich das Gefühl habe, gleich zerplatzen zu müssen.

Er dreht den Kopf weg. «Von dir kam gar nichts, als ich den Unfall hatte. Das hat mir gezeigt, dass ich dich kein bisschen interessiere.»

«Aber von deinem Unfall wusste ich nichts. Ich habe jetzt erst davon erfahren. Auf Wins Party. Kadence hat es mir erzählt.»

Asher schnaubt. «Bullshit.»

Ich fasse nach seinem Arm. «Ich wusste wirklich nichts. Dein Dad hat kein Wort gesagt. Mir ist klar, wie unglaubwürdig sich das anhören muss, aber wir waren drei Jahre lang eine Familie, oder nicht? Natürlich wollte ich wissen, wie es dir geht. Ich hätte für dich da sein wollen.»

Er zieht seinen Arm weg und geht einen Schritt zurück. Mit dem Rücken lehnt er sich an das Geländer und schaut mich zweifelnd an. «Du musst das doch mitbekommen haben.»

«Wie denn? Ich war in New York», erinnere ich ihn.

«Ivy», er holt tief Luft, «erzähl mir keinen Scheiß. Du warst nicht in New York. Ich hatte den Unfall an dem Abend, als du weggelaufen bist.»

Kapitel 18

Das kann nicht sein. Ich starre Asher an und kann nicht fassen, was für Worte da gerade aus seinem Mund gekommen sind.

Vier Jahre, ein Monat und achtzehn Tage.

Deshalb hat er sich dieses Datum so genau gemerkt. Es hatte gar nichts mit mir zu tun, sondern mit seinem Unfall. Ich bin wie vor den Kopf geschlagen. Er hatte einen Unfall, weil er nach mir gesucht hat? «Du willst mir sagen, dass dein Vater mich nachts fünf Stunden lang nach New York gefahren hat, während du schwer verletzt warst? Das ... das ist doch ... das kann doch nicht sein.»

«Tut mir leid, wenn ich den zeitlichen Ablauf nicht mehr so ganz auf die Reihe bekomme», sagt er zynisch. «Ich war abgelenkt.»

«Asher.» Ich weiß nicht, was ich sagen soll. Oh Gott! Es ist meine Schuld, dass er diesen Unfall hatte. Wenn ich nicht weggelaufen wäre ...

«Mach jetzt kein Drama daraus, Ivy. Das Auto kracht in mich rein, ich komme ins Krankenhaus. Erste OP, künstliches Koma, eine Woche Intensivstation, zweite OP, zwei Wochen Intensivstation, vier Wochen Krankenhaus, drei Monate Reha. That's it. Und irgendwann zwischen Auto und Intensivstation bist du nach New York abgehauen.»

«Ich bin nicht abgehauen», sage ich verzweifelt.

«Sorry, wenn es für mich aber ganz genau so aussah.»

Ich schlinge die Arme um meinen Oberkörper, weil ich

jetzt wirklich friere. Innerlich wie äußerlich. Und Asher macht keine Anstalten, an dieser Kälte zwischen uns etwas zu ändern. «Warum hat er das getan? Warum hat dein Vater mich weggebracht?»

«Also, wenn du wirklich nicht freiwillig gegangen bist, dann würde ich sagen, er wollte dich beschützen.» Asher zuckt mit den Schultern.

Okay, überlege ich fahrig. Meine Mom ist bei einem Unfall gestorben, und Asher hatte einen schweren Unfall nur zwei Wochen später. Wie groß ist die Wahrscheinlichkeit, dass man so viel Unglück hat? Es muss entsetzlich für meinen Stiefvater gewesen sein, und vermutlich hat er gedacht, dass ich das nicht aushalte. Nicht noch einmal. Das verstehe ich sogar, aber warum die Ohrfeige? Dass ich meinen letzten Gedanken laut ausgesprochen habe, merke ich erst, als Asher darauf antwortet.

«Weil er uns zusammen gesehen hat.»

«Wir waren ständig zusammen», wische ich sein Argument beiseite.

«Ja, aber nicht so.» Er fährt sich nervös durch die Haare. «Fuck, du hast wirklich ganz andere Erinnerungen an diesen Tag als ich, oder?» Sein Blick ist gequält, so als stünde er davor, eine ziemlich unangenehme Wahrheit auszusprechen. Seine Augen sind so dunkel, dass sich nicht einmal die Beleuchtung der Veranda darin spiegelt.

«Ich habe irgendwas in deinem Zimmer gemacht. Frag mich nicht, was, ich weiß es nicht mehr. Du bist deshalb wutschnaubend zu mir gekommen und hast mir alles Mögliche an den Kopf geknallt.» Er lächelt leicht. «Und nachdem ich mir angehört habe, was du zu sagen hattest, musste ich lachen. Du sahst aus wie eine Furie, deine Haare standen in alle Himmelsrichtungen ab, und dein Gesicht war knallrot angelaufen. Und weil ich dich ausgelacht habe, bist du auf einmal in Tränen ausgebrochen, und ... Fuck, das hat mir das Herz gebrochen. Ich weiß, dass ich damals ein totaler Arsch war. Aber ich mochte deine Mom. Ich hatte Catherine echt gern. Mir ging es damals auch scheiße, okay? Und dann hatte ich dich plötzlich auf meinem Schoß, Ivy. Es war ein beschissener Fehler von mir, das zuzulassen. Du hast in meinem Arm geheult, und ich habe angefangen, dich zu kitzeln, weil ich damit nicht umgehen konnte. Verdammt, das ist so ein erbärmliches Klischee.» Er stößt ein freudloses Lachen aus. «Ja, wir haben beide herumgealbert, das stimmt, aber ich ... ich hatte Bilder im Kopf. Ich konnte nur daran denken, dass ich dich am liebsten ... Ach, fuck.» Er sucht nach Worten. «Dad hat dich gehört. Erst dein Schreien und dann dein Weinen. Als er in mein Zimmer kam, habe ich dich schnell von mir weggeschoben, aber ich ... ich hatte eine Erektion, die weiß Gott nicht zu übersehen war.»

In meinen Ohren ist nur noch ein Rauschen, als Ashers Stimme leiser wird.

«Du warst fünfzehn und ich einundzwanzig. Ich schätze, das ist mehr als genug, um die Ohrfeige zu rechtfertigen.» Die Narbe an seinem Mund zieht sich leicht nach oben, und ich sehe es genau vor mir. Wie entsetzt sein Vater uns anstarrt, wie Ashers Kopf gegen die Schranktür knallt, das Blut, das über sein Kinn läuft. Auf einmal ergibt das alles einen ganz anderen Sinn. Wie kann es sein, dass ich das damals nicht bemerkt habe? Und wie konnte Richard ihn nur schlagen? Asher hätte mir niemals etwas getan. Niemals hätte er mich bedrängt oder irgendwas versucht.

Ich schlucke. «Weiß Noah das alles?»

«Ich denke, er hat keine Ahnung.»

In dem Moment hören wir ein Geräusch an der Verandatür

und fahren beide herum. Harper schiebt vorsichtig ihren Kopf durch die Tür. «Ivy, ist alles in Ordnung?»

«Nicht. Jetzt.» Diese zwei Worte von Asher reichen aus, um Harper einen hochroten Kopf zu bescheren. «Sorry, Asher Blakely, aber ihr streitet euch hier schon seit einer halben Ewigkeit, da werde ich wohl mal nachfragen dürfen, ob Ivy Hilfe braucht!»

«Danke.» Ich nicke Harper zu. «Es ist alles gut, mach dir keine Sorgen. Ich komme gleich wieder rein.»

«Wirklich?» Sie wirft einen misstrauischen Blick zu Asher.

«Ja, wirklich.» Ich versuche zu lächeln, dabei ist mir hundeelend zumute. Schließlich knallt Harper die Tür wieder zu.

«Hier ist man wirklich nie allein.» Asher sieht mehr als verbissen aus. Er seufzt, dann spricht er weiter. «Ich glaube, in dem Moment, als er mich geschlagen hat, da hattest du regelrecht Panik vor meinem Dad. Und als du aus dem Zimmer gestürmt bist, ist er zusammengebrochen. Er hat geweint und mich gebeten, ihm zu verzeihen. Gott, das war furchtbar. Kannst du dir vorstellen, wie das ist, wenn dein Vater auf dem Boden hockt und heult, während du mit blutendem Gesicht vor ihm stehst wie ein Vollidiot?»

Mein Herz krampft sich zusammen. Nein, ich kann es mir nicht vorstellen. Es tut mir so leid, dass das passiert ist, aber wie soll ich Asher das sagen, ohne dass es hohl klingt?

«Ich habe mir ein Shirt auf die Platzwunde gepresst und versucht, ihn zu beruhigen. Ich habe ihm geschworen, dass ich dich niemals angerührt habe. Keine Ahnung, warum er so ausgetickt ist, wahrscheinlich war das einfach alles zu viel. Ich habe ihm versprochen, dass ich dich suche. Es war schnell klar, dass du nicht auf der Insel geblieben bist. Also bin ich auf dem Motorrad los. Jede verdammte Scheißstraße habe ich nach dir abgesucht. Dann hat Dad mich angerufen, weil er dein Handy in der South Street orten konnte. Gott, wie oft er mir hinterher gesagt hat, dass er das bereut!» Asher schluckt. «Ich bin dorthin gefahren, in die South Street eingebogen und noch bis zur Querstraße gekommen, so steht es zumindest im Polizeibericht. Ein Pick-up ist von der Lafayette-Road abgebogen und ...» Er schüttelt den Kopf. «Er ist auf die Gegenfahrbahn gekommen und dann ...» Er legt beide Hände aneinander, um sie mit gespreizten Fingern wie eine Explosion auseinanderbersten zu lassen, und verzieht den Mund zu etwas, das vermutlich ein Lächeln sein soll.

Meine Gedanken rasen, weil sie versuchen, die wenigen Details, an die ich mich noch erinnern kann, zusammenzufassen. Da war eine Baustelle in der South Street, um die ich herumgehen musste. Da war Lärm, und ich weiß noch, dass ich mich gewundert habe, dass noch gearbeitet wurde. Aber ich muss schon weg gewesen sein, als Asher dort ankam. Richard hat mich erst Stunden später gefunden. Weil ... weil er vorher bei Asher im Krankenhaus war. Ich spüre einen Druck auf meinem Brustkorb, als würde darin *Transformers* 5 abgespielt. Mein Herzschlag fühlt sich an wie Hämmern von Metall auf Metall. «Wenn ich nicht weggelaufen wäre ...»

Asher sagt kein Wort. Irgendwie hoffe ich, dass er mich beruhigt. Dass er mir sagt, es wäre so oder so irgendwann passiert, weil das Schicksal oder irgendein anderer Mist es so will, aber das tut er nicht. Er lässt das Schweigen zwischen uns stehen.

Wäre ich doch nur niemals weggelaufen. «Es tut mir leid. Alles. Ich wünschte ...»

«Natürlich wünschst du dir das», unterbricht er mich. «Denkst du, mir geht es anders? Aber es ist nicht deine Schuld. Du hättest nicht weglaufen müssen, Dad hätte mich nicht schlagen müssen, ich hätte verdammt noch mal keinen Ständer kriegen müssen, weil meine kleine Stiefschwester sich auf meinem Schoß räkelt ... Das ist doch alles Dreck, Ivy. Und ich bin eigentlich froh, dass du in New York gewesen bist. Es ist okay. Ich erzähle dir das nur, damit wir das Thema abschließen können.»

Er wirkt auf einmal so kalt und unnahbar, dass ich Schwierigkeiten habe, Luft zu bekommen. In mir zieht sich alles zusammen.

«Du musst mich gehasst haben», flüstere ich. Meine Hand berührt seine, die leblos an seiner Seite herabhängt. Seine Finger sind klamm. Kalt und schweißnass.

«Hör auf, so verständnisvoll zu sein.» Er zieht seine Hand weg. «So warst du schon immer, oder? So weich, so ... so verdammt ivy-mäßig. Ich habe dich nicht gehasst, nein. Aber bei dem Scheißspiel eben habe ich den Wodka getrunken, weil ich Bock darauf hatte. Ich habe gelogen, okay? Denn ich habe mir bestimmt nicht über deinem Foto einen runtergeholt oder was immer du dir jetzt in deiner Kleinmädchenphantasie vorstellst. Ich habe dir verdammt noch mal nicht die letzten vier Jahre nachgeweint.»

Obwohl ich das weiß, zucke ich zusammen, als hätte er mich geohrfeigt. «Okay», keuche ich und versuche, mein wild pochendes Herz zu beruhigen. «Das ... das ist mir klar. Und ich weiß, dass der Wodka nichts zu bedeuten hatte. Das musst du nicht extra betonen.» Nur um mich zu demütigen.

«Gut.» Er nickt. «Wenn du mir einen Gefallen tun willst, dann lass mich mit meinem besten Freund alleine in die Berge fahren. Ich will nicht, dass du mitkommst. Das Einzige, was noch schlimmer ist als dein ‹Es tut mir so leid›, ist ein ‹Es tut mir so leid› gemeinsam in einem Zelt mir dir.»

Ich kann nicht verhindern, dass ich schon wieder zusammenzucke. Wow, das ist echt hart. Ich schlucke und versuche, an seinem Gesichtsausdruck zu erkennen, ob er das wirklich so meint. Seine Lippen sind zusammengepresst, und er verschränkt die Arme vor der Brust. Ja. Er meint es genau so.

Mit aller Macht dränge ich die Tränen zurück und blinzle heftig. «Ich gehe mit Sam und Harper zelten, weil ich sie mag. Weil ich Lust darauf habe. Weil es, wenn du so willst, mein ganz persönlicher Umweg ist, bevor ich nach New York zurückgehe. Ich verbinde die Punkte so, wie ich es will! Wenn du mich also nicht in deinem Zelt haben willst, Asher, dann bleib doch einfach zu Hause.»

In mir fängt es an zu brodeln, und am liebsten würde ich Asher schlagen. Gott sei Dank: Die Wut verhindert, dass ich anfange zu heulen. «Weißt du, was? Ich glaube dir sogar, dass du mich nicht gehasst hast. Aber ich, ich habe dich gehasst. Du warst gemein und grob und der schlimmste Stiefbruder, den man sich vorstellen kann. Und ich sage dir das auch nur, damit wir das zwischen uns ein für alle Mal abschließen können.» Mein Zeigefinger pendelt zwischen uns hin und her. Es ist ungerecht, und ganz bestimmt werde ich bereuen, was ich gerade sage, aber ich kann einfach nicht damit aufhören. Tief hole ich Luft und stoße ihn vor die Brust, sodass er zurücktaumelt und gegen das Geländer stößt.

«Fuck!» Damit hat er nicht gerechnet, und er starrt mich völlig entgeistert an.

«Ich weiß, dass du mir nicht nachgeweint hast. Du hast dich lieber mit anderen Frauen amüsiert. Und soll ich dir was sagen? Kadence ist nett. Ich kann verstehen, dass sie dir gefällt. Ich mag sie auch. Aber ich finde, sie hat etwas Besseres verdient als einen ... einen ... Feigling wie dich. Fick dich, Asher! Fick dich einfach selbst!»

«Ivy.» Er klingt geschockt. Seine Stimme ist brüchig.

Ich kann selbst nicht begreifen, was in mich gefahren ist. Das Herz sinkt mir in die Hose, und dann noch ein Stück weiter, vermutlich auf Höhe meiner Kniekehlen. Aber ich kann nicht wieder zurücknehmen, was ich gesagt habe.

An der pochenden Ader auf Ashers Stirn sehe ich, dass ich ihn verletzt habe und wie es in ihm arbeitet. Er hebt beide Hände an und öffnet den Mund. Trotzdem bringt er keinen Ton heraus. Und jetzt bricht das Entsetzen über meine Worte so richtig über mir zusammen. Oh Gott. Das, was ich ihm gerade an Beleidigungen an den Kopf geknallt habe, kann man nicht einfach so wegwischen. Scham überflutet mich, und ich unterdrücke ein Stöhnen. Um die Worte zurückzunehmen, muss ich mehr tun, als mich nur zu entschuldigen. Deutlich mehr. Wenn es dafür nicht schon zu spät ist. Wenn Asher mir überhaupt noch zuhört.

Ich suche seinen Blick, aber Asher sieht mich nicht einmal an. «Du hast eben gesagt, es würde dich interessieren, was ich will. War das auch gelogen?»

«Nein.»

«Okay.» Oh Gott, es fällt mir so unfassbar schwer. Asher hat mich auf so viele Arten weggestoßen und verletzt, und ich mache alles nur noch schlimmer. Es kommt mir so vor, als würden seine Wunden immer noch schmerzen. Als würde er sie mit allem verteidigen, was er zur Verfügung hat, nur damit sie nicht wieder aufreißen.

«Ich wollte nicht auf die Insel zurückkommen», sage ich ruhig.

Asher blinzelt. Er tritt einen Schritt näher, und in seinen Augen spiegelt sich die Verandabeleuchtung. Ein Schimmer aus Bernstein und Gold.

«Ihr wolltet mich nicht mehr haben, nachdem meine Mom gestorben ist. Ich habe einfach nicht mehr dazugehört. Aber ich hatte keine Ahnung von dem, was damals passiert ist. Und auch wenn du nicht hören willst, dass es mir leidtut, das musst du jetzt ertragen. Denn es tut mir unendlich leid, Asher. Ich wünschte, ich könnte die Zeit zurückdrehen, um zu ändern, was passiert ist. Um den Unfall zu verhindern. Und wenn das nicht geht, dann, um wenigstens bei dir zu sein. An deinem Bett zu sitzen, deine Hand zu halten. Auf der Intensivstation, auf der normalen Station, in der Reha.» Ich ziehe eine Grimasse. «Und die andere Sache, diese ... diese Anziehung – auch wenn du dir Vorwürfe machst, ich war fünfzehn, Asher, nicht elf! Ich hätte damit umgehen können.» Ich presse die Hand auf meinen Brustkorb, um meinen Herzschlag zu beruhigen, aber das bewirkt gar nichts. «Ich habe dich nie gehasst. Aber ich *wollte* dich hassen», gestehe ich ihm. «Als wir uns im Flugzeug getroffen haben, habe ich das irgendwie mit mir selbst ausgemacht. Aber dann habe ich festgestellt, dass ich das nicht kann. Auch wenn du noch so asher-mäßig bist. Und ich will ... ich will ...»

Ja, was?

«Was willst du?» Sein Kiefer ist angespannt.

«Ich will wieder zu dieser Familie gehören.»

Ich habe das Falsche gesagt. Ich erkenne es daran, dass alle Anspannung aus Ashers Körper weicht und jeder Glanz in seinen Augen erlischt, als hätte man Eiswasser über eine Flamme gegossen. Denkt er, dass ich in ihm nur meinen Stiefbruder sehe? Aber wie soll ich ihm sagen, dass er für mich so viel mehr ist? Nur weil ich wieder ein Teil dieser Familie sein möchte, heißt das nicht, dass ich keine Gefühle für ihn habe. Dass ich ihn nicht begehre. Oh Gott, ich sehne mich so sehr nach ihm, dass es schmerzt. Hilflos suche ich nach Worten.

«Komm mit. Bitte.» Mit zitternden Knien gehe ich über die Veranda zur Tür, und mit jedem Schritt pumpt mein Herz mehr Adrenalin in meinen Körper. Ich habe mir immer vorgestellt, dass man mutiger wird, wenn man einmal eine Entscheidung getroffen hat und diese dann verfolgt, aber das ist nicht der Fall. Man geht nicht los und merkt mit jedem Schritt, dass der Weg der richtige ist. Man geht los, und plötzlich sieht rechts und links alles anders aus, und mit jedem Moment wird man unsicherer. Was, wenn es falsch ist? Was, wenn man nachher nicht mehr zurückfindet? Kann man überhaupt zurückgehen? Wahrscheinlich begreift man erst, kurz bevor man durch das Band geht, dass man am Ziel angekommen ist und die ganze Zeit auf dem richtigen Weg war.

Die Musik im Wohnzimmer ist nur ein leises Säuseln. Von Joel, Roy und Kiara ist nichts mehr zu sehen. Harper und Sam kuscheln auf dem Sofa, und Indira blättert in einem Buch, während Noah mit trüben Augen eine Zigarette dreht. Die Gläser stehen immer noch auf dem Tisch, auch die halbleere Wodkaflasche.

Harper hebt den Kopf, als wir reinkommen. «Alles okay?»

«N... nein», stammle ich und räuspere mich schnell. «Nichts ist okay. Ich habe eben ... also, ich war nicht ehrlich, und das möchte ich jetzt nachholen.» Mit zusammengebissenen Zähnen stoße ich Noah an, der mit seinem Tabak kämpft. «Sag es noch einmal.»

Mein kleiner Schubs reicht, dass ihm die halbfertige Zigarette aus den Fingern und zu Boden fällt. «Hey, Cinnamon, pass auf.» Dann sieht er mich prüfend an. Zumindest soweit er das in dem Zustand noch kann. «Was ist los?»

Ich schenke ihm ein Lächeln, das irgendwo zwischen Freude und Panik pendelt. «Noah, ich habe Angst vor dem Trinkspielgott. Also sag es noch einmal», wiederhole ich. «Deinen Satz. Von unserem Spiel. Never have I ever», erinnere ich ihn.

Sein Gesicht ist ein einziges Fragezeichen, bis ihm nach mehrere Sekunden plötzlich ein Licht aufgeht. «Okay.» Er überlegt. «Ich habe ... mir noch nie vorgestellt, wie es wäre ...»

«In meinem ganzen Leben nicht», verbessere ich ihn.

«Wenn du darauf bestehst.» Ein Grinsen breitet sich auf seinem Gesicht aus. «Ich habe mir in meinem ganzen Leben noch nicht vorgestellt, wie es wäre, einen Menschen aus dieser Runde zu vögeln.»

«Besinnungslos», erinnere ich ihn. «Du hast besinnungslos gesagt.»

Harper gibt ein undefinierbares Geräusch von sich, das mich an quietschende Bremsen erinnert.

«Okay, Cinnamon.» Jetzt gluckst Noah, sagt es aber brav noch einmal auf. «Ich habe mir in meinem ganzen Leben noch nie vorgestellt, einen aus dieser Runde besinnungslos zu vögeln.»

Okay, er hat es gesagt. Atemlos schnappe ich mir die Wodkaflasche und schraube den Deckel auf. Viel zu schnell lasse ich die klare Flüssigkeit ins Glas laufen, und die Hälfte davon geht daneben. Meine Finger zittern, als ich das Glas anhebe und mich zu Asher umdrehe. In seinem Gesicht spiegeln sich tausend Emotionen auf einmal. Überraschung, Ablehnung, Wut, Hoffnung, Verzweiflung. Unsere Blicke halten einander fest, dann kippe ich den Wodka hinunter.

In der Nacht liege ich stundenlang wach, weil ich den Ausdruck auf Ashers Gesicht nicht aus dem Kopf bekomme. Und weil ich an die Bedeutung dieses Wodkaglases denken muss. Ich bin gesprungen und immer noch nicht auf dem Boden aufgekommen. Nachdem ich das Glas leer getrunken hatte, hat Asher mich nur angesehen und kein Wort gesagt. Irgendwann hat Noah aufgehört zu lachen und ist mit Indira im Arm ein letztes Mal zum Buffet gegangen. Sam ist aufgestanden und hat Asher auf die Schulter geklopft und sich noch einmal für das beste Geschenk aller Zeiten bedankt. Und Harper hat mich beinahe mitleidig angesehen, weil Asher nichts dazu gesagt hat und für alle klar gewesen sein muss, dass ich ihn meine. Irgendwann habe ich mich abgewandt, etwas davon gemurmelt, wie müde ich bin, und habe die Party verlassen.

Okay, ich bin meinen Weg gegangen, ich war mutig, und dann bin ich am falschen Punkt angekommen. So viel zu: ‹Ab sofort verbinde ich die Punkte so, wie ich es will.› Jetzt muss ich versuchen weiterzugehen. Zum nächsten Punkt. Und hoffen, dass ich irgendwann, nach einer Million Umwegen, am richtigen ankomme.

Ich starre auf den Chatverlauf meines Handys. Die letzte Nachricht von Asher ist einen Tag alt – na ja, zwei, es ist schließlich nach Mitternacht. Seit zwei Stunden geht er immer wieder online, aber er sagt nichts. Ab und zu blitzt für Sekunden die Meldung auf:

Asher Blakely
schreibt …

Nur um sofort wieder zu verschwinden. Ich seufze und lege das Smartphone auf meinem Bauch ab. Irgendwann piepst es, und ich habe nicht mal mehr Herzklopfen, weil alles in mir wie tot ist. Wenn er so fühlen würde wie ich, dann würde er mir keine WhatsApp schreiben. Dann würde er an meine Tür klopfen. Verdammt, jetzt habe ich doch Herzrasen.

Ich bin überrascht, dass die Nachricht so lang ist, und im gleichen Moment bekomme ich Bauchschmerzen, weil das nichts Gutes bedeuten kann. Lange Zeilen sind Erklärungen, und Erklärungen haben nichts mit Liebe zu tun. Sofort überkommt mich Verzweiflung, weil sich allein durch dieses eine

Wort alles in mir zusammenzieht. Irgendwann zwischen Ashers erstem *Fuck* im Flugzeug und seinem *Fuck* unter der Dusche, habe ich mein Herz verloren, und das tut verdammt weh.

Asher: Ich kann nicht schlafen, weil du den Wodka getrunken hast. Und weil du dieses Kleid anhattest, das irgendein mieser Sadist designt haben muss. Diese Bilder bekomme ich nie wieder aus meinem Kopf. Die ganze Zeit denke ich darüber nach, was sein könnte. Oder sein sollte. Es interessiert mich wirklich, was du willst. Es hat mich immer interessiert. Du hast gesagt, du möchtest wieder zu dieser Familie gehören, und ich habe endlich kapiert, dass dir das wichtiger ist als alles andere. Spätestens nachdem ich gesehen habe, wie du Dad bei der Telefonkonferenz begrüßt hast, hätte mir das klar sein sollen. Du willst alles haben, den Wodka und meinen – unseren – Dad, aber das funktioniert nicht. Ich kann das nicht beides, Ivy. Und ich will das auch nicht. Ich will meine kleine Stiefschwester nicht zurück.
Ash

Kapitel 19

Meine Augen sind so verquollen und rot, dass es sogar meinem Stiefvater aufgefallen ist. Heute Morgen bin ich zu ihm ins Büro gegangen, weil ich ihn fragen wollte, ob ich mir fürs Zelten ein Paar Wanderschuhe kaufen darf. Er war im ersten Moment überrascht, hat sich aber schnell wieder gefasst und mir lächelnd gesagt, dass ich endlich ohne schlechtes Gewissen sein Geld ausgeben soll.

«Bist du sicher, dass es okay ist, wenn wir zelten gehen und dich allein lassen?»

«Absolut sicher.» Er sei froh, dass wir als Geschwister wieder etwas zusammen unternehmen. Ich habe ihn umarmt, sein Bart kratzte dabei über meine Wange, und er roch so intensiv nach Blakely-Seife, dass ich etwas tat, was ich noch nie zuvor gemacht habe. Ich habe leise «Ich liebe dich» in sein Ohr geflüstert und bin darüber dann in Tränen ausgebrochen. Richard war zu geschockt, um etwas zu sagen. Er hat mich festgehalten und mir über den Rücken gestreichelt, aber ich konnte einfach nicht mehr aufhören zu weinen. In meinem Mund waren so viele ungesagte Worte. *Bitte entschuldige, dass ich dich gestern so angefahren habe. Es tut mir so leid, dass du Mom nicht mehr an deiner Seite hast. Es tut mir so leid, dass ich weggelaufen bin und damit so viel angerichtet habe. Aber wieso hast du Asher nicht vertraut? Wieso hast du uns auseinandergerissen? Ich will, dass du merkst, wie falsch das war. Und ich will, dass du wieder gesund wirst. Ich kann euch jetzt nicht wieder verlieren.*

Aber nichts davon konnte ich aussprechen, und ich hatte das Gefühl, daran ersticken zu müssen. Irgendwann habe ich es geschafft, mich wenigstens so weit zusammenzureißen, dass ich Richard wieder seiner Arbeit überlassen konnte.

Jetzt sitze ich in dem Auto, das Harper sich von Sams Mutter geliehen hat, und bin auf dem Weg zum Sportgeschäft. Der halbe Kofferraum ist schon voller Vorräte aus dem Supermarkt. Harper kann nicht aufhören, den gestrigen Abend Revue passieren zu lassen, und deshalb weiß ich genau, was ich nachher in Hedwig handlettern werde:

Ich brauche neue Freunde, die alten wissen zu viel.

Ich versuche Harper zu erklären, dass die Sache mit dem Wodka keine Rolle mehr spielt, aber sie lässt sich nicht davon abbringen.

«Das hat er nicht *nur so* gemacht.» Harper schüttelt überzeugt den Kopf und schlägt auf das Lenkrad.

«Natürlich hat er das. Asher will nichts von mir. Er wollte Noah einfach nur den Wind aus den Segeln nehmen. Genau wie ich. Ich habe den Wodka auch nur getrunken, um Noahs blödes Gesicht zu sehen.»

«Klar.» Harper bläst sich in die Stirn, obwohl ihre Haare so kurz sind, dass es gar nichts bringt. «Ich habe Schweißausbrüche bekommen, als ich gesehen habe, wie Asher dich angeguckt hat. In diesem Moment, oh Gott, es sah aus, als würde das die Welt für ihn bedeuten.»

Mein Herz zieht sich zusammen. «Schwachsinn», krächze ich und starre angestrengt nach draußen. Darüber zu reden, kostet mich unendliche Kraft, und ich würde Harper am liebsten knebeln.

«Und deine Reaktion beweist mir, dass es dir sehr wohl etwas bedeutet hat und du nicht bloß Noah Schrägstrich Ich-sprenge-jede-Party-Vollidiot Blakely schockieren wolltest.

Ich brauche neue Freunde, die alten wissen zu viel.

Du hast den Wodka getrunken, und Asher hat ausgesehen, als würde sein Leben davon abhängen.»

«Kannst du jetzt bitte damit aufhören? Ich will nicht mehr darüber reden.»

«Na gut.» Harper seufzt und setzt den Blinker, bevor sie auf den Parkplatz von Eastern Mountain Sports fährt. Auf dem Armaturenbrett hat sie eine Liste liegen mit all den Sachen, die sie noch besorgen will.

«Deine Liste ist ganz schön lang für die paar Tage», sage ich, um einen Themenwechsel einzuleiten, und bin erleichtert, dass Harper direkt darauf eingeht.

«Wir dürfen auf keinen Fall das Bärenspray vergessen», erinnert sie mich. «Nachdem Asher mir das erzählt hat, kann ich an nichts anderes als an Bären denken. Ich habe gelesen, dass man Essen und Schlafen strickt voneinander trennen muss. Man muss den Zeltplatz als eine Art Dreieck aufbauen. Ein *Bär*muda-Dreieck. Schlafen in die eine Ecke, Kochen in die andere Ecke und Lagern in die dritte. Und alles muss zweihundert Meter voneinander getrennt sein.»

Ich lasse sie weiterreden, während wir in den Laden gehen, und gebe ab und zu ein zustimmendes Gemurmel von mir, auch wenn ich kein Wort davon aufnehme. Die Welt um mich herum ist dumpf und taub, als wäre ich in Watte gepackt oder als würde ich seit dem Aufstehen meine Noise-Cancelling-Kopfhörer tragen und hätte das vergessen. Stundenlang habe ich über Ashers Nachricht gebrütet, sie immer und immer wieder gelesen, und ... ich kann ihn verstehen. Das ist das Schlimmste von allem. Ich begreife, was er mir damit sagen will und welchen Fehler ich gemacht habe, als ich sagte, ich würde mir wünschen, wieder zu dieser Familie zu gehören.

Harper rennt durch die Gänge der Outdoor-Abteilung und wirft viel zu viel Zeug in unseren Einkaufswagen. Ich entschuldige mich, streife an den Reihen mit Wanderschuhen vorbei und entdecke ein Regal mit Modellen aus dem letzten Jahr, die im Preis reduziert sind. Ich brauche nicht lange, um mich für ein bequemes Paar mit fester Sohle und praktischer Schnürung zu entscheiden. Als ich die Schuhe in unseren Wagen zu den anderen Sachen stelle, ist Harper in einer Umkleidekabine verschwunden und telefoniert. Sie hat fünf Flaschen Bärenspray in den Wagen gelegt, Bärenglöckchen, einen bärensicheren Kanister für Lebensmittel und Sturmfeuerzeuge. Ich muss lächeln, weil es sehr unwahrscheinlich ist, dass wir einem Bären begegnen werden.

«Die Glöckchen lassen wir besser weg», sage ich, als sie mit dem Handy in der Hand aus der Umkleidekabine kommt. «Man nennt sie auch ‹Dinner Bells›, weil Bären, die schon an Menschen gewöhnt sind, wissen, dass es etwas zu holen gibt, wenn sie diese Glöckchen hören.» Als ich Harpers Gesicht sehe, friert mein Lächeln ein. «Keine Sorge, Harper, einen Bären zu treffen, ist wirklich unwahrscheinlich, im Grunde sind unangenehme Begegnungen mit Elchen viel häufiger. Harper?»

«Hast du gewusst, dass Asher nicht mitkommt?» Sie wirkt ganz aufgelöst und hat noch eine khakifarbene Bluse an, an der das Preisschild baumelt und aus der sie sich jetzt herauszuwinden versucht. «Das war Sam.» Sie hebt ihr Smartphone hoch. «Asher hat ihn angerufen. Er ist zur Fabrik in Pennsylvania gefahren und kommt erst in einer Woche zurück. Das heißt, dass er am Wochenende nicht mit in die White Mountains fährt.»

Oh. Ich weiß nicht, was ich sagen soll. Obwohl ich damit hätte rechnen müssen, trifft es mich doch völlig unvorbereitet. Auf den Boden starrend, bringe ich ein «Schade» heraus. Dann räuspere ich mich. «Bist du sicher, dass er nicht rechtzeitig zurückkommt?»

«Er hat Sam schon abgesagt, und er wünscht uns viel Spaß. Sam ist total enttäuscht.» Sie kaut nachdenklich auf ihrer Unterlippe herum. «Ivy, hast du das gewusst? Ist gestern nach der Party noch was passiert?»

«Nein.» Es ist unmöglich, Harper zu sagen, was in mir vorgeht. Ich kann ihr nicht von Ashers Nachricht erzählen, weil allein die Vorstellung, wie sie jedes Wort analysieren würde, mir Übelkeit verursacht. «Wir haben gestern gar nicht über den Ausflug gesprochen», lüge ich und greife blind nach einem Bügel vom nächsten Ständer, um damit in die Kabine zu flüchten. «Ich brauche ganz dringend noch ... einen Bikini.» Verdammt, wieso musste es ein Bikini sein? «Lass mich den nur kurz anprobieren, ja?» Harpers fragendes Gesicht ignorierend, reiße ich den Vorhang zu und lasse mich erschöpft auf den Hocker sinken.

«Okay», höre ich sie sagen. «Vielleicht kannst du ja noch mal mit Asher reden. Auf dich hört er bestimmt.»

Klar, ganz bestimmt.

«Zeigst du ihn mir, wenn du ihn anhast? Deinen Bikini, meine ich. Ich könnte vielleicht auch einen neuen gebrauchen, wir werden ja sicher in einem der Seen schwimmen gehen.» Ihre Stimme entfernt sich.

Hastig ziehe ich mein Handy aus der Tasche und öffne den Chatverlauf. Ich will Ashers Nachricht nicht noch einmal lesen und kneife die Augen zusammen, um nicht zufällig eines der Worte aufzuschnappen, aber das funktioniert nicht.

Ich will meine Stiefschwester nicht zurück.

Meine Daumen fliegen über die Tastatur.

Ivy: Harper hat mir gerade gesagt, dass du nicht mitkommst. Sam ist so enttäuscht. Wenn es wegen mir ist, dann überleg es dir bitte noch mal. Es ist Sams letzter

Ausflug vor Europa, und du bist der weltbeste Freund aller Zeiten. Ich werde am Freitag krank sein und nicht mitkommen. Ich verspreche es dir. Ivy

«Und? Wie sieht er aus?» Harper schiebt ihr Gesicht seitlich am Vorhang vorbei und entdeckt mich immer noch vollständig bekleidet auf dem Hocker. «Du hast ihn ja noch nicht mal an.»

«Ich glaube, ich habe die falsche Größe.» Hilflos halte ich den Bikini hoch, der über und über mit bunten Blumen bedruckt ist und außerdem noch opulente Schleifen am Oberteil aufweist. Er sieht einfach nur omahaft aus.

«Wohl eher das falsche Design», murmelt Harper. «Was hältst du von diesem?» Sie schiebt mir einen in Schwarz in die Kabine, der ziemlich schlicht ist. «Ich nehme denselben in Gelb.»

«Gefällt mir, den probiere ich.»

Nachdem ich zwei Größen herausgesucht habe, die in Frage kommen, verschwinde ich wieder hinter dem Vorhang, und Harper belegt die Kabine direkt neben mir. «Übrigens kommt Noah auch gleich. Er braucht noch eine neue Funktionshose. Ich hasse diese Dinger. Das einzig Gute an denen ist, dass man sie nicht bügeln muss, weil sie zu hundert Prozent aus Mikrofaser, also Scheißplastik bestehen. Wir sollen jedenfalls auf ihn warten ...» Sie plappert weiter.

Ich schlüpfe aus meinen Klamotten und streife den kleineren der beiden Bikinis über. Die Hose ist breit genug, sodass nicht mal mein Slip darunter zu sehen ist. Auch das Oberteil passt wie angegossen.

Mein Handy vibriert auf meinem Klamottenberg, und schon im Sperrbildschirm sehe ich Ashers kurze Antwort.

Asher: Okay.

Was soll das heißen? Okay, ich habe verstanden, oder okay, ich werde mitfahren?

«Das Oberteil ist viel zu dünn», höre ich Harper schimpfen.

Ich betrachte mich im Spiegel. «Bei mir nicht. Muss an der Farbe liegen.»

«Bei dem gelben sieht man die Brustwarzen durch, wenn es nass wird. Garantiert. Besser ich nehme einen mit eingenähten Cups.»

«Hat jemand Brustwarzen gesagt?»

Ich kann nicht einordnen, zu wem die Stimme gehört, und überlege noch, ob ich was erwidern soll oder nicht, als Harper neben mir einen Schrei ausstößt, gefolgt von lautem Gelächter.

«Verdammt, man sieht überhaupt nichts durchschimmern. Wo ist ein Wassereimer, wenn man einen braucht?»

«Verschwinde aus meiner Kabine, Noah, oder ich schwöre dir, ich lasse dich vom Sicherheitsdienst rausschmeißen. Bestimmt gibt es hier einen.»

«Sorry, war die falsche, eigentlich wollte ich meinem Schwesterherz einen Besuch abstatten.» Und ehe ich mich's versehe, wird mein Vorhang zur Seite gerissen. Ich kreische auf und starre mit weit aufgerissenen Augen in Noahs Gesicht. Und in das Leuchten seiner Handykamera.

«Hast du sie noch alle, Noah Blakely?» Panisch reiße ich den Vorhang wieder zu und halte ihn fest, als könnte ich Noah so draußen halten.

«Schwarz?», sagt er entgeistert. «Ernsthaft, Cinnamon? Warum nicht etwas Schönes, so wie Leopardenprint? Oder Stars and Stripes? Ich stehe auf Frauen, die ihren Patriotismus auf ihrer nackten Haut zur Schau stellen.»

«Hau ab!» Ich zerre mir hektisch den Bikini herunter und

meine Klamotten wieder an, um so schnell wie möglich aus dieser Kabine herauszukommen. «Wenn du das auf Instagram einstellst, dann schwöre ich dir, dass ich dich beim Sheriff anzeige. Bruder oder nicht.» Unbeholfen schließe ich die Knöpfe meiner Jeans und schlüpfe als Letztes in meine Schuhe. «Das geht gar nicht, Noah!»

«Wofür hältst du mich? Das würde ich nie tun.»

Täusche ich mich, oder klingt er wirklich beleidigt?

«Dafür habe ich», er macht eine dramatische Pause, «das Bild grad Asher geschickt. Irgendjemand muss dir einen fachmännischen Rat geben, und ich schätze, mein großer Bruder ist genau der Richtige dafür.»

«Du hast ...?!» Ich bin so entgeistert, dass ich den Vorhang fast abreiße, als ich ihn mit einem Ruck öffne. Meine Hände sind zu Fäusten geballt, und ich habe vor, sie auch zu benutzen, wenn er jetzt noch ein falsches Wort sagt. «Sag mir, dass du das nicht gemacht hast, Noah Blakely!»

Er grinst mich aufreizend entspannt an. «Ich hab's nicht gemacht.»

«Ist das die Wahrheit, oder sagst du das nur, weil ich es von dir verlangt habe?»

«Ist das eine Fangfrage?»

«Noah.» Ich fange am ganzen Körper an zu zittern.

Er wirft einen hilfesuchenden Blick zu Harper, die nun wieder vollständig angezogen aus der Kabine kommt, den Kleiderbügel mit Bikini vor die Brust gepresst.

«Wo ist denn das Problem? Wenn du schwimmen gehst, sieht er dich doch sowieso darin.» Sein Blick schwenkt von Harper zu mir, und was er in unseren Gesichtern liest, lässt ihn den Kopf einziehen. «Okay, vielleicht kann ich es noch löschen», sagt er. «Falls er es noch nicht gesehen hat.»

Aber schon vibriert mein Smartphone, und auf dem Bildschirm blitzen vier Worte von Asher auf, die mir die Kehle zuschnüren.

Asher: Was soll das, Ivy?

Das ist alles zu viel. Ich presse mir die Hände vor das Gesicht und breche in Tränen aus. Verzweifelt lasse ich mich auf den Hocker fallen. Mein Körper wird von Schluchzern durchgeschüttelt, und ich kann es einfach nicht mehr kontrollieren. Mir ist klar, dass ich völlig überreagiere, aber Noah hat ihm das Bild geschickt, und ich fühle mich nun völlig nackt und ausgeliefert. Wahrscheinlich denkt Asher, dass es meine Idee war. Wie konnte Noah mir das nur antun?

«Du bist so ein unsensibler Arsch!», schimpft Harper. Ihre Arme legen sich um meinen Oberkörper, und sie presst mich an ihren Bauch, während sie mir über den Kopf streicht und beruhigende Worte murmelt, die ich nicht begreife. Mehrere Minuten sitze ich so da und durchnässe Harpers Shirt.

Irgendwann scheint sie irgendeine Geste in Noahs Richtung zu machen; das merke ich daran, wie ihr Oberkörper wackelt. Schließlich sagt sie: «Ach, Ivy. Es tut mir so leid.»

«So schlimm ist das auch wieder nicht, du siehst doch super aus auf diesem Foto», meint Noah, und ich trete nach ihm. Nicht dass er sich davon beeindrucken ließe. «Total sexy, ehrlich. Wenn überhaupt, dann wird Asher sich in den Hintern beißen, dass er keine Chance hat, deinen Bikini live zu erleben, weil er ja nicht mitkommt.»

«Du bist so ein Schwachkopf, Noah. Es geht doch überhaupt nicht um dieses bescheuerte Foto.»

«Nicht?»

Mein Gesicht wird von Hitze überflutet, nur um im nächsten Moment eiskalt zu erstarren. Heiß, kalt. Dann höre ich, wie jemand aus dem Laden auf uns zukommt und fragt, ob es ein Problem gäbe.

«Es geht gleich wieder», sagt Harper schnell.

«Ja genau.» Noah setzt eine mitleidige Miene auf. «Ich glaube, es war nur das Licht, darüber kann man schon mal in Tränen ausbrechen. Diese Kabinenbeleuchtung ist echt mies, man sieht im Spiegel wirklich jede hässliche Pore ...»

Da fängt Harper an zu lachen. Noah grinst, und ich falle unter Schluchzern in ihr Gelächter ein und bekomme dabei einen Schluckauf. Als der Verkäufer verschwunden ist und ich wieder ruhiger atmen kann, werfe ich Noah einen bösen Blick zu. «Und dir habe ich eben zehn Packungen Rice Krispies gekauft.»

Er zieht zerknirscht mit zwei Fingern den Halsausschnitt seines Shirts nach oben über sein Gesicht. «Sorry», murmelt er durch den Stoff. Das hochgezogene Shirt gewährt uns einen Blick auf seine Bauchmuskeln und auf ein Stück eines bunten Tattoos, das in seinem Hosenbund verschwindet.

Harper hält hörbar die Luft an und lässt sie nur langsam wieder entweichen. «Wow, äh, Entschuldigung angenommen», sagt sie heiser. «Oder, Ivy?»

Kapitel 20

Ivy: Ihr müsst leider ohne mich fahren. Ich habe schreckliche Halsschmerzen. Wahrscheinlich nur eine Erkältung, aber ich will euch nicht den ganzen Trip verderben. Tut mir so leid. Bitte habt einfach ohne mich Spaß. Ivy

Diese Nachricht habe ich vor etwa einer Stunde an die White-Mountains-WhatsApp-Gruppe geschickt, die Harper vorgestern in «Bear Bang Theory» umbenannt hat und womit sie sich ein Panik-Emoji von Sam und anzügliche Kommentare von Noah eingefangen hat. Asher ist gestern Abend aus Pennsylvania zurückgekehrt, und ich habe sein rechtzeitiges Auftauchen als Bestätigung für unseren Deal gesehen.

Seit meiner Nachricht steht mein Handy nicht still. Noah hat mir Fotos von Medikamenten geschickt, die er mir einzuflößen androht, und Sam hat angedeutet, dass er nicht böse wäre, wenn wir den Ausflug verschieben würden. Harper ist bestürzt, weil ich sie als einzige Frau allein lassen und damit den Bären hilflos ausliefern will.

Noah hat zurückgeschrieben, dass sie spinnt und sich einfach nur verkneifen soll, beim Sex mit Sam Geräusche zu produzieren, die an einen verendenden Elchbullen erinnern. *Das* würde Bären anlocken. Trotz meiner depressiven Stimmung musste ich über diese Bemerkung lächeln. Aber nun starre ich auf die Tüte mit dem Bikini und meinen neuen Wanderschuhen, die ich nur zur Tarnung gekauft und nicht einmal ausgepackt habe – sie sind nach dem Einkauf direkt unter meinen

Schreibtisch gewandert. Ich versuche, mich mit Arbeit abzulenken. Kiran hat mir geschrieben, dass ihm meine letzten Entwürfe gut gefallen und ich zur Ansicht Visiten- und Menükarten im selben Design anlegen soll, deshalb habe ich meinen Laptop hochgefahren und InDesign geöffnet.

Doch anstatt das neue Menü zu designen, habe ich einen Entwurf vor mir, der überhaupt nichts mit indischem Essen zu tun hat. Von der Blakely-Homepage hatte ich das Firmenlogo heruntergeladen und es als zweite Ebene eingefügt. Mein Entwurf ist die geometrische Silhouette zweier Hunde, die sich gegenüberstehen. Sehr schlicht, aber auch sehr edel, damit es zur klassischen Markenoptik von Blakely passt. Der Schriftzug darunter lautet: *Against Animal Testing.*

Nachdem mein Stiefvater mir von Ashers Plänen erzählt hat, habe ich den Gedanken nicht mehr aus meinem Kopf bekommen und im Internet recherchiert. Auch wenn ich schon seit Jahren kein Fleisch esse, habe ich mich leider nie groß damit beschäftigt, was Tieren in der Kosmetikindustrie angetan wird. Ich habe Beagles gezeichnet, weil jeder Mensch Snoopy liebt. Niemand interessiert sich für kleine weiße Mäuse, aber diese Hunde gehören zu den am häufigsten missbrauchten Tieren in Labors, weil sie nicht nachtragend sind. Sie wehren sich nicht gegen ihre Peiniger, und das ist etwas, das mir das Herz zerrissen hat, als ich darüber las. Ich kann Asher nun so viel besser verstehen, und ich hoffe, dass ich ihn damit vielleicht bei seinem Vorhaben unterstützen kann, auch wenn es jämmerlich wenig ist, was ich tue, deshalb schicke ich den Entwurf per Mail an meinen Stiefvater.

Die Uhr an meinem Laptop zeigt mir an, dass sie schon in einer halben Stunde mit Ashers Wagen aufbrechen werden, und ich sehne den Moment herbei, endlich allein zu sein und mich nicht mehr verstellen zu müssen. Harper gibt immer noch nicht auf und fragt in die Gruppe, ob sie mir schnell noch etwas aus dem Drugstore besorgen soll und ob ich es mir nicht noch einmal überlegen will. Direkt danach leuchtet mein Handy erneut auf, und im Sperrbildschirm blinkt eine Nachricht von Asher.

Asher: Du kannst Harper nicht mit uns Männern allein lassen.

Mehr nicht. Nur dieser eine Satz. Im ersten Moment galoppiert mein Herz lächerlich hoffnungsvoll los, dann wird mir bewusst, dass Asher das nur geschrieben hat, weil es verdächtig aussieht, wenn er als Einziger der Gruppe kein Bedauern äußert. Er meint das nicht so. Er will mich nicht dabeihaben, und garantiert hat er seine Meinung nicht plötzlich geändert, nur weil ihm Harper leidtut.

Ich entsperre das Handy und öffne den Chatverlauf. Die Nachricht von Asher ist verschwunden. Hat er sie gelöscht? Aber warum? Dann fällt mir die kleine blaue Eins auf, und ich begreife, dass er mir die Nachricht nicht in die Gruppe geschickt hat, wo es jeder sieht, sondern persönlich. Sofort schnellt mein Puls wieder in die Höhe.

Ivy: Meinst du das ernst?

Asher: Ja.

Ich fange mehrere Sätze an. *Wirklich? Warum? Nicht dass du es nachher bereust und sauer auf mich bist.* Keinen davon schicke ich ab. Ich tippe wieder los und lösche es. Tippen. Löschen. So geht das eine ganze Weile, bis mir mit Schrecken bewusst wird, dass Asher das auf seinem Bildschirm sehen kann, genauso wie ich es bei ihm sehe, wenn er tippt und doch nichts bei mir ankommt. Ich habe einen Kloß im Hals, der sich nicht runterschlucken lässt. Wieder tippe ich, da rutscht eine weitere Nachricht von ihm geräuschlos nach oben.

Asher: Pack deine verdammte Tasche, Ivy.

Ich sitze auf der Rücksitzbank zwischen Harper und Noah und starre nach vorne auf den Highway. Mein Rucksack, in den ich in Rekordzeit ein paar Klamotten und mein Zahnputzzeug gestopft habe, klemmt zwischen meinen Knien, weil der Kofferraum schon voll war. Sam lenkt den Wagen, und Asher döst mit dem Kopf an die Fensterscheibe gelehnt. Ich ertappe mich dabei, dass ich ihn beobachte. Seine Schultern, die sich bei jedem Atemzug minimal bewegen, die Gänsehaut, die sich auf seinem linken Arm bildet, weil die Klimaanlage auf Hochtouren läuft, das ausgefranste Loch in seinen Lieblingsjeans, die er auch getragen hat, als wir zusammen vom Flughafen nach Hause gefahren sind. In seinem Nacken kräuseln sich die Haare, weil er eben noch geschwitzt hat. Ich räuspere mich und krame aus meinem Rucksack ein Zimtbonbon.

«Denkst du nicht, eine Halsschmerztablette wäre besser als ein Zimtbonbon?», fragt Harper.

Noah, der neben mir auf seinem Smartphone herumtippt, hebt den Kopf. «Zimt desinfiziert und hilft deshalb gegen Erkältungen», sagt er. Als ich ihn ungläubig anstarre, wird er unruhig. «Was? Das habe ich irgendwo gelesen.»

«Du liest? Das wusste ich gar nicht», fragt Harper betont unschuldig.

«Okay, vielleicht war es auch ein YouTube-Video.» Er

schmeißt seine leere Wasserflasche in ihre Richtung, und Harper fängt sie geschickt auf.

Die beiden werfen sich über meinen Kopf hinweg einen Blick zu, und ich fühle mich an den Moment erinnert, als Harper beim Shopping Noahs Bauchmuskeln betrachtet hat. Unwillkürlich richte ich mich auf.

Wir fahren über die New-Hampshire-Route 16 in Richtung Nationalpark. Bis zu unserem Ziel, das Asher und Noah auf der Karte bestimmt haben, sind es nur knapp neunzig Meilen, und Sam ist mit mäßigem Tempo unterwegs, trotzdem wird mir, bereits kurze Zeit nachdem wir auf die Autobahn gefahren sind, schrecklich übel. Ich weiß gar nicht, warum, normalerweise macht mir Autofahren nichts aus. Vielleicht liegt es am Platz in der Mitte.

Als wir am Ossippee Lake vorbeikommen, ist mir so schlecht, dass ich Sam am liebsten bitten würde anzuhalten. Aber ich will nicht gleich am Anfang Probleme bereiten. Mein Gott, wir sind ja nicht mal da! Und die Jungs unterhalten sich so begeistert über die kleinen urigen Blockhäuser, die hier überall stehen, dass ich mich einfach weiter auf meine Atmung konzentriere und stur geradeaus blicke.

«Ich hätte auch nichts gegen ein Blockhaus», meint Asher, der sich auf seinem Sitz gähnend streckt und die Arme hinter dem Kopf verschränkt. «Hat gegenüber einem Zelt den Vorteil, dass es eine Toilette gibt und nicht nur einen Eimer, in den man pinkeln muss.»

«Wir müssen einen Eimer benutzen? Alle gemeinsam?» Harper ist sofort hellwach.

«Wusstest du das nicht?» Noah grinst breit. «Wir pinkeln in einen Eimer und verteilen den Inhalt nachher über die Sträucher, damit sich die Bären von uns fernhalten.»

«Du verarschst mich doch jetzt.»

«Kein bisschen. Die Bären denken sich dann, dass jemand, der so viel und so hoch pinkeln kann, niemand ist, mit dem man sich gerne anlegt.»

Ich unterdrücke ein Stöhnen, weil die Übelkeit mir nun auch noch Kopfschmerzen verursacht.

Harper will es immer noch nicht glauben. «Das ist ein Witz.»

«Nope. Es sei denn, du hast deine Tage», erklärt Noah todernst. «Dann musst du dir ein Loch in die Erde graben, weil ... na ja ... weil die Bären sonst von dem Blut angelockt werden.»

«Stopp, stopp, stopp», blockt Harper ab. «Das ist kein Thema, das ich ausgerechnet mit einem Kerl wie dir besprechen will.»

Noah zuckt mit den Schultern. «Du hast gefragt.»

«Oh Gott. Stimmt das wirklich?», fragt Harper mich und hängt sich an meinen Arm.

«Ich glaube schon», flüstere ich und presse die Lippen fest zusammen. Einfach nur atmen. Nur atmen.

«Ich will trotzdem keine Hütte», sagt sie. «Dann sitzt Sam nachher nur noch in dieser dämlichen Blockhütte und liest, und dafür hätten wir nicht extra hierherfahren müssen.»

«Meine Rede», murmelt Sam und fährt einen Schlenker, weil etwas auf der Fahrbahn liegt.

«Du könntest ruhig ein bisschen mehr Begeisterung zeigen.» Harper seufzt. «Ivy, was ist los? Ist dir nicht gut? Du siehst auf einmal ganz käsig aus.»

Ich gebe einen unartikulierten Laut von mir. Ich glaube, ich muss ...

Asher dreht sich zu uns um. Er wirft nur einen einzigen Blick in mein verschwitztes Gesicht, bevor er sich scharf an Sam wendet. «Halt an. Halt sofort an!»

«Wo soll ich denn hier anhalten?»

«Von mir aus mitten auf der Straße, aber mach schnell. Jetzt!»

Sam macht eine Vollbremsung, und der Gurt, der mich

in den Sitz drückt, sorgt dafür, dass ich mir die Hand vor den Mund pressen muss. Asher tippt vorne auf das Display, um die Flügeltür zu öffnen, und ist in einer Sekunde aus dem Auto. Weil Harper nicht schnell genug aussteigt, zerrt er sie am Arm aus dem Wagen. Dann hilft er mir heraus. Wenn ich so aussehe, wie ich mich fühle, ist meine Hautfarbe nicht käsig, sondern eher die von Hulk. Ich reiße mich von Asher los, renne zum Fahrbahnrand und hinter einen Baum. Ich schaffe es kaum, mich nach vorne zu beugen, da erbreche ich mein Frühstück auf die Wiese. Schmerzhafte Wellen gehen durch meinen Körper, ich kann mich kaum auf den Beinen halten. Im nächsten Moment spüre ich, wie ein Arm mich abstützt und eine Hand mir das Haar aus dem Gesicht hält. Erneut überrollt mich eine Woge der Übelkeit, und ich spucke auf das Gras.

«Schsch.» Asher raunt beruhigende Worte in mein Ohr. «Gleich geht es dir besser.» Als ich fertig bin und sich mein Atem etwas beruhigt hat, murmelt er: «Verdammt, Ivy, warum hast du nichts gesagt? Dir wird doch sonst nicht schlecht beim Autofahren.»

Zitternd hole ich Luft. «Ich weiß nicht, das ist mir schon ewig nicht mehr passiert. Tut mir leid.» Ich verziehe entschuldigend das Gesicht.

«Das muss dir nicht leidtun, so ein Blödsinn. Das kann jedem passieren.» Er dreht mein Gesicht zu sich und wischt mir mit beiden Daumen die Tränen aus den Augenwinkeln. «Ich habe Noah mal im Auto mitten auf den Schoß gekotzt.»

«Aber da warst du bestimmt nicht mit deinen Freunden unterwegs und hast dich vor allen blamiert.»

Er grinst. «Ich war zwölf, und wir sind mit zwei anderen Kumpels zu einem Baseballspiel gefahren. Noah hatte einen nagelneuen Baseballhandschuh aus Leder, den konnten wir danach wegschmeißen.»

Ich schaffe ein müdes Lächeln.

«Geht es wieder?»

Als ich nicke, lässt er mich los. «Bleib einfach, wo du bist, ich hole dir was zu trinken. Oder», er stockt, «vielleicht gehst du auch einen Meter weiter.» Mit einem Lachen zieht er ab und kommt kurz darauf mit einer Flasche Mineralwasser zurück. Dankbar spüle ich mir damit den Mund aus, bevor ich in großen Schlucken die halbe Flasche leer trinke.

Asher besteht darauf, dass ich mich nach vorne neben Sam setze, und klettert dann nach hinten neben Noah. Es ist mir immer noch peinlich, dass ich mich vor ihm übergeben habe und wir die Fahrt meinetwegen unterbrechen mussten, aber den anderen scheint es überhaupt nichts auszumachen, und selbst Noah verkneift sich einen fiesen Kommentar.

Den Rest der Fahrt stellen wir die Klimaanlage aus, und der frische Fahrtwind aus dem offenen Fenster beruhigt meinen Magen. Nach einer weiteren halben Stunde sind wir am Ziel. Oder zumindest an dem Punkt, wo wir das Auto parken. Asher schlägt vor, dass wir die Lebensmittel erst mal im Wagen lassen, damit die Gerüche uns keinen tierischen Besuch im Camp bescheren, während wir das Lager aufbauen.

Etwa zwei Meilen vom Auto entfernt suchen wir uns einen Platz am Kiesufer des Flusses, an dem wir schon die ganze Zeit entlangwandert sind. Dort bauen wir die beiden Zelte auf, und ich komme endlich dazu, mir die Zähne zu putzen und den unangenehmen Geschmack loszuwerden.

«Ich würde sagen, die Mädels schlafen in dem einen, und wir teilen uns das andere», meint Sam, als die Zelte stehen.

«Das könnte dir so passen, Samuel Guinyard! Wenn ein Grizzly auftaucht, hast du Noah und Asher neben dir und ich bloß Ivy.»

«Was heißt hier *bloß* Ivy?» Noahs Augen blitzen auf. «Sie

muss dem Grizzly nur einmal vor die Füße kotzen, und er nimmt Reißaus.»

Mein Gesicht läuft heiß an. Es war so klar, dass das noch kommt. Noah kann es einfach nicht lassen.

«Wenn ich es recht bedenke, dann möchte ich unbedingt mit Ivy in einem Zelt schlafen», sagt er. «Da kann ich mich einmal so richtig sicher fühlen.»

«Noah», stöhne ich. «Ich schlafe lieber draußen am Feuer als mit dir in einem Zelt.»

«Dann schlaf halt mit Harper», blafft er mich an.

«Ivy schläft mit mir», sagt Asher. «In einem Zelt», schiebt er schnell hinterher, und seine Augenbrauen ziehen sich zusammen. «Und mit Noah.» Er fährt sich durch das Haar und fängt an, verlegen zu grinsen. «Und ihr vergesst diesen Versprecher. Und auch die peinliche Pause danach, okay?»

«Okay.» Harper kichert los und bekommt von Sam einen Ellbogen in die Seite, doch ich kann nichts gegen das Kribbeln unternehmen, das sich in meinem Magen ausbreitet.

Harper verschwindet mit Sam in ihrem Zelt, und kurz darauf hören wir lautes Gelächter von beiden. Ich schnappe mir meine eingerollte Luftmatratze und bugsiere sie durch die aufgeklappte Öffnung. Das Zelt ist so niedrig, dass man sich nur im Knien aufrichten kann, und jetzt schon stickig, weil die Sonne darauf knallt. Hinter mir kriecht Noah ins Innere. «Willst du dich heute Nacht an meine breite Brust schmiegen, Cinnamon? Dann schiebe ich meine Matratze in die Mitte.»

Ich besehe mir die papierdünne Zeltbahn und unterdrücke ein Schaudern. «Ich glaube, ich gehe lieber in die Mitte. Oder denkst du, ein Grizzly würde zuerst die Person in der Mitte anfallen?»

Er stöhnt. «Jetzt fängst du auch noch damit an.»

«Tut mir leid, aber Harper hat mich angesteckt.»

«Also, wenn ich ein Grizzly wäre, würde ich in jedem Fall den aus der Mitte nehmen. Bei einem Hotdog ist das Leckerste auch in der Mitte.»

«Du bist ein ziemlicher Arsch, Noah.»

«Stimmt. Aber ich ziehe es vor, ein ziemlicher Arsch zu sein, anstatt ein ziemlicher Feigling.»

«Was willst du damit sagen?»

Er beugt sich zu mir rüber. «Du und mein Bruder, ihr seid so was von Viertel vor, und ihr kommt einfach nicht in die Gänge.»

Ich schüttele verständnislos den Kopf. «Viertel vor was?»

Er verschränkt die Arme. «Viertel vor Sex.»

Ich schnappe nach Luft und brauche eine Schocksekunde, bevor ich angemessen reagiere – und nach ihm schlage.

«Ach was», er wehrt mich mühelos ab, «habe ich Viertel vor gesagt? Zehn vor! Maximal. Du solltest dich mal sehen, wenn du ihn anstarrst.»

«Und du solltest mal aufhören, Sams Freundin anzubaggern», pflaume ich ihn an. In dem Moment, in dem ich es ausgesprochen habe, stockt mir der Atem. Mir war gar nicht bewusst, dass mich das so stört, bis die Worte aus meinem Mund geströmt sind wie ein Platzregen.

«Mach dich nicht lächerlich. Ich habe nur ein wenig mit Harper geflirtet. Und sie hat mit mir geflirtet, na und?»

«Du weißt genau, dass Sam jetzt für ein Jahr nach Europa geht. Musst du ihm da unbedingt noch einen reinwürgen?»

Er kaut auf meiner Bemerkung herum, dann senkt er die Lider. «Okay, du hast recht, das war scheiße von mir. Ab sofort flirte ich nur noch mit dir.»

«Einverstanden. Aber lass dein Shirt dabei an.»

«Stehst du etwa auf meine Tattoos?»

«Total. Sie erinnern mich so an die Bilderbücher, die ich als Kind gerne angesehen habe.»

Noah lacht, dann wirft er mich rücklings auf die Matratze. «Miststück.»

Ich pruste los. «Aus deinem Mund ist das ein Kompliment.»

Wir lachen immer noch, als Asher ins Zelt klettert. Seine Laune scheint schlagartig in den Keller zu rutschen. Er wirft seine Matratze auf die noch freie Fläche, und sie bläst sich von alleine auf. «Während ihr hier rumalbert, kümmere ich mich ums Essen.»

Er verschwindet sofort wieder nach draußen, und ich krieche hinter ihm her und frage ihn, ob ich ihm helfen kann.

«Wenn Sam und Noah Feuerholz besorgen, dann können wir noch mal zum Wagen gehen», schlägt er vor. «Dass Noah Glück beim Fliegenfischen hat, ist eher nicht zu erwarten, also brauchen wir unsere Vorräte.»

Asher hat seinen Rucksack geschultert, in dem nur noch zwei Wasserflaschen für den Weg stecken. Wir sagen Sam und Harper Bescheid, dann laufen wir los. Ich habe vorher noch schnell Noah aus dem Zelt gescheucht und mein dünnes T-Shirt gegen mein dunkelblau kariertes Lieblingshemd getauscht. Aber ich merke schnell, dass das ein Fehler war, weil die tiefstehende Sonne noch viel zu viel Kraft hat. Bereits nach der ersten Flussbiegung ist meine Kehle wie ausgedörrt. Asher geht es ähnlich, deshalb trinken wir gemeinsam aus einer Flasche. Ihm läuft dabei ein Tropfen über das Kinn den Hals hinunter, und meine Augen folgen diesem Tropfen, bis er in seinem Shirt versickert. Ich schlucke. «Ich könnte eine Abkühlung gebrauchen», flüstere ich.

«Ich auch.» Asher hebt die Hand über die Augen und sieht sich um. «Auf dem Hinweg sind wir an einem kleinen See vorbeigekommen. Ich schätze, der ist nicht so kalt wie der Saco River hier. Kann aber auch nur ein Tümpel sein, so genau habe ich ihn mir nicht angesehen.»

Also marschieren wir weiter. War der Hinweg eigentlich auch schon so weit? Im Laden habe ich noch gedacht, meine Wanderschuhe wären superleicht und perfekt für den Sommer in New Hampshire geeignet, spätestens jetzt werde ich eines Besseren belehrt. Meine Fußsohlen brennen bei jedem Schritt mehr, und am liebsten würde ich barfuß weitergehen. Irgendwann wird das Blätterdach über uns dichter, und die Bäume werfen einen willkommenen Schatten auf uns.

«Ist es noch weit?», frage ich gerade, da deutet Asher auch schon auf eine lichte Stelle rechts von uns.

«Das sieht nach einer Abkühlung aus.»

«Gott sei Dank.» Ich laufe vor und zerre an meinen Schnürsenkeln, um die festen Schuhe schnellstmöglich herunterzubekommen. Das Hemd knote ich in der Taille zusammen, weil ich ohnehin nur mit den Beinen ins Wasser gehen will.

«Ich glaube, dieser See ist doch keine so gute Idee.» Er starrt auf das Wasser und die Blätter, die auf der Oberfläche schwimmen. «Das Wasser wirkt ziemlich trübe.»

«Das ist doch normal bei einem See.» Ich halte es einfach nicht mehr aus. Fahrig knöpfe ich meine Jeans auf und ziehe sie über die Beine nach unten. In der nächsten Minute bin ich mit den Füßen im Wasser. Es ist herrlich kühl, und ich bewege testweise meine Zehen im schlammigen Untergrund. «Kommst du auch?»

Asher sieht unschlüssig von mir zum Weg und zurück. «Okay, aber sei vorsichtig. Du weißt nicht, wie tief es runtergeht, und ich bin echt nicht scharf darauf, dich wiederbeleben zu müssen.» Obwohl er mir dabei zuzwinkert, bleibt auf seinem Gesicht ein Rest Sorge. Er zieht sich das Shirt über den Kopf, und für einen Moment bin ich abgelenkt. Aber dann reiße ich mich von dem Anblick los und arbeite mich über den glitschigen Untergrund weiter ins Wasser vor. Es reicht mir gerade bis zum Oberschenkel, als Asher mich zurückhält.

«Ivy, komm lieber wieder raus.»

Obwohl seine Stimme ganz ruhig klingt, bin ich alarmiert. Ich drehe mich zu ihm um und sehe, dass er am Rand in die Hocke gegangen ist und eine Hand aus dem Wasser zieht. Er lässt etwas, das aussieht wie ein grünbrauner beweglicher Stein, zurück in den Teich plumpsen.

«Wieso kommst du nicht rein?» Ich hebe einen Arm und schiebe mir den Ärmel über den Ellbogen nach oben. «Es ist echt angenehm, und ich kann hier fast bis auf den Grund gucken.»

«Da ist etwas im Wasser.»

«Hör auf, mir Angst zu machen, das ist doch eigentlich Noahs Part», flachse ich, aber seine vage Aussage lässt meinen Puls ansteigen.

«Komm einfach wieder raus, okay? Und beweg dich dabei nicht so viel, das lockt sie nur noch an.»

Jetzt bekomme ich wirklich Angst. Vor allem, weil er mir nicht klar sagt, was es ist. Das macht man doch eigentlich nur, wenn jemand eine Spinne auf dem Kopf hat oder so. Asher macht einen Schritt nach vorn, bis seine Schuhe halb im Wasser stehen, und streckt mir eine Hand entgegen.

«Okay.» Ich versuche, mich auf dem glitschigen Grund umzudrehen, ohne auszurutschen, und schon in der nächsten Sekunde rudere ich hilflos mit den Armen, schliddere mit den Füßen weg, und dann schlägt auch schon das Wasser über mir zusammen. Meine Finger berühren etwas, das sich anfühlt wie Geäst. Etwas Weiches streift meine Beine, und in Panik strample ich wild um mich, bis eine Hand mich am Ärmel zu fassen bekommt und an die Oberfläche zerrt.

«Mach so was nie wieder, okay?» Asher hat mich an seine

Brust gerissen und keucht nun erleichtert auf. «Das war nicht witzig, Ivy.»

Sein Arm hält mich so fest gepackt, dass mir die Luft wegbleibt. Er ist mit allem, was er noch anhatte, ins Wasser gesprungen, und mir schießt die Hitze ins Gesicht, weil es meine Schuld ist, dass er jetzt klitschnasse Schuhe hat.

Ich wische mir die nassen Strähnen aus dem Gesicht. «Das war keine Absicht, ich bin ausgerutscht. Tut mir leid. Hier ist so viel Matsch auf dem Grund.»

«Ja», knurrt er. «Und jede Menge Blutegel.»

Shit.

Im nächsten Moment fasst er unter meinen Po, hebt mich auf seine Arme und steigt mit mir die Böschung hoch. Als er mich auf der Wiese wieder runterlässt, schlägt mir das Herz bis zum Hals.

«Das war ein Scherz, oder?» Ich traue mich kaum, an mir runterzugucken, und starre Asher mit aufgerissenen Augen an, halte mich an seinem Blick fest, um nichts anderes sehen zu müssen.

«Guck einfach nicht hin», befiehlt er mir, und ich kneife sofort die Augen zu.

«Ich habe gar nichts gespürt. Sind sie an meinen Beinen?» Ich glaube, mir wird schon wieder schlecht.

«Blutegel spürst du auch nicht. Wenn sie sich festbeißen, injizieren sie dir gleichzeitig ein Betäubungsmittel.»

Oh Gott. Panisch unterdrücke ich ein Erschauern. «Sind es v... viele?»

Ich höre, wie Asher um mich herumgeht. «An deinen Beinen ziemlich genau ... elf Stück. Du hast also Glück gehabt.»

«Elf?» Mein Quietschen hört man vermutlich noch im Camp. Ich bin wie erstarrt und wage nicht, mich auch nur einen Zentimeter zu bewegen. «Und das nennst du Glück?»

«Ich hatte schon mal sechsundzwanzig. Wie viele es unter deine Bluse geschafft haben, kann ich dir aber nicht sagen, solange du sie noch anhast.»

«Oh Gott», stöhne ich auf und halte mir die Hände vors Gesicht.

«Also», sagt er, und das Grinsen in seiner Stimme ist nicht zu überhören, «soll ich sie wegmachen, oder möchtest du zwanzig Minuten warten, bis sie sich vollgesogen haben und von alleine abfallen?»

«Asher!» Das kann nicht sein Ernst sein. «Bitte mach sie weg. Sofort!» Verdammt, verdammt, verdammt. Er wird mich doch jetzt nicht mit diesen Blutegeln hängenlassen?

«Beruhig dich, Ivy. Sie tun dir nichts. Ich gebe zu, sie sind eklig, aber sie übertragen keine Krankheiten, und sie tun auch nicht weh, dir kann also gar nichts passieren.»

«Mach sie trotzdem weg!»

Er lacht leise. Dann spüre ich, wie er vor mir in die Hocke geht und mit etwas an meinem Schienbein kratzt. Es ziept nur ein kleines bisschen, trotzdem halte ich die Luft an. «Ist schon einer weg?»

«Ja.»

«Sind sie groß?»

«Soll ich sie messen?»

«Nein, verdammt! Kannst du es nicht schätzen?», knurre ich.

«Ungefähr so lang wie mein Daumen.»

«Oh mein Gott.» Ich stöhne langanhaltend und überlege, was ich mache, wenn noch welche unter meinen Klamotten sitzen. «Es ist aber unwahrscheinlich, dass sie unter die Kleidung gehen, oder?»

«Das kommt drauf an.»

«Worauf denn, verdammt?»

«Wie scharf sie darauf sind, an deine Brüste zu kommen.» Die Sache scheint ihn sehr zu amüsieren, denn ich kann das Lachen immer noch in seiner Stimme hören. Er bewegt sich um mich rum und kratzt an meinen Waden. «Möchtest du einen Zwischenstand?», fragte er.

«Ja.»

«Wir haben schon sieben.»

«Gott sei Dank.»

Kurze Zeit später richtet er sich auf. Ich wage es immer noch nicht, die Hände von den Augen zu nehmen. «War's das? Sind jetzt alle weg?»

Asher gibt ein zustimmendes Brummen von sich. «Ich habe eine gute und eine schlechte Nachricht für dich.»

«Asher», sage ich schwach.

«Die gute Nachricht ist: Alle Blutegel an deinen Beinen sind weg.»

«Und die schlechte?» Ich wünschte wirklich, er würde mich nicht so quälen und es einfach sagen.

Er räuspert sich. «Die schlechte ist: Ich werde jetzt deine Bluse aufknöpfen müssen.»

Okay, Ivy, jetzt einfach nur ganz locker durch die Nase atmen, sage ich mir. Ich stöhne auf und riskiere einen Blick. Asher steht direkt vor mir. Seine Finger fassen nach meinem Hemd. Viel zu geschickt löst er den nassen Knoten und knöpft es anschließend Zentimeter für Zentimeter auf, bis es vollständig aufklafft und er mir den nassen Stoff über die Schultern ziehen kann.

Ich nehme die Hände ganz vom Gesicht, damit er es abstreifen kann, kneife aber wieder die Augen zu. «Und?»

«Nichts.»

«Wirklich nicht?»

«Lass mich nachsehen.» Aber anstatt um mich herumzugehen, spüre ich seine Hände, die langsam meinen Rücken abtasten, meinen Nacken, meine Schultern und dann die Arme bis zu meinen Händen.

«Kein einziger Blutegel.»

«Asher?»

«Ja.»

«Danke.» Ich schlucke. «Das ist jetzt wirklich blöd, und glaub mir, ich würde lieber ... Ich weiß, dass du ... oh verdammt.» Tief hole ich Luft. «Ich glaube, da ist noch etwas in meinem BH. Es kitzelt, und ... oh Gott, bitte lass das keinen Blutegel sein», flehe ich.

«W... welche Seite?»

Ich starre stur in sein Gesicht und stammle genauso wie er. «L... links.» Das ist ein Albtraum, denke ich, ein einziger Albtraum. Ich will keine Parasiten in meinem BH haben, und erst recht will ich nicht Asher bitten müssen nachzusehen. Mein Gott, das wäre mir sogar bei meinem Frauenarzt peinlich. Wäre ich doch bloß wirklich krank geworden und zu Hause geblieben. Aber ich bringe es einfach nicht fertig, es selbst zu machen.

«Ich weiß nicht.» An seinem Gesichtsausdruck erkenne ich, dass er hin und her gerissen ist. «Von außen sieht man nichts.»

«Aber ich spüre, dass da was ist! Oh Gott, ich kann nicht nachgucken. Mach es weg, bitte, bitte, es ... es bewegt sich. Asher!» Ich bin kurz davor, zu hyperventilieren, tanze panisch auf der Stelle und wedele mit den Armen. «Bitte, Asher, bitte.»

«Halt still.» Er beißt die Zähne zusammen und streckt die Hand aus. Ich schaue angestrengt in den Himmel, während er langsam den linken Träger meines BHs über meine Schulter streift. Ich habe sowieso schon am ganzen Körper eine Gänsehaut, aber als der nasse Stoff nach unten gleitet, ziehen sich meine Brustwarzen hart zusammen.

«Es ist ... nur ein Blatt», sagt er rau.

«Danke, lieber Gott, danke, danke!» Ich senke den Kopf und streiche mir erleichtert das harmlose Blatt weg.

Als Asher seufzend ausatmet, sehe ich ihn an. Die Sonne blitzt ihm durch das Blätterdach ins Gesicht, und er blinzelt. Er schiebt den Träger unbeholfen nach oben, und seine Augen schimmern dabei wie dunkles Gold.

«Danke, das werde ich dir nie vergessen.»

«Ich wahrscheinlich auch nicht», sagt er, und es klingt fast wie ein Vorwurf.

Er ist nicht mal eine Armlänge von mir entfernt, und ich kann nicht anders, als auf seinen Mund zu starren. Seine Arme hängen an seinen Seiten, und er hat die Hände zu Fäusten geschlossen. Sein Kiefer ist angespannt. Er will etwas sagen und öffnet den Mund. Dann schluckt er. «Du müsstest mir jetzt eigentlich eine runterhauen.» Die Narbe zieht seinen Mundwinkel ein Stück hoch, deshalb bin ich mir nicht sicher, ob das ein Scherz sein soll.

«W... wieso?»

Er schüttelt langsam den Kopf. «Weil ich Gedanken habe, für die du mir eine scheuern solltest.»

Meine Kehle wird ganz trocken.

«Ich hatte gerade ziemlich viele Bilder im Kopf, und in keines davon gehört die eigene Stiefschwester.»

«Okay.» Mein Puls geht so schnell, dass ich das Blut in meinem Kopf rauschen höre.

«Damit habe ich so ziemlich gegen jeden verdammten Vorsatz verstoßen, den ich gefasst hatte.»

«Okay», sage ich schon wieder und ärgere mich, dass ich keinen zusammenhängenden Satz zustande bringe. «Ich ... jetzt ... habe ich auch Bilder im Kopf.»

«Verrat mir deine, dann erzähle ich dir meine.» In seinem Mundwinkel bildet sich das kleine Grübchen.

Oh, verdammt, das kann er nicht wirklich von mir verlangen. Doch dann scheint er wieder zu sich zu kommen, schüttelt den Kopf und geht einen Schritt zurück. «Wir sollten das Blut von deinen Beinen abwaschen.»

«Ja», krächze ich, nur mühsam die Enttäuschung unterdrückend. Schnell verschränke ich die Arme vor der Brust, als würde das jetzt noch etwas bringen.

Asher holt die noch volle Wasserflasche aus seinem Rucksack und kommt auf mich zu. Er schraubt den Deckel auf, geht vor mir in die Hocke und lässt das Wasser langsam über meine Beine laufen. Die Kohlensäure prickelt auf meiner Haut.

«Wir müssen das gleich am Auto verbinden, damit du keinen Schmutz in die Wunden bekommst. Dauert sicher ein paar Stunden, bis es aufhört zu bluten wegen der Gerinnungshemmer.» Ashers Stirn ist gerunzelt, eine Strähne seines Haares klebt ihm im Gesicht, und ich kann sehen, dass er angestrengt ein- und ausatmet.

Ich starre auf seine feuchten Schultern und die Muskeln, die sich anspannen, als er sich langsam aufrichtet. Der Wasserstrahl wandert dabei an meinen Beinen nach oben. Ich lasse die Arme nach unten hängen und halte die Luft an. Prickelnd sprudelt es über meinen Slip, und geräuschvoll ziehe ich die Luft durch die Zähne. Im ersten Moment denke ich, dass es ein Versehen war, aber dann prickelt es auch noch über meinen Bauch, und die letzten Tropfen benetzen meine Brüste.

Ich sehe genau, wie sein Blick den Wassertropfen folgt, und als sich unsere Blicke treffen, klemmt Asher sich die Unterlippe zwischen die Zähne. Er schluckt. Und dann ... dreht er sich um.

«Gehen wir.»

Kapitel 21

Den ganzen Weg zum Auto habe ich Pudding in den Beinen. Die Bissstellen der Blutegel hören einfach nicht auf zu bluten. Asher meint, ich würde aussehen, als hätte mich ein Vampir überfallen, was auch der Grund ist, warum ich meine Jeans nicht wieder anziehe. Ich will die Hose nicht mit Blut verschmieren. Asher hat mir sein T-Shirt gegeben, damit ich den Weg nicht in meinem komplett durchnässten Hemd zurücklegen muss, und läuft jetzt mit nacktem Oberkörper zum Wagen. Unser Glück ist, dass die White Mountains im Juli nicht so gut besucht sind wie im Indian Summer, deshalb begegnet uns kein Mensch auf der Strecke.

Auf dem Parkplatz schließt er den Kofferraum des Teslas auf und kramt nach dem Verbandskasten. Ich setze mich auf den Rand.

«Ich versuche es mit Sprühpflaster, aber wenn du Pech hast, müssen wir es komplett verbinden.» Er zuckt mit den Achseln, dann tupft er die Bisswunden ab, bevor er sie mit Fibrinkleber einnebelt. Es brennt ein wenig, ist aber hauptsächlich kalt.

Ich halte meine Beine in die Sonne und lasse den Klebstoff trocknen, während Asher einmal ums Auto rumläuft und sich die nassen Sachen auszieht. «Kannst du mir aus meiner Sporttasche eine Paar Shorts rüberwerfen?»

Um an die Tasche heranzukommen, muss ich erst einmal drei Kisten mit Lebensmitteln aus dem Kofferraum herausheben. Dann ziehe ich den Reißverschluss auf und hole ein paar dunkelgraue Boxershorts heraus und eine kurze Jeanshose. Barfuß tappe ich zu ihm nach vorne und versuche, nicht auf seine durchtrainierten Beine zu starren.

«Danke.» Asher nimmt mir beides aus der Hand. Während ich wieder zum Kofferraum gehe und mich darauf konzentriere, mich nicht umzusehen, zieht er sich rasch um. Als er kurz darauf zu mir kommt, knotet er seine nassen Stiefel an den Schnürsenkeln zusammen und hängt sie sich über die rechte Schulter. Er hat in der Sporttasche noch ein paar Turnschuhe, die für den kurzen Weg zum Camp vollkommen ausreichen.

«Und? Blutet es noch?»

Ich strecke meine Beine nach vorn und drehe sie zu allen Seiten. «Sieht okay aus. Der Kleber war eine gute Idee.» Ich ziehe meine Jeans über, auch wenn meine Unterwäsche immer noch etwas feucht ist.

Als wir am Zeltplatz ankommen, überlege ich, ob die Sonne hier später untergeht als auf der Insel, aber das kann nicht sein. Der Tag war nur so voll, dass ich das Gefühl habe, es müsste schon später Abend sein. Als der Horizont sich zu einem orangeroten Streifen zusammenzieht, schichtet Asher gemeinsam mit Sam in Sichtweite der Zelte Holz für ein Lagerfeuer auf. Noah hat zwei Stunden bis zur Hüfte im Fluss zum Fliegenfischen gestanden, aber trotzdem nichts gefangen. Da ich sowieso keinen Fisch esse, macht mir das nichts aus. Wir braten Käse in einer Pfanne an und essen ihn mit Brot und eingekochten Cranberrys, was unter freiem Himmel noch viel besser schmeckt als zu Hause.

Nach dem Essen kommt Sam mit einem flachen Karton unter dem Arm aus seinem Zelt und hält ihn demonstrativ in die Höhe.

Harper stöhnt. «Er gibt einfach nicht auf.»

«Im Ernst, Alter?» Noahs Unterkiefer klappt runter. «Du

hast dieses Brettspiel wirklich bis in den Nationalpark mitgeschleppt?»

«Ihr schuldet mir noch ein Spiel. Leider kann man Ludo nur zu viert spielen. Falls du also keinen Bock hast, Noah, ist das sogar ganz praktisch.»

«Noah kann gerne für mich spielen», meint Harper. «Ich kümmere mich um das Geschirr und brenne die Pfanne aus, damit wir keine Bären anlocken.» Sie streckt hinter Sams Rücken die Zunge raus und zwinkert mir zu.

Asher streift seine Schuhe ab und lässt sich auf die große Picknickdecke fallen, die Sam vor den Zelten ausgebreitet hat. «Ich nehme Rot.»

«Wenn du Rot nehmen willst, musst du dich neben mich setzen.» Sam klopft auf den Platz links von sich. «Ich nehme nämlich Schwarz.»

«Okay, Leute.» Noah reibt sich die Hände. «Das wird mein Spiel. Wenn ich schon, anstatt bequem auf dem Bett ‹Call of Duty› zu zocken, mit euch ein fucking Brettspiel in der Wildnis spielen muss, dann will ich wenigstens gewinnen.»

Ich setze mich im Schneidersitz neben Asher, sodass Noah nur der Platz zwischen Sam und mir bleibt.

«Wir werden sehen.» Auf Sams Wangen bilden sich rote Flecken. Er fängt an, kleine Plastikfiguren auf bestimmte Punkte des Spielfeldes zu verteilen, und erklärt kurz die Regeln. «Und das Ziel ist es, alle vier Figuren vor den anderen ins Häuschen zu bekommen.»

«So ein Quatsch.» Noah wirft ihm einen herausfordernden Blick zu. «Es geht natürlich darum, die Figuren der anderen Spieler rauszuschmeißen, sonst macht das Ganze doch gar keinen Sinn.» Es ist klar, dass er besonders scharf darauf ist, Sam und Asher rauszuschmeißen. Noah nimmt sich den Würfel, lässt ihn über das Brett rollen und startet das Spiel.

Einige Zeit später gibt Sam ein Stöhnen von sich, weil Noah seine Figur vom Brett gefegt hat und er schon wieder von vorne anfangen muss. Ich habe auch erst eine Figur im Häuschen, bin jetzt aber mit Würfeln an der Reihe. Zu meinem Glück habe ich zwei Figuren draußen, bekomme eine Fünf und habe die Wahl, entweder Noahs oder Ashers Figur rauszuwerfen. Ich entscheide mich für Ashers und stoße die kleine Plastikfigur mit meiner eigenen an, sodass sie über das Spielbrett klackert und erst auf der Picknickdecke liegen bleibt. Mit Herzklopfen werfe ich einen Blick zur Seite, um seine Reaktion zu beobachten.

Asher lehnt sich zurück und stützt sich auf seinen Händen ab. Unter den dichten Wimpern sieht er mich durchdringend an und hebt dann eine Augenbraue. «Du weißt, dass das Krieg bedeutet?», erkundigt er sich.

«Das hoffe ich», erwidere ich lachend und gebe den Würfel an Noah weiter. Ich spüre Ashers Knie, das an mein Bein stößt, und zucke bei diesem Kontakt zusammen. Nach dem, was am Blutegelsee passiert ist, wirkt diese Berührung wie ein Stromschlag auf mich. Ob es ihm auch so geht? Wenn ja, dann lässt er sich das zumindest nicht anmerken.

Im nächsten Moment beugt Asher sich vor und nimmt von Sam den Würfel entgegen. Nachdem er seinen Zug beendet hat, streift er kurz meine Seite. Es war ein Versehen, und er nimmt seine Hand sofort weg, trotzdem schnappe ich unwillkürlich nach Luft.

«Du kannst Ivy rausschmeißen, siehst du das nicht?», fragt Noah, als Asher in der nächsten Runde eine seiner Figuren weiterziehen will.

«Wieso sagst du ihm das?», rufe ich entgeistert aus. «Du musst ihn doch nicht unbedingt darauf aufmerksam machen, Blödmann.»

Ich bin erleichtert, als Asher seinen Zug wie geplant ausführt, ohne meine Figur umzustoßen. Mit der rechten Hand würfle ich und berühre beim Zurückziehen wie unabsichtlich Ashers Knie. Er zeigt keine Reaktion, aber ich kann sehen, dass sich die feinen Härchen an seinen Unterarmen aufstellen und diese Gänsehaut dann bis zum Ärmel seines Shirts hochwandert. Ich schlucke, weil sich meine Kehle ganz trocken anfühlt, denn eins weiß ich ganz genau:

Gänsehaut lügt nicht.

Gott sei Dank habe ich Hedwig mitgenommen, denn diesen Satz muss ich gleich unbedingt aufschreiben, um mich für immer an diesen Abend am Fluss zu erinnern. An diesen Moment, wo Asher mir so nah ist und ich mir einbilde, immer noch seinen Blick auf mir spüren zu können, als er das Mineralwasser über meine Beine und meinen Bauch gegossen hat. Auf das Spiel kann ich mich überhaupt nicht mehr konzentrieren. Irgendwann steht Noah auf, um eine Campinglaterne zu holen, weil wir das Spielbrett kaum noch erkennen können. In den sich vertiefenden Schatten werde ich mutiger und lege kurz eine Hand auf Ashers Oberschenkel, als ich über einen Witz von Sam lache. Ein angenehm warmes Kribbeln strömt bis in meinen Bauch. Viel zu angenehm. Doch Asher verlagert sein Gewicht nach rechts und bringt mehr Abstand zwischen uns, und ich fühle mich total dämlich, weil ich es mit Absicht gemacht habe und er das garantiert weiß.

«Asher, schläfst du? Du bist dran.» Sam stupst ihn von der anderen Seite mit dem Knie an, und Asher schreckt auf.

«Sorry.» Asher wirft den Würfel und erhält eine Vier. Nach kurzem Überlegen zieht er seine Figur weiter.

«Verdammt, du hast Ivy schon wieder nicht rausgeworfen, obwohl du es konntest», stellt Noah vorwurfsvoll fest. «Das nennst du Krieg? Ist doch scheiße, wenn ihr euch gegen uns verbündet.»

Gänsehaut lügt nicht.

Asher zuckt nur mit den Schultern. «Hab ich nicht gesehen, okay? Seit wann bist du so ehrgeizig?»

«Seit wann willst du unbedingt verlieren?»

Sam bläst die Backen auf und pustet die Luft langsam wieder aus. «Können wir jetzt einfach weiterspielen, ohne zu diskutieren?»

Doch Noah ist immer noch sauer auf seinen Bruder. «Wenn du nicht gewinnen willst, dann fang das Scheißspiel erst gar nicht an.» Er zieht eine Schachtel Zigaretten aus seiner Tasche und steckt sich eine in den Mund.

«Also ich will auf jeden Fall gewinnen», sage ich und rücke meine Figur vor. Vor dem letzten Feld lasse ich sie einmal durch die Luft kreisen und stoße Noahs gelbe Plastikfigur um. «Huch, wo kommt die denn her?» Ich lächle ihn honigsüß an.

Sam seufzt gereizt. «Kannst du die verdammten Zigaretten nicht weglassen? Komm bloß nicht auf die Idee, die gleich irgendwohin zu werfen.»

«Keine Sorge, Sam.» Noah zieht an seiner Zigarette und bläst den Rauch demonstrativ in seine Richtung. «Ich bringe sie zu Harper und werfe sie ins Feuer.»

«Spitzenidee, etwas, das voller Gift ist und eigentlich in den Sondermüll gehört, ins offene Feuer zu werfen.»

Die beiden liefern sich ein Blickduell. Noah schlägt zuerst die Augen nieder. Er ist an der Reihe und würfelt drei Sechsen hintereinander.

«So viel Glück kann doch kein Mensch haben», stöhne ich, als er damit Sams Spielfigur immer näher kommt. Mit einer Fünf wirft er ihn raus und nimmt dabei so viel Schwung, dass Sams Figur über die Picknickdecke bis in den Kies rollt. «Hasta la vista, Baby», knurrt er.

Sam lässt sich seinen Ärger nicht anmerken. Er beugt sich über die Decke, um seine Figur einzusammeln, und stellt sie gelassen zurück auf das Spielfeld. Harper setzt sich nun auch zu uns und verfolgt das Spiel. Nach etlichen weiteren Runden habe ich drei Figuren im Haus, Asher und Sam je zwei, und Noah ist dabei, seine letzte Figur ins Ziel zu bringen, er muss nur noch an Sam vorbei, der seine beiden Figuren aber noch nicht im Spiel hat, weil er partout keine Sechs bekommt. Noah würfelt und zieht seine Figur an Sams Haus vorbei. Ab diesem Moment fangen wir alle an, Noah zu jagen. Selbst Asher zählt seine Schritte ab, und seine Lippen bewegen sich dabei stumm. Sam darf dreimal hintereinander würfeln und bekommt endlich eine Sechs. Mittlerweile ist es so dunkel geworden, dass das LED-Licht der Laterne unsere einzige Lichtquelle ist. Die Laterne und die Handytaschenlampe, die Noah auf das Spielfeld hält.

«Fuck!» Noah lässt sich nach hinten fallen, als Sam ihn erwischt. «Was für ein beschissenes Spiel.»

Auf Sams Gesicht breitet sich ein Grinsen aus, das selbst in der schwachen Beleuchtung noch gut zu erkennen ist. «Also, ich finde es genial.»

Noah rafft sich mit einem Stöhnen auf. «Ich geh pennen, hab echt keinen Bock mehr.» Mit einem grimmigen Gesicht verschwindet er in die Dunkelheit.

Sam fängt an, die Figuren einzuräumen, weil eigentlich keiner Lust hat, jetzt noch weiterzuspielen, und ich helfe ihm, alles zusammenzusuchen.

«Leute?» Harper taucht neben unserer Picknickdecke auf. Sie war aufgestanden, um sich noch einen Snack zu holen. «Von dahinten kommen ganz komische Geräusche. Ich habe echt Schiss, dass das ein Bär ist.»

Als keiner von uns reagiert, wedelt sie hektisch mit den Armen. «Das ist mein Ernst, verdammt!», keucht sie. «Es hat in den Büschen geraschelt, und ich glaube, ich habe Augen aufleuchten sehen.» Sie schüttelt sich, lässt sich aber von Sam runter auf die Decke ziehen.

«War bestimmt nur eine Maus. Oder eine harmlose Schlange», fügt Sam noch hinzu.

«Seit wann machen die so viel Krach?» Die Panik in ihrer Stimme ist nicht zu überhören.

«Seit du Angst hast, es dunkel ist und du keine anderen Geräusche hörst.» Sam küsst sie auf den Scheitel und zieht sie zwischen seine angewinkelten Beine. Trotzdem starren wir alle angespannt in die Dunkelheit. Das Feuer am anderen Ende des Lagers ist fast runtergebrannt und lässt einen keine zwei Fuß weit gucken.

«Jetzt höre ich auch was», flüstere ich und ziehe die Beine an.

«Hör auf, mir Angst zu machen», raunt Harper mir zu.

«Ich mache dir keine Angst», entgegne ich. «Du machst mir Angst!»

Das Rascheln wird lauter, und in der nächsten Sekunde bewegt sich etwas Großes aus dem Gebüsch auf uns zu. Etwas, das eindeutig kein Bär ist.

«Noah!», faucht Harper und wirft mit Sams Batman-Becher nach ihm. «Bist du bescheuert, so einen Krach zu machen? Was schleichst du hier um die Zelte rum?»

«Ich war nur pinkeln.»

«Warum nimmst du nicht den verdammten Eimer, der hinter dem Zelt steht?»

«Der ist was für Mädchen.»

«Du blöder Idiot!»

«Was ist überhaupt das Problem?»

«Harper hat deine Augen im Dunkeln leuchten sehen», sagt Asher trocken.

«Ich war nur kurz auf Instagram, okay?»

Wir sehen uns an – und brechen in lautes Gelächter aus.

Während Noah grummelnd im Zelt verschwindet, tragen wir vier die Decke zum Feuer und setzen uns wieder. Sam stochert mit einem Stock im Feuer herum, wodurch in regelmäßigen Abständen Funken durch die Luft segeln und verglühen, noch bevor sie auf dem Boden auftreffen. Wir reden über Europa und was Sam dort alles erleben wird. Es ist so friedlich und still, wie ich es noch nie erlebt habe, und nicht einmal Noah kommt auf die Idee, im Zelt Musik über sein Handy abzuspielen. Der Himmel hat Tausende Sterne angeknipst.

Irgendwann steht Asher auf und holt seine Luftmatratze aus dem Zelt. «Ich schlafe heute Nacht draußen.»

Kapitel 22

Asher: Bist du noch wach?

Die Nachricht blinkt auf meinem Bildschirm auf, nachdem ich mich schon eine Stunde auf der knisternden Luftmatratze gewälzt habe. Ich konnte nicht aufhören, darüber nachzudenken, ob Asher wirklich draußen sein will oder ob er meine Nähe meidet, und es hat verdammt weh getan, mir diese Frage zu stellen. Und dann kommt diese Nachricht von ihm und lässt mich wieder hoffen.

Noah ist vollkommen ruhig. Obwohl der Mond inzwischen so hell leuchtet, dass sein Licht sogar durch die Zeltplane scheint, kann ich nur die Umrisse von seinem Brustkorb sehen und das Knie, das er angewinkelt hat. «Noah?», flüstere ich und halte die Luft an. Mit viel zu schnellem Puls lausche ich auf seine Atemzüge. Alles ruhig.

Ich trage nur ein leichtes Top und Shorts und rutsche auf nackten Knien über den Boden, da gibt Noah ein Grunzen von sich, und ich halte mitten in der Bewegung inne. Es ist lächerlich, dass ich versuche, mich aus dem Zelt zu schleichen, aber ich habe Angst, dass irgendetwas mir den Mut raubt. Dass Noah mit einem blöden Spruch alles zerstört, dass Harper wegen eines Tieres aufschreit und alle weckt, dass plötzlich die Sonne aufgeht oder ich schweißgebadet aufwache, weil das alles nur ein Traum ist und ich gar nicht wirklich hier bin. In einem Camp und nur durch eine dünne Zeltbahn von Asher getrennt, aber gleichzeitig doch unendlich weit von ihm entfernt.

Zitternd richte ich mich am Eingang auf und schlüpfe in meine Schuhe, bevor ich durch die Zeltöffnung klettere. Meine Augen richten sich direkt auf den schwachen Schein, der vom erlöschenden Lagerfeuer ausgeht, aber ich kann Ashers Silhouette nicht ausmachen. Doch keine zwei Schritte weiter werde ich plötzlich von hinten gepackt, und eine Hand presst sich auf meinen Mund. Ein erstickter Laut kommt aus meinem Brustkorb.

«Tut mir leid», raunt Asher. «Ich wollte nur verhindern, dass du schreist und Noah aufwacht.» Langsam löst er seine Hand von meinem Mund.

Ich schlucke. «Woher wusstest du, dass ich komme?»

«Ich habe es gehofft», sagt er atemlos. «Warum hat das so verdammt lange gedauert?»

«Asher, deine Nachricht ist keine zwei Minuten alt.» Ich versuche, mein wildklopfendes Herz zu beruhigen.

«Viel zu lang.» Er hat den Satz noch nicht ganz zu Ende gesprochen, da dreht er mich schon um. Meine Stirn stößt an sein Kinn, meine Schulter an seinen Oberarm. Ich versuche, etwas in seinem Gesicht zu lesen, aber es ist schwer, mehr als das Glitzern in seinen Augen zu erkennen.

«Ich bin froh, dass du noch nicht geschlafen hast, weil ...», Ashers Lippen streifen meine Wange, «... ich muss dir unbedingt was zeigen.»

Ich kann meinen Atem kaum kontrollieren und weiß nicht, wohin mit meinen Händen, meinen Gefühlen, meinem verdammten Sehnen, und taste über Ashers Shirt, halte mich daran fest. «W... was musst du mir zeigen?»

«Komm mit.» Er löst sich von mir und nimmt meine Hand. Wir stolpern über den unebenen Boden, der Kies knirscht, und die Nacht wirft Schatten vor unsere Füße. Ich bin froh, dass er mich festhält, weil es sich anfühlt, als würde meine Welt sich viel zu schnell drehen. Er zieht mich weg von unseren Zelten und an der Glut des Lagerfeuers vorbei in Richtung Wald. «Wir müssen leise sein. Wenn wir Glück haben, macht er selbst genug Krach und hört uns nicht.»

«Asher, warte!» Ich bleibe ruckartig stehen. Was auch immer er mir zeigen will, es klingt nicht nach einem Eichhörnchen oder einem Wildhasen. «Sollen wir nicht lieber das Bärenspray aus dem Zelt holen?»

Asher lacht leise. «Sei einfach still, okay?» Er zieht mich unerbittlich weiter über eine Wiese und am Saum des Waldes entlang. Dann drängt er mich hinter einen Baum und legt einen Finger auf die Lippen. «Er ist noch nicht weit gekommen», flüstert er. «Da vorne.»

Ich horche in den Wald hinein. Vor uns knackt es im Unterholz. Blätter rascheln, und ein Schnauben hallt durch die Nacht, als würde sich eine Lok durch die Landschaft walzen. Oh mein Gott. Aus dem Gehölz bewegt sich stampfend und laut kauend ein riesiges Tier. Ich bin so erleichtert, dass es kein Bär ist, dass ich aufseufze. Mondlicht fällt auf ein ausladendes Geweih, als der Elch zwischen den Bäumen heraustritt und den Kopf hebt. Ich halte den Atem an.

«Es war ihm tagsüber vermutlich zu warm, deshalb sucht er sich jetzt erst was zu fressen», flüstert Asher. Ich spüre seinen Oberkörper von hinten an meiner Schulter und eine Hand, die sich an meine Taille legt.

Das Tier ist wunderschön. Das runde Maul mit der überhängenden Oberlippe, der lange Bart, der von seinem Kinn herunterhängt, alles bekrönt von den monströsen Schaufeln. Das Fell ist dunkel und matt, und das Mondlicht verleiht ihm eine fahle Farbe. Ich habe schon früher Elche gesehen, aber noch nie so nah. Das Tier hört auf zu kauen und bewegt seine ovalen Ohrmuscheln in unsere Richtung. Ich erstarre und halte die Luft an. Meine Hand tastet nach Ashers, und sein Griff um meine Taille verstärkt sich. «Wenn er uns wittert, haben wir ein Problem. Elchbullen können verdammt gefährlich werden.»

«Das ist nicht witzig», flüstere ich zurück.

«Es war auch nicht witzig, als er plötzlich aufgetaucht und direkt an unserem Lager vorbeimarschiert ist. Ich hab mir fast in die Hosen gepinkelt.»

Ich lache leise in mich hinein, lasse den Elch aber nicht aus den Augen. Er hat den Kopf wieder gesenkt und reißt ein Büschel Blätter vom Baum, die er genüsslich zerkaut. Obwohl mich das Tier fasziniert, ist mir Ashers Nähe so deutlich präsent wie nie zuvor. Ich verlagere mein Gewicht, und plötzlich bricht unter meinem Fuß ein Zweig. Als ich erschrocken den Kopf wende, sieht Asher mich bereits an.

«Ivy», raunt er und schluckt dann.

«Ja?»

«Er hat uns gehört. Und er kommt in unsere Richtung.» Mit einem Nicken deutet Asher nach vorne, aber ich rühre mich nicht. Mein Puls rast, weil Asher sich plötzlich näher an mich drängt. Ich kann hören, wie der Elch durch das knisternde Laub stampft. Wieder knacksen Zweige, und das Schnaufen kommt immer näher. Ashers gerauntes «Fuck» lässt mir das Herz bis zum Hals schlagen. Ich gebe einen erstickten Laut von mir, und Asher legt schnell eine Hand auf meinen Mund. Im nächsten Moment drückt er mich eng an den Baumstamm.

Oh Gott. Ich kneife die Augen zusammen. Die Schritte des Elches sind nur wenige Meter entfernt. Schützend legt Asher seine Arme um meinen Kopf. Beide verharren wir, ohne einen Laut von uns zu geben, mit angehaltenem Atem.

Nach einer gefühlten Ewigkeit, die vermutlich nicht länger als ein paar Sekunden dauert, entfernen sich die Geräusche langsam von uns.

«Glück gehabt.» Ashers Stimme klingt belegt. Sein Atem geht so schwer, als würde eine Last seinen Brustkorb zusammendrücken, und mir geht es ganz genauso. Seine Arme geben mich wieder frei, aber er tritt nicht zurück. Und obwohl der Elch gerade gefährlich nah war, bekomme ich jetzt erst weiche Knie. Asher riecht so gut nach Wind und Sonne, nach Waldboden und Lagerfeuer und nach den Cranberrys, die wir zusammen gegessen haben. Er riecht nach Blakely-Seife und Hitze und Sehnsucht. Er beugt sich vor und presst seine Wange an mein Haar. «Alles okay mit dir?»

«Total okay.»

«Gott sei Dank. Ich war nicht besonders scharf darauf, nähere Bekanntschaft mit diesen Schaufeln zu machen.»

«Asher.»

«Ja?»

Ich nehme all meinen Mut zusammen. «Der Elch interessiert mich gerade überhaupt nicht.»

Er stockt kurz. «Mich auch nicht.» Mit einem leisen Seufzen sagt er: «Ich wollte nur, dass du endlich aus diesem beschissenen Zelt rauskommst.» Sein Gesicht ist meinem ganz nah, und seine Stimme wird rau. «Es tut mir leid, Ivy. Ich habe das nicht geplant. Das alles sollte nicht passieren. Nichts davon. Aber das heute am See, deine Haut, meine verfluchten Gedanken ...»

Ich kann die Hände nicht von ihm lösen, und Ashers Finger streichen über meine Arme. Beinahe wie von selbst fällt mein Kopf in den Nacken, und meine Lippen öffnen sich. Sein warmer Atem vermischt sich mit meinem, und im nächsten Moment schmecke ich ihn, seine Zunge lässt mich aufkeuchen. Ich schlinge die Arme um seinen Nacken, dränge meinen ganzen Körper an ihn – und wimmere, als er den Kuss unterbricht.

Asher holt tief Luft. «Ivy, ich kann an nichts anderes denken. Ich weiß, dass das nicht richtig ist und dass ich dich niemals anfassen sollte, aber ich will verdammt noch mal nichts anderes. Als du in meinem Badezimmer warst ... als wir zusammen unter der Dusche standen, hast du mich nicht zurückgewiesen. Du hast dich nicht gewehrt, und ich habe mich gefühlt wie der letzte Arsch, weil ich es so genossen habe. Ich habe es genossen, dich so in die Ecke zu drängen. Dass du mir ausgeliefert warst. Dass du das einfach so hingenommen hast. Ich wollte dich. Genau dort. Ich wollte dir diese nassen Sachen ausziehen und tausend Dinge mit dir anstellen, die man niemals mit seiner Stiefschwester tun sollte. Verdammt, Ivy, du hast nicht einmal ernsthaft versucht, mich auf Abstand zu halten.»

«Weil ich es nicht wollte. Was ist daran so schwer zu verstehen? Kannst du dir wirklich nicht vorstellen, dass ich genauso fühle wie du?»

Er presst sich so fest an mich, dass mir die Luft wegbleibt. «Sag mir, dass du das wirklich willst.»

Atemlos suche ich nach Worten. «Dann sag du mir, dass du keinen Rückzieher machen wirst. Weil ... weil ich das nicht noch einmal aushalte. Weil ich dich so vermisst habe. Weil ich es ... *will*. Ich will es unbedingt.»

«Nicht so sehr wie ich, Ivy.» Es liegt so viel Sehnsucht und Schmerz in seiner Stimme, dass sich mein Herz zusammenzieht. Ich weiß nicht, ob dieser Schmerz ein neuer oder ein alter ist. Ich weiß nur, ich will ihm diesen Schmerz nehmen.

Ich stelle mich auf die Fußspitzen, und im nächsten Moment hebt er mich hoch. Meine Beine umklammern seine Hüften, meine Schultern kratzen über die Baumrinde, und durch die dünne Baumwolle meiner Shorts spüre ich jeden Millimeter von ihm. Seine Erektion, die sich an mich drängt, die Hände, die mich gepackt halten, die Finger, die sich dann über meinen Schenkel vortasten. Langsam. Quälend langsam. Und vorsichtig. Grenzen austestend. Als würde er darauf warten, dass ich ihn daran hindere.

Als ob ich das tun würde.

Seine Fingerkuppen streichen über den Stoff meiner Shorts, und ich halte die Luft an. Er übt mehr Druck aus, liebkost mich, während sein Atem immer heftiger geht. Oh Gott, es fühlt sich so gut an, dass ich zischend die Luft einziehe.

Doch anstatt mich wieder zu küssen, zieht er seine Hand plötzlich zurück, lässt mich auf den Boden gleiten.

«Asher ...», beginne ich zu protestieren.

Doch er unterbricht mich. «Eine Matratze, Ivy. Ich will wenigstens eine Matratze für dich haben.»

Entschieden zieht er mich zurück zum Camp. Es ist so still, dass jeder Schritt mir überlaut vorkommt. Als wir seinen Schlafplatz neben dem erloschenen Lagerfeuer erreichen, hält Asher mich so fest, als hätte er Angst, der Wind könnte mich wegtragen. Seine Hände fühlen sich regelrecht heiß an. Aber ich spüre seine Hitze nicht nur dort, ich spüre sie überall, spüre seine angespannten Muskeln, seine Gänsehaut, die irgendwie auch meine ist.

Er küsst mich. Seine Hände rutschen an meinem Rücken nach unten, umfassen meinen Po und ziehen mich an sich. Mir stockt der Atem, als seine Lippen an meinem Hals hinabgleiten und über mein Schlüsselbein zum Ansatz meiner Brust wandern. Gemächlich gleiten sie über den Stoff. Und dann umschließt sein heißer Mund meine Brustwarze. Er ist nicht so sanft, wie ich es erwartet hatte, nicht mehr vorsichtig, nicht zaghaft, sein Griff ist fest, seine Zähne streifen mich und entlocken mir ein Stöhnen. Asher denkt nicht darüber nach, was er mit mir macht, er zögert nicht, er verschlingt mich. Und genau deshalb bin ich ihm diesmal wirklich hilflos ausgeliefert. Er zieht mich auf die Luftmatratze, die unter uns knarzt, und sobald mein Kopf die Matratze berührt, ist er auch schon über mir. Ich schaffe es gerade noch, meine Schuhe abzustreifen, da stützt er sich auf den Ellbogen ab und drängt seine Hüfte gegen meinen Schoß. Ein überraschtes Keuchen entweicht meinem Brustkorb. Der harte Bund seiner Jeans reibt gegen meine Shorts und jagt Strom durch meinen Unterleib. Meine Finger nesteln an den widerspenstigen Knöpfen seiner Hose und bekommen sie schließlich auf. Ich schiebe sie nach unten, und weil ich mit den Händen nicht weiterkomme, helfe ich mit dem Fuß nach.

«Ivy», keucht Asher an meinen Mund, als ich meine Finger über seine Boxershorts gleiten lasse und seinen festen Po umfasse. Er knetet meine Brüste, schiebt das Top nach oben und küsst eine feuchte Spur über meinen Bauch. Dann rutscht er tiefer. In der nächsten Sekunde spüre ich seinen heißen Atem an meinem Schoß. Er presst seine Lippen auf den dünnen Stoff, und ich unterdrücke ein Stöhnen. Seine Finger krallen sich in das Gummiband, während mich seine Daumen genau dort streicheln, wo ich es brauche.

«Ash.» Ich schließe die Augen und halte den Atem an.

Quälend langsam zieht er meine Shorts hinunter und streift sie über meine Füße, dann drängt sich sein Kopf zwischen meine Schenkel. Ashers unrasierte Wange kratzt über die empfindliche Haut, bevor ich seine sanften Lippen auf mir spüre. Als er mit einem Finger in mich eindringt, keuche ich auf, nur um wimmernd zu protestieren, als er ihn wieder herauszieht. Doch er kommt mit einem zweiten zurück, fester, tiefer, bevor seine Zunge mich noch lauter aufstöhnen lässt. Ich fahre mit den Fingern in sein Haar und versuche, ihn nach oben zu ziehen. Weil es zu viel ist, weil ich es einfach nicht aushalte, weil ich ihn auch schmecken und vor allem dabei ansehen will.

«Ivy.» Mit einem Ruck fährt er zurück. Der Mond steht hinter ihm am Himmel, und sein Gesicht liegt im Schatten. Trotzdem erkenne ich die Verzweiflung in seinem Blick. «Du ... willst es nicht wirklich, oder?» Er blinzelt, sein Brustkorb hebt sich angestrengt, und er fährt sich mit der Hand durch das Haar. «Ich habe dich überrumpelt. Verdammt, es tut mir leid. Scheiße», flucht er und setzt sich auf.

«Nein.» Sofort richte ich mich ebenfalls auf und dränge mich an ihn. «Bitte sag das nicht. Du hast nichts falsch gemacht, Asher. Heute nicht und damals auch nicht. Niemals.» Mit beiden Händen umfasse ich sein Gesicht, um ihn so tief und lang zu küssen, bis wir beide kaum noch Luft bekommen. «Ich will es. Ich will *genau* das. So sehr, dass es weh tut. Bitte hör nicht auf.»

Erleichtert stößt Asher den Atem aus. Wieder küsse ich ihn, lasse meine Zunge über seine gleiten, bis er die Berührung hitzig erwidert. Da ist nun kein Zögern mehr in seinem Kuss, keine Vorsicht, kein Zweifel. Auf einmal scheint er sich ganz sicher zu sein. Und ich bin es auch. Ich taste nach unten, zu seinen Shorts. Langsam streichle ich mit der Hand über seine Erektion, reibe über den Stoff und umfasse seine Härte mit beiden Händen. Für einen Moment hält er meine Finger genau dort fest, stößt seine Hüfte in meinen Griff und zeigt mir mit seinem Stöhnen, wie sehr ihm gefällt, was ich da tue.

«Hast du Kondome? Ich ... ich war nicht auf das hier vorbereitet.»

«Ich hatte das auch nicht geplant, verdammt», keucht er. Dann richtet er sich auf. «Warte.» Im nächsten Augenblick stemmt er sich hoch und verschwindet in die Dunkelheit. Der Reißverschluss von Sams Zelt ratscht, und der Stoff raschelt. Nach weniger als einer Minute ist Asher wieder bei mir.

«Schlafen die beiden?»

«Ja», raunt Asher und umfasst meine Handgelenke. Ein Daumen tastet nach meinem Puls, und als er meine Hand anhebt und genau die Stelle küsst, durch die mein Blut rauscht, berührt das etwas tief in mir. Ich muss schlucken, weil etwas in meinem Brustkorb explodiert, etwas das unklar und ungewiss war, aber jetzt leuchtet es hell – es ist Asher. Er ist ein Teil von mir.

Asher lässt mich los, und es knistert, als er die Kondompackung aufreißt. Unsere Hände stoßen aneinander, weil ich ihn unbedingt anfassen will, und irgendwie kommen wir uns in die Quere. Schließlich lacht Asher leise auf. «Es würde besser funktionieren, wenn du deine Finger kurz wegnimmst.»

«Tut mir leid», stammle ich und bekomme ein heißes Gesicht. Es ist nicht mein erstes Mal, aber ich habe auch nicht so viel Erfahrung, um mich bei dem hier ganz selbstsicher zu fühlen. Doch Sekunden später lässt Asher zu, dass ich ihn wieder anfasse, verlangt es sogar. Drängt sich in meine Handfläche und vertreibt damit jede Unsicherheit. Dann schiebt er sich über mich, presst seine harte Erektion zwischen meine Beine. Das Herz hämmert mir hart gegen die Rippen, und ich hebe mein Becken, um ihm entgegenzukommen.

Schweißperlen bilden sich auf Ashers Stirn. «Fuck, Ivy», raunt er. Aber er dringt nicht in mich ein. Er reibt sich an mir, schiebt seine Hüfte vor und zurück, und das Gefühl ist so intensiv, dass mein Inneres jetzt schon pulsiert. Und dass er mich dabei ansieht, dass ich die Narbe an seinem Mund sehe, legt alles bloß. Lässt mich wimmern. Ich strecke die Hand aus, berühre diese Stelle, dann kralle ich mich in sein Haar und ziehe ihn näher zu mir heran, um seinen Mund zu küssen, seine Narbe. Alle Narben.

Und dann dringt er in mich ein, schiebt sich ganz langsam vorwärts, um sich im nächsten Moment zurückzuziehen und ganz in mich zu stoßen. Ich keuche auf. Sein Atem an meinem Hals scheint mich zu verbrennen, dann suchen seine Lippen meine. Ich klammere mich an ihm fest, bewege meine Hüfte, um ihn tiefer aufzunehmen, und gebe ein Stöhnen von mir. Ihn in mir zu spüren, ist ein so überwältigendes Gefühl, dass mir Tränen in die Augen schießen. Wir fangen an, uns zu bewegen, und ich passe mich seinem langsamen Rhythmus an. Aber mein Puls geht schnell. Zu schnell. Es fühlt sich an, als würde mein Herz einen Song mit hundertfünfzig Beats pro Minute abspielen.

Ashers Gesichtsausdruck schickt einen heißen Schauer durch mich. Wie seine Lider flattern, wie sich sein Mund öffnet und ihm dann ein Stöhnen entweicht. Mich erregt es, wie sich seine Stirn vor Anstrengung runzelt und ihm das Haar über die Augen fällt. Er beugt sich herunter und lässt seine Zunge zärtlich an meinem Hals entlangfahren, knabbert an der Haut unterhalb meines Ohrläppchens und saugt daran. Kostet mich. Heiser flüstert er meinen Namen, immer wieder, dann verändert er auf einmal sein Tempo, wird noch einmal langsamer, dann drängender. Bei jedem Eindringen baut sich mehr und mehr Druck auf. Er hebt mein Bein an und stößt tief in mich, wobei er mich unverwandt ansieht. Und ich weiß, dass ich unter seinem Blick gleich verglühen werde.

Ashers Augen glänzen dunkel wie geschmolzenes Karamell, als sich mein Unterleib vor Lust zusammenzieht. Er küsst mich, und ich stöhne in seinen Mund, während ich komme. Und als auch er kommt, vermischt sich unser Atem zu einem einzigen.

Kapitel 23

I want it all.

Ich habe einen schwarzen Stift mit fester Spitze ausgewählt und ziehe den T-Strich zu einer langen Linie. Darunter male ich mit einem Fineliner zarte Blüten und verziere die Zwischenräume mit lanzettenförmigen Blättern. Meine Finger sind noch feucht vom Flusswasser, mit dem ich mich gewaschen habe, bevor ich heute Morgen wieder ins Zelt gekrabbelt bin. Ein paar Spritzer sind auf das Papier getropft, aber ich traue mich nicht, Hedwig zum Trocknen offen liegen zu lassen, weil Noah dann vielleicht darin lesen könnte. Deshalb schlage ich das Buch zu und stopfe es unter meine Luftmatratze, bevor ich mich zurücklege und ausgiebig strecke.

«Du warst ganz schön lange weg heute Nacht.» Noah sieht mich an.

Ich halte mitten in der Bewegung inne. «Ich dachte, du schläfst.»

«Es ist unfassbar heiß in diesem beschissenen Zelt, wie soll man da schlafen? Oder bin ich einfach nur so hot?»

Ich stöhne auf.

«Aber im Ernst, ich habe gefühlt tausend Mückenstiche auf meinem Körper und einen abartigen Durst.» Er hebt eine Augenbraue an. «Ich schätze mal, dass du bis zum Sonnenaufgang weg warst, bedeutet, dass Asher sich nicht total dämlich angestellt hat und seine Männerehre noch intakt ist. Im Gegensatz zu deinem ...»

«Noah!» Ich suche nach etwas, dass ich ihm an den Kopf

I want it all.

werfen kann, finde aber nichts außer meinem Beutel mit dem Zahnputzzeug. «Ich war nur draußen, weil wir Besuch von einem Elchbullen hatten. Falls es dich interessiert, er ist auf der Suche nach etwas Essbarem direkt an unserem Lager vorbeimarschiert.»

«Krieg dich wieder ein, Cinnamon. Ich bin nicht blöd. Asher hat es nicht mal fertiggebracht, dich in diesem beschissenen Brettspiel rauszuschmeißen. Sag mir, welcher Bruder darauf verzichten würde. Auffälliger geht's gar nicht.»

Klar, Noah hätte sich diese Gelegenheit nicht entgehen lassen. «Wir wandern heute zu den Diana's Baths. Du kannst das mit dem Brettspiel gerne ausgleichen und versuchen, mich in einem der Pools unter Wasser zu tunken.»

«Deal.» Er rollt sich von der Matratze runter und schwingt sich hoch. Nur mit Boxershorts bekleidet, verschwindet er nach draußen, und kurz darauf höre ich Harper aufkreischen und das Gelächter der beiden.

Wir frühstücken auf der alten Picknickdecke. Während Noah missgelaunt auf trockenen Rice Krispies herumkaut, weil die Milch trotz Kühlbox sauer geworden ist, zerpflücke ich eine Scheibe Brot. Ich habe keinen Hunger und bekomme vor lauter Anspannung sowieso nichts runter. Asher und ich haben in der Nacht kaum miteinander geredet und schon gar nicht über die Themen, die wichtig sind. Ich weiß nicht, wie es zwischen ihm und mir weitergeht und wie wir das seinem Dad beibringen sollen. Will Asher es ihm und Noah überhaupt sagen? Oder ist das hier einfach nur ein Traum, eine Blase, in der wir leben, die nichts mit der Realität auf der Insel zu tun hat?

Asher hat für sich und Sam Rührei über dem Feuer gebraten. Er hat mich nur einmal kurz angesehen und sich vor den anderen nichts anmerken lassen, aber ich kann meinen Blick nicht von ihm abwenden. Wenn er sich eine Gabel Rührei in den Mund schiebt oder mit Sam spricht, beobachte ich seine Lippen und bekomme Herzrasen bei dem Gedanken, was er mit seinem Mund in der Nacht alles angestellt hat. Ich spüre jede Berührung von ihm überdeutlich. Wie er meinen Arm streift, um nach dem Kaffeekocher zu greifen, wie er sich mit einem Stapel Holz auf den Armen an mir vorbeidrängt und seine Jeans an meinem Bein reibt. Das lässt meinen Puls jedes Mal in die Höhe schießen, und ich bin mir fast sicher, dass die anderen das merken müssen.

Nach dem Frühstück laufen wir alle zum Auto. Asher hat sich zurückfallen lassen, während Harper und ich ganz vorne gehen, und irgendwie macht mich das nervös. Noah sagt etwas, und ich drehe mich um. Aber ich kann nur Asher ansehen. Den leicht hochgezogenen Mundwinkel mit der Narbe und das kleine Grübchen, wenn er lächelt. Sobald ich wieder nach vorne schaue, habe ich das Gefühl, ein Brennglas im Rücken zu spüren.

Am Auto packen wir alle unsere Badesachen für die Wasserfälle zusammen, und während die anderen über Google Maps den kürzesten Weg suchen, bugsiere ich ein Sixpack mit Wasserflaschen aus dem Kofferraum und stopfe es in meinen Rucksack. Ich erstarre kurz, als Asher neben mich tritt.

«Geht ruhig schon mal vor, ich muss noch meine Sonnenbrille raussuchen», ruft er nach vorne. Aber meine Augen registrieren sofort, dass seine Sonnenbrille schon am Ausschnitt seines Shirts baumelt. Die anderen dürften das nicht sehen, da wir fast komplett von der offenen Kofferraumtür verdeckt werden.

«Hey», sagt er sanft. Seine Hand berührt meinen Unterarm und fährt langsam daran nach oben, und im nächsten Moment zieht er mich an sich. Wir küssen uns überhastet und ungelenk, ich fühle sein Grinsen an meinen Lippen und muss ebenfalls lächeln – bis sein Griff in meinem Nacken fester wird und er den Kuss vertieft, was mir sofort ein Stöhnen abringt.

«Habt ihr's bald?», ruft Noah viel zu laut und ziemlich nah, und wir schrecken auseinander. «Es wird heute echt heiß, und Google sagt, dass wir acht Meilen vor uns haben. Ich hab keinen Bock, erst anzukommen, wenn hundert Familien mit ihren Kleinkindern dort rumspringen.»

Asher setzt die Sonnenbrille auf, und ich wünschte, ich hätte auch eine, um mich dahinter zu verbergen. Bestimmt muss Harper mich nur ein Mal ansehen, um zu wissen, was in mir vorgeht. Wir wandern los, und ich versuche, Harper in ein Gespräch über ihren Bruder zu verwickeln. Sie liebt Chase abgöttisch, so viel habe ich inzwischen begriffen, und sie ist stolz darauf, dass er sich gerade mit einem eigenen kleinen Diner in Hanover selbständig gemacht hat. Sie darauf anzusprechen, schlägt zwei Fliegen mit einer Klappe. Harper konzentriert sich nicht so sehr auf mich, und mich lenkt es ab. Chase' Diner ist in einem alten Kino untergebracht, und Harper erzählt mir einen Großteil der Strecke, wie die Fliesen aussehen, welche Farben die Wände haben und wie die Deko gestaltet ist.

Als wir gegen zehn Uhr in Bartlett ankommen, ist der Parkplatz vor Ort bereits gut gefüllt. Noah stöhnt. «Fuck, jetzt sind die ganzen Kids schon da. Ruhiger Vormittag am Wasserfall goodbye, willkommen nervendes Gebrüll, Rotznasen und Flennerei.»

Harper schaut ihn böse an. «Sei kein Arschloch, Noah! Vielleicht gehören die ganzen Autos auch zu Junggesellen-Sauftouren, und das ist viel schlimmer.»

«Nichts ist schlimmer als plärrende Kleinkinder.»

«Wow, man könnte dich fast für einen guten Kerl halten. Und dann sagst du so was.»

«Ich bin wenigstens ehrlich.» Er zuckt mit den Schultern.

Auf dem Weg durch den Wald laufen wir an mindestens sechs Familien mit Kinderwagen und Buggys vorbei, was Noahs Gesicht mit jedem Mal noch düsterer werden lässt.

«Gott», seufzt Harper, «ich will nur noch ins Wasser. Es ist mir egal, ob es eiskalt ist. Es ist mir sogar egal, wenn es dreckig und voller Algen ist. Ich verbrenne gleich.»

«Ist es dir auch egal, wenn eine Horde Kinder ins Wasser gepinkelt hat?», murrt Noah.

«Es fließt bergab, oder?»

«Ja, bergab und direkt in deinen Mund. Ich wette ...»

«Noah, halt endlich die Klappe», unterbricht Asher das Gejammer seines Bruders. «Gebt uns eure Rucksäcke. Ihr könnt vorlaufen und uns einen guten Platz aussuchen.» Er streckt mir die Hand hin, aber ich zögere. Harper hingegen wirft ihm einen dankbaren Blick zu und reicht Sam sofort ihre Tasche, und daraufhin gebe ich auch nach. «Danke.»

Obwohl mein Rucksack auf der Wanderung objektiv immer leichter geworden ist, je mehr wir getrunken haben, bin ich froh, dass Asher ihn mir abnimmt. Mein Kreuz fühlt sich an, als hätte ich einen Pick-up hinter mir hergezogen. Mit der Hand reibe ich mir über den schmerzenden Nacken, während ich mit Harper voraneile. Je näher wir dem Fluss kommen, umso lauter rauscht das Wasser. Ich kann es kaum abwarten, endlich die Wanderschuhe und meine Klamotten loszuwerden, und bin froh, doch den schwarzen Neckholder-Bikini gekauft und ihn vor allem schon im Zelt angezogen zu haben.

Wir erreichen das Ufer und marschieren bergauf am Wasserlauf entlang. Je höher wir kommen, umso lauter wird das Brausen, und endlich stoßen wir auf die ersten Felsen, über die das Wasser herunterrauscht. Felsvorsprünge und Steine bilden eine Vielzahl von Plateaus und kreieren kleine Wasserfälle. Die Kanten sehen so glattgeschliffen aus, als hätte ein Riese sich seine persönliche Wasserrutsche gebaut. Es sind nur vereinzelt Leute hier, ich schätze, dass die Familien mit Kindern sich lieber weiter oben an den flacheren Stellen aufhalten.

Harper wirft mir einen fragenden Blick zu. «Sollen wir noch höher gehen und gucken, ob da noch was Besseres kommt?»

Als Antwort ziehe ich nur die Augenbrauen hoch. Dann beginnen wir lachend, aus unseren Klamotten zu schlüpfen. Ich bin noch dabei, aus meinen Jeansshorts zu steigen, da kreischt Harper bereits auf, weil sie einen Zeh ins Wasser getaucht hat.

«Scheiße, scheiße, scheiße, ist das kalt.» Sie hüpft von einem Bein aufs andere.

Ich gehe zu ihr und steige direkt bis zum Knie in den Wasserlauf. «Oh Gott, du hast recht.» Frierend trete ich auf der Stelle. «Lass uns trotzdem schnell rein. Ich schwöre dir, wenn Noah kommt, dann wird er uns entweder nass spritzen oder sofort reinschubsen. Also los.» Ich halte die Luft an, schöpfe mir etwas von dem kalten Wasser über den Bauch und ins Gesicht, dann rutsche ich japsend in den kleinen Pool, der mir am nächsten liegt.

Noah ist nur eine Minute später da und reißt sich die Klamotten vom Leib, und ich bin fassungslos, wie schnell er das schafft. Dann hüpft er über die Steinplatten und stellt sich unter einen breiten Wasserstrahl.

Erleichtert atme ich aus. Aber nur so lange, bis Asher am Ufer auftaucht. Auch er entledigt sich in Sekundenschnelle seiner Schuhe und seiner Kleidung. «Mädels, wer will als Erstes untergetaucht werden?», fragt er grinsend.

Das habe ich von Noah erwartet, aber ganz bestimmt nicht von ihm. Als Asher auf uns lossprintet, kreischen Harper und ich gleichzeitig auf. An einigen Stellen hat das Wasser Löcher in die Felsenplateaus gespült, die teilweise so groß sind, dass ein Mensch darin untertauchen kann. Kurz bevor er uns erreicht, schlittert Asher über den Boden und ist innerhalb von einer Sekunde in einem dieser schwarzen Löcher verschwunden.

«Ash! Oh mein Gott!» Alles Blut weicht mir aus dem Gesicht. Die Steine sind glitschig, und ich rutsche beinahe selbst aus, als ich zu der Stelle haste, an der ich ihn zuletzt gesehen habe. «Asher?» Auch Harper ist ganz blass um die Nase, als sie sich neben mir über das mit Wasser gefüllte Loch beugt. Plötzlich schießen Ashers Hände heraus, und er packt meine Fesseln. Ich schreie auf, kann mich seinem unerbittlichen Griff aber nicht entziehen. Unsanft lande ich auf meinem Hinterteil und werde von ihm ins Wasser gezerrt. Eiskalt schwappt es über mir zusammen, und starke Arme schlingen sich um meinen Bauch. Kurz darauf schnappe ich an der Oberfläche keuchend nach Luft.

«Du ... du ... verdammter M...» Gurgelnd werde ich wieder unter Wasser gezogen, diesmal etwas länger. Als Asher mich das nächste Mal auftauchen lässt, verschwende ich meine Zeit nicht dafür, ihm Schimpfwörter an den Kopf zu knallen, sondern hole tief Luft, bevor es wieder nach unten geht. Asher hält mich in einem Klammergriff fest, sodass es wenig Sinn hat zu strampeln. Ich öffne die Augen und versuche, mich zu orientieren. Wir sind in einem Loch mit einem Durchmesser von höchstens ein Meter zwanzig. Das Wasser ist so tief, dass man nicht bis zum Boden sehen kann. Und es ist unfassbar laut. Der Fluss tost wie ein Orkan durch meinen Kopf.

Als ich die Arme ausstrecke, berühre ich die Wände, und sie fühlen sich an wie glattes Leder. Asher hat die Beine gespreizt und seine Füße gegen die Wand gestemmt, damit wir nicht nach oben treiben, und er sieht mich an. Seine Stirn ist gerunzelt, das Haar darüber bewegt sich tanzend im Wasser, und auch meine Haare schweben wie Wolken um meinen Kopf.

Ich sehe Ashers Zähne aufblitzen und ein paar Luftblasen,

die dazwischen entweichen. Er löst seinen Griff um mich, fängt mit beiden Händen mein Haar ein und streift es nach hinten, dann zieht er mich eng an sich und presst seine Lippen auf meinen Mund. Ich bin so überrascht, dass mir viel zu viel Luft entströmt. Doch dann schlinge ich meine Arme um seine Körpermitte, und wir küssen uns im Wasser. Ich könnte ewig so verharren, wenn mir nicht irgendwann die Luft ausgehen und dazu noch panische Rufe von oben erschallen würden. Dumpf vermischt sich Harpers Stimme mit dem Brausen des Wassers.

«Ivy, Gott sei Dank!», stößt sie hervor, als ich auftauche. Sie hilft mir, aus dem schwarzen Loch auf den Felsen zu klettern. «Asher, bist du bescheuert? Ich hab fast einen Herzinfarkt bekommen.»

«Es ist alles okay», japse ich. «Nichts passiert. Ich bekomme höchstens einen blauen Fleck am Hintern.» Ich reibe mir über die Stelle, wo ich auf den Felsen geprallt bin. «Da ist ein tiefes Loch», erkläre ich überflüssigerweise.

«Sorry für den blauen Fleck», sagt Asher und stemmt sich nun auch aus dem Wasser. Die Tropfen perlen von seinen Brustmuskeln. Schnell wende ich den Blick ab, um Harper nicht merken zu lassen, wie fasziniert ich vom Spiel seiner Muskeln bin und wie heftig mein Herz für meinen Stiefbruder schlägt.

«Oh, Mann, Ivy», fängt Harper an, als wir ein paar Minuten später in einem kleinen Pool dümpeln. «Hast du die Narbe gesehen?»

«Ja, sicher. Warum fragst du?»

«Ich habe Asher nur noch nie mit nacktem Oberkörper gesehen, und mein Gott, sie ist riesig.» Harper erschauert. «So was habe ich noch nie gesehen. Das wirkt, als hätte er bei einem missglückten Zaubertrick mitgemacht, und wäre einmal komplett durchgesägt worden.»

Mein Brustkorb zieht sich schmerzhaft zusammen. «So schlimm ist es auch wieder nicht.» Unbehaglich rutsche ich auf dem Felsen hin und her.

«Das ist krass. Sam hat mir erzählt, dass Asher mal einen Motorradunfall hatte, aber diese Narbe kann doch unmöglich davon sein, oder? Weißt du, woher sie kommt?»

Mir wird eiskalt. «Nein, ich w... weiß es nicht», stottere ich. Ich wünschte, Harper würde endlich damit aufhören.

«Damit kann er kleine Kinder erschrecken.»

«Harper», stoße ich hervor. «Das ist doch Unsinn. Wo ist eigentlich Sam? Ist er gar nicht im Wasser? Ich habe ihn das letzte Mal auf dem Waldweg gesehen. Nicht dass Noah ihn irgendwo verscharrt hat. Die beiden können sich nicht besonders gut leiden, oder?» Mein Lächeln gerät zu einer Grimasse.

«Keine Ahnung. Ich glaube, er liest. Ich frag mich echt, warum er unbedingt etwas zum Lesen mitnehmen musste.»

«Ich schau mal nach ihm.» Ohne Harpers Reaktion abzuwarten, hieve ich mich aus dem Wasser und klettere über die glitschigen Felsen bis zum Ufer. Die Augen schirme ich mit der Hand vor der Sonne ab. Sam sitzt mit verschränkten Beinen unter einem Baum und balanciert ein Buch auf den Knien. Zwar hat er seine Klamotten ausgezogen und trägt seine Badeshorts, aber sein Haar ist noch staubtrocken. Er ist wirklich noch nicht ein Mal im Wasser gewesen.

«Hey, Sam.»

Es dauert einen Moment, bis er aufblickt. Am liebsten würde ich meine Haare über ihm ausschütteln und ihn ein bisschen nass machen, aber ich befürchte, dass er sauer wird, wenn das Buch etwas abbekommt. Ich gehe neben ihm in die Hocke. «Brauchst du gar keine Abkühlung?»

Er blinzelt, als hätte er Mühe, mich überhaupt wahrzunehmen. «Du meinst schwimmen?»

«Na ja», sage ich gedehnt. «Schwimmen ist hier etwas schwierig, aber du könntest die Steine runterrutschen, deine Freundin nass spritzen, Spaß haben, solche Sachen eben.»

«Ich lese nur noch das eine Kapitel, dann komme ich, okay?»

Seufzend lasse ich mich neben ihm ins Gras sinken und linse über seinen Arm auf das Buch. Ich kann verstehen, dass er gerne liest, aber er sollte auch mal etwas Spaß haben. Vor allem mit Harper. Dabei muss ich an das Geschenk denken, das Asher ihm gemacht hat. Ich habe *Winnie the Pooh* zwar als Kind nicht gelesen, aber später bei Aubree im Bücherregal entdeckt. Und viele Sätze daraus sind mir im Gedächtnis geblieben.

Sam ist sofort wieder in seine Geschichte abgetaucht, er blättert die nächste Seite um und hat ein Schmunzeln auf den Lippen. Vom Wasser aus höre ich Harper kreischen, und als ich hochblicke, sehe ich gerade noch, wie Noah sie um die Taille fasst und unter einen breiten Wasserfall zerrt. Sie wird vom eiskalten Wasser geduscht und tritt mit dem Fuß nach Noah, der ihr ausweicht und sich vor ihr hinter einen Felsen rettet.

«Da gibt es eine Stelle in dem Buch, dass Asher dir geschenkt hat – in deinem *Winnie-the-Pooh*-Buch. Die fand ich immer besonders schön. Christopher Robin und Winnie Pooh klettern an einem Zaun hoch. Weißt du, welche ich meine?»

Sam sieht abwesend zu mir auf, und ich rede weiter. «Da steht, dass die beiden einfach nur Spaß haben und in dem Moment nicht wissen, dass sie damit Erinnerungen schaffen.»

«Natürlich kenne ich die Stelle.»

«Sam.» Ich seufze und nicke zum Fluss. «Ich glaube, Harper und Noah sind gerade dabei, ziemlich viele Erinnerungen zu schaffen.»

Er schaut mich verwirrt an, sekundenlang. Dann klärt sich sein Blick. «Fuck.»

Ich stehe auf und gebe ihm einen Schubs.

«Okay, okay, ich hab's kapiert. Danke für den Hinweis, Ivy.» Er rappelt sich auf und packt das Buch in seine Tasche. Tief holt er Luft, dann schüttelt er sich und läuft zum Fluss.

Mittlerweile sind mehr Menschen aus Richtung des Parkplatzes gekommen, und ich höre Kindergeschrei und das Rufen der Eltern, die ihren Nachwuchs dazu anhalten wollen, vorsichtig zu sein. Ich setze mich für ein paar Minuten auf einen Felsen in die Sonne, dann klettere ich auf der Suche nach den anderen etwas höher und entdecke Asher, der gerade mit seinem Bruder rangelt und sich an ihm vorbeidrängelt. Kurz hintereinander rutschen sie mehrere Meter über die glattgeschliffenen Felsen nach unten und landen platschend in einem kleinen Becken. Um zu ihnen zu gelangen, muss ich mir einen Weg über ein Felsplateau bahnen, auf dem ein Paar mit seinen Kleinkindern hockt und sich sonnt.

Als ich dort ankomme, ist von Asher und Noah nichts mehr zu sehen. Ich winke Harper zu, die wieder in dem kleinen Pool sitzt, wo ich sie vorhin allein gelassen hatte, allerdings ist nun Sam bei ihr. Rechts von mir donnert ein breiter Strahl Wasser bergab. Ich klettere gerade wieder nach unten, als plötzlich Asher neben mir aus dem Wasser auftaucht.

«Das musst du dir ansehen, Ivy.» Er schnappt nach meinem Handgelenk und zieht mich hinter sich her mitten durch den Wasserstrahl. Prustend komme ich auf der anderen Seite an und wische mir mit der flachen Hand das Wasser aus meinem Gesicht, um wieder etwas sehen zu können. Wir sind in einer breiten Nische, die vom Wasser wie durch einen Vorhang vom Rest der Welt abgetrennt wird.

«Was denn? Was muss ich mir ansehen?» Meine Stimme hallt, und unwillkürlich halte ich mir die Hand vor den Mund.

Ashers Blick ist dunkel, erwartungsvoll. «Das hier.» Sanft zieht er mich an sich, sodass ich von seiner breiten Brust aufgefangen werde. «Hier ist man völlig allein.» Er lehnt seine Stirn an meine. «Das mit dem blauen Fleck tut mir leid. Ich hoffe, es tut nicht zu sehr weh.» Er sieht zerknirscht aus.

«Ich merke es gar nicht m...»

Im nächsten Moment verschließt er meine Lippen mit seinem Mund. Seine Zunge spielt mit meiner. Ein sanftes Stupsen, ein leichtes Atmen, das eine Gänsehaut bei mir auslöst. Ashers Hände streichen über meinen Rücken und berühren dann vorsichtig, beinahe entschuldigend die Stelle an meinem Po, wo ich auf dem Felsen gelandet bin. Fingerspitzen kreisen auf meiner feuchten Haut. «Es tut mir wirklich leid.»

Oh Gott, das merke ich.

Und ich will ihn auch berühren. Ich will, dass er auch eine Gänsehaut bekommt. Sich mir genauso ausgeliefert fühlt wie ich ihm. Mit einem Seufzen bewege ich meine Hände an seiner Seite nach unten, bis ich am Saum seiner Badeshorts angekommen bin. Ashers Atem wird schwerer, und langsam schiebe ich eine Hand unter seinen Hosenbund. Er hält den Atem an.

Es fühlt sich umwerfend schön an. Ich seufze. Die Haut, die ich berühre, ist zart und spannt sich glatt über seiner Härte.

«Hey, das sollte nur ein Kuss werden.» Er lacht kurz, abgehackt. Für einen Moment lässt er zu, dass ich ihn massiere. «Hör besser auf, wenn du nicht willst, dass ich vergesse, wo wir sind.»

Er hat recht. Hier kann jederzeit jemand durch den Wasserfall treten und uns entdecken. Die Gefahr ist uns beiden bewusst, und trotzdem kann ich nicht anders, als meine Finger tiefer gleiten zu lassen und ihn noch fester zu umfassen.

«Ivy.» Er lässt seine Zähne an meinem Hals entlangfahren und wirkt wie berauscht, als er meinen Kopf am Haar nach hinten zieht und über meine Haut leckt.

«Wir sollten aufhören», raunt er wie zu sich selbst. «Sofort.»

«I... ich weiß.» Ich lehne mich an die Wand und versuche, zu Atem zu kommen, schockiert darüber, wie unbedingt ich das hier will. Wie unbedingt ich ihn will. Da packt Asher mein Handgelenk und zieht meine Hand aus seinen Shorts heraus. Er dreht mich herum, sodass ich gezwungen bin, mich am Felsen abstützen.

Ich keuche auf, weil Asher den Spieß umdreht, seine rechte Hand plötzlich über meinen Bauch nach unten wandert und seine Finger sich in meine Bikinihose schieben. Geräuschvoll ziehe ich die Luft durch die Zähne. «Hast du nicht gerade gesagt, wir müssen damit aufhören?», flüstere ich atemlos.

Seine Finger reizen mich, spielen mit mir, dringen in mich, und ich weiß nicht, wie ich das aushalten soll, weil meine Beine jetzt schon zittern und ich mich kaum noch aufrecht halten kann.

«Ich glaube, dafür ist es jetzt zu spät.»

Oh Gott.

Ashers Stimme wird rau. «Ich kann jetzt nicht mehr aufhören. Ich kann dich nicht mehr loslassen, Ivy. Nie wieder.»

Er spreizt meine Beine weiter, um einen besseren Zugang zu bekommen. Seine Brust hebt und senkt sich schnell an meinem feuchten Rücken. Er ist so warm, fast heiß, ich kann kaum atmen.

«Du weißt nicht, wie das ist. Du hast überhaupt keine Ahnung, wie sich das anfühlt. Mein Herz ist so voll. So voll von dir, dass es verdammt noch mal gar nicht mehr mein eigenes ist.»

Bei seinen Worten treten mir Tränen in die Augen. Und wenn ich es doch weiß? Wenn in meinem Herz auch nur noch Platz für ihn ist? «Ash, ich kann nicht ... ich kann mich nicht halten, wenn du mich so berührst.»

Mit der linken Hand greift er wieder in mein Haar und zieht

meinen Kopf zur Seite, um meinen Mund besser zu erreichen. Er küsst mich mit allem, was er hat, drängend, fordernd und voller Hingabe, und meine Beine drohen, unter mir wegzuknicken.

Ich erschauere am ganzen Körper. «Ash, ich kann mich nicht mehr halten. Ich falle.»

«Dann lass dich fallen», sagt er.

Er lässt nicht locker. Sein Mund hält mich genauso fest wie sein Arm und auch seine Finger, die nicht aufhören, in perfektem Rhythmus in mich einzudringen. Mit dem Daumen reibt er über meinen empfindlichsten Punkt, und meine Beine fangen an zu zittern, mein ganzer Unterleib bebt und zieht sich zusammen. Doch dann schließe ich die Augen und lege den Kopf in den Nacken und vertraue ihm. Vertraue ihm vollkommen. Und Asher lässt mich nicht fallen. Er lässt mich fliegen.

Es kommt mir vor wie Minuten, in denen er mich festhält, während das Beben in mir nachlässt. Er umfasst mein Gesicht mit seinen Händen und küsst mich, küsst mir die Tränen von den Lidern, die stumm hervorgequollen sind. Ich kann kaum begreifen, was er gerade mit mir angestellt hat. Dass ich das zugelassen habe. Hier unter diesem Wasserfall, in einer Felsnische mitten im Fluss.

Als ich wieder fest auf beiden Beinen stehe, sagt er: «Ich glaube, ich ... ich brauche jetzt dringend eine Abkühlung.» Er tritt unter den harten Wasserstrahl und lässt das Tosen über sich zusammenbrechen. Ich stelle mich daneben, bis meine Schultern schmerzen und ich das Gefühl habe, spätestens jetzt in die Knie gehen zu müssen. Asher strubbelt sich durch das Haar und gibt einen lautes «Arrrgh» von sich, bevor er mich mit sich aus dem Wasservorhang zieht. «Okay, ich schätze, wir können jetzt gefahrlos zu den anderen gehen.»

Hand in Hand springen wir von Felsen zu Felsen, tapsen

durch die flachen Pools, klettern über Steine nach unten, und ich bin mir sicher, Asher hat einfach vergessen, dass er mich immer noch festhält, bin mir sicher, dass er nicht daran denkt, was die anderen davon halten könnten.

Wir finden Noah am Rand eines Pools sitzend, völlig entspannt lässt er seine Beine ins Wasser baumeln. Sam und Harper rutschen gerade über den glatten Felsen direkt ins Becken und tauchen lachend wieder auf.

«Wir haben euch schon vermisst», sagt Noah, und schlagartig bekomme ich einen heißen Kopf. Ich kann ihm nicht mal in die Augen sehen, sondern murmle etwas Unverständliches, bevor ich Asher loslasse und zu Harper ins Wasser gleite. Asher lässt sich neben Noah nieder, und wir dösen eine Weile im Wasser, bis hinter uns plötzlich schrilles Kindergeschrei erklingt. Unsere Köpfe fahren herum. Ein kleines Mädchen mit Schwimmflügeln und Badehose rutscht unkontrolliert schlingernd über den glatten Felsen nach unten. Mein Herz bleibt für einen Moment stehen. Ich sehe sie schon mit dem Hinterkopf auf dem Stein aufschlagen. Doch mit einem Satz ist Noah auf den Beinen und schafft es gerade noch rechtzeitig zum Ende der Rutsche. Das Kind fliegt ihm wie ein Football in die Arme.

«Gott sei Dank!» Harper fasst sich an die Brust. «Mir ist grad das Herz stehen geblieben.»

«Alles okay?» Asher tritt auf seinen Bruder zu, der völlig erstarrt ist. Er hält das Kind wie einen Fremdkörper an ausgestreckten Armen über dem Wasser in die Höhe, und das Erstaunliche ist, dass das Mädchen nicht einmal weint. Sie starrt Noah nur mit großen dunklen Augen an. Sie lacht nicht, aber sie verzieht auch keine Miene.

«Oh Gott», meint Harper. «Schau dir Noah mit dem Kind an.» Sie fängt an zu kichern.

Ich gehe auch die paar Schritte nach vorn. «Noah? Alles okay mit dir?» Ich fasse ihn an der Schulter, und er zuckt zusammen, als hätte ich ihn aus dem Tiefschlaf gerissen.

«Ja klar, alles bestens.» Er rüttelt das Kind ganz sanft, fast so, als würde er ein Seidenkissen aufschütteln. «Hey, du Baby, wo wolltest du denn hin?»

Die Kleine öffnet den Mund, und ich bin sicher, dass sie jetzt gleich loswoint, aber sie zeigt uns nur acht kleine Zähne, vier oben und vier unten.

«Ähm, Kleine? Kannst du schon sprechen?» Er dreht sich hilflos zu uns um. «Glaubt ihr, sie kann schon sprechen? Wann fangen diese Windelscheißer denn damit an? Ich meine, sie hat Zähne, oder? Kann man mit so wenig Zähnen schon ganze Sätze?»

Die Kleine streckt ihre Hand aus. Ihr kleiner dunkler Finger schießt überraschend schnell nach vorne und sticht Noah ins Auge.

«Autsch.» Noah kneift die Augen zusammen. Sofort kommt die kleine Hand wieder auf ihn zu und patscht ihm unbeholfen über das Gesicht.

«Fuck», stößt Noah hervor. «Tröstet sie mich etwa gerade?»

«Noah! Keine Kraftausdrücke vor kleinen Kindern!»

«Sorry», sagt er schnell. «Sorry, kleines Baby, aber du hast bestimmt gar nicht verstanden, was ich gesagt habe, oder? Dieses böse Schimpfwort ist nichts für deine ... unglaublich winzigen, unschuldigen Ohren. Aber ich habe kein Boo-boo, alles gut. Mein Gott, bist du schwer. Was geben sie dir nur zu essen?»

«Soll ich sie dir abnehmen?»

Aber Noah ist nicht anzumerken, ob er meine Frage überhaupt gehört hat. Er hat nur Augen für das Mädchen, auf dessen Kopf sich schwarze Löckchen um die Wette kringeln. Erst gibt er ein Ächzen von sich, dann nimmt er das Kind endlich richtig auf den Arm. Sie starren sich an, als wären sie beide auf eine unentdeckte Art gestoßen, und es ist einfach unfassbar süß, das mit anzusehen.

«Hey, ich weiß, was du da gerade machst», sagt er zu der Kleinen. «Du willst mich um den Finger wickeln. Aber das läuft nicht, mach dir keine Hoffnungen. Ich mag keine Kinder.»

Die großen Puppenaugen blinzeln nicht mal. Unverwandt blickt sie Noah an und reckt ihm ihre Fingerchen entgegen.

«Du kannst das sein lassen. Das beeindruckt mich überhaupt nicht, du ... verdammtes, unfassbar ... fucking niedliches ... Baby.»

Die kleinen Finger recken sich weiter, und dann summt sie etwas.

«Ja, Sweetheart, das Lied kenne ich.» Mit seinen großen Fingern tippt Noah nun die kleinen an und fängt an zu singen. *«An itsy bitsy spider climbed up the water spout ...»*

Ich fasse nach Harpers Arm. Wir halten die Luft an, als würden wir auf eine Katastrophe warten, während wir beobachten, wie Noahs Finger liebevoll über die des Babys klettern und sein Mund den alten Kinderreim singt. Dabei hat er ein total dämliches Grinsen im Gesicht.

«Oh mein Gott, Maggie!», kreischt eine panische Frauenstimme, und eine junge Frau läuft wild gestikulierend auf uns zu. Mit einem Satz ist sie bei ihrem Baby und reißt es Noah aus den Armen, der wie ein begossener Pudel mit leeren Händen im Wasser stehen bleibt.

«Ist alles in Ordnung mit dir, mein Schatz? Oh Gott, oh Gott, oh Gott, Maggie, mein Baby.» Sie übersät das Gesicht ihres Kindes mit Küssen, hebt die kleinen Arme an und sucht nach Verletzungen. «Danke, dass Sie mein Baby gerettet haben. Danke, danke! Ich kann Ihnen gar nicht sagen, wie dankbar ich Ihnen bin.» Sie schüttelt Noah die Hand, der sie dann aber wegzieht und die Arme verschränkt.

«Hey, Moment», sagt Noah. «Wer sagt mir, dass das wirklich Ihr Baby ist?»

Wir starren ihn alle entgeistert an. Einschließlich der Mutter, die gar nicht zu begreifen scheint, was er da gerade gesagt hat. Die Ähnlichkeit zwischen Mutter und Kind ist nicht zu übersehen. Sie haben dieselben Augen und denselben Mund. Ihre Badesachen ziert sogar das gleiche Muster. Außerdem strahlt das Baby seine Mom an, zeigt freudig auf Noah und sagt «Dadda».

«Nein, Schätzchen, das ist nicht Dadda. Dadda wartet oben auf uns.»

«Okay», brummt Noah. «Aber beim nächsten Mal passen Sie vielleicht besser auf. Es hätte wer weiß was passieren können!»

Die Frau wird schlagartig blass.

«Noah!»

«Okay.» Noah pustet langsam die Luft aus. «Ist ja noch mal gut gegangen.»

«Ich bin Ihnen wirklich unendlich dankbar. Was für ein Albtraum. Komm, Maggie, wir gehen zurück zu Daddy, ja?» Sie rückt das Kind auf ihrer Hüfte zurecht. «Noch einmal vielen Dank!» Dann klettert sie mit Maggie die Felsen wieder nach oben.

Wir blicken ihr hinterher.

Noah starrt auf seine leeren Hände, auf die Rutsche und dann zu der Stelle, an der Maggie verschwunden ist.

Asher klopft ihm auf die Schulter und unterdrückt ein Lachen. «Jetzt ist jedenfalls klar, wer den Daddy-Contest in unserer Familie gewinnen würde.»

Kapitel 24

Auf dem Rückweg zum Camp sagt Noah: «Ich glaube, die Kleine hat mir das Herz gebrochen.»

Harper verdreht nur die Augen, und ich tausche einen Blick mit Asher, der sein Lachen nur schwer unterdrücken kann. Wir lassen uns zurückfallen, damit die anderen nicht jedes Wort von uns hören. Die Sonne brennt an diesem Nachmittag beharrlich auf unsere Köpfe, und ich trinke eine Wasserflasche auf ex, weil meine Kehle so ausgedörrt ist. Asher wischt sich immer wieder über die verschwitzte Stirn, sein Gesicht hat eine unnatürliche Röte angenommen.

«Geht es dir gut?», frage ich ihn. «Ich glaube, du hast dir einen Sonnenbrand geholt.»

Er wischt meine Bemerkung mit einer Geste beiseite, dann grinst er mich an. «Erzähl's keinem weiter, aber ich glaube, das war heute der beste Tag meines Lebens.»

«Wirklich? Nicht dass du einen Sonnenstich hast.»

«Weil ich denke, dass dieser Tag großartig war?»

«Na ja. Ich fand den gestern fast noch besser.» In meinem Bauch kribbelt es, und ich richte meinen Blick nach vorne.

«Gestern», sagt er und bleibt stehen, «war die beste *Nacht*. Diese Nacht war einfach perfekt.»

Für einen Moment bin ich sprachlos. Im Gegensatz zu mir hat Asher wahrscheinlich schon verdammt viele solcher Nächte hinter sich. Kann es da für ihn wirklich so außergewöhnlich gewesen sein?

Wir schauen uns bewegungslos an. Sam und Harper drehen

sich zu uns um. «Was trödelt ihr denn so, Leute? Habt ihr schon Blasen an den Füßen?»

Keiner von uns reagiert darauf. Wir stehen mitten auf dem breiten Schotterweg und atmen beide viel zu schnell. «Ich werde dir jede Nacht beweisen, dass es zwischen uns perfekt sein kann. Absolut perfekt.»

Wir berühren uns nicht, sehen uns nur an. Asher kneift die Augen gegen die tiefstehende Sonne zusammen und lächelt. Und obwohl zwischen uns noch genug Raum wäre, um die Arme auszustrecken, und wir nicht einmal allein sind, ist das hier plötzlich und unerwartet der intimste Moment meines Lebens.

Asher sieht nicht gut aus. Er wischt meine besorgten Fragen den ganzen Abend beiseite, aber spätestens als wir alle am Lagerfeuer sitzen und geröstetes Brot mit Tomaten essen, bin ich mir sicher, dass etwas nicht stimmt. Ashers Augen wirken müde, und sein Gesicht ist erschreckend blass.

«Dir geht es nicht gut», versuche ich es noch einmal. «Ich sehe doch, dass etwas nicht stimmt. Ist dir schlecht? Vielleicht war die Sonne heute wirklich zu viel.»

«Ivy, es ist ... alles okay.»

«Soll ich dir was zu trinken holen?»

«Bist du jetzt Krankenschwester?» Auch wenn er den Worten mit einem Zwinkern jede Schärfe nimmt, ist der gestresste Unterton nicht zu überhören.

«Stiefschwester», sage ich und fasse nach seiner Hand. «Nur die Stiefschwester.» Aber Asher kann über diesen Scherz nicht mal müde lächeln.

«Deine Hand ist ganz heiß, und du schwitzt.»

Er zieht sie weg und fährt sich mit dem Handrücken über die Stirn. «Es ist ja auch warm. Oder, Leute?», sagt er in die Runde. «Ich habe das Gefühl, heute kühlt es gar nicht mehr ab.»

«Findest du?» Harper hat sich eine Jacke geholt und sie über ihren nackten Beine ausgebreitet. Sam sitzt hinter ihr und rubbelt über ihre Oberarme. «Ich habe gerade überlegt, ob ich nicht den Schlafsack aus dem Zelt hole.»

«Heute Abend spielen wir aber kein beschissenes Brettspiel mehr, oder?» Noah kommt mit einer Bierflasche hinter dem Zelt hervor. Er hat sich nicht mal zum Pinkeln von der Flasche getrennt. Dabei hat er bestimmt schon vier geleert und ist mit jeder schlechter gelaunt. «Gibt's eigentlich noch was zu essen? Ich habe einen Bärenhunger, von eurem Gemüsescheiß wird man ja nicht satt.»

«Du kannst gerne meinen Rest haben», sage ich und reiche ihm meinen Blechteller.

«Ein Traum.» Er schnauft, dann leuchtet er mit dem Smartphone den Platz ab und strahlt Asher dabei mitten ins Gesicht. «Mann, Alter, du siehst echt scheiße aus.»

«Lass das.»

«Hey, ich mein's ernst, Bruder. Wieso bist du so blass?» Wieder leuchtet seine Handylampe über Ashers Gesicht.

«Hör mit dem Scheiß auf, Noah.» Asher knirscht mit den Zähnen.

Doch Noah scheint das gar nicht zu interessieren. Er steht leicht schwankend vor uns, nimmt noch einen Schluck aus seiner Bierflasche, hebt dann sein Smartphone wieder hoch und leuchtet das Etikett an. «Was ist das eigentlich für ein Bier?»

«Auf jeden Fall eins, das dir nicht gut bekommt», sage ich und stemme mich hoch. «Es war echt ein langer Tag. Was hältst du davon, wenn du einfach schlafen gehst, Noah?»

«Fuck, Cinnamon. Willst du jetzt meine Mommy spielen?»

Sam sieht ziemlich angenervt aus und richtet sich – zusammen mit Harper – auch auf. «Noah, verpiss dich in dein Zelt.»

«Ja klar, wenn du das sagst, dann mach ich das natürlich sofort. Du ... du ... *Buchfreak.*»

«Hey, stopp.» Ich stelle mich zwischen die beiden und hebe beschwichtigend die Hände. «Was auch immer hier gerade passiert, ich glaube, das ist nichts, was wir in der Wildnis brauchen können, okay, Jungs? Wir hatten einen echt schönen Tag, versaut es nicht.»

«Ich bin aber gerade so in Stimmung, Cinnamon.»

Sam schiebt Harper zur Seite und tritt angriffslustig vor.

Noah lacht leise. «Wütend steht dir, Sam *Langweiler* Guinyard. Dann sieht man wenigstens, dass du noch lebst.»

«Fick dich, Noah.» Asher steht als Letzter auch auf. «Geh einfach schlafen, verdammt. Und wenn du das nächste Mal irgendwas einschmeißt, vergiss besser nicht deine Augentropfen. Dann fällt es vielleicht keinem auf, und man denkt, dass deine beschissene Laune einfach vom Alkohol oder deinem miesen Charakter kommt.»

Noah stockt. Dann breitet sich auf seinem Gesicht ein Grinsen aus. «Und wenn du das nächste Mal unsere kleine Schwester fickst, dann nimm dir besser ein Hotelzimmer. Kommt bestimmt mega in der Presse, wenn jemand davon Wind bekommt. Sauber wie Blakely-Seife, unsere Familie.»

Asher rammt ihm seine Faust in den Magen. Das Ganze passiert so schnell, dass ich nicht mal aufschreie. Noah krümmt sich nach vorn und gibt ein Keuchen von sich. Ashers nächster Schlag trifft ihn ins Gesicht.

Noah schwankt, dann fasst er sich an die Nase. «Du verficktes Arschloch!» Ungläubig starrt er auf seine Finger und das Blut daran.

«Hört auf damit! Hört sofort auf!» Ich zittere am ganzen

Körper. «Können wir bitte jetzt alle mal runterkommen und tief durchatmen, ja?»

Asher zuckt zusammen, als ob ihn sein heftiges Verhalten selbst überrascht hätte. «Scheiße, Noah. Tut mir leid.»

Mit seinem T-Shirt wischt Noah sich das Blut vom Gesicht. Dann fängt er urplötzlich an zu lachen. «Verdammt, Ash. Aber ich schätze, das habe ich verdient.»

«Ja, das hast du.» Asher schüttelt seine Hand aus und grinst.

Noah kneift die Augen zusammen, tastet über seinen Nasenrücken und gibt einen zischenden Laut von sich. «Sorry, Ivy. Du weißt, dass ich es nicht so gemeint habe, oder?»

Ich bin wirklich sauer auf ihn. «Du bist ein Vollidiot. Das seid ihr beide.»

«Ich weiß.» Er zuckt mit den Schultern. «Alter, du hast einen echt harten Schlag.»

«Und du hast einen echt harten Schädel», gibt Asher zurück und reibt sich die Fingerknöchel. Obwohl er lächelt und die Situation wieder unter Kontrolle scheint, ist plötzlich auch der letzte Rest Farbe aus seinem Gesicht gewichen. «So hart wollte ich dich eigentlich nicht erwischen. Ich bin nur ...» Er schwankt. Seine Hand tastet suchend nach etwas, wo er sich festhalten kann. «... bin nur ...»

«Hey, alles okay?» Noah betrachtet seinen Bruder besorgt.

Asher sinkt in die Knie und fasst sich mit einer Hand an seine Stirn. «Mir ist einfach nur so heiß.» Dann kippt er mit einem Mal zur Seite und bleibt stöhnend liegen.

«Ash! Oh Gott, was ist los? Noah, was hast du gemacht?»

«Gar nichts, verdammt. Er ist einfach so umgekippt.»

Sam und ich versuchen, ihm wieder hochzuhelfen, aber Asher hebt abwehrend eine Hand.

«Lasst mich einfach eine Weile liegen, okay? Es ist alles gut, ich brauch nur 'ne Pause.»

Noah knipst sein Handy an, und Asher schließt gepeinigt die Augen. «Kein Licht.»

«Mann», sagt Noah. «Du siehst echt mies aus, dabei hast du gerade mich verprügelt und nicht umgekehrt. Das letzte Mal, als du so aussahst, mussten wir dich ins Krankenhaus bringen, und du warst zwei Wochen auf der Intensivstation wegen dieser verfickten ...» Er stockt. «Fuck.» Sofort geht er neben Asher in die Knie und befühlt seine Stirn. «Du hast Fieber, verdammt. Wie lange schon?»

«Keine Ahnung. Vielleicht ist der ganze Ausflug nur ein Fiebertraum. Viel zu schön, um wahr zu sein», murmelt Asher.

«Nicht witzig, Bruder.»

«Er war heute Nachmittag schon rot im Gesicht», sage ich. «Vielleicht hatte er da schon Fieber.»

«Stimmt, ich dachte, er hätte sich einen Sonnenbrand geholt», meint Harper.

Noah reibt sich die Stirn. «Hast du wenigstens deine Tabletten dabei? Sind sie im Auto?»

Was für Tabletten? Ich weiß gar nicht, wovon Noah redet.

«Ich hab sie zu Hause vergessen.»

«Du hast sie vergessen? Willst du mich verarschen?»

Asher öffnet die Augen wieder, um seinen Bruder böse anzusehen. «Verdammt, Noah, es sind nur ein paar Tage. Ich wollte einfach mal nur ein paar Tage verbringen, ohne ständig daran zu denken.»

«Eine Spitzenidee, du Idiot. Du weißt genau, dass Fieber echt gefährlich ist, wenn man keine Milz mehr hat. Du bist doch sonst so ekelhaft vernünftig, warum hast du nichts gesagt?»

«Ich habe gedacht, es geht wieder weg, okay? Ich *wollte*, dass es wieder weggeht.»

«Fuck. Ich hätte das Scheißbier und das Gras weglassen sollen.»

Noahs Reaktion macht mir Angst. «Was ist los? Kann Asher nicht einfach Ibuprofen nehmen?»

Noah schüttelt langsam den Kopf. Man sieht ihm an, dass er Schwierigkeiten hat, sich zu konzentrieren. «Wir müssen ihn nach Hause fahren. Jetzt. Ich kann ihn mit Sam zum Auto bringen, aber fahren musst du, weil ich viel zu breit bin, um mich noch hinter ein Steuer zu setzen.»

«Okay», sage ich schnell. Noahs Tonfall setzt in meinem Kopf alle Alarmglocken in Gang.

Sam steht auch sofort auf. «Wir bauen die Zelte ab und packen alles ein, dann können wir in einer halben Stunde los.»

«Nein», wehrt Asher ab. «Ich will euch nicht euren Ausflug verderben. So viel Zeit habt ihr beide nicht mehr bis Europa. Ihr bleibt, und ich komme euch übermorgen abholen.»

Noah blockt das sofort ab. «Du wirst sie garantiert nicht übermorgen abholen. Kannst du knicken, Alter. Ich ... ich mache das.»

«Ernsthaft?», fragt Sam. Auch Harper sieht skeptisch aus.

«Kannst dich auf mich verlassen, Buchfreak. Ich werde euch nicht hier in der Wildnis verhungern lassen. Los, wir bringen Asher zum Wagen, und dann geht's ab nach Hause.»

Der Blick, den er mir zuwirft, ist mehr als ernst, und ich nicke schnell. Ich laufe zum Zelt, schnappe mir meinen Rucksack und stopfe nur hastig die wichtigsten Sachen hinein. Dann krame ich den Autoschlüssel und die Brieftasche aus Ashers Rucksack.

Als ich wieder zu den anderen komme, haben die einen neuen Plan besprochen. «Ivy, du läufst vor und kommst uns mit dem Wagen entgegen», sagt Noah überraschend klar im Kopf. «Zumindest, so weit es geht.»

«Okay.» Mein Puls geht schlagartig in die Höhe. Es ist stockdunkel. Wenn ich mich verlaufe, dann kostet das eine Menge

Zeit, die wir ganz offensichtlich nicht haben. Und es gibt hier etliche wilde Tiere.

«Ich komme mit dir», sagt Harper plötzlich. «Ich lass dich im Dunkeln nicht allein gehen.» Sie holt tief Luft. «Und wir nehmen das Bärenspray mit.»

«Danke.» Erleichtert atme ich aus.

Harper verschwindet kurz im Zelt, dann kommt sie mit zwei Flaschen in der Hand zurück. Im Licht des Lagerfeuers hält sie mir eine davon hin. «Man muss sie an der Hose befestigen oder in das Seitenfach vom Rucksack stecken. Irgendwohin, wo man schnell dran kommt. Wenn ein Bär auftaucht, ziehst du hier diesen Plastikschutz ab und lässt ihn auf höchstens zehn, zwölf Fuß rankommen, und dann einfach volle Pulle mitten ins Gesicht sprayen, verstanden?»

«Danke, Harper, du bist eine echte Freundin.»

Sie gibt ein Stöhnen von sich. «Beten wir, dass wir es nicht brauchen.»

Ich stecke mein Bärenspray in das Seitenfach vom Rucksack und teste vorsichtshalber, wie schnell ich es rausziehen kann. Harper behält ihres gleich in der Hand. Als wir uns umsehen, sind Noah und Sam dabei, Ashers Rucksack zu schultern, und klemmen ihn in ihre Mitte.

Harper stubst mich an. «Hast du den Autoschlüssel?»

Es ist eigentlich kein Schlüssel, sondern ein Miniaturauto, das Asher *Key fob* genannt hat, und ich hoffe sehr, dass mir gleich wieder einfällt, wie man dieses bescheuerte Ding bedient. «Ja.» Ich klopfe auf meine Hosentasche.

«Also los.»

Kapitel 25

Harper läuft dicht neben mir. Wir haben zwei Dinge abgesprochen. Erstens, wir drehen uns nicht um, wenn wir was hören. Zweitens, niemand von uns darf keuchend einatmen, quietschen oder sonst ein Geräusch von sich geben, das dem anderen Angst einjagen könnte. Aber schon kurz nach dem Aufbruch will Harper gegen unsere Abmachung verstoßen.

«Da war doch was. Ich würde mich jetzt wirklich gerne umdrehen», jammert sie.

«Ja, ich weiß. Geht mir genauso. Aber wir haben nicht viel Zeit, und wenn wir einmal damit anfangen, dann wird es immer schlimmer, und nachher stolpern wir nur noch Rücken an Rücken vorwärts und zucken bei jedem kleinen Geräusch zusammen.»

«Das tue ich sowieso schon.»

«Wir drehen uns trotzdem nicht um. Lass uns einfach laut reden. Bären sind nicht scharf darauf, einem Menschen zu begegnen. Wir müssen sie einfach nur rechtzeitig auf uns aufmerksam machen.» Die Angst vor der Dunkelheit und vor dem, was darin lauern könnte, sorgt wenigstens dafür, dass ich vor Sorge um Asher nicht durchdrehe.

«Wir sollen sie auf uns aufmerksam machen? Bist du bescheuert?»

«Das hat mein Stiefvater uns früher eingebläut, wenn wir zelten waren. Wir dürfen Wildtiere nicht überraschen, sonst fühlen sie sich bedroht und greifen an.»

«*Sie* fühlen sich bedroht?»

«Harper, lass uns einfach laut reden, okay?»

«Das tun wir doch gerade.»

«Wir können auch ein Lied singen, wenn du willst. Ich habe mal einen Artikel über einen Mann gelesen, der einen Bären damit verjagt hat, dass er laut *Yellow Submarine* gegrölt hat.» Mir ist bewusst, dass ich gerade sinnloses Zeug plappere, aber wir dürfen keine Zeit verlieren, und wir müssen mitten in der Nacht durch eine verdammte Wildnis.

«Ich hasse die Beatles. Meine Grandma hat die immer gehört. Und sie hat ständig Kohl gekocht, das ganze Haus hat danach gestunken. Die Beatles sind für mich seitdem untrennbar mit dem Gestank von Kohl verknüpft.»

«Dann bist du wenigstens textsicher.»

«Na gut, einigen wir uns darauf, dass wir die verdammten Beatles singen, wenn ein Bär auftaucht.» Harper schweigt. Dann holt sie tief Luft. «Denkst du, dass es ein zweites Mal wirkt?»

«Was?»

«*Yellow Submarine*.»

«Harper», gebe ich mit einem Stöhnen von mir. «Das Lied hat sich bestimmt nicht unter den Bären rumgesprochen. Außerdem war der Typ aus dem Artikel in Alaska unterwegs. Und es ist sowieso total unwahrscheinlich, dass wir einen Bären zu sehen bekommen. So unwahrscheinlich wie ein Lottogewinn. Ich habe überhaupt erst ein einziges Mal einen gesehen, und das war auch vom Auto aus.»

«Elche oder Kojoten wären wahrscheinlicher?»

«Harper», sage ich schwach. «Es gibt hier keine Kojoten.»

«Gut», schnauft sie. «Dann also *Yellow Submarine*. Falls ...»

«Ja, falls», unterbreche ich sie.

Wir haben beide die Taschenlampenfunktion unserer

Smartphones aktiviert, und das Licht tanzt unruhig vor unseren Füßen. «Ich habe Angst um Asher», gestehe ich ihr. «Noah klang wirklich besorgt. Offenbar ist das mit dem Fieber so gefährlich, dass es selbst in sein benebeltes Hirn vordringt.»

«Noah hat gesagt, dass Asher keine Milz mehr hat. Weißt du, was das bedeutet?»

«Ich glaube, dass man dann eine schlechte körpereigene Abwehr hat. Das kam neulich mal in irgendeiner Serie vor, die ich gesehen habe. Aber Noah hat auch gesagt, dass Asher schon mal wegen Fieber im Krankenhaus war. Das heißt, es muss schlimm sein, oder?» Mein Herz zieht sich zusammen.

«Mmh.»

Wir schweigen eine Weile, aber als irgendwas im Dunkeln raschelt, kann Harper ihr Wimmern kaum unterdrücken.

Ich ignoriere das Geräusch rechts von uns, so gut es eben geht, und zwinge mich dazu, nicht mit dem Handy in die Richtung zu leuchten. «Wir müssen weiterreden, Harper.»

«Ja, ich weiß. Was ich dich die ganze Zeit schon fragen wollte ...»

«Ja?»

«Stimmt es, was Noah eben gesagt hat, bevor Asher ihn geschlagen hat? Hast du mit Asher ...?»

Ich schlucke. «Können wir über was anderes reden?»

«Also stimmt es.» Es ist keine Frage, sondern eine Feststellung.

«Ja.»

«Okay.»

Meine linke Hand zittert, deshalb nehme ich das Handy in die andere. Dabei wird mein Lichtstrahl rechts von uns von einem Augenpaar zurückgestrahlt, zwei gelben Punkten in der Dunkelheit. Ganz ruhig bleiben, sage ich mir. Das sind kleine

Augen, also gehören sie auch zu einem kleinen Tier. Obwohl – vielleicht ist es auch nur weiter weg. Auf keinen Fall werde ich Harper davon erzählen, weil es sowieso nichts bringt und sie nur unnötig Panik bekommt.

«Hast du dich in ihn verliebt?» Harpers Stimme ist ganz weich, und diese Frage beunruhigt mich noch viel mehr als die leuchtenden Augen in der Dunkelheit.

«Ich ... glaube nicht», sage ich. Oh Gott, es fällt mir so unglaublich schwer, darüber zu reden. «Es ist anders», gestehe ich ihr. «Es ist so, dass ich ... oh Gott, wahrscheinlich habe ich ihn schon immer geliebt. Ist das verrückt?»

Ich kann erkennen, dass sie nickt. «Total.»

Wir schweigen wieder, aber wir müssen reden. Wegen der Tiere, wegen der Dunkelheit und wegen allem anderen auch. Weil ich irgendwann daran ersticke, nichts zu sagen. Nur bringe ich nicht das raus, was mir auf der Seele lastet. Ich habe unfassbare Angst. Jetzt, in dieser Nacht, hier in der Wildnis und mit den leuchtenden Augen im Rücken, habe ich unfassbare Angst davor, Asher nicht rechtzeitig helfen zu können.

«Ich glaube, wir sind gleich am Auto», sage ich stattdessen. «Siehst du die Baumgruppe da vorne? Dahinter müsste der See mit den Blutegeln sein, von dem ich dir erzählt habe.»

«Gott sei Dank.»

Unsere Schritte beschleunigen sich automatisch. «Wir dürfen nicht rennen, Harper. Nicht rennen, sonst triggern wir noch ein Tier, uns ... zu folgen.» Eigentlich meine ich nicht *folgen*, sondern *jagen*, aber das sage ich nicht.

«Okay, okay. Wir gehen einfach ganz gemütlich. Können wir vielleicht doch etwas singen?»

«Aber nicht die Beatles, die sollten wir uns für den Notfall aufheben.»

«Finde ich auch.»

Harpers Stimme zittert. Dann schlägt sie mit brüchiger Stimmlage den Kinderreim an, den Noah heute für die kleine Maggie gesungen hat. Es kommt mir vor, als wäre das Wochen her. Zaghaft stimme ich mit ein. Aber mit jedem Schritt wird meine Stimme fester, mit jedem Meter singe ich lauter, singe ich gegen die Angst an. Gegen die Angst vor der Dunkelheit und auch gegen die verzweifelte Angst um Asher. Als wir am Untergrund erkennen, dass wir gleich am Auto sind, fangen wir doch entgegen jeder Vernunft zu rennen an.

Der Rucksack rumpelt auf meinem Rücken. Panisch drücke ich immer wieder auf den *Key fob*, in der Hoffnung, dass ganz in der Nähe die Zentralverriegelung piept und die komplette Beleuchtung des Teslas angeht. Als genau das endlich passiert, atme ich auf. In einem Affenzahn stürzen wir auf das Auto zu, bei dem die Flügeltüren bereits nach oben fahren – in meiner Panik habe ich wahrscheinlich alle möglichen Knöpfe gedrückt. Harper stürzt nach vorne, und ich springe auf die Rückbank. Unsere Türen schließen sich fast synchron, und ich bin einfach nur erleichtert, dass wir so schnell etwas Blech zwischen uns und die gelb leuchtenden Augen gebracht haben.

«Oh mein Gott!», stöhnt Harper. «Wir haben es geschafft! Jetzt kann ich es dir ja sagen. Da waren die ganze Zeit gelbe Augen neben uns, und ich habe mich nicht getraut, es dir zu erzählen. Ich hatte Angst, du sagst mir, dass das Bärenaugen sind.»

Ich klettere nach vorne und stoße mich am Glasdach, bevor ich auf dem Fahrersitz lande. «Oh Mann, Harper. Ich habe sie auch gesehen und wollte es dir auch nicht sagen.»

Wir lachen beide hysterisch auf und fallen uns in die Arme. Es ist seltsam, dass uns zwei Meilen durch die Dunkelheit gleichzeitig so verunsichern und einander nahebringen können, aber es ist so. Ich drücke Harper an mich. «Danke, dass du mitgekommen bist.»

«Das hätte ich um nichts in der Welt versäumen wollen.»

Ich überlege, ob ich irgendwo einen Knopf drücken muss, aber der Wagen ist bereits angesprungen, ohne dass ich etwas gemacht habe. «Verflucht, ich komme nicht mal an die Pedale. Sam hat echt lange Beine. Wo zum Teufel kann man den Sitz nach vorne stellen?»

«Woher soll ich das wissen? Gibt es keinen Hebel unter dem Sitz wie in jedem anderen verdammten Auto?»

Ich taste hektisch unter dem Sitz herum. «Da ist nichts.»

Der Wagen ist so vollgepackt mit Technik, dass ich schließlich auf die Idee komme, es über das Tablet in der Mitte zu versuchen. Ich kaue auf der Innenseite meiner Wange, bis ich endlich die richtige Funktion gefunden habe. «War ja klar, dass man dafür nur irgendwas antippen muss. Das Auto ist echt was für Faule.» Ich bewege den Sitz elektrisch so weit nach vorne, dass ich bequem an das Gaspedal komme. «Asher sah völlig fertig aus. Ich hoffe, wir können den Jungs den ganzen Weg entgegenkommen.»

«Das hoffe ich auch.»

«Lieber Gott, bitte lass es ihm bald wieder gutgehen.» Die Worte verlassen meinen Mund, und ich bin selbst erschrocken darüber, wie ernst und verzweifelt meine Stimme klingt. Ich suche die Mittelkonsole nach dem Schaltknüppel ab. Oh verdammt, wie fährt man dieses blöde Auto nur?

«Ivy?»

«Ja?»

«Ich finde übrigens doch nicht, dass es verrückt ist.»

«Was denn?»

«Dass du Asher schon immer geliebt hast.»

«Mmh.» Ich habe den Hebel für die Schaltung am Lenkrad entdeckt, und nach ein bisschen Probieren stelle ich ihn auf den Rückwärtsgang. In einem weiten Bogen setze ich zurück. Mein Herz pocht wie wild, und meine Finger zittern, als ich nach dem Hebel greife, um ihn in die Drive-Position zu bringen.

«Hast du mir eigentlich zugehört?»

«Ja.»

«So, wie ihr euch verhaltet, ist es das Einzige, was Sinn macht. Und ich finde es wunderschön.» Sie berührt mich am Arm und drückt ihn kurz. Als sie mich wieder loslässt, trete ich aufs Gas, und der Wagen machte einen Satz nach vorn. Steine und Staub spritzen auf.

«Oh mein Gott», stoße ich keuchend hervor. «Dieses Auto fährt wie eine Rakete.» Ich lasse den Wagen anrollen, und wie Nebel tanzen die Staubkörnchen vor den Scheinwerfern.

«Da.» Ich deute nach vorne, wo das Licht erst gelbe Augen und dann einen graubraunen Pelz aufblitzen lässt. «Das war ein Kojote. Ich glaube, er hat uns die ganze Zeit vom Camp bis zum Auto begleitet.»

«Du hast gesagt, hier gibt es keine Kojoten.»

«Ich habe gelogen. Tut mir leid.»

Harper gibt einen Laut von sich, der mein Herzklopfen noch verstärkt. «Es ist nicht nur einer», sagt sie dann. Und es stimmt. Als wir einen kleinen Schlenker fahren, leuchten mehrere Augenpaare auf, und ich sehe mehr als ein Dutzend Beine und schmale pelzige Körper, die sich dicht aneinanderdrängen.

«Okay, das war's. Ich bleibe keine Nacht länger hier. Ich glaube Noah ja, dass er uns abholt, aber jetzt, wo ich sehe, was hier im Dunkeln rumläuft, kriegen mich keine zehn Pferde dazu, noch eine Nacht in einem papierdünnen Zelt zu verbringen. Beim nächsten Mal mieten wir lieber eine Holzhütte.»

«Ja, beim nächsten Mal», sage ich.

Und habe dabei unendliche Angst, dass es kein nächstes Mal geben wird.

Je näher wir dem Platz mit unseren Zelten kommen, desto nervöser werde ich. Die Jungs sind uns nicht entgegengekommen, was bedeutet, dass Asher sich wahrscheinlich kaum noch auf den Beinen halten konnte.

Wir fahren fast bis zum Lager. Der Waldweg ist so gerade eben breit genug, auch wenn das Gestrüpp an vielen Stellen über die Seiten kratzt. Schließlich halte ich an, weil ich Angst habe, den Wagen trotz Allradantrieb in dem weichen Untergrund festzufahren. Harper steigt aus und läuft die letzten paar hundert Yards zu den Zelten, während ich den Wagen mühsam wende. Als die Jungs sich kurz darauf mit Asher dem Auto nähern, stehe ich schon an der Hintertür bereit. «Setzt ihn hier rein, dann kann ich besser auf ihn aufpassen und reagieren, wenn was mit ihm ist.»

«Du musst nicht so reden, als läge ich im Koma, Ivy.»

Nur dass Asher undeutlich spricht und völlig neben der Spur wirkt.

«Ich kann dich hören. Und ich kann auch noch selbst einsteigen, Jungs. Aber ich will nach vorne. Und Ivy fährt.» Er wehrt ihre helfenden Hände ab, dann klettert er umständlich ins Auto und fällt ächzend auf den Sitz.

«Warum soll Sam nicht fahren?»

«Weil er schleicht wie eine Schnecke. Außerdem wird dir hinten schlecht.» Asher schließt die Tür, und ich drehe mich fragend zu Sam und Noah um.

«Er ist völlig fertig», sagt Noah, und Sam nickt. «Als wäre er sturzbetrunken, dabei hat er keinen Schluck angerührt. Sehen wir zu, dass wir ihn so schnell wie möglich hier wegschaffen.»

«Harper will auch nicht länger hierbleiben.»

Sam nickt. «Sie hat es mir schon gesagt. Es war ohnehin eine beschissene Idee von Asher, uns hierzulassen. Als ob wir uns noch zwei schöne Tage machen würden, wenn er krank ist. So ein Schwachsinn.»

Kurz darauf lenke ich den Wagen dieselbe Strecke wieder zurück. Noah pennt schon nach wenigen Minuten auf dem Rücksitz ein, Harper und Sam flüstern miteinander. Asher ist neben mir im Sitz nach unten gerutscht, sagt keinen Ton und hat die Augen halb geschlossen. Ab und zu, wenn mein Blick prüfend zu ihm rübergeht, stelle ich fest, dass er mich beobachtet.

«Sag mir ehrlich, wie gefährlich ist das mit deinem Fieber?»

Er seufzt. «Nicht so gefährlich, wenn ich schnell Penicillin oder Amo...xicillin bekomme.»

«Du hast an alles andere gedacht, aber nicht an dein Notfallmedikament?», zische ich. «Wie idiotisch ist das denn?»

Ich klopfe auf das Lenkrad und versuche, meine Gedanken zu sammeln. «Und was genau heißt schnell? Ich meine, wie viel Zeit haben wir, damit die Medikamente noch rechtzeitig wirken? Wann musst du sie spätestens einnehmen?» Die Uhr auf dem Tacho zeigt mir, dass es kurz vor Mitternacht ist. Wir brauchen zwei Stunden bis nach Portsmouth; wenn ich die Geschwindigkeitsbegrenzung auf dem Highway ignoriere, vielleicht nur anderthalb. Dann wären wir um halb zwei zu Hause, wo er sein Notfallmedikament einnehmen kann.

Asher scheint zu überlegen. Seine Augen glänzen fiebrig. «So zwei Stunden.»

«Zwei Stunden ab jetzt?» Okay, das ist knapp, aber auf jeden Fall machbar. Erleichtert atme ich aus.

Er seufzt tief. «Nach den ersten Symptomen.»

«Was?» Mein Kopf fährt herum, und das Auto macht einen Schlenker auf die Büsche am Wegesrand zu. Es knirscht, als Äste uns streifen.

«Hey.» Noah gibt ein Stöhnen von sich.

«Was ist los?», fragt Harper alarmiert.

«Nichts.» Asher zieht sich in seinem Sitz hoch, aber er sieht zu schlapp aus, um auch nur eine Feder wegzupusten. «Schlaft weiter.»

Meine Gedanken rasen. «Das heißt, dass du die Tabletten schon heute Nachmittag hättest nehmen müssen, Ash.»

«Schätze schon.» Er hat die Augen wieder geschlossen.

Ich schlage wütend auf das Lenkrad – und erwische die Hupe. «Verdammt. Tut mir leid, tut mir leid. Ich bin aus Versehen an die Hupe gekommen. Aber warum hast du mir das nicht sofort gesagt? Warum wartest du so lange, bis dein völlig benebelter Bruder es merkt. Wieso sind wir nicht gleich in die Notaufnahme gefahren?»

Stöhnend lehnt er sich zurück und reibt sich mit der Hand über die Augen. Ich bin mir schon sicher, dass er gar nicht mehr antwortet, da spricht er endlich. «Das war der beste Tag, Ivy. Der beste Tag. Ich wollte nicht, dass er endet.»

«Das ist dumm.» Tränen schießen mir in die Augen. «Es geht doch nicht nur um diesen einen Tag. Es geht um viel mehr.»

«Meinst du wirklich?»

«Ja, verdammt.» Ich versuche, die Tränen wegzublinzeln. Warum hat Asher nichts gesagt? Warum hat er mir das nicht früher erklärt? Ich hätte diese blöden Tabletten für ihn einpacken können, dann hätte er gar nicht daran denken müssen. «Was hast du mir noch alles nicht gesagt?», frage ich ihn direkt. «Was kann dir schlimmstenfalls passieren? Ich meine, was wenn die Tabletten nicht wirken?»

Was passiert schon, wenn man kein intaktes Immunsystem mehr hat und die Medikamente nicht helfen? Ich könnte mir selbst an den Kopf schlagen. Wieso habe ich so eine blöde Frage gestellt? Darüber darf ich gar nicht nachdenken.

«Ivy. Ich … ich bin echt durch. Lass mich … einfach schlafen, okay?»

«Ja, natürlich. Schlaf ruhig, Ash. Mach dir keine Sorgen.»

«Ich mache mir keine Sorgen, ich vertraue dir», nuschelt er. Danach sagt er nichts mehr.

Ich schaue auf den Tacho und zurück auf die Uhrzeit. «Ash?»

«Mmh. Ich dachte, ich darf schlafen.»

«Ja, gleich. Ich will nur noch wissen, wie viele PS dein Wagen eigentlich hat.»

«Zu viele», murmelt er.

«Ich mein's ernst.»

Er seufzt und hält nur mühsam die Augen offen. «Etwas über sechshundert. Von null auf hundert in 2,9 Sekunden, wenn dir das weiterhilft.»

«Heiliger Strohsack.»

«Das sicherste Auto der Welt, Ivy.» Er lehnt seinen Kopf an die Fensterscheibe und seufzt. «Das sicherste Auto der Welt.»

«Okay.» Dann presse ich die Lippen fest zusammen.

Sobald ich auf dem Highway bin, trete ich das Gaspedal voll durch.

Kapitel 26

Mister Blakely, können Sie mich hören?»

Asher reagiert nicht. Er liegt auf dem Krankenbett und atmet flach und viel zu schnell. Sein Haar ist ganz verschwitzt, und ich streiche es ihm aus der Stirn, die sich viel zu heiß anfühlt.

«Seit wann ist er in diesem Zustand?», fragt mich der Arzt, ein junger Mediziner mit markanten Augenbrauen und fast weißblond gefärbten Haaren, der sich über Ashers Bett gebeugt hat. Auf seinem Namensschild steht *Dexter Gregory M.D.*, und um seinen Nacken baumelt ein Stethoskop, das er abzieht und dessen Enden er sich nun in die Ohren steckt.

«Seit etwa anderthalb Stunden», sage ich. «Als er ins Auto gestiegen ist, hat er noch mit mir gesprochen, aber dann ist er irgendwann eingeschlafen. Als wir hier angekommen sind, konnten wir ihn nicht aufwecken, er hat einfach gar nicht mehr reagiert.»

Das Bild bekomme ich wahrscheinlich nie mehr aus meinem Kopf. Sam und Noah haben versucht, Asher aus dem Auto zu ziehen, aber er war schlaff wie eine Puppe. Ihn so hilflos zu sehen, hat mir das Herz zerrissen. Nie wieder möchte ich so was erleben.

In der Notaufnahme wurde er direkt an einen Tropf mit einem Antibiotikum gehängt. Außerdem machen sie irgendwelche Bluttests, keine Ahnung was. Seitdem warten wir hier in einem Behandlungsraum. Seit über einer Stunde. Warum zum Teufel wacht Asher nicht auf?

Der Arzt kontrolliert die Infusion, die in Ashers linke Armbeuge läuft, und fängt dann an, seine Brust abzuhören. «Gut, dass Sie sofort hergefahren sind. Manche Patienten mit Asplenie warten zu lange, und dann können wir mit den besten Medikamenten nicht mehr viel ausrichten.»

Ich schlucke. «Er hatte seine Medikamente nicht dabei, und ich hatte keine Ahnung, dass Fieber so gefährlich für ihn ist. Ich ... es tut mir leid, ich wusste es einfach nicht.»

«Das ist nicht selten. Über achtzig Prozent aller splenektomierten Patienten sind über das Risiko für schwere Infektionen selbst nur unzureichend aufgeklärt, dabei ist es überlebenswichtig. Bei den Angehörigen ist es noch schlimmer, deshalb müssen Sie sich überhaupt keine Vorwürfe machen.» Er richtet sich auf und sieht mich an. «Wissen Sie, ich kenne ihn schon ziemlich lange. Ich habe ihn nach seiner Operation vor vier Jahren betreut. Und ich war auch einer der behandelnden Ärzte, als er ein Jahr später eine Sepsis hatte.»

«Was?» Ich bin wie vor den Kopf geschlagen. «Er hatte eine Blutvergiftung?»

«Das passiert leider immer noch zu häufig nach einer Entfernung der Milz. Wir nennen das OPSI-Syndrom, das ist die Abkürzung für *Overwhelming Post Splenectomy Infection Syndrome.* Er hatte sich mit Bakterien infiziert und keinen ausreichenden Schutz, weil er die Dauerbehandlung mit Antibiotika abgelehnt hat.»

Ich kann nicht glauben, was er da sagt. Asher soll die Behandlung abgelehnt haben? «Hat er denn nicht gewusst, wie wichtig diese Behandlung ist?»

«Ich habe ihn selbst darüber aufgeklärt. Aber er hatte ... eine schwierige Phase, so würde ich es mal nennen. Jedenfalls ist es fast ein Wunder, dass er das damals überlebt hat. Die Sterblichkeitsrate bei einer OPSI liegt bei etwa fünfzig Prozent. Er hat also sehr viel Glück gehabt.»

Schon wieder.

Er hatte einen Schutzengel.

Er hat viel Glück gehabt.

Ich frage mich, wie oft man so etwas hören kann, bevor es nicht mehr gut ausgeht. Meine Kehle ist unglaublich trocken, und ich bringe nur ein heiseres Krächzen heraus.

«Ich darf Ihnen das eigentlich gar nicht erzählen, also verpfeifen Sie mich nicht.» Er zwinkert mir zu, dann wird er wieder ernst. «Vielleicht haben Sie ja einen guten Einfluss auf ihn. Ich dachte eigentlich, dass er sich gefangen hat, aber dass er seine Stand-by-Antibiose nicht dabeihatte, ist kein gutes Signal.»

«Aber die Impfung, er war doch gerade erst beim Arzt. Hat das nicht ausgereicht?»

«Impfungen können nicht gegen jede Krankheit schützen. Und wir müssen noch auf das Ergebnis der Blutuntersuchung warten. Eine Blutkultur wird uns darüber aufklären, um welchen Erreger es sich überhaupt handelt, aber das dauert ein paar Tage. Solange muss er auf jeden Fall hierbleiben. Ich habe ihm intravenös die erste Antibiose und Fiebersenker gegeben, damit er bald wieder auf die Beine kommt. Kann es sein, dass er vielleicht einen Zeckenbiss hatte?»

«Ich glaube nicht. Zumindest hat Asher nichts gesagt.»

«Es ist zwar relativ selten, dass sich Menschen eine Babesiose durch Zecken einfangen, aber hier in unserer Region kommt es immer wieder mal vor. Und ich will Ihnen nichts vormachen: In Ashers Fall wäre das lebensgefährlich. Ich lasse seine Blutprobe deshalb zur Sicherheit auch darauf untersuchen. Ist es möglich, dass er von einem anderen Tier gebissen worden ist?»

«Er hat zwei Hunde, aber die sind ganz unkompliziert, ich kann mir nicht vorstellen, dass sie beißen würden. Die letzten zwei Tage waren wir zelten, aber Asher hätte es uns bestimmt gesagt, wenn er von irgendwas gebissen worden wäre.» Ich räuspere mich. «Was ist mit Blutegeln? Asher hat vorgestern Blutegel von mir abgemacht, hatte aber selbst keinen auf der Haut. Kann er sich dabei infiziert haben?»

«Das ist eher unwahrscheinlich. Aber manchmal reicht schon ein kleiner Schnitt oder eine Schürfwunde aus, in die Schmutz gelangt. Waren Sie in den White Mountains?»

Ich nicke. «In der Nähe von Conway.»

«Und, irgendwelche Bären gesehen? Meine Freundin will unbedingt campen und versucht mich seit Ewigkeiten zu überreden. Aber bisher konnte ich mich erfolgreich drücken.»

«Nein, keine Bären, nur einen Elch und Kojoten.» Ich versuche zu lächeln, schaffe das aber nur halb.

«Danke, das liefert mir Argumente. Ich hasse campen, die stickige Luft im Zelt, die unbequemen Luftmatratzen, die laut knarzen, sobald man sich nur einmal umdreht ... Nein danke.»

Ich nicke nur matt.

Der Arzt lacht leise, dann schlägt er die Patientenakte auf und zieht den Impfausweis heraus.

«Der lag im Auto», erkläre ich.

«Gut, dass Sie daran gedacht haben.» Er blättert die Seiten durch. «Laut Befund seines Hausarztes war Ashers Impftiter zu niedrig, deshalb brauchte er bereits eine Auffrischung, obwohl die eigentlich erst im nächsten Jahr fällig gewesen wäre. Die letzte Impfung gegen Pneumokokken und Meningokokken hat er also gerade erst bekommen. Seine Antikörper müssten sich längst erhöht haben. Es sei denn, Asher hätte über die Stränge geschlagen. Aber eigentlich weiß er, wie wichtig die Impfungen für ihn sind, und hält sich nach den Spritzen zurück.»

Ein ungutes Gefühl überkommt mich. «Was genau meinen Sie mit ‹über die Stränge schlagen›?»

«Drogen oder Alkohol zum Beispiel. Ein Glas Bier macht nichts, aber ein Vollrausch nach der Impfung kann dazu führen, dass der Körper zu wenig Energie hat, um Antikörper zu produzieren.»

Ich sehe die leere Bourbonflasche vor mir, die Noah am Tag nach Ashers Arztbesuch aus dem Mülleimer gefischt hat. «Ich glaube ... Es kann sein, dass Asher am Abend der Impfung ziemlich viel Alkohol getrunken hat.» Ich reibe mir über die Arme, bevor ich sie verschränke. Das Thema ist mir unangenehm, es kommt mir vor, als würde ich tratschen, aber der Arzt muss das wissen.

«Oh.» Der Arzt notiert etwas in der Patientenakte. «Wissen Sie, wie viel? Und ob es das einzige Mal war?»

«Nein. Ich meine, ich denke, es war ... ziemlich viel. Und einen Tag später hat er wieder getrunken. Sechs oder sieben Shots Wodka.»

«Shit. Das hat definitiv nicht geholfen.» Er wirft mir einen prüfenden Blick zu. «Darf ich fragen, ob Sie dabei waren?»

«Ja, das war ich.» Ich ziehe eine Grimasse. Das fühlt sich langsam wie ein Verhör an, und ich unterdrücke den Drang, mich zu verteidigen. Wenn ich Bescheid gewusst hätte, hätte ich ihm die verdammte Wodkaflasche über den Schädel gezogen, bevor ich zugelassen hätte, dass er daraus trinkt.

«Okay.» Er tippt mit dem Stift gegen die Akte und nickt langsam und mit zusammengepressten Lippen, bevor er weiterspricht. «Verzeihen Sie, wenn ich das sage, aber ich frage mich, wer seinen Freund eine dermaßen große Menge Alkohol trinken lässt, nachdem er eine Impfung erhalten hat. Sie wussten doch von der Impfung?»

Ich zucke zusammen. Dieser Mann kennt mich überhaupt nicht, wie kann er mir da solche Vorwürfe machen? «Ich wusste nicht ... Ich meine, ich habe mitbekommen, dass er beim Arzt war, aber ich wusste da noch nicht, dass diese Impfung so wichtig für ihn ist. Und ich kann schlecht kontrollieren, was Asher macht, wenn er auf eine Party geht, oder? Wir waren nicht zusammen ... dort. Also wir ... waren nicht zusammen», stammle ich.

«Sie sind also gar nicht Ashers Freundin?»

Mir dröhnt der Kopf von seinen Vorwürfen und den expliziten Fragen. «Doch, ich bin ... also ... nein. Ich bin eine Angehörige», sage ich. «Seine Stiefschwester.»

«*Das* ist eine Überraschung.» Er mustert mich, als würde er mich jetzt erst wirklich wahrnehmen. «Dann sind Sie Ivy? Ivy Blakely?»

«Ja», antworte ich zögernd. Woher kennt er meinen Namen? Hat Asher etwa mit ihm über mich geredet? Damals, nach seinem Unfall? Oder später, als er die Blutvergiftung hatte? Und was genau hat Asher ihm über mich erzählt, wenn sein Arzt mich deswegen jetzt so feindselig anguckt, als hätte ich jemanden umgebracht?

«Sie müssen entschuldigen, aber das ist wirklich mehr als unerwartet.» Er stößt hörbar den Atem aus, lehnt sich mit dem Rücken gegen die Wand und verschränkt die Arme vor der Brust, bevor sein Blick mich so abschätzig trifft, dass mir eiskalt wird. «Ich bin echt baff», sagt er. «Und erstaunt, dass Sie gemeinsam ...» Er lacht bitter auf. Es ist ihm anzusehen, dass er noch etwas sagen will, aber in dem Moment werden wir von Asher unterbrochen, der ein Stöhnen von sich gibt und sich im Bett zur Seite rollt.

«Ivy?»

«Ja, ich bin hier.» Meine Füße bringen mich ganz von allein

zu seinem Bett, und meine Hand sucht seine. «Wie fühlst du dich?»

«Etwa so, als hätte man meinen Körper zur Walze umfunktioniert und damit eine Straße asphaltiert. Fuck, sag mir, dass das kein beschissenes Krankenhausbett ist.» Er blinzelt, und noch nie war ich so froh, in diese bernsteinfarbenen Augen zu sehen. Eine Träne hängt in seinem Augenwinkel, und er wischt sie mit dem Handrücken weg.

«Es ist ein Krankenhausbett, tut mir leid.»

«Hey, Kumpel, wie geht's?» Der Arzt schiebt mich beiseite und zwingt mich damit, Ashers Hand loszulassen. Er hält Asher seine Faust hin, die dieser nur schlapp mit seiner berührt.

«Hi, Doc. Ich freue mich überhaupt nicht, dich zu sehen. Kannst du nicht jemand anderes stalken? Muss es immer der gut aussehende Typ mit der sexy Narbe sein?» Ashers Mundwinkel ziehen sich leicht nach oben.

«Sorry, Kumpel. Hatte einfach Sehnsucht nach dir.»

«Du hättest einen Brief schreiben können.»

Der Arzt lacht. «Ich war scharf auf ein echtes Date.»

«Okay.» Asher seufzt leise. «Das hattest du ja jetzt. Wie sieht's aus, kann ich vor dem Dessert abhauen, oder muss ich die Rechnung mit meinem Körper begleichen?»

Dr. Gregory stopft das Stethoskop in seine Kitteltasche und lächelt. «Ich glaube, diesmal kannst du deine Klamotten anbehalten.»

«Danke, Gott.»

«Du musst mich nicht gleich anbeten», scherzt der Arzt. «Es reicht, wenn du mir einmal die Zunge rausstreckst.» Er nimmt einen Spatel aus einem Materialcontainer und zieht eine Lampe aus der Brusttasche, die so groß ist wie ein Kugelschreiber.

«Gott verdammt, du bist so leicht zu durchschauen», gibt

Asher zurück. Sein Blick geht zu mir. «Dex will immer nur das Eine von mir.»

Ich muss lächeln, und Asher schließt für einen Moment die Augen. Dieser kurze Wortwechsel scheint ihn angestrengt zu haben. Für mich klingt es so, als würden sich die beiden ziemlich gut kennen, und das macht mich nachdenklich.

Dr. Gregory knipst die kleine Lampe an. «Vor allem will ich noch ein paar Stunden schlafen und morgen früh pünktlich zum Frühstück nach Hause kommen. Es wäre also gut, wenn du keinen Scheiß baust und dein Körper das Antibiotikum einfach brav annimmt, okay?»

Asher räuspert sich. «Hast du was Besonderes vor?»

Der Arzt nickt und fängt an zu grinsen. «Geht dich zwar nichts an, aber ich habe einen Ring in meiner Tasche mit einem verdammt großen Stein, der doppelt so viel gekostet hat, wie ich im Monat verdiene. Und den will ich morgen loswerden.»

«Denkst du, so einen Klunker will jemand haben?», fragt Asher. «Kann ich mir nicht vorstellen.» Er fängt an zu husten, und der Arzt schaut ihn besorgt an.

«Vermutlich nicht», murmelt er. «Aber vielleicht nimmt meine Freundin ihn aus Mitleid.»

Asher nickt langsam. «Möglich. Ich könnte ein gutes Wort für dich einlegen. Du hast mir schon zweimal das Leben gerettet, bestimmt beeindruckt sie das.»

«Aber nur, weil sie dich nicht kennt und nicht weiß, dass ich mir die Mühe anscheinend auch hätte sparen können.» Er dreht seinen Kopf zu mir, und der kalte Ausdruck, der mich trifft, lässt mich zurückweichen. «Sie warten ab jetzt bitte draußen.»

«Nein. Ich will, dass sie bleibt.» Asher hustet wieder, dann hält er sich den Kopf, als hätte er Schmerzen. «Schließlich brauche ich einen Zeugen, falls du mich wieder belästigst. Du kannst deine Finger ja nie bei dir lassen.»

Unschlüssig spielt der Arzt mit der Lampe in seiner Hand. Es ist ihm anzusehen, dass ihm das nicht passt, und der Blick, mit dem er mich bedenkt, ist alles andere als freundlich.

«Es ist okay, Asher», sage ich schnell. «Die anderen sind im Wartezimmer und wollen wissen, wie es dir geht. Ich komme später wieder.»

Als Asher müde nickt, gehe ich hinaus und schließe hinter mir die Tür. Mein Brustkorb fühlt sich an, als würde ihn jemand zerquetschen. Ich ringe nach Luft. Ich dachte, Asher wäre gesund. Kadence hat nur von Einschränkungen gesprochen. *Einschränkungen*. Nicht davon, dass jedes verdammte Bakterium seinen Tod bedeuten könnte. Aber vielleicht hat sie das mit der Sepsis auch gar nicht gewusst.

Er hatte eine schwierige Phase.

Eine schwierige Phase, weil er sich erst an sein neues Leben nach dem Unfall gewöhnen musste? Oder wegen mir? Dr. Gregory war nett. Sehr nett sogar. Aber nur bis zu dem Moment, in dem er erfahren hat, dass ich Ashers Stiefschwester bin. Ab da hat er mich behandelt wie ... wie jemand, der in seinem Leben verdammt viel falsch gemacht hat. Bis vor kurzem hatte ich von nichts eine Ahnung. Ich wusste nicht, dass Asher einen Unfall hatte und dass dieser ausgerechnet an dem Tag passiert ist, an dem ich weggelaufen bin. Ich wusste nicht, dass Asher mir nachgefahren ist.

«Was ist mit Ash?» Noah springt von dem roten Plastikstuhl auf, sobald ich das Wartezimmer betrete. Er fährt sich durch das wirre Haar und rubbelt sich beinahe wütend über das Gesicht, um wieder richtig wach zu werden.

«Er ist aufgewacht.» Dass meine Stimme trotzdem so klingt, als wäre er gerade gestorben, scheint auch Noah zu merken.

«Fuck, Cinnamon, wieso siehst du dann aus, als hätten sie ihn reanimieren müssen?»

«Ich bin einfach nur müde. Es ist, glaube ich, alles okay. Asher kann jedenfalls schon wieder Witze machen.» Mein Lächeln verrutscht. «Wo sind Sam und Harper?»

«Sie versuchen, aus diesem verfickten Automaten etwas zu ziehen, das Ähnlichkeit mit einem Kaffee hat. Dauert wohl länger. Was sagt der Doc?»

Ich lasse mich auf einen der Stühle gleiten. «Nicht wirklich was Neues. Dr. Gregory meint, dass Asher auf jeden Fall so lange hierbleiben muss, bis sie die Ergebnisse der Blutkultur haben. Das dauert ein paar Tage.» Ich erzähle ihm davon, dass die Impfung vielleicht wegen des Alkohols nichts gebracht hat, und Noah klappt der Unterkiefer runter.

«Der beschissene Wodka? Und der Bourbon? An dem Tag war er beim Arzt?»

«Ja.»

Noah tigert vor den Stühlen auf und ab. «So was Bescheuertes würde selbst ich nicht machen. Das ist so dämlich. Okay, er hat sich eine Zeitlang echt einen Scheiß um alles gekümmert, aber das war kurz nach der Reha, da kann ich das noch verstehen. Da hatte sein Körper gerade so was wie einen beschissenen Krieg überlebt. Aber jetzt? Wieso macht er das? Er fährt das sicherste Auto der Welt, er benutzt Kondome, er ...»

«Noah», unterbreche ich ihn, «hast du deinen Vater erreicht? Kommt er?»

«Ging nur die Mailbox ran, aber ich habe ihm draufgesprochen.»

«Dann versuche ich es noch mal.» Ich ziehe mein Handy aus der Tasche. Es hat nur noch acht Prozent, aber das wird hoffentlich reichen.

«Kann ich zu ihm rein?» Noah nickt zum Flur.

«Ich glaube schon. Der Arzt untersucht ihn gerade, aber wahrscheinlich hat er nichts dagegen, wenn du reingehst.»

Weil du sein Bruder bist und nicht die Stiefschwester, die so viele Fehler gemacht hat. Und einmal mehr wird wir bewusst, wie verfahren diese ganze Situation ist. Kann ich überhaupt beides sein? Seine Freundin und seine Stiefschwester? Ich weiß es nicht.

«Okay. Dann sag Harper, sie soll mir den Kaffee warm halten.» Noah verlässt das Wartezimmer in Richtung des Behandlungsraums. Als Asher vorhin dort reingebracht wurde, haben die Schwestern alle bis auf einen rausgeschmissen, und Noah ließ mir den Vortritt. Ich atme einmal tief durch und entsperre mein Handy, um meinen Stiefvater anzurufen. Der Bildschirm zeigt mir eine neu eingegangene Textnachricht an. Eine Nachricht von Asher. Sie ist mehr als drei Stunden alt, und er muss sie geschrieben haben, als ich mit Harper zum Auto gelaufen bin und er mit den anderen auf uns gewartet hat.

Asher: Der beste Tag. Ich meinte das ernst. Vielleicht ist es für dich nicht dasselbe. Vielleicht war dieser Tag nichts Besonderes für dich. Vielleicht bin ich bloß eine Zeile in deinem Buch, Ivy. Eine Zeile oder ein Wort. Aber du bist mehr als ein Kapitel in meinem. Du bist mein verdammtes Buch.

You are not only a LINE in my book, not a chapter. You are my fucking BOOK!

Kapitel 27

Viermal habe ich erfolglos Richards Nummer gewählt. Und nun lettere ich etwas in Hedwig, was mich für immer an Ashers Nachricht erinnern wird. Ich habe sie wieder und wieder gelesen, und ich wünschte, ich könnte ähnlich schöne Worte finden, um ihm zu sagen, was ich empfinde. Vom Arzt gab es immer noch keine Entwarnung, und die Sorge, ob die Antibiose anschlägt, schwebt über allem. Meinen Stiefvater nicht zu erreichen, macht mir ebenfalls Magenschmerzen, und ich hoffe, dass er Noahs Nachricht bald abhört. Als mein Telefon endlich vibriert, nehme ich sofort ab.

«Dad?» Es ist das erste Mal, dass ich ihn so nenne, und ich bin froh, dass ich Richards Gesicht dabei nicht sehe. Weil mir das wahrscheinlich den Rest geben würde. Es fällt mir schwer genug, mich zusammenzureißen, und ich will meinem Stiefvater keine Angst einjagen.

Es rauscht im Hintergrund, und seine Stimme klingt verwaschen durch die Freisprecheinrichtung. «Noah geht nicht an sein Telefon. Ich wollte euch nur sagen, dass ich schon unterwegs bin. In zehn Minuten bin ich bei euch im Krankenhaus. Ist Asher ansprechbar?»

«Ja, ich habe eben mit ihm geredet. Noah ist jetzt bei ihm, und der Arzt untersucht ihn.»

«Gott sei Dank.» Seine Erleichterung verstärkt mein Herzklopfen nur. Er holt tief Luft und spricht entschieden weiter. «Es wird alles gut. Da bin ich mir sicher. Die Ärzte kennen seine

Krankengeschichte, sie haben das im Griff. Macht euch keine Sorgen, ich kümmere mich um alles.»

Er kümmert sich. So, wie er das immer getan hat. Richard hat sich immer um alles gekümmert, immer alles alleine mit sich ausgemacht und mir nie die ganze Wahrheit gesagt. Ich atme tief durch. «Fahr einfach vorsichtig, okay? Hast du Kopfschmerzen? Bitte versprich mir, dass du kurz anhältst, wenn es dir nicht gutgeht, okay?»

«Mir geht es gut.»

«Und du musst dich nicht allein um alles kümmern, wir sind auch noch da. Noah, Sam und Harper. Und ich.» Ich werde mich keinen Zentimeter hier wegbewegen, auch wenn dieser Arzt mich am liebsten zum Teufel jagen würde.

«Darüber reden wir später.»

Was soll das heißen? Aber ich frage nicht nach, sondern wiederhole nur: «Bitte fahr einfach vorsichtig.»

«Das mache ich, Ivy.» Er legt auf. Trotz seiner Sorge klang mein Stiefvater seltsam klar und geschäftsmäßig. Er hat sich im Griff, aber vielleicht ist das auch nur Fassade.

Wenige Minuten nach dem Telefonat kommt Noah zurück ins Wartezimmer, seine Miene spiegelt Erleichterung. Er nimmt von Harper einen Becher mit dampfendem Kaffee entgegen. «Das Fieber geht runter.»

«Wirklich? Oh, danke. Gott sei Dank!» Ich umarme ihn stürmisch und verschütte etwas von seinem Kaffee, was Noah mit einem Fluch quittiert. «Entschuldige. Tut mir leid. Aber das ist ... oh Gott, ich bin so erleichtert. Das heißt, er ist über den Berg? Ihm kann nichts mehr passieren?»

«Ich schätze schon. Jedenfalls klang der Doc ziemlich entspannt.»

Sam seufzt tief und fällt zurück auf den Stuhl. Harper kommt zu mir und nimmt mich in den Arm. «Gott sei Dank.»

Ich atme tief durch und schließe für einen Moment die Augen. Nie wieder werde ich zulassen, dass es Asher so schlecht geht. Und wenn ich ihm persönlich seine Medikamente einflößen muss. Nie wieder. «Hat der Arzt dich rausgeschickt? Darf ich wieder zu ihm rein?»

«Keine Ahnung. Asher ist eingeschlafen. Da dachte ich, ich sage euch lieber Bescheid, anstatt ihm dadrin das Händchen zu halten, wenn er das sowieso nicht mitkriegt.»

Er setzt sich auf einen der roten Plastikstühle, steht aber gleich wieder auf und wandert herum. Das tun wir alle. Als mein Stiefvater kommt, bin ich erschrocken, wie fertig er aussieht. Vielleicht hätten wir ihn doch nicht mitten in der Nacht wecken sollen. Es geht ihm ganz offensichtlich überhaupt nicht gut, und wer weiß, was bei seiner angeschlagenen Gesundheit hätte passieren können. Doch ich habe den Gedanken kaum zu Ende gedacht, da weiß ich, dass ich falschliege. Er hat ein Recht, hier zu sein. Er hat ein Recht, sofort zu erfahren, was mit seinem Sohn passiert ist. Genau wie ich es hatte, auch wenn Richard das damals bei Ashers Unfall und bei seiner lebensgefährlichen Sepsis ignoriert hat.

«Fuck, Dad. Da bist du endlich.» Das ist alles, was Noah zur Begrüßung sagt. Richard erwidert nichts. Die beiden berühren sich nicht einmal.

Ich gehe auf meinen Stiefvater zu und lege meine Arme um ihn, aber er bleibt steif und erwidert meine Umarmung nicht, was ich seiner Sorge um Asher zuschreibe.

«Wo ist er?»

«In einem Zimmer ein Stück den Flur hinunter. Ich bringe dich hin.» Gemeinsam verlassen wir das Wartezimmer. «Ich weiß nicht, ob wir zu zweit reindürfen. Eben hat er geschlafen, aber falls er wach ist, kannst du ihn fragen, ob er was von zu

Hause braucht? Dann fahre ich auf die Insel und hole seine Sachen.»

Er nickt. «Lass mich erst einmal mit dem Arzt sprechen.»

Richard lässt sich von mir die richtige Tür zeigen und bittet mich, zurück zu den anderen zu gehen, während er selbst nach Ashers Arzt sucht. Ich will widersprechen, aber ich verkneife es mir. Dafür ist jetzt nicht die richtige Zeit. Also heißt es wieder warten.

Wir reden nicht. Sam döst mit offenem Mund, und selbst Harper ist zu müde, um sich zu unterhalten. Noah hat sich über mehrere Sitze ausgebreitet und versucht zu schlafen. Alle paar Minuten gibt er ein genervtes Stöhnen von sich und dreht sich auf dem harten Plastik, um eine andere Position zu finden.

«Was ist das eigentlich für ein Drecksladen hier? Hat mal irgendwer an die Angehörigen gedacht, als sie diese verfickten Folterstühle an den Boden geschraubt haben?»

Noah setzt sich wieder auf und lässt den Kopf zwischen seinen Beinen nach unten hängen. Irgendwann sieht er mich stirnrunzelnd an. «Kannst du mich gleich nach Hause fahren, oder soll ich mir ein Taxi nehmen? Ich halte es hier nicht mehr aus. Asher ist so weit okay, und daran wird sich nichts ändern, nur weil ich ein paar Stunden pennen gehe.»

Harper und Sam sehen sich an und verständigen sich stumm, bevor Sam sagt: «Wir kommen auch mit nach Hause.»

«Okay, aber ich sage deinem Vater noch Bescheid, dass ich gleich wiederkomme. Ich kann ihn dann ablösen, wenn er ... zu müde ist. Ich will nicht, dass Asher denkt, wir würden ihn hier allein lassen.» Nicht noch einmal. Nicht so wie damals, als ich nichts von seinem Unfall wusste.

«Ich mach das schon.» Noah steht auf und geht zur Tür.

Trotzdem ziehe ich schnell mein Handy heraus und tippe eine hastige Nachricht, die Asher hoffentlich liest, sobald er aufwacht. Noch drei Prozent. Meine Daumen fliegen über die Buchstaben.

> *Ivy:* Ich fahre Noah nur kurz nach Hause und komme sofort wieder. Aber etwas muss ich dir sagen, Ash. Falls du wach wirst und ich nicht bei dir bin, sollst du eines wissen: Es gibt so viele Kapitel in meinem Buch, die du nicht kennst und in denen du nicht bei mir gewesen bist. Aber du warst immer ein Teil von mir. Und jetzt hast du mein ganzes Buch einfach umgeschrieben.

Ich schicke die Nachricht schnell ab und will zu einer zweiten ansetzen, da verabschiedet sich mein Handy. Verdammt. Seufzend schiebe ich das Gerät in meinen Rucksack, als Noah wieder zurückkommt. «Dad sagt, wir sollen für Asher nur zwei frische T-Shirts und Unterwäsche einpacken. Den Rest würde er morgen selbst holen.»

Natürlich. Richard will sich selbst darum kümmern. Hätte ich mir das nicht denken können? Gemeinsam verlassen wir die Klinik. Als wir den Parkplatz erreichen, bitte ich Sam zu fahren und klettere nach hinten auf die Rückbank. Ich hasse es, ohne Asher auf die Insel zurückzukehren. Dumpf starre ich aus dem Fenster, während wir fahren, aber alles verschwimmt. Irgendwann fange ich heftig an zu zittern und schlinge fröstelnd die Arme um meinen Oberkörper.

«Warum zum Teufel heulst du jetzt, Cinnamon? Jetzt, wo alles vorbei ist. Krieg dich wieder ein. Asher wird nicht abkratzen, und er kann dich bestimmt noch tausendmal in deinem Leben besinnungslos vögeln.»

«Noah, du Arschloch, lass sie einfach in Ruhe!» Harper fährt auf dem Beifahrersitz zu uns herum. Es ist nett von ihr, dass sie für mich Partei ergreift, aber ich nehme es kaum wahr. Auch nicht, wie sie sich zu mir beugt und mir tröstend über den Arm streicht. «Asher geht es gut. Vielleicht bleibst du auch lieber zu Hause und schläfst ein paar Stunden. Danach geht es dir bestimmt besser. Euer Dad ist im Krankenhaus, er kann doch erst mal übernehmen.»

Er kann übernehmen. Ich möchte am liebsten laut auflachen. Doch anstelle eines Lachens kommt nur ein Schluchzen über meine Lippen. «Tut mir leid», stoße ich hervor, als Noah genervt aufstöhnt. «Es tut mir leid, okay? Es geht gleich wieder, ich versprech's.»

Aber es geht nicht. Denn Noah hat unrecht. Es ist nicht vorbei. Noch lange nicht. Auch wenn Ashers Fieber runtergegangen ist, wissen wir immer noch nicht, womit er sich infiziert hat und wie gefährlich es noch sein kann. Und dieser Unfall ... auch das wird nie vorbei sein. Er wird sich immer auf Ashers Leben auswirken.

Er ist zweimal fast gestorben. Und kaum bin ich wieder da, landet er erneut im Krankenhaus. Es sollte mich eigentlich nicht wundern, dass Dr. Gregory mich so schnell wie möglich aus dem Zimmer haben wollte.

Als Sam den Wagen nach zwanzig Minuten auf der Insel in die Tiefgarage lenkt, drücke ich auf den Türöffner, noch bevor er den Motor abstellt. Die Flügeltür fährt hoch, und ich springe aus dem Auto. Ich höre, dass Harper mir noch etwas hinterherruft, aber ich verstehe sie nicht. Es ist mir auch egal. Ich brauche jetzt einfach einen Moment für mich und ein dickes Kissen, das ich verprügeln kann, weil ich das nicht mit mir selbst machen kann. Auf dem Weg die Treppe nach oben werde ich nur langsam ruhiger. Meine Gedanken rasen zwar immer noch, aber mein Herzschlag lässt mich wenigstens wieder normal Luft holen. Ich habe gestern Morgen in Hedwig geschrieben, dass ich alles will. Meine Familie und Asher. Aber so abweisend, wie Richard eben zu mir war, frage ich mich, ob das überhaupt möglich ist. Asher hat mir gesagt, dass er das nicht kann. Dass er seine Stiefschwester nicht zurückhaben will. Was, wenn ich mich entscheiden muss?

Ich war nur selten in Ashers Zimmer. Das letzte Mal habe ich es vor vier Jahren betreten, um ihn anzuschreien. Verrückterweise weiß ich noch genau, warum, obwohl Asher sich nicht mehr erinnern kann. Ich weiß genau, warum ich so wütend auf ihn war.

Ich war mir damals sicher, dass ich mein Tagebuch in der Schublade eingeschlossen hatte, aber als ich nach Hause kam, lag es offen auf meinem Schreibtisch. Für mich hieß das, dass Asher darin gelesen haben musste. Und ich bin fast gestorben vor Scham, weil ich einen Zettel aus der Highschool mit ziemlich brisanten Fragen darin liegen hatte. Angefangen von *Wann und mit wem hattest du dein erstes Mal?* bis hin zu *Welche Drogen hast du bisher ausprobiert?*. Dieser Fragenzettel ging damals in unserem Jahrgang um, es war eine Art Vertrauensbeweis, wem man ihn beantwortete. Ich hatte ihn zusammen mit meiner besten Freundin Hannah ausgefüllt, und meine Antworten waren alle komplett harmlos. Bis auf die Frage: *Welchen Typen findest du am heißesten?* Hannah hatte darunter Shawn Mendes geschrieben, und ich mochte zwar seine Musik, fand ihn aber ungefähr so interessant wie die Jungs aus meiner Klasse – total unsexy. Deshalb habe ich mit blauem Kuli daruntergeschrieben: *Meinen Stiefbruder (Oh Gott, sag das bloß keinem!!!!).* Hannah hat *Noah? (megagroßes Fragezeichen)* daruntergekritzelt und ich wiederum: *Natürlich nicht!*

Ich weiß bis heute nicht, ob Asher das überhaupt gelesen hat, aber damals war die Vorstellung für mich einfach entsetzlich, und ich bin hysterisch in sein Zimmer gestürmt, um ihn anzubrüllen. Wahrscheinlich ist er damals unheimlich genervt von mir gewesen.

Gott, wie dumm ich damals war. Aber tun wir nicht alle mal dumme Sachen? Vor allem mit fünfzehn? Wir lachen, wenn wir es nicht sollten, und weinen, wenn es eigentlich keinen Grund dafür gibt. Und manchmal verletzen wir jemanden, obwohl wir es nicht wollen, und tragen von einem einzigen unbedachten Wort Narben davon. Nichts davon ergibt einen Sinn.

Ashers Tür ist nicht abgeschlossen, und ich schiebe sie so vorsichtig auf, als würde ich dahinter einen dreiköpfigen Hund erwarten. Er hat eine Lampe mit Bewegungsmelder installiert, die sofort angeht, sobald ich einen Fuß in den Raum setze. Das Zimmer ist viel zu ordentlich, das fällt mir als Erstes auf. Im Gegensatz zu Noahs Zimmer liegt hier fast nichts herum. Keine Klamotten, keine Kabel, kein benutztes Geschirr. An der Wand hängen zwei Bilder: ein schwarz-weißer Kunstdruck und ein gerahmtes Poster von Tony Stark aka Iron Man. Ich schätze, sie sind schon älter. Es gibt keinen Fernseher, keine PlayStation, aber ein Laptop liegt auf dem Bett zusammen mit einem Paar schnurloser Kopfhörer. Auf dem Nachttisch stapeln sich mehrere Bücher, in denen Post-its kleben.

Ashers begehbaren Kleiderschrank erreicht man durch eine Schiebetür. Reihen von Anzügen, die er für die Firma braucht, weiße Hemden, polierte Schuhe in Schwarz oder Cognacbraun. Ich weiß, wie sehr er es hasst, sich einen Schlips umbinden zu müssen. Trotzdem wird der Großteil des Schranks von Business-Kleidung eingenommen, und ich nehme an, dass es in seiner Wohnung in Hanover nicht anders aussieht.

Hier findet sich nur ein einziges schmales Regal mit den Sachen, die er gerne trägt. Abgewetzte Jeans, Sneakers, sein Lieblingsjeanshemd, das schon völlig verwaschen ist, einfache T-Shirts und mehrere Hoodies. Einer davon in Weiß mit einem roten MARVEL-Aufdruck, was mich lächeln lässt. Ich nehme den Marvel-Sweater und suche noch zwei T-Shirts und eine bequeme Jogginghose heraus.

Im selben Regal stehen mehrere unscheinbare graue Kartons. Auf der Suche nach seinen Boxershorts ziehe ich den ersten Deckel ab, aber darin sind nur allerlei Papiere. Weil ich nicht in seinen Sachen schnüffeln will, schiebe ich den Karton wieder zurück ins Regal und nehme mir den nächsten vor. Darin sind eingerollte Socken, von denen ich zwei Paar herausnehme. Ich öffne die nächste Schachtel, in der aber nur alte Fotos sind. Wo hat Asher nur seine Unterwäsche? Den Deckel will ich gerade wieder schließen, als mein Puls ruckartig in die Höhe schnellt.

Das sind nicht irgendwelche alten Fotos.

Es sind meine.

Ich erkenne das oberste Bild sofort wieder, und es ist eines von denen, die früher in meinem Zimmer hingen. Völlig überrascht ziehe ich die Schachtel ganz heraus und knie mich damit auf den Fußboden. Ich nehme die Fotos heraus, blättere sie durch und werde dabei von einer Welle der Dankbarkeit überrollt. Ich konnte nichts mitnehmen, als Richard mich in der Nacht nach New York gefahren hat. Keine Fotos, kein Tagebuch, keine persönlichen Sachen. Nur ein einziges gerahmtes Bild meiner Mom hatte Richard in meine Tasche gestopft. Doch Asher hat wirklich jedes Bild verwahrt. Und jetzt ist alles wieder da. Meine ganzen Erinnerungen. Alle Fotos und auch mein altes Tagebuch. Nach diesem Zwischenfall habe ich nie wieder meine persönlichen Gedanken in ein Journal geschrieben, sondern immer nur einzelne Zitate oder Sprüche, aus Angst, dass es wieder jemand lesen könnte. Ich schlage das Buch auf, und sofort fällt mir der Zettel in die Hand. Meine eigene Schrift kommt mir zwar jugendlicher und fremd vor, aber nicht das, was ich geschrieben habe.

Meinen Stiefbruder (Oh Gott, sag das bloß keinem!!!!)

Ich bekomme eine Gänsehaut und lege das Buch zurück. Asher hat meine gesamten Erinnerungen aufgehoben. Er hätte sie auch wegwerfen oder irgendwo im Keller verstauen können, aber sie sind hier in seinem Zimmer, und das berührt mich mehr, als ich sagen kann. Auf einem Hocker vor den Regalen liegt ein grauer Sweater, den Asher schon getragen hat, und ganz automatisch greife ich danach. Er fühlt sich unglaublich weich an, und er riecht noch nach ihm. Ich stecke die Nase in den Stoff. Am liebsten würde ich mich in sein Bett legen. Nicht, weil ich so unfassbar müde wäre, obwohl ich das bin, sondern einfach, um ihm nah zu sein. Aber es kommt mir vor, als würde der Boden unter mir in Flammen stehen. Und ich werde nicht stehen bleiben und abwarten, bis ich verbrenne, sondern loslaufen, um mein Ziel zu erreichen.

Jetzt.

Weil wir keine Zeit haben, weil es so schnell vorbei sein kann und weil wir eigentlich alle rennen müssten, als stünde der Boden unter uns in Flammen. Und wenn ich nicht beides haben kann, meine Familie und Asher, dann weiß ich ganz genau, wofür ich mich entscheide.

Ich ziehe mir Ashers Pullover über und sehe erst im Spiegel, dass auf der Vorderseite ein schwarzer Avengers-Schriftzug prangt. Eilig lege ich die Fotos zurück in die Kiste und werfe den Deckel lose darauf. Ich schnappe mir die Wechselsachen für Asher, eine saubere Zahnbürste und das oberste Buch von seinem Nachttisch, bevor ich alles in eine Sporttasche packe und das Zimmer verlasse. Sam hat Ashers *Key fob* bestimmt in der Garage in den Schlüsselkasten gehängt. Ich hoffe nur, der Tesla hat noch genug Strom, ansonsten nehme ich irgendein anderes Auto, es ist mir völlig egal. Ich sprinte die Stufen nach unten bis in den Keller und greife mir das Miniaturauto am Ring aus dem Schlüsselkasten. Gott segne dich, Sam, denke ich, als ich sehe, dass er Ashers Wagen an der Ladestation angeschlossen hat. Mit etwas Glück reicht das schon aus, um noch bis zum Krankenhaus zu kommen.

Mein Smartphone stecke ich in der Mittelkonsole ein und fahre aus der Garage. Kurz vor Stratham leuchtet mein Bildschirm endlich wieder auf. Und eine neue Nachricht. Sobald ich auf dem Parkplatz des Krankenhauses halte, klicke ich sie an.

Asher: Es gibt da auch etwas, das ich dir unbedingt sagen muss. Im Flugzeug, als wir uns wiedergesehen haben, habe ich beobachtet, wie diese Frau an deinem Rucksack war. Sie hat dein Portemonnaie geklaut, und ich habe nichts gesagt, weil ich dachte, dass du auf der Insel bleiben musst, wenn deine Papiere weg sind. Das war scheiße von mir, ich weiß. Doch es tut mir nicht leid. Auch nichts von dem, was damals passiert ist, tut mir leid. Weil es mich zu dir geführt hat. Weil du es schon immer warst, Ivy. Du warst es immer.

Kapitel 28

Ashers Sporttasche stelle ich neben mir ab und lasse mich wieder auf einem der verdammten Plastikstühle im Wartezimmer nieder. Das Krankenhaus hat Extrastellplätze für Elektroautos, und ich konnte Ashers Wagen dort wieder anschließen. Am liebsten würde ich sofort in sein Krankenzimmer stürmen, aber die kleine Lampe über der Tür leuchtet, und wahrscheinlich ist Richard gemeinsam mit dem Arzt bei ihm. Nach einer Weile hole ich Hedwig aus meinem Rucksack, um mich abzulenken und das beruhigende Gefühl heraufzubeschwören, das sich jedes Mal einstellt, wenn meine Finger über das glatte Papier streichen. Ich blättere bis zu den letzten leeren Seiten. Aus dem Stiftemäppchen wähle ich einen breiten Watercolor-Brushpen, mit dem ich eines der letzten freien Blätter komplett einfärbe. Ich puste auf das Papier, um es zu trocknen, dann lettere ich den Satz von Ashers Sweater mit einem weißen Kreidestift und ziehe die Linien noch einmal mit einem zweiten dunklen Stift nach.

Whatever it takes …

Anschließend schlage ich die allererste Seite auf. Die Seite, auf die ich das Motto des Brooklyn Colleges geschrieben habe. Als ich noch dachte, dass ich dort glücklich werden könnte. Und das erste Mal seit vier Jahren schreibe ich meine Gedanken darunter, weil ich keine Angst mehr habe, dass es jemand lesen könnte, weil ich sogar will, dass Asher es liest. Ich schreibe darunter, was für Wünsche ich hatte, als ich mich dort eingeschrieben habe, und dass ich unbedingt Erfolg haben wollte, um mich endgültig von den Blakelys abzunabeln. Manche Letterings beziehen sich

Whatever it takes

auf den Unialltag oder andere Sachen, die mies gelaufen sind oder über die ich mich gefreut habe. Als Aubree zum Beispiel ihre erste Synchronrolle bekommen hat, in der sie mal keinen kleinen Jungen spielen musste, habe ich für sie ‹Kann mir mal bitte jemand das Wasser reichen› in Blockbuchstaben auf eine Seite gemalt und ein Feuerwerk darüber skizziert.

Aber bei sehr vielen Sprüchen habe ich an meine Familie und an Asher gedacht, und das schreibe ich mit wenigen Worten darunter, damit er es weiß. Damit er weiß, wie viele Seiten in meinem Leben nur von ihm handeln.

Richard ist auch eine halbe Stunde später noch nicht wieder aufgetaucht, und das Licht an der Tür bleibt an. Ob Asher mit ihm über uns spricht? Vielleicht habe ich mir seine Distanziertheit vorhin nur eingebildet. Vielleicht bin ich aber auch zu müde, um darüber noch ein Urteil fällen zu können. Seltsamerweise fühle ich mich weniger erschöpft, sondern vor allem erleichtert. Weil ich eine Entscheidung getroffen habe. Und weil es kein Zurück mehr gibt.

Ich beobachte den Flur. Ab und zu hetzt eine Krankenschwester draußen vorbei, oder es klingelt ein Telefon, aber ansonsten ist es ruhig, und ich bleibe die einzige Besucherin im Wartezimmer. Es dauert noch eine weitere halbe Stunde, bis mein Stiefvater zurückkommt, und in der Zwischenzeit habe ich jede Seite in meinem Journal kommentiert. Ich verstaue Hedwig in Ashers Sporttasche und ziehe schnell den Reißverschluss zu.

«Was sagt der Arzt, wie geht es Asher? Hat er noch Fieber?»

Richard sieht angespannt aus. «Er hat kein Fieber mehr, das Antibiotikum schlägt gut an», sagt er. «Dr. Gregory vermutet, dass er einen Infekt der oberen Atemwege hat, weil sie Pneumokokken im Rachenabstrich nachweisen konnten.»

Alles in mir spannt sich an. «Pneumokokken sind keine guten Neuigkeiten, oder?»

«Aber sie wissen jetzt, womit sie es zu tun haben, und können verhindern, dass er eine Lungenentzündung oder eine Meningitis bekommt.»

«Okay, das ist gut.» Ich atme erleichtert aus.

«Ja, das ist gut.» Seine Mundwinkel bewegen sich trotzdem nicht nach oben. «Du kannst jetzt nach Hause fahren, Ivy.»

«Ich ... Kann ich nicht vielleicht noch einmal zu ihm? Ich habe ein paar Klamotten mitgebracht und etwas zu lesen.» Ich deute auf die Sporttasche, die ich an der Wand abgestellt habe. «Da ist auch ein Ladekabel für sein Handy drin.»

Richard schüttelt den Kopf. «Es wurde gerade eine Umkehr-Isolation für Asher angeordnet, nur zur Sicherheit, deshalb ist das erst einmal nicht möglich.»

Umkehr-Isolation? Das verstehe ich nicht. «Wieso muss er isoliert werden?»

«Um ihn vor fremden Keimen zu schützen. Es darf ihn also niemand besuchen.»

Aber gerade war Richard doch noch bei ihm. «Und ... und wenn ich einen Mundschutz trage?»

«Ich habe doch gesagt, dass niemand zu ihm reindarf.»

«Aber ...»

«Ivy», unterbricht er mich. «Es scheint dir offenbar nicht klar zu sein, aber du könntest ihm schaden.»

Seine Worte treffen mich wie ein Faustschlag in den Magen. Warum sieht Richard mich fast feindselig an? Spricht er hier wirklich noch von einer Infektionsgefahr? Ich schlucke. «Wie lange wird diese Isolation andauern? Wann darf ich ihn wieder besuchen?»

«Du verstehst es nicht. Ich habe darauf bestanden, dass Asher isoliert wird. Das Pflegepersonal ist angewiesen, dich nicht in das Zimmer zu lassen.»

Mir wird eiskalt. Wieso spricht er nur von mir? «Aber wieso?»

Er hebt abwehrend eine Hand, bevor er sie zur Faust ballt und wieder sinken lässt. «Ich möchte nicht, dass du Asher besuchst, Ivy.» Die Hände meines Stiefvaters sind groß und gepflegt. Er trägt keinen Schmuck, und auf seinem Handrücken sieht man feine Härchen und einige Adern, die hervortreten, nun, wo er sie anspannt. Ich starre auf diese Faust und versuche die Panik zu unterdrücken, die in mir hochkriecht.

«Als ich dich darum gebeten habe, nach Hause zu kommen, hatte ich gehofft, dass wir nach all den Jahren wieder als Familie zusammenfinden würden. Ich dachte, dass meine Krankheit ein Neuanfang sein könnte. Niemals habe ich damit gerechnet, dass Asher sich wegen dir erneut in Lebensgefahr bringen würde.»

Mein Herz setzt einen Schlag aus – und stolpert danach sofort wieder los. *Langsam, Ivy, langsam,* versuche ich mich zu beruhigen. «Ich verstehe, dass du dir Sorgen um Asher machst. Ich tue das auch. Aber du kannst mir nicht vorwerfen, dass ich ihn absichtlich in Schwierigkeiten gebracht hätte.»

Richard öffnet sein Jackett und weicht dabei meinem Blick aus. Ich versuche, mich zu konzentrieren und ihn nicht anzuschreien, obwohl ich genau das am liebsten tun würde. Mühsam beherrscht senke ich meine Stimme. «Wir haben nie darüber geredet, was damals überhaupt passiert ist.»

Sein Kopf fährt nach oben. «Es ist nichts passiert», wehrt er sofort ab. «Ich habe Asher damals klargemacht, dass er sich dir gegenüber verdammt noch mal wie ein Bruder zu verhalten hat.»

«Das hat er auch getan. Er hat niemals ... Ach, darum geht es doch gar nicht. Du hast mir nichts von Ashers Unfall gesagt. Wie konntest du das vor mir verheimlichen? Ich wusste nicht einmal, dass er fast gestorben wäre.»

Mit einer Hand fährt Richard sich über das Gesicht, reibt

sich über den Bart. «Du hattest gerade deine Mutter auf ähnliche Weise verloren, Ivy. Ich hatte meine Frau verloren. Du warst nicht die Einzige, die getrauert hat und die nicht wusste, wie es weitergehen sollte. Es war die schlimmste Zeit in meinem Leben.»

«Genau deswegen hätte ich bleiben müssen.»

«Mein Gott, Ivy. Du hattest einen Nervenzusammenbruch! Du hast Beruhigungsmittel bekommen. Du warst immer noch labil. Es wäre unverantwortlich gewesen, dich mit Ashers Unfall zu konfrontieren.»

«Aber es war nicht unverantwortlich, mich aus der Familie zu reißen und nach New York in ein Internat zu stecken? Willst du das wirklich behaupten? Ich habe gedacht, ich gehöre dazu. Du und Mom, ihr wart glücklich miteinander. Ich habe wirklich gedacht, ich wäre ein Teil dieser Familie.» Meine Augen fangen an zu brennen.

Richard schwankt. Mit der Hand tastet er nach Halt und lässt sich schließlich auf einen der Plastikstühle fallen. «Das warst du auch. Das bist du immer noch.» Sein Gesicht ist schmerzverzerrt.

Ich weiß nicht, ob er das wirklich ernst meint. Aber ich kann sehen, wie schwer es ihm fällt, darüber zu reden. Richard hat für uns alle die Verantwortung allein getragen. Und er ist krank. Aber er muss wissen, wie falsch sein Verhalten war. Er muss wissen, dass er einen riesengroßen Fehler gemacht hat.

«Ich konnte nicht für ihn da sein», sage ich unter Tränen. «Du hast mir jede Chance genommen, mich mit Asher auszusprechen. Du hast ... du hast ihn in dem Glauben gelassen, dass er mir völlig egal wäre. Weißt du eigentlich, wie sehr ihn das verletzt hat? Du hast uns alle verletzt. Mich, Asher, Noah. Du hast dafür gesorgt, dass Noah jedes Vertrauen in dich verliert. Hast du dich nie gefragt, warum er ständig so viel Scheiße baut?

Warum er immer und immer wieder Grenzen überschreitet? Er tut das, um dich zu provozieren. Um herauszufinden, ob du ihn genauso verbannst, wie du es mit mir getan hast.» Mit einer wütenden Handbewegung wische ich die Tränen beiseite. «Und jetzt willst genau das Gleiche wieder tun? Du willst mich davon abhalten, Asher zu sehen, ist das dein Ernst? Ich bin erwachsen, Dad. Du kannst mir nichts mehr verbieten. Und Asher kann selbst entscheiden, wer ihn besucht. Ich habe immer versucht ... Ich wollte dir nie Schwierigkeiten machen, wirklich nicht. Aber jetzt, Dad, jetzt werde ich dir Schwierigkeiten machen.»

«Ich werde nicht zusehen, wie ihr euch gegenseitig zugrunde richtet», bricht es aus ihm heraus. «Es ist ganz offensichtlich, dass ihr euch nicht guttut, und ich werde verhindern, dass es noch einmal zu einer Situation wie damals kommt. Er ist dein Bruder!»

«Nein, das ist er nicht», sage ich plötzlich ganz ruhig. «Das war er nie. Weil ich ihn liebe.»

Ein Ruck geht durch Richards Körper, und ich weiche vor ihm zurück, weil ich plötzlich die irrationale Angst habe, er könnte mich schlagen.

«Du kannst daran nichts ändern. Du kannst mich nicht einfach wegschicken wie damals. Ich will mit deinem Sohn zusammen sein. Und das einzig Schlimme daran ist, dass ich mir vier Jahre lang nur eine Sache wirklich gewünscht habe, und nun begreife, dass es genau die ist, auf die ich verzichten muss. Ich wollte unbedingt wieder zu dieser Familie gehören.»

«Ivy.» Richards Stimme klingt verzweifelt. «Ich habe es dir schon einmal gesagt. Ich werde das nicht zulassen. Ich wollte dich schützen. Das Einzige, was ich je wollte, war, meine Kinder zu beschützen. Ich hatte damals keine andere Wahl, als dich wegzubringen.» Mit beiden Händen umfasst er seinen

Kopf, presst sich die Handflächen gegen die Schläfen, und das ruft mir in Erinnerung, wie krank er ist. Er muss starke Kopfschmerzen haben.

«Dad?», frage ich besorgt.

«Ich ... konnte das nicht. Der Unfall ... die Polizei hat dich gesucht ...»

«Was meinst du damit?» Die Angst in meiner Stimme hallt in meinem Kopf nach. Meine Angst davor, dass da noch mehr ist, als ich weiß. Wieso hat die Polizei mich gesucht? Weil ich weggelaufen bin? Hatte Richard die Polizei informiert?

Er lässt die Hände sinken, dann zieht er an seinem Krawattenknoten, als bekäme er schlecht Luft. «Sie haben dich gesucht. Ich hatte keine Wahl», wiederholt er. «Der Fahrer des Pick-ups ist nicht einfach so auf die Gegenfahrbahn geraten, sondern weil er jemandem ausweichen musste. Eine einzelne Person ist in Höhe der Baustelle plötzlich auf die Straße gelaufen. Der Fahrer war zu schnell unterwegs, es war eine Verkettung unglücklicher Umstände. Er konnte sich genau an das Mädchen erinnern, das er fast angefahren hat, er hat es der Polizei exakt beschrieben. Und so wurde meine Tochter gerettet, aber mein Sohn beinahe getötet, Ivy. Denn du warst es. Du warst das Mädchen auf der Straße.»

Und plötzlich hört meine Welt auf, sich zu drehen.

«Nein.» In mir ist auf einen Schlag nur Leere. Ich habe das Gefühl zu fallen. Endlos zu fallen. Da ist nichts, an dem ich mich festhalten könnte. Ganz langsam schüttele ich den Kopf. Das kann nicht die Wahrheit sein. Ich kann mich daran nicht erinnern. Ich habe Lärm gehört, ja, aber der kam von der Baustelle. Ich hätte doch merken müssen, dass ich beinahe angefahren worden wäre.

Aber die Wahrheit ist: Ich kann mich an gar nichts erinnern. Ich weiß nur noch, wie ich durch die Straßen gelaufen bin und dass ich geweint habe. Und sosehr ich mich auch anstrenge, kann ich keine Erinnerung heraufbeschwören, die es nicht gibt. Ich habe es einfach nicht gemerkt. Weil ich blind über die Straße gerannt bin und auf nichts geachtet habe.

«Asher wurde noch immer operiert, als ich angefangen habe, nach dir zu suchen, und dich schließlich auch gefunden habe. Ein guter Freund schuldete mir noch einen Gefallen, also habe ich dich weggebracht, damit sie dich nicht finden. Die Polizei hat nach dem Unfallverursacher gefahndet. Du hast keine Schuld daran, dass ich Asher geschlagen habe oder dass er dir hinterhergefahren ist. Aber du hast den Unfall verursacht, Ivy. Du ganz allein.»

Kapitel 29

Ich habe Ashers Leben zerstört.

Vom Flur ertönt ein schepperndes Geräusch, und ich zucke zusammen. Mein Stiefvater steht auf und fasst mich am Arm. «Wie hätte ich dir das zumuten können? Wie hätte ich dir sagen sollen, dass Asher einen Unfall hatte und dass der Unfallwagen ausgerechnet dir ausgewichen ist? Du hättest dich unendlich schuldig gefühlt. Ich hatte Angst, du zerbrichst daran.»

Ich bringe kein Wort heraus, aber ich lasse zu, dass Richard mich in seine Arme zieht. Ich kann ihn verstehen. Oh Gott, ich verstehe ihn so gut. Er wollte mich damals vor Asher schützen, vor der Polizei, vor meinen Schuldgefühlen. Aber heute ist es genau andersherum. Er schützt Asher vor mir.

«Ich liebe dich, Ivy. Ich habe dich immer wie eine eigene Tochter geliebt, aber du musst begreifen, warum ich euch trennen musste. Und warum ich nicht zulassen kann, dass ihr noch einmal so einen selbstzerstörerischen Weg einschlagt. Ihr seid nicht gut füreinander.»

«Weiß Asher es?» Aus meiner Stimme ist jede Kraft gewichen. Sie hört sich seltsam weit entfernt an. «Weiß er, dass ich an seinem Unfall schuld bin?»

Richard schüttelt den Kopf. «Nein.»

Ich schließe die Augen. Für einen Moment höre ich meinen eigenen Herzschlag pochen wie etwas Fremdes, etwas, das nicht mehr zu mir gehört.

«Dad.»

Mein Kopf fährt ruckartig hoch. Asher steht in der Tür und

stützt sich mit einer Hand am Rahmen ab. Sein Haar ist verschwitzt und klebt ihm in der Stirn. Er ist barfuß, und da ist ein Infusionsständer, den er hinter sich hergezogen haben muss. Das Geräusch. Das Scheppern eben. Das war Asher. Er muss schon eine ganze Weile im Flur gestanden haben. Was genau hat er gehört? Mein panischer Blick sucht in seinem Gesicht die Antwort auf die Frage und findet sie in dem Moment, wo Asher die Lippen fest zusammenpresst. Er sagt nichts, aber in seinen Augen sehe ich Enttäuschung. Von mir, vom Leben oder vom Schicksal, wer weiß das schon.

Über mir bricht alles zusammen. Keuchend hole ich Luft. Ich muss mich irgendwo festhalten, aber da ist nichts, weil der Schmerz mich bereits mitreißt. *Nicht zusammenbrechen, Ivy, du darfst jetzt nicht zusammenbrechen.* Aber, oh Gott, es tut so weh. Es tut so unendlich weh. Ich bin an all dem hier schuld. Das ist es, was Ashers Augen sagen. Wegen mir muss er so viel über sich ergehen lassen und wird es immer wieder tun müssen. Für. Den. Rest. Seines. Verdammten. Lebens.

Wenn er das gewusst hätte ... wenn Asher vorher gewusst hätte, dass er das mir zu verdanken hat, dann hätte er diese letzte Nachricht niemals geschrieben. Er hätte niemals gesagt, dass ihm nichts von damals leidtut, weil es ihn zu mir geführt hat. Jetzt muss er mich hassen.

«Asher.» Richards entsetzte Stimme dringt an mein Ohr. «Du solltest das nie erfahren. Oh Gott, ihr beide solltet das nie erfahren. Ich wollte doch immer nur das Beste für euch. Das tue ich auch jetzt.»

Ich wische meine verschwitzten Finger an meinen Jeans ab und straffe mich. Mit aller Kraft versuche ich, einen letzten Rest Stärke in mir zu mobilisieren. «Und das Beste ist, wenn wir uns nie wiedersehen.»

Es ist keine Frage. Denn jetzt begreife ich es. Warum wollte ich nur alles haben? Meine Familie und Asher? Ich wollte mit Asher zusammen sein und jede neue Seite meines Buchs mit ihm füllen. Aber ich sehe in seinem Gesicht, dass nun alle Seiten geschwärzt sind. Es bricht mir das Herz.

«Ich fahre nach Hause.» Ich hebe abwehrend eine Hand, als Richard noch etwas sagen will.

Er sieht mich besorgt an. «Du kannst jetzt nicht selbst fahren. Lasst uns bitte in Ruhe darüber reden, bevor du dich hinter ein Steuer setzt.»

«Nein», blocke ich ab und mache einen Schritt zur Tür. «Ich will nicht ... ich will nicht mehr reden. Ich ... ich schreibe dir eine WhatsApp, wenn ich angekommen bin, dann musst du dir keine Sorgen machen.»

Asher gibt die Tür frei, als ich auf ihn zugehe. Er hält mich nicht auf, er lässt mich einfach vorbeigehen. Und in diesem Moment, als ich ihn mit dem Arm streife und trotzdem ein ganzes Universum zwischen uns steht, verblute ich. «Es tut mir leid», flüstere ich, erhalte aber keine Antwort. Und noch nie in meinem Leben ist es mir so schwergefallen, einen Fuß vor den anderen zu setzen. Aber ich tue es. Ich gehe. Immer weiter, wie in Trance.

Ich glaube, ich stehe unter Schock. Meine Umgebung nehme ich wie durch eine Glocke wahr. Erst als ich Ashers Auto erreiche und den Rucksack auf den Beifahrersitz werfe, fällt mir ein, dass Hedwig nicht mehr bei mir ist. Mein Herz zieht sich krampfhaft zusammen. Ich habe Hedwig in Ashers Sporttasche gepackt, und Asher wird sie lesen. Er wird alles über mich wissen, und das macht es nur noch schlimmer, seine Enttäuschung und das Entsetzen in seinem Ausdruck zu ertragen.

Ich habe keine Kraft mehr, ich will nur noch schlafen. Ich will nach Hause. Nicht auf die Insel, sondern zu Aubree. Der Geruch nach ihm und seinen persönlichen Sachen, der mich im Wagen umfängt, führt dazu, dass ich am ganzen Körper anfange zu zittern. Der Tesla startet zwar von selbst, aber ich brauche mehrere Anläufe, bis ich mit meinen eiskalten Fingern die Drive-Position eingelegt habe, dann fahre ich los.

Den ganzen Weg bis zur Middle Road kann ich keinen einzigen klaren Gedanken fassen. Die Worte meines Stiefvaters klirren in meinem Kopf, und Ashers Blick wirft sie wie ein Echo zurück. Dann klärt sich mein Verstand weit genug, dass mir etwas aufgeht: Ich muss hier weg.

Aber ich weiß nicht, wie.

Ich halte am Straßenrand an, weil ich die Freisprecheinrichtung in diesem doofen Wagen nicht bedienen kann, und rufe Aubree an. Wahrscheinlich schläft sie tief und fest. Es klingelt so lange, dass ich Zeit habe, meine Stimme einigermaßen unter Kontrolle zu bekommen, trotzdem könnte ich bei ihrem verschlafenen «Ivy?» direkt anfangen loszuheulen. Weil Aubrees Stimme wie eine Umarmung ist. Sie ist wie eine heiße Tasse Schokolade mit einer Prise Salz. Selbst wenn sie laut wird oder sich aufregt, klingt sie irgendwie sexy. Wahrscheinlich drehe ich gerade durch.

«Was ist los?», rauscht es durch die Freisprecheinrichtung. «Verdammt, wie spät ist es?»

«Halb fünf. Es ... es tut mir leid, dass ich dich geweckt habe. Aber ich habe ... Ich muss sofort nach Hause, Aubree, und ich habe kein Geld und auch keine Kreditkarte. Ich brauche deine Hilfe.»

Ich kann hören, wie sie sich raschelnd im Bett aufrichtet und dann ihre Nachttischlampe anknipst. «Was ist passiert? Ist irgendwer verletzt? Hast du jemanden umgebracht? Ich schwöre dir, wenn du einen deiner Brüder im Wald vergraben musst, werde ich ... dir trotzdem helfen. Also warum musst du verschwinden?»

«Nein ... nein. Es ist ... ich habe ... Kannst du ein Ticket für mich buchen?»

«Klar», sagt sie wie aus der Pistole geschossen. Die Matratze knarzt, und kurz darauf ertönt die typische Klangfolge, mit der ihr uraltes MacBook hochfährt. «Für wann? Und Bus oder Flugzeug?»

«Sofort. Alles andere ist mir egal. Ich fahre nur kurz auf die Insel, um meine Tasche zu packen.

Sie tippt auf der Computertastatur und gähnt. «Sorry, ich bin erst vor zwei Stunden ins Bett gekommen. Du hast mich gerade aus einem Traum gerissen, in dem der Dozent meines Poetry-Workshops die Hauptrolle gespielt hat. Ich hoffe, du hast eine gute Erklärung für das hier. Seit Monaten bete ich für einen solchen Traum.»

«Aubree, ich ...» Ich hole tief Luft. «Mein Führerschein und meine neue Kreditkarte müssten mit der Post angekommen sein, die kannst du nehmen.»

«Warte mal ...» Sie tippt wieder. «Wo genau bist du jetzt?»

«Auf der Interstate 95, in Höhe von Greenland, glaube ich. Ungefähr eine Viertelstunde von der Insel entfernt.»

«Okay.» Sie scheint sich noch mal zu versichern. «Du hast die Wahl: Auf die Insel fahren, dort noch einen Tag länger bleiben und den Flug morgen früh nehmen oder jetzt sofort umdrehen. Bus- und Bahnverbindungen sind für die nächsten Tage ausgebucht. Der Flug heute geht um sechs, und du brauchst ungefähr ...», sie tippt wieder, «fünfzig Minuten bis zum Flughafen. Mit dem Sicherheitscheck wird das knapp. Aber ich kann dich online einchecken, und wenn du Glück hast, musst du dich gar nicht ausweisen. Dein Führerschein liegt ja auch hier.»

Ich habe meine Sachen noch auf der Insel. Meine Klamotten, mein Tablet, den Laptop. Die Mexiko-Postkarte von Aubree und mir. Hillary könnte mir die Sachen schicken, aber … aber jetzt zum Flughafen zu fahren, bedeutet, dass ich mich nicht von Noah verabschieden kann. Auch nicht von Harper und Sam, aber sie werden es verstehen. Doch Noah …

Ich schlucke den Kloß in meinem Hals hinunter, dann setze ich den Blinker für die nächste Abfahrt. «Ich nehme den Flug heute um sechs. Danke, dass du das für mich machst, Aubree.»

Dear heart, why him?

Die Papierserviette verrutscht unter meinem Stift. Mit dem Handballen streiche ich sie glatt und blinzle gegen die Tränen an. Diese Frage stelle ich mir immer wieder. Warum muss mein Herz für meinen Stiefbruder schlagen? Warum musste ausgerechnet er diesen Unfall haben, den ich verursacht habe? Wie kann das Schicksal so grausam sein?

Nie wieder möchte ich so von ihm angesehen werden. Weil ich es nicht aushalte, dass er mich hasst.

Ich zerknülle die Serviette zu einem festen Ball und fange den Blick von meinem Sitznachbarn auf, der mich wohl schon eine ganze Weile beobachtet. Er fühlt sich ertappt und dreht sich weg. Es ist eine alltägliche Situation, aber ich fühle mich trotzdem entblößt. Als könnte dieser Fremde mit dem Lettering auch jeden meiner Gedanken lesen.

Ashers Autoschlüssel habe ich am Schalter der Airline hinterlegt und meinem Stiefvater geschrieben, wo er ihn und den Wagen findet. Ich weiß nicht, ob er es schon gelesen hat, weil mein Handy im Flugmodus ist. Diese anderthalb Stunden ohne Empfang, in denen ich von allem abgeschottet bin, sind eine Erleichterung. Das erste Mal seit dem Krankenhaus habe ich das Gefühl, atmen zu können. Nur leider kann ich meine

Dear Heart, Why him?

Gedanken nicht ausschalten. Ich habe seinen Unfall damals verursacht, und ich bin auch der Grund, dass er in der letzten Woche getrunken hat. Er ist wieder im Krankenhaus, und ich bin daran schuld. Es tut einfach nur weh, daran zu denken.

Ich bin aufgedreht und gleichzeitig so müde, dass mir ständig die Augen zufallen. Fest umklammere ich den Rucksack auf meinem Schoß. Aubree hat versprochen, mich am LaGuardia abzuholen, und wollte sich dafür das Auto von unserem Freund Taylor leihen, der ihr noch was schuldig ist. Um die Zeit bis zur Landung zu überbrücken, tue ich das, was ich immer mache, wenn ich meine Gedanken nicht ertrage: Ich stöpsele meine Kopfhörer ein und starte meine Playlist. Nur dass John Mayer jetzt nicht mehr ausreicht. Ich drehe die Lautstärke hoch und lasse Jared Leto in mein Ohr dröhnen. *Rescue me from the lovers in my life. Rescue me from the demons in my mind, rescue me, rescue me, rescue me …*

Als wir endlich ankommen, lasse ich mich wie betäubt von den anderen Passagieren aus dem Gang durch das Flugzeug schieben und hinein in den nächsten Shuttlebus. Ich nehme nichts von dem wahr, was um mich herum geschieht. Als Aubree mich durch die Schleuse kommen sieht, kann ich an ihrem Blick erkennen, wie fertig ich aussehen muss. Sie hat eine Sonnenbrille auf dem Kopf, die sie herunterzieht und mir reicht. «Oh Mann, Ivy. Ich glaube, du brauchst sie mehr als ich.»

Ich schlinge die Arme um ihren Hals und bringe keinen Ton heraus. Aber sie kennt mich auch so in- und auswendig und weiß, was sie tun muss, damit ich hier am Flughafen nicht völlig zusammenbreche.

«Sollen wir einfach fahren?», fragt sie nach einer Weile, in der sie mich nur festgehalten hat. Sie nimmt mir meinen Rucksack ab, als ich nicke. «Ich stehe sowieso im Halteverbot, und Taylor bringt mich um, wenn sein Wagen abgeschleppt wird.»

An die Fahrt kann ich mich hinterher kaum erinnern, nur noch daran, wie Aubree mich durch den Hausflur nach oben zerrt. Wie sie mich zu meinem Bett dirigiert, mir hilft, die klobigen Wanderschuhe auszuziehen, die ich noch trage, und dann eine Decke über mich wirft, weil mein ganzer Körper zittert, als hätte ich Fieber.

Ich rolle mich auf die Seite und spüre dem Schmerz in mir nach. Er ist einfach überall, sitzt auf meiner Haut, drückt gegen meinen Brustkorb und sorgt dafür, dass ich wimmern möchte. Ich fühle ihn bis in meine Zehen und hinter meinen Augen, die wieder angefangen haben zu brennen und nicht mehr damit aufhören. Aubree legt sich neben mich und schiebt einen Arm um meine Taille. Sie fragt nicht, was passiert ist, sie hält mich einfach nur fest und streicht mir das Haar aus dem Gesicht. Und irgendwann fange ich an, ihr alles zu erzählen. Von Ashers Unfall und dass mein Stiefvater mir das all die Jahre verschwiegen hat. Von unserem Kuss und dem Campingausflug. Von dem plötzlichem Fieber und dass mein Stiefvater mir vorgeworfen hat, Asher habe nur wegen mir diesen Zusammenbruch gehabt.

«Ich würde deinen Stiefvater am liebsten schlagen», bricht es wütend aus Aubree heraus.

Ich lache freudlos auf. Doch dann drehe ich mich zu ihr um und beichte ihr, was Richard mir heute erst gestanden hat, und Aubrees Gesicht spiegelt mein eigenes Entsetzen wider. «Und wenn er das nur gesagt hat, damit du gehst? Bist du dir sicher, dass er dich nicht angelogen hat?»

Ich nicke müde. Auch wenn ich mich nicht an den Unfall erinnern kann, habe ich gefühlt, dass er diesmal die ganze Wahrheit erzählt hat. Das erste Mal seit vier Jahren.

«Willst du es Asher sagen?»

«Er weiß es», bringe ich mühsam heraus, und ich spüre die

Tränen in mir aufsteigen, die die ganze Zeit schon auf ihren Einsatz gelauert haben. «Er weiß alles. Er hat es mit angehört.» Was ich nicht mehr ausspreche, ist auch so offensichtlich: Es ist alles aus.

Kapitel 30

Sechs Stunden habe ich wie eine Tote geschlafen und mich dabei nicht einmal bewegt. Und deshalb pocht mein linkes Ohr jetzt wie verrückt. Es kribbelt und glüht mit ziemlicher Wahrscheinlichkeit feuerrot. Meine Kehle ist völlig ausgetrocknet von all den Tränen, ich habe mich buchstäblich leer geweint. Aubree steht auf und bringt mir eine Flasche Wasser, die ich bis auf einen kleinen Rest komplett leere. Dann mache ich die Augen wieder zu.

Als ich das nächste Mal aufwache, liegt Aubree nicht mehr neben mir, sie sitzt im Sessel und beobachtet mich. Sie trägt ein schlichtes T-Shirt, und ihr dunkles, in einem Shaggy Bob geschnittenes Haar ist noch etwas wuscheliger als sonst. «Ausgeschlafen?»

«Ja», krächze ich und ziehe mir die Decke bis zur Nase, weil mir immer noch kalt ist, obwohl die Sonne durch das Fenster scheint und in unserer Etage locker fünfundzwanzig Grad herrschen.

«Ich habe dein Handy aufgeladen, und es hat einige Male vibriert. Willst du deine Nachrichten checken? Soll ich es dir bringen?»

Ich stöhne auf. Nicht nur wegen meines schon wieder pochenden Ohrs, sondern auch, weil ich das auf keinen Fall will. Aber ich kann nicht davor weglaufen, denn wenn ich weglaufe, wird es mich innerlich verfolgen. Mit einem gequälten Gesicht bringe ich mich in eine sitzende Position. Aubree wirft das Handy zu mir aufs Bett. Ich scrolle mich durch die Nachrichten, um einen Überblick zu bekommen. Es ist keine Nachricht von Asher dabei. Obwohl ich das auch nicht erwartet habe, ist die Enttäuschung wie eine Lawine, die mich unter sich begräbt. Ich versuche, einfach nur zu atmen. *Nur atmen, Ivy.* Dann schaffe ich es, mir Harpers Nachrichten anzusehen. Sie hat mir dreimal geschrieben und fragt, ob alles okay ist, wie es Asher geht und ob wir ihn heute Nachmittag gemeinsam besuchen wollen. Sie weiß also noch nicht, dass ich wieder in New York bin. Mein Stiefvater hat auf meine Nachricht nur knapp geantwortet, dass er mit Noah den Wagen geholt hat. Die letzte WhatsApp ist von Noah.

> *Noah:* Was ist das für ein Bullshit, dass du einfach so abhaust? Was für ein Notfall? Hat deine Mitbewohnerin keine anderen Freunde, die sie um Hilfe bitten kann? Wann kommst du zurück?

Im ersten Moment verstehe ich nur Bahnhof, dann wird mir klar, dass mein Stiefvater sich irgendeine Geschichte ausgedacht haben muss, um meine plötzliche Abreise zu erklären. Was soll ich jetzt machen? Ich kann Noah die Wahrheit nicht sagen, aber ich kann sie ihm auch nicht verschweigen. Er hat die Wahrheit verdient. Aber ich habe Angst davor, auch noch ihn zu verlieren, wenn er alles erfährt.

Ich weiß nicht, warum ich es tue, vielleicht weil ich mich selbst bestrafen will, aber ich rufe Ashers Profil auf. Für eine Sekunde erlaube ich mir, sein Profilbild anzusehen, lasse den Schmerz zu, das Gefühl, dass in meiner Wunde herumgestochert wird. Doch als ich sehe, dass er online ist, schalte ich mein Handy schnell aus.

Am späten Nachmittag des nächsten Tages überredet Aubree mich dazu, mit ihr zum Supermarkt zu gehen, und im Amersfort Park, auf dem Weg zurück zum Wohnheim, sehe ich das Plakat. Eine meterhohe Werbung für Blakely-Seife. Ashers Plakat. Seine rechte Hand mit dem kleinen Muttermal in der Bucht zwischen Daumen und Zeigefinger ist mir so vertraut, dass der Schmerz mich mit voller Wucht überrollt und ich wie erstarrt stehen bleibe, weil ich den Blick nicht abwenden kann.

Aubree bringt mich nach Hause. «Was wirst du jetzt tun?», fragt sie, als ich mich irgendwie auf das Sofa geschleppt habe und mein Gesicht stöhnend gegen das Polster presse.

Ich werde einfach nie wieder aufstehen. Aber das sage ich ihr nicht. «Ich versuche, nicht an ihn zu denken», murmele ich in das Kissen, ohne zu wissen, ob Aubree mich verstehen kann.

Mir ist klar, dass das Schwachsinn ist und dass ich das nicht kann. *Nicht an Asher zu denken, ist so, als würde ich versuchen, unter Wasser zu atmen.* Ich kann das nicht, niemand kann das. Und wäre Hedwig noch bei mir, würde ich diesen Satz in sie handlettern. Stattdessen versuche ich zu lächeln, als Aubree sagt, dass wir uns dann am besten einen gemütlichen Filmabend machen – zur Ablenkung.

Sie bestellt Pizza bei einem Lieferdienst. Wir haben zwei Dosen Cola und für jeden eine Packung Ben & Jerry's. Aubree hat sich für *Pistachio Pistachio* entschieden, ich habe nach kurzem Überlegen nach *Cinnamon Buns* gegriffen und hatte dabei sofort Noahs Stimme im Ohr. Am liebsten würde ich ihm ein Foto davon schicken, aber ich habe mein Handy seit gestern noch nicht wieder angeschaltet und weiß auch gar nicht, wie ich mich ihm gegenüber verhalten soll. Vor etwas mehr als zwei Wochen wäre ich nicht mal auf die Idee gekommen, Noah überhaupt zu schreiben, und jetzt ist er wieder so sehr ein Teil von mir, dass ich wünschte, ich wäre nie auf die Insel zurück-

NOT *thinking* OF YOU IS *harder* THAN *breathing* UNDERWATER.

gekehrt. Es hat nur dazu geführt, dass ich meine Familie noch einmal verliere. Denn das ist genau das, was ich gerade durchmache. Ich wollte alles, und jetzt verliere ich alles.

Um mich aufzumuntern, erzählt mir Aubree von ihrem nächsten Synchronprojekt. Ich kann nicht einschätzen, ob sie wirklich begeistert ist oder ob sie nur versucht, mich damit aus meinem Loch zu ziehen, aber sie strahlt wie ein Scheinwerfer, als sie davon anfängt.

«Es ist ein Computerspiel, eine Riesenproduktion. Es gab ein richtiges Casting, und ich habe, tadaaa, eine der Hauptrollen bekommen. Das alles ist noch ultrageheim – aber weil ich weiß, dass du eine gute Geheimnishüterin bist, verrate ich es dir. Es heißt *Ashes of Fear.*» Erwartungsvoll sieht sie mich an.

Ich versuche, die Ähnlichkeit zu Ashers Namen zu verdrängen, und schlucke. «Das freut mich wirklich, Aubree. Du sprichst aber keinen kleinen Jungen, oder?»

«Nein.» Ihr Grinsen wirkt mehr als zufrieden. «Ich bin eine Dämonenjägerin.»

Und damit bringt sie mich wirklich dazu, für eine Sekunde nicht an den Schmerz in meinem Brustkorb zu denken. Ich stoße ein *Wuhoo* aus. «Gibt es Kampfszenen?»

Sie nickt begeistert. «Jede Menge. Ich freue mich wie blöde auf diesen Job!»

«Wow, das hört sich toll an. Gratuliere.» Ich überlege, ob das ein Spiel sein könnte, das Noah gefallen würde, und sofort tut sich das Loch wieder vor mir auf.

«Aber jetzt», sagt sie schnell, «sehen wir uns einen Film an. Also – ich behaupte zwar, dass du dir einen aussuchen kannst, aber das ist gelogen.» Aubree hält zwei DVDs hoch. «Entweder wir gucken uns die wunderbare, unvergleichliche, atemberaubend schöne und stilvolle Blake Lively in *The Age of Adaline* an oder eben diesen anderen Film.»

Ich kann nicht mal das Paar auf dem Cover erkennen, so hektisch wedelt sie mit der ersten DVD vor meinem Gesicht. «Was ist das andere?»

«Irgendwas, wo gesungen wird.» Ohne meine Antwort abzuwarten, wirft sie die zweite DVD hinter sich auf den Fußboden. «Das war eine gute Wahl von dir!» Sie grinst breit, und auch ich kann das erste Mal an diesem Tag lächeln.

«Wie oft haben wir den Film jetzt gesehen? So etwa eine Million Mal?»

«Kommt hin. Und mit jedem Mal wird er besser.»

«Finde ich auch.»

«Warten wir auf die Pizza, oder fangen wir gleich an?»

«Lass uns lieber gleich anfangen.»

Sie hockt sich auf den Fußboden und schiebt die DVD in den Schlitz. «Hast du eigentlich mal darüber nachgedacht, wie strange es ist, dass Blake Lively sich erst in Harrison Ford verliebt und vierzig Jahre später in seinen Sohn?»

«Sie tragen beide einen Bart», sage ich.

«Der Bart ist jetzt nicht gerade mein Highlight.»

«Aber vielleicht, dass der Sohn reich, wohlerzogen, phantasievoll und belesen ist? Er schenkt ihr diese Bücher, alles Erstausgaben.» Ich schlucke hart, weil ich dabei sofort wieder an Asher denken muss. Er hat Sam eine *Winnie-the-Pooh*-Erstausgabe geschenkt.

«Eher nicht. Reich, wohlerzogen, phantasievoll und belesen? Das ist ja ekelhaft.» Aubree fängt laut an zu lachen und wirft mit einer Chipstüte nach mir. «Viel zu perfekt.»

«Warum gucken wir uns den Film dann eigentlich immer wieder an, wenn wir den Helden so uninteressant finden?»

«Wegen der tollen Frauenfigur. Weil Blake in dieser Rolle wie der bessere Gentleman ist. Sie ist höflich, gebildet, verschwiegen und sexy. Und sie hat einen Hund.» Aubree startet den

Film, und wir lauschen der Stimme aus dem Off, die erklärt, wie es dazu kommt, dass die Heldin nicht älter wird.

Wir sitzen zusammen auf dem Sofa. Ich kann mich nicht richtig auf die Handlung konzentrieren, aber Aubree fiebert komplett mit. Sie hebt vor Angst die Beine an, als der Autounfall passiert, und zischt vor Wut, als Adaline das erste Mal untertauchen muss, weil den anderen auffällt, dass sie keinen Tag altert.

«So langsam könnte die Pizza echt kommen. Ich will endlich mein Eis, aber Mom hat mir leider beigebracht, dass man den Nachtisch nie zuerst essen darf.»

«Meine Mom auch.» Und Richard. Aber sein Bild, dass sich vor meinem inneren Auge aufbauen will, schiebe ich schnell weg. Stattdessen sehe ich meine Freundin an. Auf Aubrees Gesicht breitet sich plötzlich ein selbstzufriedenes Grinsen aus, wie bei einer Katze, nachdem sie den Kanarienvogel gefuttert hat. Mir geht in dem Moment auf, was sie vorhat, als sie auf die Pausentaste drückt. Wir hechten beide in die Küche, um so schnell wie möglich zum Eisfach zu kommen. «Großer oder kleiner Löffel», frage ich Aubree, die meine Packung gleich mit aufreißt.

«Dämliche Frage.»

Ich hole uns zwei große Löffel aus der Schublade, und eine Sekunde später bohren wir sie in die Eismasse.

«Oh Gott, ist das gut», stöhnt Aubree. «Pistazie ist einfach das leckerste Eis, das es gibt. Ich kann nicht verstehen, dass dir der Zimtkram nicht längst zum Hals raushängt.»

«Pssst.» Ich schließe genießerisch die Augen. «Ich habe gerade einen sehr, sehr intimen Moment mit Ben und Jerry.» Der Zimtgeschmack in meinem Mund wirkt wie eine Glücksdroge auf mich. Für einen Moment ist alles gut.

Es klingelt an der Tür.

«Tja», sagt Aubree. «Sie hatten eine faire Chance. Jetzt muss die Pizza leider kalt werden, weil wir erst das Eis essen.» Sie drückt auf den Türöffner und kramt Geld aus ihrem Portemonnaie. Als es eine Minute später an der Tür klopft, zieht sie sie sofort auf. «Das macht dreißig Dollar, oder?»

«Das kommt drauf an.»

«Worauf?»

«Ob ich über Nacht bleiben kann.»

Mein Herz setzt einen Schlag aus, als mein Blick auf ihn fällt, und langsam ziehe ich den Löffel aus meinem Mund.

Asher.

Ich kann mich nicht mehr bewegen. Der Schmerz ist schlagartig wieder da. Der Schmerz und auch etwas, das sich völlig absurd nach Hoffnung anfühlt.

Aubree starrt ihn verständnislos an, aber Asher hat nur Augen für mich. Mir wird bewusst, dass ich eine schlabbrige Jogginghose trage und darüber ein zerknittertes weißes Shirt, auf das eben etwas von der Cola gespritzt ist.

«Hey.» Er lächelt unsicher, und er sieht abgekämpft aus.

Ich weiß nicht, wie ich reagieren soll. Er hat nichts gesagt, nachdem er das mit dem Unfall erfahren hat. Nicht zu seinem Vater und nicht zu mir. Er hat mich einfach gehen lassen. Und er hat mich angesehen, als könne er mir niemals verzeihen. Seine Augen – diese Enttäuschung werde ich nie vergessen.

«Hey», flüstere ich und schlucke hart. Ich scanne seinen Körper in Sekundenbruchteilen ab und bilde mir ein, dass die Narbe an seinem Mund überdeutlich hervorkommt. «Was machst du hier?»

«Okay», meldet Aubree sich zu Wort, die begriffen hat, wen sie da vor sich hat. «Ich lasse euch dann mal allein.» Mit dem Löffel klopft sie sich gegen die Lippen und lächelt mir im Vorbeigehen zu, bevor sie sich ihre Eispackung schnappt und in ihrem Zimmer verschwindet.

«Ich wollte dich sehen.» Asher schiebt die Tür ganz auf, tritt in unsere Wohnung und drückt sie hinter sich zu.

«Aber deine Behandlung. Du musst doch noch drei Tage lang Infusionen bekommen. Was ist mit der Isolation?»

«Das war eine Lüge, Ivy.» Er schiebt seine Hände in die Hosentaschen und sieht mich abwartend an, als wäre er unsicher, wie nah er mir kommen darf.

Unsere Wohnung ist winzig, und der Abstand zwischen uns beträgt kaum drei Schritte. Wir bräuchten nur die Hand auszustrecken, um uns zu berühren, aber ich halte immer noch den Eisbecher fest, und meine Finger sind eiskalt. «Dr. Gregory hat dich entlassen?» Ich muss es genau wissen.

«Ich habe mich selbst entlassen», sagt er. Er zieht eine kleine Schachtel aus seiner Hosentasche und hält sie mir hin. «Die muss ich bis Ende der Woche noch einnehmen, danach kann ich sie absetzen. Beruhigt dich das?»

Kein bisschen. Weil das heißt, dass er sich wieder in Gefahr gebracht hat und sein Vater mir die Schuld daran geben wird. Weil ich schuld bin, wenn er meinetwegen gekommen ist. «Warum bist du hier?»

«Du hast nicht auf meine Nachricht geantwortet, und ich war geschockt, dass du einfach so abgehauen bist ...»

«Mein Handy ist aus. Ich habe die Nachricht nicht gelesen.»

Er war doch dabei. Wie kann er sich darüber wundern, dass ich abgehauen bin. Er hat mich gehen lassen. Er hat mich einfach so an sich vorbeigehen lassen. Unwillkürlich berühre ich mit den Fingerspitzen die Stelle an meiner Hand, die ihn im Türrahmen gestreift hat.

Sein Blick fährt über meinen Körper und bleibt dann an dem Eisbecher hängen, den ich vor meine Brust presse, als würde ich tot umfallen, wenn ich ihn loslasse.

«Ich habe dir geschrieben, dass wir reden müssen. Und

dass ...», er räuspert sich, «... ich wünschte, Dad hätte diese Scheiße für immer für sich behalten. Er hätte sie mit ins Grab nehmen sollen, weil es überhaupt nichts ändert. Im Krankenhaus ... was er dir da an den Kopf geknallt hat, ich konnte es nicht fassen.»

«Weil du es nicht ertragen kannst.» Meine Kehle wird ganz trocken.

«Natürlich nicht.» Er macht diese drei Schritte, und ich lasse zu, dass er mir den Eisbecher abnimmt und ihn auf der Arbeitsplatte abstellt. Dann umschließt er meine eiskalten Hände mit seinen warmen: «Weil ich nicht ertragen kann, dass du leidest, so wie du es jetzt tust. Er hätte dir das niemals sagen dürfen.»

«Asher», sage ich verzweifelt. «Ich habe dein ganzes Leben zerstört.» Meine Stimme bricht. Ich habe es in seinem Blick gesehen, und den bekomme ich nie wieder aus meinem Kopf. «Es *ist* meine Schuld.»

«Ivy», seufzt er. «Selbst wenn, wäre es mir scheißegal.» Seine Hände fassen mich an den Schultern.

Doch seine Antwort dringt gar nicht bis in mein Gehirn vor, und meine Stimme wird immer lauter. «Wegen mir bist du fast gestorben.» Ich fange an zu zittern.

«Der Wagen ist dir ausgewichen. Fuck, Ivy. Denkst du wirklich, mir wäre es lieber gewesen, dass er dich erwischt hätte? Ich habe Dad gesagt, dass ich froh bin, wie es gekommen ist. Weil du ... Weil dir nichts passiert ist, verdammt.»

«Das kann nicht dein Ernst sein. Das alles hätte überhaupt nicht passieren dürfen. Was, wenn dein Vater recht hat? Was, wenn wir uns wirklich nicht guttun? Ich meine, du bist gerade gegen ärztlichen Rat aus dem Krankenhaus abgehauen, oder nicht?»

«Das ist doch totaler Blödsinn. Dad kann einfach die Kontrolle nicht abgeben. In der Firma nicht und erst recht nicht in unserer Familie. Er hat die Fehler gemacht. Nicht ich, nicht du. Ich weiß genau, was mir guttut und was ich will.»

«Und was willst du?» Ich halte den Atem an, doch Asher gibt die Frage gleich an mich zurück.

«Was willst *du*?»

«Ich ... ich wollte meine Familie zurück. Und ich wollte dich. Und jetzt verliere ich beides, weil dein Dad vielleicht recht hat. Weil er das nicht zulassen wird und er dich wahrscheinlich eher enterbt, als zu akzeptieren, dass wir beide zusammen sind.»

«Nein.» Asher beugt sich zu mir runter und legt seine Stirn an meine. «Du hast mich nicht verloren, und du wirst mich auch nicht verlieren, egal, was es kostet. Frag mich noch einmal, was ich will.»

Ich bringe die Worte kaum heraus, und als ich sie schließlich sage, ist es mehr ein Hauchen. «Was willst du?»

«Dich. Die Antwort ist immer: dich. Wenn Dad damit nicht klarkommt, dann ist das sein Problem, Ivy. Natürlich wünsche ich mir, dass er das mit uns akzeptiert, aber wenn nicht – dann kann ich damit leben.»

«Weil du nicht weißt, wie es ist, seine Familie zu verlieren», bricht es aus mir heraus. Und das stimmt.

Asher küsst meine Schläfe, meine Wange, und dann presst er seine Lippen auf meinen Mund. So fest, dass es beinahe weh tut. «Aber ich weiß, wie es ist, *dich* zu verlieren.» Sein Kuss drückt die ganze Verzweiflung aus, die ich auch empfinde. Sein Atem geht stoßweise. «Oh Gott, Ivy, wenn ich mich entscheiden muss, dann entscheide ich mich für dich. Wenn ich eine Sache niemals verlieren möchte, dann bist das du. Wir müssen die Insel nie wieder betreten, wenn du nicht willst. Und wenn wir weglaufen müssen, dann frage ich dich, wie weit. Aber ganz egal, was wir tun, wir tun es zusammen. Zusammen, hörst du?»

«Ist das dein Ernst?»

Er küsst mich wieder und zeigt mir damit, wie ernst es ihm ist. Die Gefühle, die mich durchströmen, sind ein ganzer Ozean. Durch meinen Brustkorb geht ein Ziehen. Ein gutes Ziehen. Ein himmlisches Ziehen. Eines, das sich gleichzeitig leicht und stark anfühlt. Weil ich mich bei ihm zu Hause fühle, ganz egal, wo wir sind oder wer wir sind. Ich erwidere seinen Kuss, halte die Tränen nicht zurück, die mir aus den Augen rinnen. Und dann zieht er mich plötzlich ganz fest an sich und vergräbt das Gesicht an meiner Halsbeuge. Ein Schauer überläuft ihn. Ich spüre seinen Atem und die Erleichterung, mit der er ihn ausstößt.

Es gibt keine Geheimnisse mehr. Da ist nichts, was noch zwischen uns steht oder uns trennen kann, wenn wir uns sicher sind. Und das bin ich. Ich war mir noch nie so sicher.

«Ich habe dein Buch gelesen. Dein Journal.»

Hitze kriecht mir über die nackte Haut bis in mein Gesicht. Das habe ich ganz vergessen.

«Danke, dass du es mir gegeben hast.»

Wir schweigen beide, dann räuspert Asher sich. «Man sollte nie jemanden nach dem Kapitel beurteilen, in dem man ihn kennenlernt, oder?»

Als Antwort schnaube ich nur.

«Du hast ganz schön oft an mich gedacht. War ich wirklich so schlimm zu dir?»

«Manchmal. Aber hast du nicht die vielen netten Sachen gelesen, die ich geschrieben habe? Die stehen weiter hinten.» Ich lächle.

Er hebt mich an und legt seine Arme dabei so fest um mich, dass mir die Luft wegbleibt. «Fuck, Ivy. Ich habe dich vermisst.»

«Ich habe dich auch vermisst.» Wie sehr kann ich gar nicht sagen.

Es klingelt an der Haustür, und ich versuche, mich von ihm

zu lösen, um den Türöffner zu drücken. Doch es gelingt mir nicht, weil Asher mich nicht loslässt.

«Wenn das der Lieferdienst ist, gibst du mir doch bestimmt etwas von deiner Pizza ab, oder? Ist sie vegetarisch?»

«Mit Peperoni und Extrakäse.»

Asher grinst an meinem Mund, dann schiebt er mich zur Tür, um schnell auf den Buzzer zu drücken. «Oh Gott, ich liebe dich.»

Ich nicht weiß, was er damit sagen will. Ob er Gott liebt, die Pizza oder mich. Aber als ich hochgucke, sieht er mich an, und der Bernstein seiner Augen leuchtet. «Dich, Ivy.»

«Dich», widerhole ich, weil ich mehr nicht aus meiner Lunge herausbekomme, so atemlos macht er mich. Und an seinem Lächeln sehe ich, dass er genau weiß, was in mir vorgeht.

«Weißt du noch, was du auf Sams Geburtstagsparty zu mir gesagt hast? Draußen auf der Terrasse, nachdem wir das Trinkspiel gespielt haben?» Er wartet meine Antwort nicht ab. «Du hast mir erzählt, wie sehr du dir damals gewünscht hast, dass dich jemand sucht und nach Hause zurückholt. Es tut mir leid, dass ich es nicht konnte, Ivy. Aber jetzt bin ich hier. Ich habe dich gesucht und werde dich nach Hause zurückholen. Und zu Hause ist immer da, wo wir zusammen sind.»

Das kleine Grübchen bildet sich neben seinem Mund, und mein Herz zieht sich bittersüß zusammen. Weil es so schwer war hierherzukommen. Weil es sich jetzt so leicht anfühlt. Weil uns noch ein Kampf bevorsteht. Und weil wir es zusammen tun werden. Egal, was es kostet.

Ivy & Asher

Epilog

Du machst Dad Angst, wenn du auf einmal aussiehst, wie ein verdammter Steuerberater. Was soll das, Noah? Das, was du da anhast, ist ein scheiß Beerdigungsanzug.»

«Echt? Findest du wirklich?»

Asher schüttelt fassungslos den Kopf, und ich muss ihm leider zustimmen. Noah trägt einen dunkelgrauen Anzug mit weißem Hemd und gestreiftem Schlips. Der Stoff verdeckt jeden Zentimeter seiner Tattoos. Nur wenn er den Kopf dreht, kann man an seinem Nacken einen winzigen Fleck schwarzer Tinte sehen.

«Mann, Alter, du hast gesagt, ich soll was Anständiges anziehen. Schon vergessen?»

«Und mit was Anständigem meinte ich eine Jeans ohne Löcher und ein gebügeltes Shirt, das nicht riecht, als hättest du damit in einer Opiumhöhle geschlafen.» Misstrauisch packt er seinen Bruder am Revers und kontrolliert seine Augen.

«Ich hab nichts geraucht, okay? Ich habe schon seit drei Wochen nichts geraucht.»

Asher lässt ihn wieder los. «Gut. Aber zieh wenigstens das Jackett und den Schlips aus. Mach den obersten Knopf auf und kremple die Ärmel von deinem Hemd hoch. Dad denkt sonst, du hättest ihm irgendwas zu beichten.»

«Krieg dich wieder ein.» Noah wirft ihm einen bösen Blick zu, zieht aber dann gehorsam sein Jackett aus und hängt es über einen Stuhl. «Vielleicht habe ich ihm ja auch etwas zu sagen. Nur falls es dich interessiert, ich habe mich heute Morgen an der Uni eingeschrieben. Deshalb der Anzug.»

Asher bleibt ruckartig stehen und fährt zu seinem Bruder herum. «Du machst Witze.»

Noah hebt eine Augenbraue an, dann wendet er sich an mich. «Hey, Cinnamon, sehe ich in diesem beschissenen Anzug aus, als wäre ich ein Komiker?»

«Kein bisschen.» Ich kann nicht anders, als ihn anzulächeln. Aber es hält nicht lange, weil ich so verdammt nervös bin. Heute Morgen ist Richard operiert worden, und es ist das erste Mal, dass ich ihn sehe, seit ich wieder nach New York gegangen bin.

Asher drückt meine Hand. «Er freut sich darauf, dich zu sehen, Ivy. Er hat mir heute Morgen vor der OP noch geschrieben. Dad möchte unbedingt, dass du kommst. Oder willst du auf Harper warten? Sam landet erst in einer Stunde, aber wenn es dir lieber ist, kannst du ihn auch mit den beiden besuchen.»

Ich hole Luft. «Nein, wir machen das zusammen. Ich hoffe nur, es geht ihm gut, und er hat nicht so große Schmerzen.»

«Dr. Umphrey hat gesagt, es ist alles wie geplant verlaufen», sagt Noah. «Also habt ihr's bald?» Er läuft voraus.

Asher seufzt. «Wieso habe ich eigentlich das Bedürfnis, ihn zu erwürgen, obwohl er gerade etwas sehr Vernünftiges getan hat?»

Ich lächle, stelle mich auf die Zehenspitzen und gebe ihm einen Kuss. «Vermutlich weil er dein Bruder ist.»

Ich will gerade wieder zurücktreten, da zieht Asher mich mit so viel Schwung an sich, dass ich gegen ihn pralle. Aber nicht nur deshalb bleibt mir die Luft weg. Mit seinen Lippen auf meinen könnte ich alles um mich herum vergessen – wenn Noah nicht wäre, der aus Richtung der Eingangshalle brüllt: «Wo bleibt ihr, verdammt?»

Ich löse mich leise seufzend von Asher. «Wir sollten Noah nicht länger warten lassen.»

«Scheiß auf Noah.» Asher küsst mich noch einmal schnell und tief. «Ich brauche einen Vorrat. In Dads Nähe sollten wir uns erst mal zurückhalten. Er sagt zwar, er gewöhnt sich dran, aber wir sollten es ihm nicht unnötig schwer machen. Also, bereit?»

Ich nicke und bekomme dann doch Herzklopfen. Aber das ist gar nicht nötig, weil Asher meine Hand fest in seiner hält.

DANKSAGUNG

Von Herzen danke ich Katharina Herzog und Marah Woolf für ihre Freundschaft und die verrückten WhatsApp-Nachrichten. Ein Autorenleben ohne euch wäre vielleicht möglich, aber völlig sinnlos.

Liebe Katrin, ohne dich würde es diesen Roman gar nicht geben. Ohne deinen Zuspruch, deine Empfehlung, deinen Glauben an mich und an Ivy & Asher wäre er nie entstanden und hätte vor allem kein so schönes Zuhause gefunden. Deshalb ist der Roman dir gewidmet.

Liebe Marah, danke für deine nie enden wollende Unterstützung und Großherzigkeit, die Ermunterung und das Herzblut, das du mit mir teilst. Danke, dass du es gelesen und geliebt hast, das hat mir unendlich viel bedeutet.

Carolin Magunia danke ich für ihre Kreativität, ihr Herz, ihr Hirn und ihren Humor, der mich so sehr inspiriert. Ich bin froh, dass das Universum uns zusammengeführt hat.

Danke an meine vier Männer, dass ich euch immer fragen kann, wenn ich Hilfe beim Beschreiben eines PlayStation-Spiels brauche. Und dass ihr mich nach jedem Buch klaglos wieder zusammensetzt und ins Leben zurückholt.

Jochen Mersch danke ich für seine Hilfe in medizinischen Fragen und Sandra Regnier dafür, dass sie mit mir über die Buchtitel geträumt hat. Danke an Anne Sanders für die lustigen und aufmunternden Nachrichten. Danke an Heidi Landsknecht-Brucker für die beste Autofahrt meines Lebens. Dein Tesla war eine Offenbarung, und ich weiß jetzt, worauf ich spare.

Danke an meine wunderbare Lektorin Anne Rudolph dafür, dass sie mir diese Chance gegeben hat. Danke für deinen Einsatz Tag und Nacht, deinen scharfen Blick, deine Offenheit, deine wunderbaren Vorschläge und dafür, dass du dich nicht mit halben Sachen zufriedengibst, sondern von mir erwartest, die Geschichte aufs Papier zu bluten.

Und ein großes Danke an alle Ladys des gesamten KYSS-Teams, die mit ihrer Begeisterung für Liebesromane, ihren fabelhaften Ideen, ihrer unermüdlichen Arbeit, mit Leidenschaft und Freude so tolle Bücher erschaffen. Ich bin stolz und glücklich, dass ich dazugehören darf. Danke für eure Magie und euren Mut, Neues auszuprobieren. Ich habe nichts erwartet und alles bekommen.

BUCH staben Liebe

CAROLIN MAGUNIA

GRAFIK DESIGN · ILLUSTRATION · FEINSINN

Hey!

Mein Name ist Carolin und ich bin

grafische poetin

In meiner kreativen Arbeit beschäftige ich mich mit surrealen Gedanken, akrobatischer Wortjonglage und alltagstauglicher Achtsamkeit.

Mehr von mir findet man hier:

www.carolin-magunia.de
Instagram: **@carolinmagunia_caab**

Fotos ©Alexey Testov